용사의 어머니가 되겠습니다

용사의 어머니가 되겠습니다 2

엘리아냥 장편소설

초판 1쇄 찍은 날 | 2022년 9월 19일
초판 1쇄 펴낸 날 | 2022년 9월 26일

지은이 | 엘리아냥
펴낸이 | 권태완 우천제

편집책임 | 이예린
편집 | 박가연 박은정 장현아 구정은 양별 이지아 이고은 강명은 김솔

펴낸곳 | (주)케이더블유북스
등록번호 | 제25100-2015-43호
등록일자 | 2015. 5. 4
WFN | 제3-079호

주소 | 서울특별시 구로구 디지털로31길 38-9 에이스테크노타워 1차 401호
전화 | 02-867-4626 팩스 | 02-866-4627
E-mail | cl_production@naver.com

ISBN 979-11-404-0855-9 04810
979-11-404-0853-5 (set)

용사의 어머니가 되겠습니다

엘리아냥 장편소설

II

위시북

Contents

Chapter 6
그것은 늘 예고 없이

"좋은 아침입니다, 마님."

"좋은 아침일 뻔했지."

너만 이 자리에 없었어도 좋은 아침이었을 거다.

그런 뉘앙스가 가득 담긴 답이었으나 의사는 아랑곳하지 않고 문진을 시작했다.

"몸은 좀 어떠십니까?"

일레나가 한숨을 삼키고 곧 고분고분 대답했다.

"좋아."

"간밤에 잠자리는요?"

"쾌적했어."

"악몽을 꾸진 않으셨고요?"

"안 꿨네."

"이명을 겪거나 환각을 보신 적은?"

"없어."

일레나는 '지금 내 눈에 보이는 자네가 환각이었으면 좋겠다'는 말을 덧붙일까 하다가 관뒀다. 그래 봐야 눈앞에서 사라져 주지 않을 거라는 걸 알았기 때문이다.

'내 신세야.'

잉칸이 납치 사건을 벌인 지도 어느덧 나흘이 지났다. 그리고 일레나는 자신이 보낸 그 나흘을 단 네 글자로 요약할 수 있었다.

환자 체험.

오해의 소지가 없도록 두 글자를 더 보태자면, 강제 환자 체험.

"다그터."

일레나가 침대 헤드에 몸을 기댄 채 의사를 불렀다.

공작성 상주 의사의 이름은 다그터였다. 마치 의사가 되기 위해 태어난 듯한 그의 이름에 다그터의 주변인들은 어릴 적부터 그만 보면 항상 의술의 길을 권유했다고 한다.

그 권유대로 그는 결국 진짜 의사가 되었다. 그것도 공작성에서 공작부인을 진찰할 만큼 실력 좋고, 동시에 깐깐하며 고지식한 의사가.

"예, 마님."

"자넨 지겹지도 않나?"

"뭐가 말입니까?"

"이렇게 아침마다 나랑 똑같은 문답을 주고받는 것 말이야."

"환자를 진찰하는 일이 지겨우면 의사를 그만둬야지요."

훌륭한 대답이었으나 매우 큰 문제가 있었다.

"그러니까 난 환자가 아니래도 그러네……."

납치 사건을 겪은 직후부터 나흘이 지난 지금까지, 일레나의 주장은 변함이 없었다.

난 환자가 아니다. 아픈 곳 없다. 멀쩡하다. 아무렇지 않다.

그러나 일레나의 주장을 믿어주는 사람은 그녀 본인 외에 아무도 없었다. 특히 의사가 일레나의 말을 귀담아 듣지 않았다.

다그터가 여상한 얼굴로 말했다.

"당장은 아무 증상이 없는 것 같아도 안심하시면 안 됩니다. 후유증이란 본디 언제 어떻게 나타날지 모르는 거니까요."

'저놈의 후유증.'

크게 다친 곳도, 불편한 곳도 없는 일레나가 벌써 며칠째 자의와 관계없이 환자 신세에서 벗어나지 못하는 이유는 하나였다.

후유증.

의사를 비롯한 일레나 주변인 모두가 이번 사건으로 인해 그녀에게 남았을 어떠한 정신적 외상을 걱정했다.

'하지만 난 정말 괜찮은데……. 그야, 걱정하는 걸 이해 못 하는 건 아니지만.'

일레나는 납치당했고, 그 과정에서 무려 납치범에게 목을 졸렸다. 상황만 놓고 보면 주변에서 후유증을 염려하지 않는 것이 오히려 더 이상할 일이었다.

그러나 정작 일레나는 정말, 전혀, 매우 아무렇지 않았다. 내심 이 정도로 멀쩡한 스스로가 의아할 만큼.

'한 번 죽어봐서 그런가?'

일레나는 문득 생각했다. 이번 납치 사건도 꽤 지독한 일이었지만, 사실 그녀는 이보다 훨씬 더 끔찍한 일을 이미 겪었다.

멸망한 미래. 산 사람, 혹은 시체를 뜯어 먹던 괴물들.

좀 전까지 그녀와 이야기를 나눴던 사람이 피 웅덩이 위에 죽어 있었고, 괴물이 그 시체를 밟고 달려들어 그녀의 심장을 꿰뚫었다.

'그래, 그것과 비교하면 이런 일쯤은…….'

몸서리친 일레나가 이내 진정했다.

목을 졸렸다지만 딱히 죽을 만큼 졸린 것도 아니다. 설령 상대가 죽일 작정으로 목을 졸랐던 거라고 해도, 어쨌든 죽지 않고 살았다.

주변의 숱한 걱정과 우려와는 달리 일레나는 현재 큰 감응 없이 지난 납치 사건을 회상할 수 있었다.

사실 이제 와 일레나의 머릿속에 가장 선명하게 남은 그날의 기억은 제 목을 조르던 잉칸의 모습 같은 게 아니었다.

가면도 쓰지 않은 채 그저 그녀를 구하러 다급히 달려오던 남편.

그날 일을 떠올리면, 그것이 제일 먼저 생각났다.

'헤헤.'

일레나가 입가에 미소를 헤실헤실 머금었다.

그때 다그터가 말했다.

"목의 멍은 이제 좀 어떠십니까?"

목에 남은 검붉은 멍은 일레나에게 남은 유일한 외상이었다. 이젠 색이 제법 빠져 푸르게 변했지만.

"괜찮아. 지금은 만져도 별로 안 아파."

"회복이 빠르시군요. 다행입니다. 처방해 드린 연고 효과가 나쁘지 않았나 봅니다."

그렇게 말한 다그터가 이내 손짓했다. 그러자 멀찍이 서서 대기하던 하녀가 웬 그릇이 올라간 쟁반을 들고 가까이 다가왔다. 동시에 일레나의 안색이 급격히 나빠졌다.

"오늘 드실 약입니다."

'아악.'

일레나가 다그터를 아무리 좋아해 보려고 해도 좋아할 수 없는 또 하나의 이유가 등장했다. 비명을 삼킨 일레나가 경직된 얼굴로 힘겹게 입을 열었다.

"……다그터. 내가 다른 건 다 양보하겠는데, 저건 정말 아닌 것 같아."

"심신 안정을 돕고 기운을 북돋아주는 약입니다."

"내 심신은 이미 무척 안정되었고, 기운도 넘쳐."

"드십시오."

다그터가 바늘로 찔러봐도 바늘이 들어가기나 할까 싶은 얼굴로 단호하게 말했다. 일레나는 결국 눈을 질끈 감았다 뜬 후 대단히 마지못한 손길로 약을 받아 마셨다.

'욱.'

끔찍한 맛이었다.

'아무리 몸에 좋은 게 쓰다지만…….'

이 약을 조제한 인간은 혀가 제대로 기능하지 못하거나, 혹은 미친놈이 틀림없었다. 일레나가 파리한 낯빛으로 겨우 약을 비워냈다.

빈 그릇을 확인한 다그터가 이어 모든 용건이 끝났다는 듯 몸을 일으켰다.

"그럼 오늘 하루도 무리하는 일 없이 푹 쉬시고, 저는 내일 이 시각에 다시 찾아뵙겠습니다."

'제발 오지 마.'

마음 같아선 못 들어오게 문을 걸어 잠그고 싶었다. 이루어지지 않을 일레나의 간절한 소망을 등에 지고 다그터가 물러갔다.

그리고 이내 바로 다른 사람이 찾아왔다. 일레나의 표정이 밝아졌다.

"카이휜."

가뭄 후에 만나는 단비 같은 방문이다.

카이휜은 손에 과일과 접시, 과도 따위가 올라간 쟁반을 들고 자연스럽게 일레나가 있는 침대맡 의자에 앉았다.

'오늘은 복숭아를 깎아줄 건가 보다.'

마실수록 건강 대신 다그터를 향한 증오만 얻게 되는 지옥의 약에도 딱 하나 장점은 있었다. 바로 약을 먹고 나면 꼭 이렇게 남편이 입가심할 과일을 깎아주러 처소에 들른다는 점이었다.

오늘 쟁반 위에 올라간 탐스러운 과일은 복숭아였다. 일레나가 물끄러미 복숭아를 응시하자 과도를 집어 들던 카이휜이 멈칫했다.

"좋아하는 과일이라고 들어서……. 아닙니까?"

"아뇨, 맞아요. 나 복숭아 엄청 좋아해요."

일레나는 싱글싱글 웃었다. 카이휜이 안심한 듯 복숭아 껍질을 벗기기 시작했다. 능숙한 솜씨였다. 이번에 알게 된 사실인데, 남편은 과일을 잘 깎았다.

'검을 잘 다뤄서 그런가?'

따지자면 과도도 검에 속하니, 뭔가 일맥상통하는 구석이 있는 걸까.

'아니, 가만. 그럼 기사라는 건 기본적으로 과일을 잘 깎는 직종이란 말인데…….'

……그런가?

일레나가 그런 생각을 하는 사이 카이휜이 순식간에 복숭아 하나를 다 깎아 예쁘게 잘라 접시 위에 올려주었다. 일레나는 복숭아가 담긴 접시와 포크를 건네받으며 물었다.

"내일도 이렇게 과일 깎아줄 거예요?"

"네."

'내일도 그놈의 약을 먹어야 한다는 말이군…….'

어쩔 수 없지. 정말이지, 남편을 봐서 참는다.

복숭아 한 조각을 포크로 찍어 입에 가져가며 일레나가 말했다.

"뭐 깎아줄 건데요?"

"고민 중입니다. 혹시 따로 먹고 싶은 과일이 있습니까?"

"음, 글쎄요. 그냥 당신 선택에 맡길게요."

"알겠습니다."

남편의 얼굴에 얼핏 고민하는 기색이 어렸다. 일레나는 내심 웃음을 참았다. 왜일까. 저런 걸로 고민하는 남편이 문득 귀엽게 느껴졌다.

'손이 비면 머리를 쓰다듬어야지.'

분명 전에 남편이 언제든 만져도 좋다고 했다. 그렇게 생각하며 일레나가 열심히 복숭아를 베어 물던 중이었다.

"잠깐, 일레나."

카이휜이 자리에서 일어나 침대를 짚고 몸을 기울였다. 일레나의 얼굴 위로 그림자가 지고 그의 손가락이 입가에 닿았다 떨어졌다.

"……됐습니다."

확 가까워졌던 남편의 체향이 다시 멀어졌다. 뻣뻣하게 굳은 일레나가 눈을 부자연스럽게 깜박였다. 남편이 복숭아 껍질 위로 아주 작은 복숭아 조각을 떨어뜨리는 게 보였다.

아.

"……입에 묻히면서 먹었나 봐요, 내가."

"복숭아가 원래 입에 잘 묻는 과일이긴 합니다."

남편이 어디서 듣도 보도 못한 말을 무척 태연하게도 했다. 일레나는 달아오른 얼굴로 시선을 손에 든 접시로 옮겼다.

'뭐지?'

심장이 쿵쿵거렸다. 단순히 입에 뭘 묻히며 먹는 추태를 보인 것 때문이라기엔 다소 지나친 울림 같았다.

일레나는 입에 든 복숭아를 조금 천천히 씹었다. 가슴에 번진 수런거림은 그 뒤로도 한동안 가라앉지 않았다.

"뭐?"

당황한 일레나가 눈을 휘둥그레 떴다.

"시체가 사라져?"

오후. 일레나가 지난날 밤을 새워가며 배움을 얻었던 서고에서 책을 읽고 있을 때였다. 아직 무리하면 안 된단 이유로 일도 못 하게 하고, 외출도 삼가게 하니 자연히 할 만한 것이라곤 독서뿐이었다.

벤이 급히 일레나를 찾은 것은 그쯤이었다.

"네, 조금 전 연락이 도착했습니다."

잉칸은 카이휜이 던진 검에 맞고 즉사했다. 말하자면 즉결 처분을 당한 셈이었다.

무려 공작 부인을 납치하려고 한 데다 상해까지 저질렀다. 즉결심판되어도 할 말 없는 중죄였다.

시체는 공작성에서 회수했고, 이후 한동안 처리를 두고 의견이 갈렸다. 들개에게 던져 주자, 몬스터 밥으로 만들자, 성벽에 걸자, 아니다, 그냥 태워 없애자.

그러다 이틀 전 결론이 났다. 왕성에 보내기로.

재판을 받게 할 셈이었다. 잉칸은 이미 죽었지만, 형벌 중에는 백골의 목을 자르는 것도 있었다. 공식적으로 잉칸을 두 번 죽일 수 있는 데다, 잉칸의 죄를 만천하에 낱낱이 알리기에도 용이하니 모두가 그 의견에 동의했다.

그리하여 약품 처리로 부패를 늦춘 잉칸의 시체를 실은 마차가 증인과 함께 왕성으로 출발한 것이 바로 어제 아침인데…….

그렇게 이송하던 도중, 갑자기 시체가 사라졌다는 소식이 방금 막 공작성에 도착한 것이다.

"도둑맞았단 이야긴가?"

"그게…… 시체가 사라지는 광경을 직접 봤다는 목격자가 있습니다."

"목격자?"

"예. 그 목격자 말로는, 멀쩡하던 시체가 눈앞에서 갑자기 흔적도 없이 녹아 없어졌다고 합니다."

일레나가 눈을 깜박였다.

"……혹시 목격자가 그때 술에 취해 있었다던가?"

"우선 조사를 명해둔 상황입니다만, 일단 현장에 옷가지가 남은 건 확실한 모양입니다."

옷은 놔두고 시체만 감쪽같이 없어졌다는 말이다. 일레나의 표정에 찜찜한 기운이 어렸다.

"만약 도둑맞은 거라고 해도 범인의 옷을 벗기고 시체만 가져갔다는 말이네……."

정말이지, 별로 상상하고 싶지 않은 일이었다. 본능적인 혐오감이 일레나를 지배하는 찰나 벤이 말했다.

"그리고 그것 때문에 현재 시체를 운반하던 사람들 위주로 이런 말이 돌고 있다고 합니다."

"무슨 말?"

"시체가, 그러니까 잉칸이 흑마법을 익혔던 것이 아니냐는."

"흑마법?"

"흑마법에 대해 아십니까?"

"그야 기본적인 건 알지만……."

흑마법.

이름 그대로 어둠 마법, 즉 사악한 마법을 뜻한다.

명칭에서부터 알 수 있다시피 흑마법은 일반적인 마법이 아니었다. 인신 공양과 살인. 심지어 인육을 섭취하는 끔찍한 방식까지.

보통 마법과 달리 흑마법은 배우고 익히는 과정에서 상식을 벗어나는 비인도적 행위가 수반되었다. 바로 그 점 때문에 흑마법이라는 이름이 붙었고, 익히는 것 자체가 죄악시되어 현재는 거의 찾아볼 수 없게 된 마법이기도 했다.

"그 흑마법과 시체가 사라진 것 사이에 무슨 연관이 있는데?"

"흑마법과 관련해 민간에 전해지는 말 중에 이런 것이 있습니다. 흑마법은 신의 뜻을 거스르는 마법이라, 죽고 나면 신의 품으로 돌아가지 못하고 흔적 자체가 지워진다고요."

일레나가 미간을 살짝 모았다.

'흔적 자체가 지워진다, 라.'

그 말이 정말 사실이라면, 옷가지를 남기고 시체가 사라진 현상을 설명할 수 있기는 했다.

"……벤, 자네는 어떻게 생각해? 정말 흑마법을 익혔기 때문에 시체가 사라진 걸까?"

"글쎄요. 우선 조사가 진행되어야 답을 내리기 쉬울 것 같습니다."

"흠."

"상황이 명확해지는 대로 다시 알려 드리러 오겠습니다."

"알겠어. 고마워."

벤이 퇴장했다.

일레나는 읽던 책을 잠시 내려놓고 생각에 잠겼다.

'잉칸이 흑마법을 익혔다고?'

말도 안 된다거나 생뚱맞다는 생각은 들지 않았다. 오히려 그보다는 내심 수긍되는 마음이 더 컸다.

그도 그럴 게, 납치 사건을 벌였던 날 잉칸은 이미 일레나 앞에서 수상한 모습을 실컷 보여주었다.

원인을 알 수 없던 악취. 열이 넘는 장정을 장난처럼 상대하던 무력. 힘을 쓰고 나자 확연히 검게 변했던 양손.

'부상을 벌써 회복하고 멀쩡한 모습으로 나타났다는 점도 이상했지.'

잉칸은 몬스터를 만나 사고를 당했었고, 일레나가 전해 들은 그의 부상은 심각했다. 신체 주요 부위가 완전히 떨어져 나갔다던가.

일레나가 의료에 대단한 지식이 있는 건 아니지만, 아무리 생각해도 그 정도 부상이 몇 주 만에 말끔히 나을 것 같진 않았다. 그날 잉칸에게 신체 어딘가가 불편해 보이는 기색이라곤 전혀 없었다.

'그 모든 게 전부 흑마법의 힘이었다면…….'

일레나가 시선을 내려 제 손을 응시했다.

'……그럼, 그건 뭐였을까.'

그녀를 구하러 다급히 뛰어오던 남편의 모습 외에 일레나가 생생히 떠올릴 수 있는 그날의 장면이 하나 더 있었다.

빛.

분명 그녀의 손에서 갑자기 빛이 생겨났고, 그 손으로 잉칸을 쳤더니 잉칸이 저 멀리 날아갔다. 지금 생각해도 믿기 어려운 일이었다.

'착각은 절대 아니었는데.'

놀라고 당황해 헛것을 보았던 거라기엔 설명할 수 없는 게 너무 많았다.

'목을 조르기 전 잉칸이 직접 언급하기도 했고…….'

대체 뭘까.

일레나는 제 손을 앞뒤로 뒤집어가며 눈에 담았다. 특별한 점은 보이지 않았다. 사실 생각날 때마다 수시로 살펴봤지만, 그날 이후 그때와 같은 빛이 생겨난 적은 없었다.

"잉칸이 지닌 힘과 상극인 것만은 분명해 보였는데."

빛은 잉칸을 상대로만 위력을 발휘했다. 문 앞을 지키던 잉칸의 일행에겐 아무런 영향도 끼치지 못했다.

"흐음……."

일레나가 여전히 영문 모를 눈으로 제 오른손을 유심히 내려다볼 때였다.

"마님."

아비가 서고로 들어와 일레나를 찾았다.

"공작님께서 오늘 저녁 식사는 온실에서 함께하는 것이 어떻겠냐는 제안을 보내셨습니다."

자연스럽게 주의가 옮겨갔다. 일레나가 활짝 핀 얼굴로 대답했다.

"좋다고 당장 전해."

타닥타닥.

벽난로가 타오르는 방 안에서 젊은 여성이 혼자 조용히 찻잔을 기울이고 있었다.

그때 새 한 마리가 바깥에서 부리로 창문을 콩콩 쪼았다.

여성은 찻잔을 든 채 창가로 이동해 창문을 열었다. 새는 그녀에게 돌돌 말린 편지를 한 장 전달했다.

여성이 편지를 펼쳤다. 편지에는 아무것도 적혀 있지 않았으나, 찻물을 붓자 글씨가 떠올랐다.

[추적 실패. 시체 처리 완료.]

내용을 확인한 여성이 이내 몸을 움직여 편지를 벽난로 안에 던져 넣었다. 젖은 종이에 불씨가 옮겨붙기까지 다소 시간이 걸렸다.

지루한 과정을 지켜보며 여성이 중얼거렸다.

"귀찮게 됐네."

여성, 레베카 마르종은 얼마 전 제 부하에게 다음과 같이 명령을 내렸다.

"지금 당장 메이하드 공작령으로 출발해서 잉칸을 따라잡는 즉시 사살해.

따라잡았을 때 잉칸이 혼자가 아니라면, 동반인을 먼저 죽이고 잉칸은 자진한 것처럼 꾸며라. 하지만 만약…….”

최악의 경우지만, 잉칸을 따라잡는 데 실패했고 그가 남의 손에 죽은 뒤일 경우.

“그때는 내가 준 것을 이용해 시체를 처리하도록.”

“최악의 가정이 현실이 되다니.”

레베카가 한숨을 쉬었다.

잉칸이 공작 부인을 납치하려 했고, 그 과정에서 즉결 처분당했다는 것은 알고 있었다. 마르종 가문 앞으로 그 사실을 담은 서신이 도착했으니까. 사실상 부하의 편지로 알게 된 새로운 사실은 시체를 처리했다는 것뿐이었다.

“이걸 어쩐다.”

레베카는 잉칸이 도망쳤다는 사실을 안 순간 고민하는 기색조차 없이 혈육을 죽이려고 했다. 그건 그가 도둑질을 하고 달아났기 때문이기도 하지만, 그보다는 남이 알아서는 안 되는 사실을 알고 있기 때문이었다.

‘놈이 공작 부인 앞에서 입을 놀렸을 거라 생각하는 건 아니지만.’

지난 수년간 세뇌에 가깝게 입단속을 시켜왔다. 그러니 쉽게 자신이 아는 걸 발설하지는 않았을 것이다.

하지만 그걸 떠나, 잉칸이 공작 부인에게 수상한 모습을 보여주었을 가능성을 무시하기 어려웠다.

그에 대해서는 나름대로 변명을 준비해 놓기는 했지만 그렇다 해도 일말의 찝찝함은 남았다. 의심이라는 건 언제 어디서, 어떻게 피어날지 모르는 거니까.

"쯧. 발이 조금만 더 빨랐으면 얼마나 좋아."

레베카는 그녀의 명령을 따랐던 수하를 떠올렸다. 수하가 잉칸이 혼자 있을 때 따라잡았다면 잉칸은 강도에 당해 죽은 게 되었을 것이다. 혹은 공작 부인과 함께 있을 때 따라잡았다면, 공작 부인을 죽인 후 자결한 게 되었을 것이고. 둘 다 깔끔한 결말이었다.

레베카는 아쉬움에 혀를 차며 벽난로를 등지고 방에서 나왔다. 문밖에서 기다리던 하녀가 레베카 뒤로 쪼르르 따라붙었다.

"아가씨, 전에 구매하신 검은색 드레스는 어떻게 할까요?"

"버려."

상복으로 입으려고 샀던 옷이다. 잉칸이 강도에 당해 죽은 것이 되었다면 그녀는 누이로서 동생의 장례식에 참석해 슬피 눈물을 짜내야 했을 테니까.

"……아, 아니지."

문득 레베카가 말을 바꿨다.

"일단 놔두렴. 조만간 필요해질 것 같으니까."

"네, 아가씨."

"레베카 아가씨!"

그때 하인이 먼발치서 뛰어오며 레베카를 찾았다. 마르종 자작의 부름이었다.

"레베카, 이 일을 대체 어쩔 작정이냐!"

자작은 레베카가 집무실에 나타나자마자 노발대발했다. 레베카는 담담한 얼굴로 자작을 쳐다보았다.

"무슨 말씀이세요, 아버지?"

"네가…… 네가 잉칸을 영지에 평생 근신시키자고 하지만 않았어도 이런 일이 벌어지지는 않았을 것 아니냐?"

"좀 더 알아듣기 쉽게 이야기해 주세요."

"잉칸, 그놈이 궁지에 몰렸으니 이런 미친 짓을 벌인 것이 아니겠냐고!"

잉칸에게 내려졌던 평생 영지 근신 처분은 레베카가 낸 의견이었다.

당시 마르종 자작은 거리낌 없이 레베카의 의견을 따랐다. 왜 그랬는지 기억은 잘 나지 않지만, 어쨌든 정신을 차리고 나니 그는 딸의 의견대로 아들을 평생 영지에 처박기로 결정을 내린 뒤였다.

그때야 어차피 아들은 딸과 비교하면 쓸모없는 자식이니 상관없다고 생각했는데.

"설마 그 모자란 놈이 이런 짓을 저지를 줄은……."

"진정하세요, 아버지. 뭐 대단히 큰일이라고."

"뭐 대단히 큰일이냐니!"

마르종 자작이 가까이 있는 책상을 쾅 내려쳤다.

"메이하드 공작이 이 일을 그냥 넘길 것이라 보느냐? 절대 그렇지 않을 거다. 어쩌면 우리 가문이 잉칸의 속셈을 알면서 묵인했다고 여길지도 몰라."

자작의 주먹이 부들부들 떨렸다.

"보복하지 않을 리 없어. 고작 하녀 몇을 건드렸던 지난 일과는 차원이 달라. 공작 부인을 납치하려 했다니……."

"아버지."

"분명 압력을 넣어 우리 가문 거래부터 끊으려 하겠지. 작정하고 유통을 방해하기 시작하면 손쓸 도리가 없다. 공작이 가진 자금력이라면 충분히 가능한 일이야. 빌어먹을, 내가 어떻게 일군 가문인데 그딴 괴물 놈한테……."

"아버지, 일단 침착하시고-"

"이게 다 너 때문이다!"

초조하게 중얼거리던 자작의 논지가 다시 처음으로 돌아왔다.

"네가 애초 그런 의견을 내지만 않았어도! 네가, 너 때문에 가문이 주저앉게 생겼어!"

"하아."

레베카가 한숨을 쉬었다. 머리가 아프다는 듯 관자놀이를 꾹 누른 그녀가 이내 말했다.

"좀 닥쳐요."

"뭐?"

"시끄러워서 골이 울리는 기분이니까 꽥꽥거리지 말고 입 좀 닥치라고요, 아버지."

"지금 뭐라고……."

들은 말을 순간 인지하지 못해 빳빳이 굳었던 마르종 자작이 이내 잔뜩 성이 난 기세로 자리에서 벌떡 일어섰다. 그리고 따귀라도 때릴 듯한 험악한 얼굴로 레베카에게 다가간 순간이었다.

"레베카, 그게 무슨 말버릇……!"

키잉-

레베카가 목에 건 목걸이에서 기묘한 빛이 흘러나왔다.

검붉은 빛.

그 빛을 마주한 마르종 자작이 제자리에 멈췄다. 이내 그의 표정이 점점 멍하게 바뀌었고 눈빛도 흐려졌다.

레베카가 초점이 사라진 자작의 눈을 보며 말했다.

"입, 닥칠 거죠?"

"……그래."

"돌아가서 자리에 앉아요."

마르종 자작이 순순히 책상까지 이동해 의자에 앉았다. 말 잘 듣는 개처럼 변한 그 모습을 눈에 담으며 레베카가 입을 열었다.

"메이하드 공작이 우릴 잉칸과 공범으로 취급하는 일은 없게 할 테니, 그건 걱정하지 말아요."

"……알았다."

"오늘은 날 더 찾지 말고 얌전히 일이나 하도록 해요."

"……그러마."

레베카의 목걸이에서 흘러나오던 빛이 사라졌다. 레베카는 몸을 돌려 집무실을 나왔다.

'우선은 당장 해야 하는 일부터 하고, 공작 부인은…….'

눈을 내리깔자 레베카의 눈 밑으로 긴 속눈썹 그림자가 졌다.

'……찝찝함이 남는 건 싫으니, 기회를 봐서 처리해야지.'

레베카가 조금 분주한 걸음으로 복도를 걸었다.

"이상하다."

처소에 딸린 책상에 앉아 일레나가 발목을 까딱거렸다. 손에 쥔 깃펜

끝으로 책상을 톡, 톡 두드렸다.

'왜 답장이 안 오지?'

며칠 전, 그러니까 납치 사건이 있고서 거의 바로 일레나는 편지 두 통을 썼다. 편지는 각각 다른 곳으로 발송되었다.

한 통은 가족이 있는 수도 본가에, 한 통은 로잘린이 지내는 맥스 백작저로 보내졌다.

맥스 백작저에서는 편지를 보낸 그날 바로 답이 왔다. 아쉽게도 로잘린이 현재 영지를 비운 참이라 편지를 수신하려면 시간이 다소 걸릴 것 같다는 내용이었다.

어쨌든 그 친절한 답신 덕에 일레나는 제 편지가 맥스 백작저에 무사히 도착했다는 것을 확인할 수 있었다.

다만…….

'바로 답장을 보낼 줄 알았는데.'

본가에서 아직 답이 없었다.

수도는 맥스 백작령보다는 훨씬 멀다. 하지만 잘 훈련된 전서구를 쓰면 편지 정도는 하루 안에도 무리 없이 전달할 수 있었다.

만약 본가에서 편지를 받자마자 바로 답장을 써 보냈다면, 그 답장이 지금쯤 메이하드 공작저에 도착하고도 남았을 것이다.

'생각보다 시간이 걸리네……. 아니면 혹시 내 편지가 도중에 유실됐나?'

일레나는 이내 고개를 저었다. 편지를 보내는 데 썼던 전서구의 가격을 떠올렸다. 그럴 가능성은 희박할 것 같았다.

"뭐, 기다리면 언젠가 알아서 오겠지."

일레나는 편하게 생각하기로 했다. 어차피 답장이 중요한 편지도 아니었다.

그녀는 편지에 제 근황을 적어 보냈다. 최근 제게 이러이러한 일이 있었는데 잘 해결되었고, 자신은 대단히 무사하니 혹여 소식을 따로 듣게 되어도 너무 걱정하지 말라는 내용을 담았다.

'소문은 틀림없이 부풀려질 테니까…….'

이번 납치 사건이 수도를 비롯해 타 영지까지 알려졌을 때, 소문 속에서 어쩌면 일레나는 죽은 사람이 되어 있을지도 모르는 일이었다. 괜히 불필요한 걱정을 끼치는 일 없도록 일레나는 가까운 사람에게 미리 편지를 썼다.

"편지가 제대로 가기만 했으면 된 거지……. 아무튼, 내가 지금 이걸 생각할 때가 아니라."

손에 펜을 쥐어서 그런지 사고가 잠시 딴 곳으로 흘렀다. 일레나가 펜 끄트머리로 책상을 치던 것을 멈추고 제 앞에 놓인 종이를 내려다보았다.

직사각형 종이에는 일레나의 글씨체로 줄글이 간단히 적혀 있었다.

[스승 로잘린이 알려준 성공적인 연애를 위한 7가지 단계.

1단계. 상대를 이름이나 애칭으로 친근하게(중요) 부르기

2단계. 상대의 취미와 취향 꿰기

3단계. 상대의 취향에 맞는 작은 선물로 환심 사기

4단계. 데이트를 통해 둘만의 추억 쌓기

5단계. 상대와 공유하는 취미 만들기

6단계. 상대와 공유하는 비밀 만들기

7단계. 반복(순서, 단계 상관없음)]

"……흠."

펜을 내려놓은 일레나가 턱을 괴었다. 종이에 적힌 목록 중, 일레나는 6단계까지 완료했다.

'5단계는 그림 그리기 수업을 통해 완료했다고 볼 수 있겠고, 6단계는…….'

비밀.

일레나는 예고 없이 고열이 끓었던 남편을 간호했던 기억을 떠올렸다.

그날 그녀는 남편의 흉터를 봤다. 어린 시절 이야기도 들었다. 흉터도 이야기도 어느 것 하나 비밀이라고 부르기에 부족하지 않았다.

'맞아. 애초에 나한테 감추려다가 보여주게 된 거니까…….'

그렇다면 역시 6단계도 완료한 것으로 볼 수 있었다. 이제 남은 것은 7단계. 앞서 지나온 단계를 정해진 순서 없이 반복하는 것뿐이었다.

일레나의 시선이 바로 4단계, '데이트'로 향했다. 실은 이미 해당 단계에 동그라미를 쳐두었다. 숫자 옆에 꼬리를 빼 작게 글씨도 썼다.

[뱃놀이.]

'호수에 다녀오자고 하고 싶은데.'

일레나는 일전에 남편과의 첫 데이트를 앞두고 뱃놀이와 축제 사이에서 고민하다 축제를 골랐다. 두 번째 데이트를 한다면, 당연히 뱃놀이를 다녀와야 할 순서였다.

'……문제는, 지금 당장은 어림도 없을 것 같다는 거지만.'

현재 일레나는 환자로 취급당하는 중이었다. 그 일례로, 정원에 산책을 나가는 것도 주변의 우려 속에서 겨우겨우 하고 있었다.

이런 와중에 호수라니.

'역시 안 되겠지?'

만일 우겨서 어찌어찌 가게 된다고 해도, 데이트다운 데이트 분위기를 내기란 어려울 것 같았다. 어쩌면 공기 좋고 물 좋은 곳으로 잠시 요양 나온 모양새가 될지도.

'……응, 안 되겠다. 이건 천천히 생각하자.'

일레나는 조급해하지 않기로 했다. 마음에 여유를 가지는 건 그리 어려운 일이 아니었다.

왜냐면…….

"……."

침착하게 종이를 정리한 일레나가 이내 자리에서 일어나 침대로 다가갔다. 그러곤 그 위로 풀썩 쓰러져 잠시 가만히 있더니, 별안간 발을 퍽퍽 구르기 시작했다.

끝이 아니었다. 이어서 일레나는 침대 위를 마구 굴러다녔다. 그렇게 가만히 있지 못하는 일레나의 머릿속으로 남편의 목소리가 생생하게 울렸다.

"일레나. 난 당신이 필요합니다. 그러니 부디 다치지 말고 계속 내 옆에 있어 주세요."

"……!"

데굴데굴.

잠시 후 마침내 진정한—어쩌면 지친—일레나가 얌전히 누워 천장을 올려다보았다.

"내가 필요하대."

작게 중얼거린 말이 공기 중으로 흩어졌다.

"계속 곁에 있어달래……."

그 말을 하며 남편은 그녀의 손등에 입을 맞췄다.

부드럽고, 다정하고.

한편으론 어딘지 모르게 경건함마저 느껴졌다. 마치 한 명의 레이디에게 평생을 바치기로 결심한 기사의 충성 맹세처럼.

일레나는 잠자코 제 손등을 감싸 쥐었다. 입매가 허물어지며 실없이 웃음이 났다. 제가 누운 곳이 침대가 아니라 구름 위인 것 같았다.

"참 나, 언제는 날 생각해서 혼인을 무효로 하겠다더니."

뒤끝이 잔뜩 묻어나는 혼잣말을 입에 담은 일레나가 헤실헤실 웃었다.

좋았다. 기쁘기도 했다.

남편의 말은, 어떻게 들어도 그가 이제 그녀를 특별하게 여기게 되었다는 뜻이었으니까.

관계에 진전이 있었다. 그것도 성큼.

떠올릴 때마다 가슴 한구석이 뿌듯해지고 마음이 들떠 가만히 있기가 어려웠다. 지금처럼.

'그나저나, 남편한테 내가 필요한 사람이냐고 물었다니……대체 언제 그런 질문을 했던 거지?'

잠꼬대라도 했던 걸까. 뭐, 중요한 것은 아니었다.

'이제 어디쯤 왔을까.'

얼마나 더 가면, 남편과 사랑에 빠진다는 목적을 이룰 수 있을까.

'어쨌든 적어도 절반은 온 것 같아.'

사랑에 빠진 상태가 10이라면, 아마 5는 넘기지 않았나. 그런 느낌이 들었다.

"헤헤."

보는 사람 없으니 일레나는 바보처럼 풀어지는 얼굴을 그냥 내버려 두었다.

어느새 절반이다. 저도 모르는 새 반이나 왔다. 마치 순풍에 돛 단 듯 순조로웠다. 조급함 따위는 품지 않아도 될 상황이었다.

"……아니, 그래도 이놈의 환자 취급은 빨리 좀 어떻게 해야지."

문득 일레나가 침대에서 벌떡 몸을 일으켰다. 데이트는 느긋하게 해도 좋지만, 그와 별개로 환자 신세에선 하루 빨리 벗어나고 싶었다.

이유는 말하자면 끝도 없었다. 환자 체험은 몇 안 되는 장점보다 단점이 압도적으로 많았다.

침대를 굴러다니느라 엉망이 된 머리카락과 옷매무새를 정돈하곤 일레나가 바로 설렁줄을 당겼다.

"마님, 부르셨나요?"

"아비, 산책할 테니 준비해 주렴."

"산책이요?"

"걱정하지 마. 성안에서 돌아다닐 생각이니까."

다그터는 일레나에게 무리하지 말라고 했지만, 실내 산책 정도는 오히려 권장했다. 일레나로서도 환영이었다.

일단 어디든 돌아다니는 편이 덜 갑갑하기도 했거니와, 실내 산책은 산책하며 만나는 사람들에게 제가 얼마나 멀쩡한지 보여줄 수 있었다.

일레나는 근래 실내 산책 때 가장 활기찼다. 물론 의도적인 모습이었다.

"알겠습니다. 잠시만 기다려 주세요."

아비는 그렇게 말하고는 자리를 비웠다가 다시 돌아와 일레나의 산책 채비를 도왔다. 채비라고 해봐야 별것 없었다.

일레나는 목에 든 옅은 멍을 가릴 스카프를 맨 후 처소에서 출발했다. 그러자 처소 문밖에서 기다렸다는 듯 두 명의 기사가 일레나를 반겼다.

"마님!"

"오늘 산책도 저희가 책임지고 안전하게 모시겠습니다."

초롱초롱하게 눈을 빛내는 두 기사는 다름 아닌 맥스와 토마스였다. 익숙한 광경이었다. 둘은 며칠 전부터 일레나가 산책에 나설 때마다 자진해서 따라붙어 호위를 맡고 있었으니까.

아비는 일레나 호위에 눈이 먼 기사들의 조력자였다. 일레나가 산책의 '산'만 입에 올려도 냉큼 두 사람을 호출했다. 일레나는 이제 그러려니 하고 있었다.

'실내 산책에 무슨 호위인가 싶지만…….'

자기들이 굳이 하겠다는데, 뭐.

훈련 도중 달려온 것인지 토마스와 맥스의 앞머리는 땀에 약간 젖어 있었다. 땀 냄새가 걱정되는지 두 기사는 알아서 일레나와 적정 거리를 유지했다. 일레나는 언뜻 생각했다.

'오늘도 콜린 경은 없네.'

전에는 저 둘에 콜린까지 껴서 세 사람이 항상 뭉쳐 다녔었다. 그러니까, 일레나가 납치 사건을 겪기 전까지는 말이다.

그러나 문제의 그날 이후 트리오는 듀오가 되었다. 일레나는 자신이 마지막으로 콜린의 얼굴을 본 것이 벌써 며칠 전이라는 걸 떠올렸다.

"맥스 경, 토마스 경."

"예, 마님."

"혹시 콜린 경은 지금……."

"아, 그 자식이요? 뭐, 열심히 훈련하고 있습니다."

"예, 그, 맞습니다! 누구보다 최선을 다해 연무장에서 훈련에 매진하고 있습니다."

토마스는 태연하게 대답하고, 맥스는 일레나의 시선을 어설프게 피했다. 일레나는 엇갈리는 두 사람의 반응을 가만 보다가 걸음을 옮겼다.

'맥스 경이 거짓말에 소질이 없는 부류이긴 하지…….'

무슨 일이 있는 건가. 하지만 훈련에 빠지지 않는다는 게 사실이라면, 남이 걱정할 만한 일은 아닐 수도 있다.

'뭐, 저 둘과 어울리다가 갑자기 자괴감이 들었을 수도 있고.'

일레나는 그럴듯한 여러 가능성을 상상했다.

그렇게 공작성 안을 누빈 지 얼마나 되었을까. 1층 복도를 걷던 일레나는 우연히 반가운 얼굴과 마주쳤다.

"미나."

"마님."

미나라고 불린 하녀는 세탁물을 들고 걷다가 일레나를 발견하곤 꾸벅 인사했다. 아비와도 눈인사를 나눴다.

"오늘부터 다시 일을 시작했다는 말은 들었는데…… 정말 괜찮은 거지?"

"아휴, 그럼요. 멀쩡하죠."

미나는 납치 사건이 있던 날 잉칸 일행에게 목뒤를 세게 얻어맞고 기절했던 하녀다. 인적이 드문 곳에 몇 시간 기절해 있다가 일레나와 함께 구출되었는데, 다행히 큰 상처나 후유증이 남지 않아 며칠 쉬다가 오늘부터 복귀했다.

"며칠 쉰 것도 주변에서 성화라 쉰 건데요, 뭘. 저야 정말 팔팔한데……."

무슨 생각을 했는지 미나가 얼핏 말끝을 흐렸다.

"콜린 경은 괜찮으신지 모르겠네요."

"콜린 경?"

마침 조금 전까지 머릿속으로 생각했던 이름이 나왔다. 일레나가 대화에 좀 더 집중할 때 미나가 말했다.

"실은 내심 마음이 쓰여서 좀 알아봤는데요, 듣기로 콜린 경 얼굴이 아주……."

"얼굴?"

"멀쩡한 것과 거리가 멀다고……."

일레나가 자연스럽게 맥스와 토마스를 돌아보았다. 이번에는 토마스도 맥스도 사이좋게 일레나의 시선을 피했다.

이내 일레나가 아비에게 말했다.

"연무장으로 가자."

콜린은 연무장에 있었다. 훈련에 매진하고 있다는 맥스와 토마스의 말은 사실이었다.

단, 미나의 말도 틀리지 않았다. 콜린의 얼굴은 몹시 엉망이었다. 어디서 쥐어 터지기라도 한 것처럼 얼룩덜룩 멍이 들고 피딱지가 앉았다.

일레나가 할 말을 잃고 콜린의 몰골을 쳐다보는 사이, 일레나를 발견한 콜린이 움찔하더니 그대로 도망쳤다. 콜린의 얼굴 상태에 당황한 나머지 일레나는 그를 잡지 못했다. 대신 처소로 돌아와 다른 둘을 족쳤다.

"억울합니다!"

"저흰 결백합니다! 저희가 그런 게 아닙니다!"

일레나 앞에 다소곳이 무릎을 꿇고 앉은 두 기사가 열성적으로 제 무죄를 주장했다. 일레나는 의자에 다리를 꼬고 앉아 팔짱을 낀 채 그런 둘을 내려다보았다.

"정말 아니야?"

눈빛에는 의심이 가득했다. 합리적인 의심이었다.

그도 그럴 게 이 둘에겐 이미 비슷한 전적이 있었다. 성내에서 셋이 뒤엉켜 치고받고 싸우다가 현행범으로 적발되었던 것이 언제더라.

이번에는 그때와 달리 콜린만 일방적으로 얼굴이 터지긴 했지만, 그야 다대일이었다고 한다면 설명하지 못할 것도 없었다. 그러나 맥스와 토마스는 억울해 당장에라도 넘어갈 것 같은 반응을 보였다.

"제 지난 기사 생활을 전부 걸고, 아닙니다!"

"저도 걸겠습니다! 아닙니다!"

"그럼 콜린 경 얼굴이 왜 저래? 누가 그런 건데?"

다소 인정하기 어려운 사실이지만, 콜린과 맥스 그리고 토마스는 공작성 내에서 실력으로는 순위를 다퉜다. 실력순으로 나란히 줄 세우면 세 사람 다 아무리 못해도 열 손가락 안에는 들 것이라는 게 벤의 설명이었다.

'특히 콜린.'

원체 성격이 유약해 어디 가서 큰소리 못 치고 지내지만, 8년 전 몬스터 토벌에 참가했던 경력은 결코 운으로 생긴 게 아니었다. 말하자면 콜린은 정예 중의 정예였다.

그런데 그런 콜린의 얼굴이 저 지경이 되다니.

'대체 누가…….'

"두 사람이 아니면, 범인이 누구야?"

"그건 저희도 모릅니다."

"예, 그, 그렇습니다. 모릅니다."

토마스와 맥스의 반응이 또다시 눈에 띄게 갈렸다. 일레나는 맥스를 물끄러미 쳐다보았다. 그러다 이내 한숨을 쉬며 다 들리도록 중얼거렸다.

"다른 사람이면 몰라도 맥스 경만은 믿었는데. 신의를 아는 기사인 줄 알았더니 비겁하게 다대일로…… 실망……."

"콜린 경이 그랬습니다!"

맥스가 벌컥 외쳤다. 뒤늦게 아차 싶었는지 곧장 자기 입을 막기는 했지만, 이미 늦었다.

"……뭐?"

이마를 짚은 토마스가 이내 어쩔 수 없다는 듯 입을 열었다.

"그게…… 맞습니다. 실은 콜린 경 얼굴, 콜린 경이 스스로 그런 겁니다."

일레나는 눈을 깜박였다. 몹시 당황스러워 같은 말이 두 번이나 나갔다.

"뭐라고?"

벤을 통해 일레나는 몰랐던 사실 하나를 알게 되었다.

잉칸이 죽고 일레나가 구출되었던 그날, 콜린은 일레나가 의식을 차리지 못하는 내내 그녀의 처소 앞에서 무릎을 꿇고 있었다. 일레나가 정신을 차린 후에야 콜린 또한 자기 거처로 돌아갔다고 한다.

몰랐다.

"후우."

일레나가 한숨을 쉬자 사과를 깎던 카이휜이 칼을 멈췄다.

"고민이라도 있습니까?"

"그게 있잖아요, 어제……."

일레나가 심란한 기분으로 자초지종을 털어놓았다. 카이휜이 사과를 내려놓고 물었다.

"신경 쓰입니까?"

"쓰이죠, 당연히. 그리고……."

무릎을 세운 일레나가 그 위에 팔을 얹고 턱을 괴었다.

"……왜 이걸 진작 예상하지 못했을까 싶고."

콜린은 납치 사건이 있던 날 일레나와 함께 있었다. 그리고 그녀를 지키지 못했다. 어쩌면 자책감에 빠졌을 거라고 충분히 미리 짐작할 수 있었을 텐데, 놓쳤다.

'그야, 난 그날 콜린 경이 잘못했다고 전혀 생각해 본 적 없으니까.'

그래서 콜린이 얼굴을 보이지 않았던 이유가 이런 것일 거라고 미처 생각하지 못했다.

"카이휜."

"네, 일레나."

"어떻게 하면 좋을까요?"

일레나는 사실 콜린을 이해하기 어려웠다. 자책감을 느낄 수는 있겠지만, 그것 때문에 자기 얼굴을 그 지경으로 만들었다니. 지나쳤다.

"불러서 괜찮다고, 그날 일은 콜린 경 잘못이 아니었다고 하면 자학하는 것도 그만둘까요?"

어쨌든 남편이 저보다는 콜린을 더 잘 알 테니 의견을 구했다. 카이휜은 잠시 생각하는 것 같더니 입을 열었다.

"그보다는, 차라리 벌을 내리는 게 효과가 좋을 겁니다."

"벌을 내리라고요?"

일레나가 깜짝 놀라 눈을 동그랗게 떴다.

"하지만 난 콜린 경에게 잘못이 있다고는 생각하지 않는데요."

"본인 생각은 다를 겁니다. 오히려 벌을 받으면 대가를 치렀다고 생각해 마음이 조금이나마 편해질 수 있겠죠."

"그래도……."

내키지 않았다. 벌을 준다는 건, 다르게 보면 상대에게 그만한 죄가 있다고 인정하는 것이다. 일레나의 표정이 별로 좋지 않자 카이휜이 재차 입을 열었다.

"아니면, 이렇게 하는 건 어떻습니까?"

"어떻게요?"

카이휜의 설명을 전부 듣고 난 일레나가 이내 살짝 고개를 기울였다.

"그러면 정말 될까요?"

"아마도요."

"음, 좋아요."

일레나는 제안을 받아들였다. 어쨌든 정말로 벌을 내리는 것보단 나아 보였다. 답을 얻고 나자 심란했던 기분이 조금 나아졌다.

카이휜이 다시 사과를 깎기 시작했다. 그 모습을 묵묵히 지켜보던 일레나의 얼굴에 곧 이채가 번졌다.

"토끼네요?"

카이휜이 다 깎아서 접시에 올려놓은 사과 조각은 토끼 모양을 하고 있었다.

토끼 모양 사과. 흔히 보던 모양이긴 했지만, 남편의 손에서 탄생하니 괜히 한층 기발하고 재미있게 느껴졌다.

일레나는 사과가 올라간 접시를 받으며 장난삼아 물었다.

"토끼 좋아해요?"

별거 아닌 질문이었는데, 왜인지 남편의 시선이 그녀에게 오래 머물렀다. 영문 모르게 집요한 시선에 뺨이 살짝 홧홧해지려는 무렵 남편의 입이 열렸다.

"네, 좋아합니다."

'좋아하는 동물은 있구나.'

아니, 그런데 왜 그걸 저렇게 시간을 끌다 대답하고 난리람.

일레나는 괜히 어색해진 기분을 감추려는 듯 얼른 사과를 포크로 찍어 입에 넣었다. 앙증맞은 토끼 사과는 달고 아삭했다.

그날 오후. 일레나는 콜린을 호출했다.

전날 연무장에서 일레나를 보자마자 도망쳤던 콜린은 정식으로 호출받자 순순히 불려 왔다.

"……부르셨다고 들었습니다."

자리에서 일어난 일레나가 콜린에게 다가갔다. 콜린은 일레나의 처소에 들어오자마자 죄인처럼 고개를 푹 숙였다.

일레나는 콜린의 얼굴을 살폈다. 신장 차이 덕에 상대가 고개를 숙이고 있어도 얼굴을 살피는 일이 크게 어렵지 않았다.

'쯧.'

다시 봐도 상태가 말이 아니었다.

'아니, 어쩐지 간밤에 새 상처가 추가된 것 같기도 하고.'

가까스로 한숨을 삼킨 일레나가 입을 열었다.

"콜린 경."

"……예."

"내가 경을 왜 불렀는지 짐작하나?"

"……합니다."

"왜 불렀을 것 같은데?"

"어제, 불손했던 제 행동을 벌하시려고……."

"그 이유 아니야."

딱 잘라 부정한 일레나가 말을 이었다.

"경에게 벌을 주려고 부른 건 맞는데, 그것 때문은 아냐."

"……."

"경은 며칠 전 내 호위로서 나와 함께 외출했고, 그 자리에서 호위로서 본분을 다하지 못했지."

콜린의 몸이 눈에 띄게 굳었다.

"이에 동의하나?"

"……동의합니다."

콜린이 겨우 짜낸 듯 꽉 잠긴 목소리로 대답했다. 여전히 시선을 바닥에 둔 콜린의 시야에는 보이지 않을 테지만, 일레나는 팔짱을 낀 채 고개를 끄덕이며 입을 열었다.

"좋아. 그럼 그 일에 책임을 물어, 이 자리에서 경에게 벌을 내리지."

"……."

"경은 앞으로 6개월간 내 전담 호위를 맡아."

"예, 알겠습니다…… 예?"

콜린이 번쩍 고개를 들었다. 이곳에 들어와 처음으로 콜린이 일레나의 얼굴을 쳐다보는 순간이었다.

"단, 무급이야."

"……."

"6개월간 내게 봉사하는 거지. 내가 외출할 때마다 군말 없이 따라야 할 거야."

"아니, 그……."

콜린은 멍청한 얼굴을 하고 있었다. 한참 더듬거리던 그가 겨우 제대로 된 말을 꺼냈다.

"기회를…… 제게, 다시 기회를 주시는 겁니까? 저는, 저한테는 그럴 자격이……."

"무슨 소릴 하는 건가? 경, 착각하지 마. 내가 말했잖아. 벌이라고."

일레나가 콜린의 말을 단호하게 잘라내곤 덧붙였다.

"경은 죄인이고, 그래서 지금 벌을 받는 거야. 무상 노동이 우스워? 6개월간 돈 한 푼 못 받고 구르다 보면 생각이 바뀔걸?"

"……."

"그리고 경에겐 애초에 선택지가 없어. 벌은 받는 사람이 결정하는 게 아니라는 건 알지?"

할 말을 끝낸 일레나가 입을 다물었다.

'……됐을까?'

내심 조마조마했다. 그녀가 남편에게서 얻은 조언을 요약하자면 다음과 같았다.

별 아닌 걸 별이라고 우기면서 주기.

여기서 중요한 건 최대한 뻔뻔하게 우기는 거라고 했다. 그럴수록 효과가 좋다고.

우기는 거라면 자신 있었다. 일레나는 타고난 철면피 기질을 마음껏 발휘했다. 이제 남은 건 이 방법이 부디 효과적으로 통했기를 바라는 것뿐.

일레나는 아닌 척 콜린을 열심히 관찰했다. 그때였다.

"콜린 경?"

일레나가 화들짝 놀라 팔짱을 풀었다. 콜린의 볼을 타고 한줄기 눈물이 흘렀다.

그리고 그건 예고편에 불과했다. 제자리에 미동도 하지 않고 선 콜린이 그 자세로 소리 없이 닭똥 같은 눈물을 뚝뚝 흘리기 시작했으니까.

"……?!"

일레나가 자기 눈을 의심할 때 콜린이 말했다.

"감사…… 읏, 감사합니다. 마님, 정말 감사합니다."

"뭐, 아니, 잠깐, 대체 왜 우는……."

"비록 모자란 몸이나 마님께서 주신 기회, 마지막이다 생각하고 감히 놓지 않겠습니다. 최선을 다해 이 한 몸 바쳐 마님을 지키겠습니다."

일레나는, 아니, 일레나를 포함한 그 누구도 몰랐지만, 사실 콜린은 지난 며칠간 악몽에 시달렸다.

그의 죄책감은 타인이 짐작하는 것보다 깊었다. 모든 것이 자기 탓이란 생각을 지울 수 없었다.

그날, 애초에 마님께 외출을 권했던 것이 자신이었다. 저만 아니었다면 마님께서 그런 일을 겪지 않아도 됐을 것이다. 혹은, 차라리 마님을 제대로 지키기라도 했다면.

'나 때문이야.'

은혜를 원수로 갚았다.

한 번 그런 생각이 들자 콜린은 그때부터 그 상념에서 벗어날 수가 없었다. 시시때때로 숨이 막혔다. 목이 졸리는 느낌도 들었다. 가만히 있으면 미칠 것 같아서 자신의 얼굴에 주먹질을 했다. 아픔을 느끼는 순간에는 그나마 좀 나아지는 것 같았지만, 그것도 그때뿐이었다.

어제 연무장에서 콜린이 일레나를 발견하자마자 도망쳤던 건, 엉망인 얼굴을 감추기 위해서이기도 했지만 그보다는 일레나 목에 매인 스카프가 눈에 들어왔기 때문이었다.

멍 자국을 가린 스카프.

그건 콜린의 죄책감을 사정없이 후벼 팠다. 숨이 막히고 끝없이 어두운 구렁텅이로 끌려 들어가는 듯했다.

조금 전, 일레나가 그에게 새로운 기회를 주며 그를 구덩이에서 건져 주기 전까지는.

"……."

일레나는 복잡한 눈으로 콜린을 쳐다보았다. 콜린의 심리 변화 과정을 알 길 없는 일레나에게 상대의 눈물은 거대한 혼란으로 다가올 뿐이었다.

'뭐지?'

도대체 왜 우는 것일까.

'감격해서……? 울 정도로 감격했단 말이야?'

심란했다. 일레나는 어제 떡이 된 콜린의 얼굴을 발견했을 때보다 천 배쯤 더 심란해졌다.

방황하던 일레나가 잠시 후 움직였다. 설렁줄을 당겨 하녀를 부른 뒤 콜린에게 손수건을 가져다줄 것을 지시하고, 여전히 우느라 정신없는 콜린을 두고 조용히 처소에 딸린 서재로 대피했다.

"휴."

일레나는 저도 모르게 한숨을 내쉬었다. 흔히들 여자의 눈물을 두고 무기라고 하는데, 일레나가 보기엔 다 큰 남자의 눈물도 충분히 무기가 되는 것 같았다.

'모르겠다, 정말……. 남을 안다는 건 역시 어려운 일이야…….'

콜린을 이해하는 건 이번에도 포기하기로 했다.

결과를 이야기하면, 일레나의 전담 호위는 콜린 한 사람이 아닌 셋이 되었다. 그날 콜린의 소식을 들은 토마스와 맥스가 발작을 일으키다 못해 일레나 처소 앞까지 찾아와 시위를 감행했기 때문이다.

"콜린 경이 받은 건 벌이 아니라 포상입니다!"

"포상이다! 포상이다!"

"콜린 경만 그런 포상을 받는 것은 불공평합니다!"

"불공평하다! 불공평하다!"

"저희에게도 같은 포상을 내려주십시오!"

"내려달라! 내려달라!"

……대략 이런 시위였고, 어디서 구했는지 모를 흰 띠를 이마에 두르고 농성하는 두 기사를 보다 못한 일레나는 그냥 셋을 한꺼번에 부려먹기로 했다.

어차피 토마스와 맥스는 일레나가 산책을 나갈 때마다 호위랍시고 늘 따라붙었다. 산책할 때 데리고 다니나, 외출 때 데리고 다니나. 거기서 거기가 아닐까 싶었다.

덧붙이면 두 사람이 콜린과 같은 조건—무상 노동—을 자처했다는 것도 일레나의 결정에 한몫했다.

그리고 납치 사건이 일어난 지 정확히 일주일 째 되던 날. 일레나는 뜻밖의 소식을 들었다.

"마르종 가문 집사가 죽었다고?"

벤이 고개를 끄덕였다.

"네. 자살이라고 합니다."

전해 들은 자초지종은 이랬다.

잉칸은 꽤 예전부터 주변의 눈을 피해 몰래 흑마법을 익히고 있었는데, 몇 년 전 그 사실을 누이인 레베카 마르종에게 들켰다. 금지된 마법을 익혔다는 사실을 들킨 잉칸이 선택한 방법은 바로 학대와 협박이었다.

잉칸은 그때부터 지속적으로 레베카를 핍박해 왔고, 마르종 가문 집사는 그것을 눈치채고 있었으나 묵인했다. 사실이 외부로 알려지면 가문의 명예가 실추될 것을 우려했기 때문이었다.

그러다 이번에 잉칸이 죽은 후 레베카 마르종이 지난 학대와 협박 사실을 모조리 폭로했고, 그날 마르종 가문 집사는 거처에서 목을 매달았다.

"유서가 발견되었다는군요."

유서에는 자신이 모든 걸 알았으나 함구했다는 고백, 그리고 그로 인한 죄책감이 적혀 있었다.

"그간 밝혀지지 않았지만 학대가 꽤 심각했던 모양입니다. 물리적 폭력도 있었다고 하니까요."

"저런."

일레나가 혀를 찼다. 잉칸은 알고 있던 것보다도 더 쓰레기였다. 새삼스럽게 잘 죽었단 생각이 절로 들었다.

"그럼, 잉칸이 흑마법을 익혔다는 건 추측이 아니라 사실이 된 거네."

"아무래도 증거가 나왔으니까요."

레베카의 폭로는 단순히 말로만 이루어지지 않았다. 그녀는 잉칸의 방에서 찾아낸 증거품을 발언의 근거로 삼았다. 정상적인 방법으로는 시장에서 구할 수 없는, 오래된 흑마법 책이었다.

"그렇다면 그때 시체가 사라졌던 것도……."

"그럴 가능성을 높게 보고 있습니다. 현장 인근에서 수상한 자가 시체를 운반한 정황도 따로 발견하지 못했고요."

"흐음."

일레나는 턱을 매만졌다. 죽은 후 시체마저 사라져 세상에 흔적을 남기지 않게 된다니.

흑마법이란 퍽 신기한 면이 있었다. 이 경우에는 기이하고 기분 나쁘다는 표현이 더 어울릴까.

"마르종 자작은 어쩌고 있지?"

"잉칸이 벌인 짓은 가문과 전혀 관계가 없다고는 하나, 도의 차원에서 공작성에 사죄 물품을 전달할 것을 약조했습니다."

벤이 말을 이었다.

"그리고 현재는 잉칸이란 이름을 가문 계보에서 지우기 위해 왕성에 정식으로 요청 서류를 보낸 상태라고 합니다."

쉽게 말해 죽은 자식을 호적에서 파려고 한단 거였다. 일레나가 고개를 끄덕였다. 그럴 만도 했다.

"허가가 빨리 떨어지겠네."

일레나를 납치하려 했던 것도 문제지만, 흑마법을 익혔다는 건 더 큰 스캔들이다. 일레나는 한동안 사교계가 떠들썩하겠다고 생각했다.

"참, 그리고 마님. 전에 말씀드렸던 약초 보급소에 관해 전달드릴 내용이 있습니다."

아, 그러고 보니 이런저런 사건으로 약초 보급소를 까맣게 잊고 있었다. 부디 좋은 소식이길 바라며 일레나가 물었다.

"뭔데?"

"시범 운영 일자가 예정보다 며칠 앞당겨졌습니다."

"그래?"

"안나가 이번에 마님을 구출하는 일에 큰 역할을 해준 덕에, 안나의 어머니를 보급소 책임자로 임명하는 것에 큰 반발은 없을 것으로 보고 있습니다."

"그건 잘됐네."

모처럼 좋은 소식이었다. 일레나가 활짝 웃었다.

안나는 이번 납치 사건에서 추적 마법이 걸린 일레나의 귀고리를 카이휜에게 무사히 전달하는 혁혁한 공을 세웠다. 인상 깊었던 건, 그날 안나가 주변 어른의 도움을 받아 공작성까지 향하면서 제 손에 쥔 귀고리에 대해 함구했다는 점이었다.

'말하면 혹시 남이 탐낼까 봐 그랬다고 했지.'

마법이 걸려 있단 점을 차치하고 봐도 귀고리는 값비싸 보였다.

'확실히……. 만약 그날 누군가가 귀고리를 욕심내 자기가 대신 전해주겠다고 안나를 살살 꾀었으면 어떻게 되었을까.'

상상하고 싶지도 않은 일이었다.

'똑똑한 애야.'

나이에 비해 영민했다. 제대로 된 교육만 뒷받침된다면 훗날 제법 인재로 자랄지도.

일레나는 그런 생각을 하다가 문득 입을 열었다.

"말이 나온 김에 안나를 만나러 가는 건……."

"아직 외출하시는 건 반대입니다."

'칫.'

"안나를 성으로 부를까요?"

"됐어. 번거롭게."

그냥 핑계 대고 나가볼까 했던 것뿐이다. 실패했지만. 하지만 일레나는 실패한 것치고 별로 낙심하지 않았다.

'뭐, 어차피 조금만 더 버티면 이 환자 생활도 슬슬 끝날 것 같으니까.'

일레나는 오늘 아침에 다그터가 준비해 왔던 약을 떠올렸다.

덜 썼다. 사람이 먹을 만한 맛이었다.

농도도 맛도 연해졌다. 무척 희망적인 신호였다.

거기다 유일한 외상인 목의 멍은 이제 눈에 보이지 않을 만큼 옅어져,

일레나는 더 이상 산책할 때 스카프를 두르지 않았다.

'기분 탓인가, 멍이 좀 빨리 빠지는 것 같단 말이야.'

일레나는 그렇게 생각하며 무심코 자기 목을 쓰다듬으려다 멈칫했다. 벤이 있었다. 괜히 그녀의 행동을 보고 목이 졸렸던 기억을 떠올린다고 오해라도 하면 곤란했다. 특히 벤은 걱정이 심한 편에 속했다. 다른 말로 하면 유난이었다.

"하여간, 이런 것까지 일일이 신경 써야 하다니."

"예?"

"자네 할 일 없나? 오늘 한가해?"

"아뇨, 한가하진 않습니다만……."

"그럼 어서 일하러 가."

"……예."

벤까지 내쫓았으나, 일레나는 그리 오래 혼자만의 시간을 즐길 수 없었다. 마침 손님이 찾아왔기 때문이다.

"흑탑주."

예상 밖의 방문에 가까웠다. 일레나는 방문 소식을 듣고 응접실로 내려갔고, 조금 놀랐다.

"공작 부인, 몸은 좀 괜찮으십니까?"

"나야 괜찮은데……."

시드리온의 얼굴을 보며 일레나가 말을 흐렸다.

"자네는 별로 안 괜찮은 것 같은데?"

눈 밑이 거뭇했다. 빈말로도 상태가 좋아 보인다고는 말하기 어려운 얼굴이었다.

"얼굴이 왜 그래? 어디 아픈가? 아니면 잠을 못 잤어?"

시드리온에게 맞은편에 앉으라고 손짓하며 일레나가 물었다.

"수면이 조금 부족했습니다."

"왜?"

시드리온은 대답하지 않았다. 대신 그는 일레나와 마주 보고 앉아 처음 꺼냈던 말을 이어갔다.

"괜찮으시다니 다행입니다. 무사하신 모습을 보니 마음이 놓입니다."

"자네 도움이 컸지."

그러잖아도 일레나는 시드리온을 한 번쯤 만나려고 생각하고 있었다. 다른 이유는 아니었다.

"안 그래도 불러서 인사하려 했어. 귀고리, 고맙다고."

일레나가 가지고 있었던 마법 귀고리는 다름 아닌 시드리온의 작품이었다.

계기는 사소했다. 때는 남편과 축제에 참가하기 위해 시드리온을 살아 움직이는 이동 수단으로 부려먹었던 날.

이동 마법을 처음 겪은 일레나는 신기한 마음에 시드리온에게 다른 마법도 보여줄 것을 요구했고, 시드리온은 잠시 고민하는 것 같더니 즉석에서 일레나의 귀고리에 추적 마법을 걸었다.

"뭘 한 거야?"

"추적 마법을 새겼습니다. 한쪽 귀고리가 있으면 다른 쪽 귀고리의 행방을 알 수 있습니다."

"호오……."

"다만, 불완전해서 마법 효과를 발동하려면 저를 부르셔야 하긴 합니다."

"오, 정말 쓸모없는데?"

"뭐, 이펙트만 보여 드리려고 한 거니까요."

번쩍, 하고 귀고리에 빛이 스며들었다.

당시엔 그냥 그 광경을 신기하게 구경만 하고 말았는데, 지나고 나니 그때 걸어준 마법이 크게 도움이 됐다.

행운이었다. 하필 그날 그 귀고리를 차고 나갔던 건.

시드리온은 일레나의 인사에 고개를 저었다.

"아닙니다. 즉석에서 마법을 새긴 거라 기능도 형편없었고…… 만약 정식 아티팩트였다면 훨씬 도움이 되었겠죠."

그러더니 시드리온이 테이블 위에 이런저런 것을 꺼내놓았다. 반지, 목걸이. 팔찌, 머리핀, 귀고리…….

겉보기엔 그저 평범한 장신구였으나 시드리온이 말을 잇는 순간 정체가 변했다.

"마법 아티팩트입니다."

"뭐?"

"종류별로 공격, 방어, 이동 및 통신 계열 마법을 새겨놨습니다."

"……."

"첫 착용자의 목소리에 반응하게 만들었고, 착용 상태로 시동어만 외면 바로 사용하실 수 있습니다. 각 아티팩트별 시동어와 자세한 마법 효과는 설명서를 드리고 갈 테니 읽어보시면……."

"흑탑주."

일레나가 시드리온의 말을 잘랐다. 그녀의 시선은 정확히 시드리온의 눈 아래 거뭇하게 진 그늘로 향해 있었다.

"자네, 설마 이걸 만드느라 안 잔 건가?"

형태는 질문이었지만 말에 담긴 건 확신이었다. 시드리온은 답하지 않았지만, 침묵은 긍정이라는 표현을 몸소 실천해 주었다.

"허."

기가 막힌 일레나가 몸을 의자 등받이에 기대며 팔짱을 꼈다.

"……왜 이렇게까지 해?"

"……."

"있잖아, 자네."

일레나의 표정이 심각해졌다. 전부터 은근히 마음에 걸렸는데, 이 기회에 확실히 짚고 넘어가야겠다는 생각이 들었다.

"내가 전에 흑탑주 자네에 대해 좀 알아본 적이 있거든."

시드리온을 소개해 달라는 말에 벤은 당황하는 모습을 보였고, 남편은 시드리온이 혹 무례하게 굴지는 않았냐고 질문했다. 그러고 나니 자연스럽게 궁금증이 들었다.

'이 자식, 평소 성격이 어떤 거지?'

그렇게 호기심으로 알아본 시드리온의 평판은 가관이었다.

"꽤 유명하던데, 자네. 글러먹은 성질머리로."

시드리온의 별명은 다음과 같았다.

개차반.

흑탑의 현 주인은 불세출의 천재로도 유명했지만, 그에 못지않게 성격파탄자로 악명 높았다.

"그런데 그렇게 성격 나쁘기로 유명한 자네가 내 앞에선 마치 순한 양처럼 굴고, 시키는 건 뭐든 군말 없이 다 하고……."

일레나의 날카로운 시선이 테이블 위 각종 아티팩트에 닿았다.

"심지어 이번엔 잠까지 줄여가며 무리해서 날 위해 이런 것들을 만들어오고."

"그건……."

"자네."

일레나가 시드리온을 똑바로 응시했다. 곧 경계심 어린 목소리가 흘러나왔다.

"내 남편이 그렇게 좋은가?"

"네?"

뭔가 설명하려는 것처럼 입을 벌렸던 시드리온이 멍청한 목소리로 반문했다. 일레나는 팔짱을 풀지 않은 채 눈을 가늘게 좁혀 떴다.

"자네가 내 앞에서 성질을 죽이는 것도, 내 안전을 신경 쓰는 것도 전부 남편 때문이잖아."

"……."

"솔직히 말해서 내가 다치든 말든 딱히 안중에도 없지? 다만, 내가 위험해지면 남편이 걱정할 테니까 그게 신경 쓰여서 이렇게 무리한 거잖아. 아니야?"

정확했다.

시드리온은 말문이 막혔다.

바른대로 이야기하면, 사실 그는 지금 당장 눈앞에서 일레나가 죽어도 별반 감응을 느끼지 못할 거다. 이후 그로 인해 카이휜이 겪을 괴로움만 신경 쓰이겠지.

맞는 말인데, 설마 그걸 다른 사람도 아니고 당사자가 저렇게 노골적으로 짚을 줄은 몰랐다. 당황하던 시드리온이 저도 모르게 부정하는 듯한 말을 했다.

"……왜 그렇게 생각하십니까? 다른 사람과 관계없이, 그저 제가 순수하게 공작 부인께 호감이 있어서 이러는 것일 수도 있죠."

"웃기는 소리."

일레나가 헛소리를 들었다는 듯 바로 코웃음 쳤다.

"누굴 바보로 알아? 내가 사람 보는 눈이 그 정도로 없지는 않아."

"……."

"자넨 '나'한테 아무 관심 없어. 내 남편의 '아내'에겐 관심이 있을지 모르지만."

시드리온이 입을 달싹였다. 그러나 결국 그 입에선 아무런 말도 나오지 않았다.

반박할 말도 없었다. 그리고 사실, 굳이 반박해야 하는 이야기가 아니기도 했다.

"……사람을 무척 잘 보시는군요."

그 말에 일레나가 득의양양하게 웃었다.

"그러니까 내 남편이랑 결혼했지."

뿌듯해한 것도 잠시, 일레나는 다시 본론으로 돌아왔다. 그녀는 자세를 고쳤다. 마치 취조하듯이.

"남편이 왜 그렇게 좋아?"

일레나의 눈이 날카롭게 빛났다.

"……."

"그야 두 사람이 친우인 건 알지. 아는데…… 아무리 봐도 자네 우정이 너무 깊단 말이야."

일레나는 남편을 통해 들었던 시드리온의 이야기를 떠올렸다.

'본래 사제였고, 지금은 아니며 우연한 기회로 만났는데 서로 마음이 맞아 친우로 지내게 되었다고 했지.'

개괄적인 이야기였고, 솔직히 그것만으로는 지금 시드리온이 보여주는 헌신에 가까운 우정을 이해하기 어려웠다.

"두 사람, 어쩌다가 친해진 거야?"

상대를 취조하듯 말문을 열었지만, 사실 그 순간 일레나를 지배한 건 궁금증이었다.

시드리온은 현재 유일하게 남편의 친우를 자처하는 인물이었다. 자연히 궁금할 수밖에 없었다.

"……예전에."

고민하는 듯하던 시드리온이 입을 열었다.

"도움을 받았습니다."

"도움?"

"제가 아직 사제던 시절에요."

그렇게 말하는 시드리온은 의외로 별로 좋은 추억을 말하는 사람처럼 보이지 않았다. 일레나가 무게중심을 앞으로 옮겨 상체를 내밀었다. 양팔은 팔짱 낀 그대로 테이블 위에 얹었다.

"어떤 도움을 받았는데?"

"……제가 사제직을 그만둘 수 있게 해줬습니다."

"그걸 도움이라고 말하는 걸 보면, 사제 생활이 딱히 유쾌하지는 않았나 봐."

"예."

어쩌면 단순히 '유쾌하지 않다'라는 말로는 표현하기 힘든 시절이었을지 모른다. 숨긴 사연이 생각보다 어두워 보였다.

일레나는 조금 더 파고들까 하다가 그냥 이쯤에서 그만두기로 했다. 채근하면 자세한 이야기를 들을 수 있겠지만, 남의 과거사를 억지로 들추기도 좀 그랬다.

'밝은 이야기라면 모를까.'

남편과 관련된 일이니만큼 호기심이 일긴 하지만, 못 참아줄 것도 없다. 일레나가 팔짱을 풀며 자세를 편하게 했다.

"뭐, 그래. 어쨌든 내 남편이 자네 은인이라는 거지. 그러면 이 헌신도 이해가 되긴 하네."

"……."

"아티팩트는 고마워. 잘 쓰지. 자네가 수명을 깎아 만들어준 만큼 꼭 유용하게 쓸게."

수명을 깎았다는 말이 황당했는지 시드리온이 픽 웃었다.

"그 정도는 아닙니다."

"아니긴 뭐가 아니야? 사람이 잠을 도외시하면 오래 못 살아. 돌아가면 잠부터 자."

단지 하룻밤 새운 걸로는 눈 밑이 저 정도로 거뭇해지지 않는다는 걸 안다. 대체 며칠이나 제대로 안 잤을까. 일레나는 그런 생각을 하다가 문득 말했다.

"참, 돌아가기 전에."

"……?"

"뭐 하나 묻지. 혹시 흑마법에 대해 잘 아나?"

"흑마법이요?"

아티팩트를 만드는 일이 얼마나 어려운지는 일레나도 떠도는 말을 들어서 알았다. 보통 하나를 만드는 데 마법사 여럿이 며칠씩 달라붙어야 한다. 그래서 시중에 풀린 아티팩트는 성능이 그리 대단하지 않은 것이라도 부르는 게 값이었다.

그런 아티팩트가 테이블 위에 수북이 쌓인 모습을 보니, 새삼 시드리온이 천재 마법사라는 사실이 실감되었다.

타의 추종을 불허할 만큼 마법에 통달한 자. 그렇다면, 흑마법에 대해서도 잘 알지 않을까.

"일반인보다는 가진 지식이 넓고 깊을 거라고 자부합니다만…… 뭐가 궁금하십니까?"

"흑마법을 익히면, 몸에서 악취가 나?"

일레나는 잉칸의 몸에서 나던 악취를 떠올렸다. 코를 찌르다 못해 나중에는 속이 뒤집히고, 급기야 머리가 아플 지경이었던 그 지독한 냄새. 살면서 한 번도 맡아본 적 없던 종류의 악취였다.

잉칸이 흑마법을 익혔다는 것이 확실해지고 나니, 자연히 그 둘을 연관 짓게 되었다.

"악취라……. 글쎄요, 일단 제가 알기로 흑마법이 악취를 유발한다는 건 확인된 적 없는 내용입니다."

"그래?"

"다만 이런 가능성은 있을 수 있겠네요. 고대 흑마법 중 시체를 곁에 두고 생활하며 익히는 것이 있습니다."

"시체?"

"부패한 시체요. 그것도."

윽. 비위 상한 일레나의 미간에 절로 주름이 졌다.

"하루 이틀도 아니고 무려 장기간을 끼고 살아야 하니, 그 냄새가 피부나 머리카락에 배어 빠지지 않을 수는 있겠죠."

"시체 썩은 내……."

기억을 더듬으며 일레나가 작게 중얼거렸다.

'그런 냄새였나?'

사실 정확히는 모르겠다. 시체가 썩으면서 나는 냄새를 맡아본 적은 없으니까. 그렇지만 그 이유가 아니고선 달리 악취를 설명할 방법도 없었으므로 일레나는 고개를 끄덕였다.

"그렇군. 고마워. 아, 한 가지만 더. 혹시 흑마법과 상극인 마법이 있어?"

"상극인 마법이라면……."

"닿기만 해도 흑마법사가 힘을 못 쓰고, 맥을 못 추는 마법."

"아뇨, 그런 마법은 따로 없습니다."

"그래? 백마법이 없단 말이지?"

"백마법…… 네, 없습니다."

단호한 목소리에 일레나가 흘긋 시선을 내려 제 손을 쳐다보았다.

'마법은 아니었나 보네.'

"좋아. 이제 궁금한 건 없으니, 이만 가도 돼."

"알겠습니다. 아, 혹여 아티팩트에 문제가 생기면 언제든 좋으니 바로 저를 불러주세요. 그럴 리는 없겠지만."

마지막 문장 덕에 자신감이 철철 느껴지는 발언이 되었다. 일레나는 그 말을 듣고 잠시 생각하다 입을 열었다.

"덕분에 지금 막 궁금한 게 하나 더 생겼어."

"예?"

"가만 보면 흑탑주 자네, 부르면 부르는 대로 재깍재깍 오잖아."

바쁘다고 거절한 적이 한 번도 없었다. 일을 시키면서 일정이 언제 되냐 물으면 항상 당장 된다고 했다. 이번에도 그는 아티팩트 문제로 언제든 저를 호출해도 된다고 말하고 있었다. 문득 의아했다.

"혹시 일은 언제 하나?"

시드리온이 이끄는 흑탑은 꽤 규모 있는 단체였다. 매일같이 처리해야 하는 일이 결코 적지 않을 텐데.

시드리온이 태연한 얼굴로 대답했다.

"전 일 안 합니다."

"뭐? 그럼 누가 하는데?"

"제 밑에 있는 사람들이 합니다."

"……."

일레나는 제 주변에 혹 장래 마법사가 되길 희망하는 사람이 있나 떠올려 보았다.

'흑탑에는 절대 취직하지 말라고 해야지.'

한 가지 다짐도 했다.

이러니저러니 했지만, 결과적으로 시드리온의 방문은 일레나의 기분이 좋아지게 하는 데 큰 공헌을 했다.

"기분이 좋아 보입니다."

저녁 식사 시간.

일레나는 식사 내내 헤실헤실 웃는 낯을 유지했고, 카이휜이 입을 열었다.

"좋은 일이라도 있는 겁니까?"

'아.'

일레나는 그제야 자신이 얼굴 근육을 너무 무방비하게 풀어놨다는 걸 자각했다. 크흠, 헛기침한 일레나가 입꼬리에 힘을 주곤 말했다.

"그게, 음, 당신도 알잖아요. 낮에 흑탑주가 다녀간 거."

"아티팩트를 잔뜩 내놓고 갔다는 말은 들었습니다."

"그래요, 바로 그거예요. 예고 없이 선물을 받아서 그런가, 덕분에 기분이 좋네요."

언뜻 둘러대기 위한 말처럼 들리지만, 사실 완전히 거짓말은 아니었다. 일레나는 정말 시드리온에게 뜻밖의 선물을 받은 기분이었다.

'기특한 자식.'

다만, 그 '선물'이 아티팩트는 아니다.

'그래, 절친한 친우가 봐도 내가 남편한테 그렇게 중요하고 특별한 사람이라 이거지?'

시드리온은 카이휜을 위해 일레나의 안전을 챙겼다. 바꿔 말하면, 그만큼 일레나가 카이휜에게 크게 영향을 끼치는 사람이라는 걸 시인한 셈이었다.

'절친한 친우의 눈에도 그렇다면…… 뭐, 확실한 거지.'

이 순간만은 시드리온이 남편의 '절친한' 친우라는 걸 마음껏 인정해 주기로 한 일레나가 싱글벙글 웃었다. 재차 표정 관리에 실패한 일레나의 얼굴에 카이휜의 시선이 잠시 머물렀다.

"……결국 시드리온 때문에 기분이 좋다는 거군요."

"응? 뭐라고 했어요?"

"아닙니다."

카이휜이 멈췄던 손을 움직여 접시 위의 요리를 썰었다. 그런데 문제가 생겼다. 요리만 썰린 것이 아니라, 접시가 같이 두 동강이 났다.

"……?"

일레나는 자기가 뭘 잘못 봤나 싶어 눈을 깜박였다. 카이휜도 당황한 것 같았다. 그는 '쩍' 소리를 내며 갈라진 접시를 내려다보다 일레나를 향해 입을 열었다.

"……금이 가 있었던 모양입니다. 접시에."

"아, 그렇군요. 저런, 안 다쳤어요?"

"괜찮습니다."

"다행이에요. 엘라!"

일레나가 하녀를 불러 카이휜의 접시를 새것으로 교체했다. 카이휜은 접시가 멀쩡한 것으로 바뀌는 것을 보며 묵묵히 자기 입을 가렸다.

그리고 이튿날.

"……이게 다 뭔가?"

일레나는 알 수 없는 아티팩트의 산을 만났다. 시드리온이 주고 간 아티팩트 개수도 상당했지만, 이건 그보다 세 배정도 많은 것 같았다.

"공작성 안쪽 창고에 있던 것과 주인님께서 새로 매입하신 것들입니다. 전부 마님께서 쓰시면 됩니다."

"……너무 많은데?"

"골라 쓰시지요."

처소를 가득 채운 아티팩트는 화려하고 번쩍거렸다.

'이것만 있으면 전쟁에 나가도 살아 돌아오겠네.'

일레나는 무심코 그런 생각을 했다. 가능성이 꽤 높아 보였다.

덜커덩.

네 마리의 말이 이끄는 화려한 사륜마차가 빠른 속도로 길을 달렸다.

"도련님."

흔들리는 마차 안에서 하녀가 맞은편에 앉은 젊은 남자에게 말을 걸었다.

"정말 이 방법이 최선일까요?"

한눈에 보기에도 값비싼 의복을 차려입은 남자는 마차 창밖에 둔 시선을 그대로 고정한 채 대답했다.

"달리 뭐 좋은 방법이라도 있어?"

"아가씨께서 정말 좋아하실지……."

"걔가 좋아하든, 싫어하든 그런 건 나중에 생각할 문제야. 어차피 다 자길 위한 일인데."

코웃음 친 남자가 말을 이었다.

"그리고 이미 여기까지 왔잖아. 이제 와 돌아갈 수도 없지."

저건 맞는 말이었다. 도착지가 어느덧 코앞이었다. 마차를 돌리기에는 너무 늦었다. 하녀 또한 그 사실을 알고 있었기에 이내 순순히 입을 다물었다.

적막해진 마차 안에서 남자가 괜히 마부를 재촉했다.

"마부! 더 빨리 달릴 수 없나?"

"노력하겠습니다, 도련님."

창밖 풍경이 조금 더 빨리 지나가고, 마차의 흔들림이 한층 커졌다.

'일레나, 조금만 기다려. 내가 반드시 널…….'

창밖을 내다보는 남자의 눈이 진지하게 가라앉았다.

"아침 문진은 오늘까지만 하겠습니다."

납치 사건이 있고서 열흘. 다그터의 입에서 마침내 기다리고 기다리던 말이 나왔다. 일레나는 환호성을 지를 뻔한 것을 꾹 참았다.

"고생하셨습니다. 말씀드렸던 주의 사항은 오늘부터 꼭 지켜주지 않으셔도 됩니다."

"외출해도 된단 말이지?"

"예."

"잘 때 심신 안정에 좋다는 향초를 피우지 않아도 되고?"

"예."

"잠자리를 혼자 쓰지 않아도 되지?"

가장 중요한 질문이었다. 다그터가 고개를 끄덕였다.

"예."

'드디어!'

그간 아무리 애써도 일레나가 다그터를 도무지 좋아할 수 없었던 두 번째 이유. 다그터는 그동안 '절대 안정'을 이유로 일레나에게 혼자 잠자리를 쓸 것을 권했다.

그게 무슨 말이냐.

'오늘 밤부턴 다시 남편과 함께 잘 수 있어!'

그녀가 지난 며칠 내내 카이휜과 한 침대에 들 수 없었다는 말이다. 멀쩡한 남편을 두고 강제로 독수공방해야 했다.

하지만 그것도 이제는 끝이다. 일레나는 한때는 증오의 대상에 가까웠던 다그터를 향해 오늘만은 너그럽게 웃어주었다.

"다그터, 자네도 그간 고생했네."

"아닙니다."

"자네의 노고는 잊지 않지."

이중적인 의미를 내포한 말이었다. 참고로 일레나의 뒤끝은 그리 짧지 않다. 다그터는 알 수 없는 오한을 느껴 팔을 매만졌다.

그날 밤.

일레나는 두근거리는 가슴을 안고 카이휜과 한 침대에 누웠다. 옆으로 돌아눕자 바로 남편 얼굴이 보였다.

흡족했다.

'그래, 바로 이거지. 이 광경이야.'

그간 이상하리만치 넓게 느껴졌던 침대가 비로소 제 크기로 보이는 것 같았다.

"오늘 외출은 어땠습니까?"

카이휜이 물었다.

일레나는 오늘 모처럼 외출했다. 영지에 나가 나들이도 하고 안나가 잘 지내는지 보고 왔다.

"좋았어요. 아니, 벤이 어떻게 소문을 냈는지 안나가 영웅이 되어 있더라고요."

"그렇습니까?"

"전에 안나에게 돌을 던지려고 했던 애들이 이젠 찾아와서 먹을 걸 주고 간대요. 참 나."

약초 보급소가 열리기도 전에 이미 안나 가족에게 잘 보이려는 노력이 시작되었다.

"잘됐군요."

"그러게요."

일레나는 옆으로 누운 채 카이휜의 눈을 가만 들여다보았다.

"……."

이게 무슨 기분일까. 입술이 간질거렸다. 침묵이 길어지면 안 될 것 같았다. 왠지 어서 빨리 아무 말이나 해야 할 것 같았다.

눈을 약간 부산하게 깜박거리다 일레나가 입을 열었다.

"……당신, 요즘 바쁘죠?"

"아뇨, 크게 바쁘진 않습니다."

"거짓말. 다 들었어요. 당신, 식사하는 시간을 제외하면 집무실에서 산다고."

남편은 원래도 지박령인가 싶을 만큼 집무실에서 오랜 시간을 보내는 편이었다. 하지만 근래는 느낌이 달랐다. 전에는 굳이 안 그래도 되는데 집무실에 오래 있는 느낌이었다면, 최근엔 정말 그럴 수밖에 없을 만큼 바쁘단 인상이었다.

"일이 늘어난 거예요?"

일레나가 저도 모르게 걱정하는 기색으로 묻자 카이휜이 멈칫했다가 대답했다.

"……별일 아닙니다. 처리해야 하는 일이 있는데, 그것만 해결하고 나면 다시 평소와 같아질 겁니다."

"일시적인 거란 거죠? 그건 안심이네요. 그럼 그림 수업은 당신 바쁜 일이 끝나면 재개해요."

그림 그리기 수업은 기초 중의 기초만 가르쳐 준 채 중단되어 버린 상태였다. 다시 한다면 아마 처음부터 다시 가르쳐야 하겠지만, 상관없었다.

오히려 잘됐다. 어차피 그림 수업은 남편과 둘이 보내는 시간을 늘리기 위한 구실이었으니까.

'수업이 길어지면 나야 좋지.'

"그리고……."

일레나가 베개 옆에 둔 손을 무심코 꼼지락거리며 말했다.

"뱃놀이도 다녀와요. 당신 안 바쁠 때."

"뱃놀이, 말입니까?"

"가봤어요?"

"……아뇨."

"그럼 그것도 나와 처음 다녀오는 거겠네요."

남편은 축제 구경도 저와 처음 했다. 일레나는 배시시 웃었다.

"내가 전에 봐둔 호수가 있거든요. 뱃놀이 장소로 정말 유명하대요. 특히 연인…… 이 그렇게 많이 다녀간다고."

일레나가 헛기침했다.

이상한 일이었다. 두 사람은 이미 부부인데, 고작 연인이라는 말을 입에 담는 것이 괜히 부끄러웠다.

"재미있을 거예요."

서둘러 말을 마무리하곤 일레나가 카이휜을 쳐다보았다. 곧 상대의 입이 열렸다.

"기대됩니다."

"나도 그래요."

언제가 될까, 두 번째 데이트는. 어서 그날이 왔으면 좋겠다. 일레나는 그렇게 생각하곤 이불을 끌어 올렸다.

"……그럼 잘 자요, 카이휜."

"좋은 꿈꾸길, 일레나."

아. 남편의 목소리로 듣는 저 인사도 그리웠다. 일레나는 만족스럽게 눈을 감았다.

……그리고, 시간이 흘러 생각지 못했던 문제와 맞닥뜨렸다.

'왜…… 잠이 안 오지?'

눈을 감고 시간이 꽤 흐른 것 같은데, 여전히 정신이 또렷했다.

'……뭐지?'

일레나는 불면증과 그리 친하지 않았다. 일평생 내외하며 살아왔다. 자려고 누웠는데 잠이 들지 않는다니, 이런 경험은 생소했다. 고민이 있거나 마음이 싱숭생숭한 상태면 모를까. 딱히 그런 것도 아닌데.

'……긴장했나? 혼자 쓰던 침대를 간만에 남과 함께 써서?'

아니, 그렇지만 긴장할 이유가 뭐가 있단 말인지. 불편한 것도 아니다. 침대는 넓었다. 둘이 눕고도 자리가 남았다.

일레나는 혼란스러운 심경으로 속절없이 시간을 보냈다. 그러다 결국 슬그머니 눈을 떴다.

어둠에 익숙해진 시야로 눈을 감고 있는 남편의 단정한 얼굴이 보였다.

"……카이휜, 자요?"

작은 목소리로 말했는데, 바로 답이 돌아왔다.

"무슨 일입니까?"

파란색 눈동자와 시선이 마주쳤다. 일레나가 주저하다 입을 열었다.

"저, 괜찮으면…… 잠깐이라도 좋으니 나랑 산책 안 할래요?"

어디서 그랬다. 낮 동안 충분히 활동하지 않으면, 몸에 기운이 남아 밤에 잠들기 어렵다고.

'물론 난 오늘 낮에 외출도 했지만…….'

오늘만 볼 게 아니라, 지난 며칠간의 환자 생활로 인해 누적된 활동 부족이 이제야 몸에 영향을 주는 거라면 이해하지 못할 것도 없었다.

'그래, 그런 걸 거야.'

그게 아니고선 갑자기 잠들지 못하는 이유를 설명할 수 없었다.

"춥습니까?"

정원에는 밤바람이 불었다. 일레나가 무심결에 어깨에 두른 숄을 여미자 카이휜이 물었다.

"아, 아뇨. 안 추워요. 그냥 습관처럼……."

일레나가 흘긋 남편의 차림에 시선을 주었다.

사실 추워도 그녀보다는 남편이 추울 일이었다. 갑자기 나오자고 하는 바람에 카이휜은 지금 고작 셔츠 한 장 차림이었다. 눈이 즐거운 것과는 별개로 죄책감이 밀려왔다.

"그보다 미안해요. 이 밤에 느닷없이 나오자고 해서."

"아닙니다."

"조금만 있다가 들어가요. 한두 바퀴쯤 돌고…… 앗!"

일레나가 말하다가 발을 헛디뎠다. 카이휜이 재빠르게 그녀를 잡아챘다.

"정원이 생각보다 어둡습니다."

"……."

카이휜은 일레나를 잡아준 후 그녀에게 손을 내밀었다. 누가 봐도 잡으라는 표시다. 머뭇거리던 일레나가 그 손을 잡았다.

두근.

가슴이 뛰었다.

'……어라.'

심장의 울림이 갑작스러워 일레나는 눈을 깜박였다. 조금 전 넘어질 뻔한 탓에 놀란 걸까. 다소 소란스럽게 뛰기 시작한 심장은 좀처럼 다시 얌전해지지 않았다.

일레나는 카이휜과 손을 잡은 채 묵묵히 정원을 걸었다. 사실 무슨 정신으로 걷는지도 잘 모르겠다. 일레나의 주의는 걷는 내내 온통 남편과 마주 잡은 손에 쏠려 있었다. 묘하게 몸에 힘이 들어가며 긴장되기도 했다.

'어두워서 그런가 봐.'

이 손이 없으면 넘어질지도 모르니까. 어쩌면, 길을 잃을지도 모르고.

"잠깐 쉬겠습니까?"

어느새 정원 한 바퀴를 다 돌았다. 쉬지 않고 돌았더니 약간 숨이 찼다. 일레나가 고개를 끄덕였다.

"그래요."

마침 근처에 벤치가 보였다. 그곳으로 이동한 카이휜이 일레나와 잡고 있던 손을 놓았다.

"……."

왠지 아쉬워 일레나가 허전해진 손을 꼼지락거렸다.

'그냥 쉬지 말고 좀 천천히 계속 걷자고 할 걸 그랬나.'

일레나가 벤치에 앉아 그런 생각을 할 때 카이휜이 옆에 앉아 입을 열었다.

"잠이 오지 않는 겁니까?"

문득 일레나가 시선을 옆으로 돌렸다. 눈이 마주쳤고, 어쩐지 서로의 간격이 가깝다는 생각이 들었다. 일레나가 비스듬히 시선을 아래로 내리며 대답했다.

"아, 그게…… 오늘 갑자기 이러네요. 평소에는 괜찮은데."

"혹시 고민이 있는 거라면……."

"아니에요. 그런 거 없어요."

일레나가 어렴풋이 웃었다. 카이휜의 목소리에는 걱정하는 기색이 담겨 있었다. 그의 걱정이 기꺼워 일레나가 웃으면서 입을 열었다.

"당신 하는 걸 보면, 가끔 내가 유리 인형이 된 것 같아요."

"……유리 인형이요?"

"사소한 걸 가지고도 툭하면 걱정하잖아요."

생각해 보면 남편은 언제나 그랬다. 언제였더라.

"전에 내 팔을 좀 잡아보라고 하니까, 무슨…… 닿을 듯 말 듯하게 쥐고."

"그건 어쩔 수 없었습니다. 부인이……."

"내가 뭐요?"

"……."

"뭐라고 하려고 했어요?"

"아무것도 아닙니다."

카이휜이 답을 피했다. 궁금해진 일레나가 억지로 실토하게 할까 말까 고민할 때였다.

또 한 번 바람이 불었다. 바람에 날려 온 작은 나뭇잎이 일레나의 머리카락에 달라붙었다.

일레나가 떼어내려 손을 올렸지만, 그보다 카이휜이 빨랐다. 커다란 손이 가까워지나 싶더니, 머리카락에 붙은 나뭇잎을 조심스럽게 떼어냈다.

"……."

일레나는 공연히 나뭇잎이 붙었던 자리를 만지작거렸다. 그러다 문득 무슨 생각이 들었는지 눈을 동그랗게 떴다.

"아."

"……?"

"좋은 생각이 났어요. 우선 돌아가요."

예정보다 조금 이르게 산책을 끝마친 일레나가 카이휜을 이끌고 정원에서 벗어났다. 정원을 빠져나오며 두 사람은 다시 손을 잡았다.

이내 처소에 도착했다. 다시금 침대 위에 카이휜과 마주 보고 누운 일레나가 말했다.

"내가 어릴 때, 잠이 오지 않는다고 칭얼거리면 유모가 어떻게 해줬는지 알아요?"

"어떻게 해줬습니까?"

"옛날이야기를 들려줬어요. 내가 잠들 때까지."

"……."

"그렇지만 지금 난 다 컸으니까, 그런 옛 이야기가 듣고 싶은 건 아니고요."

어두운 처소 안에서 일레나가 기대에 찬 눈으로 카이휜을 응시했다.

"당신 이야기가 듣고 싶어요."

"……내 이야기 말입니까?"

"네, 당신 이야기. 내가 모르는 당신 얘기면 다 좋아요."

들을 이야기는 무궁무진할 거다. 남편은 태어나 스무 해가 넘는 시간을 살아왔고, 그중 그녀와 함께한 건 몇 개월뿐이니까.

"예를 들면 몬스터를 토벌할 때 이야기라든가…… 어쩌다 안나와 한

스를 구해주게 되었는지?"

"별로 재미있는 이야기는 아닐 겁니다."

"상관없어요."

일레나는 딱히 재미있는 이야기를 듣고 싶은 게 아니었다. 단지 남편의 이야길 듣고 싶을 뿐. 다만 그렇게 말하자니 왠지 부끄러워, 일레나는 다른 말로 둘러댔다.

"오히려 잘됐죠. 재미없으면 내가 듣다가 더 빨리 잠들 것 아니에요."

"……."

"안 그래요?"

타당한 의견이다 싶었는지 카이휜이 반박하지 못하고 조용해졌다. 일레나가 채근했다.

"얼른요. 아, 싫으면 자장가 불러줘도 돼요. 자장가 불러줄래요?"

"……정말 아무 이야기나 괜찮습니까?"

노래하긴 싫은가 보다.

'가만, 노래하는 모습도 궁금하긴 한데…….'

하지만 그건 오늘의 목적이 아니니 특별히 다음으로 미뤘다. 일레나가 대답했다.

"네, 괜찮아요."

"알겠습니다. 그럼……."

잠시 고민하는 듯하던 카이휜이 이내 결정했는지 말을 이었다.

"8년 전에……."

재미없을 거라더니, 이야기는 꽤 흥미진진했다.

그래서 다음에는 어떻게 됐냐, 그다음은? 또 다음은? 그런 식으로 꼬리에 꼬리를 물어 이야기를 듣다보니 일레나는 새벽이 깊어서야 겨우 수마를 이기지 못하고 잠들었다.

카이휜은 잠든 일레나를 물끄러미 눈에 담았다. 색색, 아내가 숨을 내쉬고 들이쉴 때마다 가느다란 몸이 달싹거렸다. 카이휜은 무심코 생각했다. 작다. 작고, 가늘고, 약해 보인다.

'아니, 그렇게 보이는 것뿐 아니라 실제로도 약하겠지.'

힘을 줘서 강하게 쥐면, 비유가 아니라 정말로 부러질지도 몰랐다. 사실 그건 일레나가 약해서라기보단 카이휜이 맨손으로 몬스터를 찢어 죽일 만큼 지나치게 강한 탓이었지만.

어쨌든 그의 눈에 일레나는 늘 한없이 약하고 가냘프게만 보였다.

그래서 조심스러웠다. 처음부터 항상.

"그건 어쩔 수 없었습니다. 부인이……."

정원에서 하려다 만 말도 결국 그런 내용이었다.

일레나를 대하는 건 카이휜에게 늘 어려운 일이었다. 솔직히 말하면 처음엔 더 그랬다.

살아오면서 한 번도 이렇게 가까이 둬본 적 없는, 너무 작고 약한 존재.

생소하고 어색했다. 지금은 처음보단 익숙해졌지만, 어쩌다 손을 댈 때마다 조심하게 되는 건 여전했다. 그의 아내는 여전히 너무 쉽게 다칠 것 같고…….

"으응……."

……절대로 다치게 하고 싶지 않았다.

얼굴에 닿은 머리카락이 간지러운지 일레나가 자면서 미간을 찌푸렸다. 카이휜이 손을 뻗어 몇 가닥 앞으로 흘러내린 일레나의 은색 머리카락을 귀 뒤로 넘겨주었다.

"……."

잠시 그녀의 얼굴 근처에서 머무르던 손이 곧 제자리로 돌아갔다. 주먹을 한 번 꾹 쥐고 난 카이휜이 침대에서 몸을 일으켰다. 한 시간쯤 후면 동이 틀 것이다.

처소에서 나와 제 거처에 들른 카이휜이 이내 집무실로 향했다.

"주인님, 부르셨습니까?"

벤이 집무실로 불려온 건 시간이 조금 흐른 후였다. 이른 시각이었지만, 노인이 되며 아침잠이 사라진 벤의 얼굴에선 별달리 잠기운을 찾아볼 수 없었다. 서류를 정돈하며 카이휜이 입을 열었다.

"어제 말했던 상단 인수 작업 말인데."

"예."

"좀 더 빨리 진행했으면 좋겠어. 예산이 얼마가 더 들든 상관없네."

"알겠습니다. 그렇게 전달하죠."

"그리고……."

카이휜이 창밖을 슬쩍 응시했다. 동이 터오고 있었다.

"하녀들 숙소에 들러 오늘은 공작 부인을 깨우지 말라고 전해주게."

그 말을 들은 벤의 입가에 미미하게 미소가 맴돌았다.

"예, 그러겠습니다."

일레나는 실컷 늦잠을 자고 일어났다. 해가 중천 가까이 떴을 때 기상했으니 말 다한 셈이었다. 어쨌든 푹 자고 일어나니 몸은 상쾌했다.

늦은 아침을 먹고, 일레나는 오랜만에 서재에서 예산 장부를 들여다봤다. 좀처럼 집중은 되지 않았다. 간만에 일을 손에 잡아서 그런 건 아니었다.

'어제 들은 이야기, 정말 재밌었지…….'

8년 전 대규모 몬스터 토벌 이야기. 현장감도, 박진감도 나무랄 데 없었다.

'콜린 경한테서 들었던 토벌 얘기도 재미있긴 했지만, 역시 남편에게 직접 듣는 게 더…….'

관찰자 시점과 주인공 시점 중 주인공 시점이 더 마음에 드는 심리일까. 물론 화자의 차이가 주는 영향이 크다는 점도 부인할 수는 없었다.

'오늘 자기 전에 뒷얘기 이어서 들려달라고 해야지.'

산 중턱 깊은 곳에서 족장 노릇을 하던 머리 두 개 달린 트롤을 발견했다는 데까지 들었다. 이제 그다음 이야기를 들을 차례였다. 기대감에 차 일레나가 콧노래를 흥얼거렸다.

그때였다.

"마님."

"벤?"

어쩐지 다급한 노크 소리와 함께 벤이 모습을 드러냈다. 주름진 얼굴이 웬일로 곤란해 보였다.

"무슨 일인가?"

"그게, 손님이 오셨습니다. 그런데……."

"아가씨!"

공작성 정문으로 향한 일레나는 두 눈을 의심했다. 일레나보다 반 뼘가량 키가 작은 하녀가 한달음에 달려와 그녀의 품에 안겼다.

아가씨.

고작 몇 달 사이에 낯설게 변해 버린 단어였다.

"메리? 메리가 어떻게 여기……."

메리는 일레나가 결혼하기 전까지 백작저에서 그녀의 시중을 들었던 전속 하녀였다. 반갑고 익숙한 얼굴이었지만, 동시에 여기에 있으면 안 되는 얼굴이었다.

당황한 얼굴로 일레나가 고개를 들었다. 그러자 메리의 뒤로 그녀보다 더 익숙한, 그리고 그만큼 더 이곳에 있어선 안 되는 얼굴이 보였다.

"일레나."

소르테 백작가의 둘째. 일레나의 바로 손위 형제.

"이 오라버니가 직접 널 데리러 왔다. 집에 가자!"

에드워드 소르테가 자리에 당당히 서서 외쳤다.

Chapter 7
좋은 일과 나쁜 일의 미묘한 상관관계

들어가서 마저 이야기하자는 일레나의 말에 에드워드는 장소를 옮기지 않겠다고 고집을 피웠다. 그냥 지금 이대로 일레나를 마차에 태워 출발하면 되는데 뭐 하러 번거롭게 장소를 옮기느냐는 논리였다.

좀처럼 말이 통하지 않았고, 일레나는 오랜만에 만난 혈육의 정강이를 힘껏 걷어찬 후에야 그와 응접실에 마주 앉을 수 있었다.

"……그래서."

일레나가 황당하다는 눈으로 에드워드를 응시했다.

"나를 데리러 왔다니, 그게 무슨 소리야?"

걷어차인 정강이가 아직 아픈지 에드워드가 인상을 쓰며 대답했다.

"말 그대로야. 널 집에 데려가려고 왔어."

"아니, 그러니까 나를 갑자기 집에 왜 데려가냐고."

"네 편지 읽었다."

"편지?"

무심코 반문한 일레나가 이내 잠깐 잊고 있었던 것을 떠올렸다. 답장을 받지 못한 편지.

"네 편지가 도착한 후, 온 가족이 회의에 들어갔다. 그 자리에서 내가 의견을 냈어. 네 안전을 위해서 널 집으로 데려오는 게 좋겠다고."

"……!"

"며칠 숙고하신 끝에 아버지께서도 동의했지."

정강이를 문지르던 손을 거둔 에드워드가 말을 이었다.

"돌아가자, 일레나. 시간 낭비할 것 없이 바로 출발했으면 하는데, 챙길 짐이 많아?"

일레나는 대답하지 않았다. 정확히는 대답할 수 없었다. 너무 기가 막힌 나머지 말문까지 막히고 말았으니까.

'……맙소사, 이래서 답장이 안 왔던 거구나!'

머리가 띵했다. 누군가가 뒤통수를 세게 한 대 친 것 같았다.

기껏해야 편지 한 장에 불과할 답신이 도착하는 데 시간이 이상할 만큼 오래 걸린다곤 생각했다. 하지만 설마하니, 편지가 아닌 사람이 직접 오고 있었을 줄은. 그것도 무려 에드워드가, 저런 말도 안 되는 답변을 들고서!

"잠깐, 에드워드. 그러니까 지금……."

검지 끝 지문으로 관자놀이를 꾹 눌렀다 뗀 일레나가 입을 열었다.

"집에 가자는 말이, 아예 가자는 뜻이지? 잠깐 와서 머무르라는 게 아니라, 결혼 생활을 정리하고 영영 들어와라?"

말하는 투나 자세가 아무리 봐도 와서 당분간만 지내라는 느낌이 아니었다.

아니나 다를까 에드워드가 즉각 긍정했다.

"그래."

"야, 이……."

일레나가 입술을 살짝 깨물었다. 하마터면 장소도 잊고 험한 말부터 내뱉을 뻔했다. 겨우 심호흡해 감정을 가라앉힌 후 일레나가 다시 말했다.

"헛소리하지 마. 내가 왜 돌아가?"

"뭐?"

"너 뭔가 굉장히 착각하는 것 같은데, 내 안전을 위해서 날 집에 데려가겠다고? 오히려 그 반대가 되어야 하는 거 아냐?"

"반대라니?"

"난 집에 있는 것보다 이곳에 있는 편이 더 안전해. 누가 봐도 확실한 사실이야."

에드워드가 무슨 소리냐는 듯 눈썹을 쓱 추켜올렸다.

"어처구니없는 소리 하지 마, 일레나. 잊은 거야? 너 납치당할 뻔했어. 불과 얼마 전에."

"그래서 그게 내가 여기 있었던 탓에 겪은 일이다?"

"그래."

"너야말로 터무니없는 소리 하지 마, 에드워드. 날 납치하려 했던 범인이 어디 살던 놈인 줄 알아?"

"뭐라고?"

"걔 수도에 살았어."

"……."

"운이 나빠 겪은 사고였지, 내가 공작령에서 지냈기 때문에 일어난 일이 아니야. 혹시 알아? 내가 수도에 있었으면 더 험한 꼴을 봤을지.”

“……그건 비약이야, 일레나.”

“어쨌든 조금이라도 존재하는 가능성에 대해 말하는 거야. 그리고 내가 집을 떠나 여기 왔기 때문에 험한 일을 겪은 거라는 네 의견에 반박하는 거고.”

일레나가 한숨을 쉬었다. 설마하니 에드워드를 앉혀 두고 이런 말을 하게 되는 날이 올 줄은 몰랐다. 정말이지 상상도 못 했던 상황이었다.

“네가 정말 내 안전을 생각해서 이러는 거라면, 그냥 돌아가. 난 여기 있는 게 가장 안전해.”

“무슨 근거로?”

일레나는 바로 대답하는 대신 손을 까딱였다. 그러자 한쪽에서 대기하고 있던 하녀가 즉시 다가왔다.

“‘그것들’ 가져와.”

“네, 마님.”

잠시 후 응접실을 나갔던 하녀가 돌아왔다. 일레나와 에드워드가 마주 보고 앉은 테이블 위로 각종 장신구가 산처럼 쌓였다.

“이게 뭔…….”

“마법 아티팩트야.”

“……!”

“이렇게 많은 건 처음 보지? 나도 여기 와서 처음 봤어. 이게 다 내 거야. 내 안전을 위한 것들이라고.”

테이블 위의 아티팩트와 일레나를 번갈아 쳐다보던 에드워드가 구차하게 한마디 했다.

“거짓말.”

"금방 들통날 거짓말을 내가 왜 해? 정 의심되면 당장 실외로 나갈래? 나가서 직접 쓰는 걸 보여줄게."

일레나의 자신 있는 태도에 에드워드가 찰나 조용해졌다. 그 틈에 일레나가 재차 하녀를 불렀다.

"밖에 있는 세 명 들어오라고 해."

그러자 이내 문밖을 지키고 있던 세 기사가 쏜살같이 응접실 안으로 모습을 드러냈다.

콜린, 토마스, 맥스가 나란히 섰다. 일레나가 세 사람을 가리키며 에드워드에게 말했다.

"내 호위 기사야. 보다시피 셋이나 되고, 내가 가는 곳마다 따라다니고, 무척 충성스러운 데다 실력도 대단히 뛰어나."

세 기사가 누가 먼저랄 것 없이 감격에 겨운 얼굴을 했다. 마치 이날을 위해 살아왔다는 듯한 표정들이었다. 에드워드가 떨떠름하게 미간을 좁혔다.

"못 믿겠는데."

"뭐가 못 미더운데? 충성심? 실력? 다른 건 몰라도 실력은 보여줄 수 있어. 대련하는 모습을 보면 대충 알 것 아냐."

"제가 먼저 하겠습니다!"

"아닙니다, 제가 먼저 하겠습니다."

"부디 저에게 시켜주십시오!"

기사 셋이 서로 자기가 먼저 실력을 증명해 보이겠다고 나섰다. 사실 단련된 몸과 눈빛만 봐도 세 사람이 어중이떠중이가 아니라는 건 쉽게 알 수 있었다. 에드워드가 재차 입을 다물었다.

일레나가 곧 세 기사를 다시 내보냈다.

"다 나가봐."

내친김에 에드워드와 둘만 있기 위해 사용인도 전부 물렸다. 조용히 흘러가는 상황만 지켜보던 메리도 우선 그들과 함께 자리를 비켰다.

일레나가 에드워드와 담담히 시선을 맞췄다.

"에드워드. 아니, 오빠."

"……."

"날 걱정해 준 건 알겠어. 고마워. 나를 생각해서 여기까지 온 것도…… 정말 의외지만 고맙게 생각해."

이건 진심이었다. 하지만.

"그렇지만 방금 봐서 알다시피, 지나친 걱정이고 기우야. 난 집에 안 돌아가. 갈 필요가 없지."

"……."

"좋은 방을 내줄 테니 오늘은 푹 쉬면서 여독을 풀고, 내일……."

"마법 아티팩트, 호위 기사가 다 무슨 소용이야?"

에드워드가 물러설 수 없다는 듯 끈질기게 쏘아붙였다.

"어차피 이곳은 이미 한 번 널 지키지 못했잖아. 두 번은 안 그러리란 법 있어?"

"에드워드, 세상에서 가장 보안이 확실한 가게가 어딘 줄 알아?"

"뭐?"

"귀한 걸 도둑맞은 적 있는 가게야."

"……."

"다신 같은 일을 겪지 않으려고 기를 쓰고 보안에 최선을 다하지. 지금 이 공작성보다 더 내 안전을 보장해 줄 수 있는 곳은 없어."

"……."

"참, 돌아가면 잊지 말고 아버지와 언니에게도 내가 했던 말을……."

"……그래도 여긴 네게 위험해."

또 무슨 억지를 쓰려고 저러나. 일레나가 눈썹을 찌푸릴 때 에드워드가 말했다.

"애초에 네가 그런 소문이 도는 작자와 결혼하게 두는 게 아니었는데."

"뭐?"

"지금은 안전하다고 느낄지 몰라도, 나중에는 어떻게 될지 몰라. 이곳에 계속 있다간 너도 저주에……."

"에드워드!"

일레나가 처음으로 화를 참지 못해 벌떡 일어섰다. 의자가 요란하게 뒤로 넘어갔다.

그때 응접실 문이 열렸다.

"여기 계셨군요."

"……."

"귀한 손님이 오셨다는 말을 들어 인사라도 나눌까 싶어 들렀습니다."

일레나가 허공으로 올렸던 손을 조용히 다시 내렸다. 에드워드의 머리털을 온통 뽑아놓으려던 손이었다.

'운도 좋지.'

에드워드를 매섭게 쏘아본 일레나가 응접실에 나타난 카이휜에게 다가갔다.

"혹시 내가 두 사람을 방해한 건……."

"아니에요. 그리고 재한테 인사 같은 거 해줄 필요 없어요. 바로 돌아갈 거거든요."

좋은 방을 내주겠다는 말은 취소다. 일레나는 지금 당장에라도 에드워드의 엉덩이를 걷어차 내쫓고 싶었다.

"가다니, 누가? 난 절대 혼자서는……."

에드워드가 일레나를 붙잡으려는 것처럼 몸을 일으켰다. 그러나 막상 그가 마주한 건 일레나가 아닌 카이휜이었다.

거대한 몸이 그의 앞을 가로막자 움찔하는 에드워드에게 카이휜이 손을 내밀었다.

"오랜만입니다, 에드워드 소르테 경."

"……."

"잘 지냈습니까?"

결혼식에서 스치듯 얼굴을 본 후, 두 사람은 이번이 두 번째 만남이었다. 아니, '얼굴'을 보는 건 지금이 처음이라고 해야 할 것이다. 결혼식 날엔 카이휜이 가면을 쓰고 있었으니까.

일레나는 에드워드에게 먼저 악수를 청하는 카이휜을 보며 뒤에서 툴툴거렸다.

'경은 무슨, 검도 제대로 못 쥐는 인간한테.'

물론 경은 기사뿐 아니라 아직 작위가 없는 귀족 자제를 호칭할 때도 쓰는 표현이다. 모르는 바는 아니었지만, 일레나는 그냥 에드워드와 관련된 모든 것이 아니꼬웠다.

'열 받아.'

감히 누구 앞에서 무슨 소문을 들먹여?

일레나가 할 수만 있다면 눈빛으로라도 한 대 칠 것처럼 살벌하게 에드워드를 주시했다.

"……아, 예. 잘 지냈습니다. 오랜만입니다."

에드워드는 잠시 멈칫하는 것 같더니 이내 어떤 생각이 떠올랐는지 카이휜의 손을 선뜻 마주 잡았다. 그러곤 상대의 손을 으스러뜨릴 것처럼 손아귀에 잔뜩 힘을 주었다.

원체 큰 카이휜 옆에 있으니 상대적으로 좀 작아 보일 뿐, 사실 에드워드도 그리 작은 키는 아니었다. 오히려 그는 평균보다 큰 축에 속했다. 그리고 그런 만큼 신장에서 나오는 악력도 어디 가서 딱히 뒤떨어지지 않았다. 에드워드가 검을 끔찍하게 못 다루는 건 타고난 몸치여서지, 힘이 없어서는 아니었다.

'흐읍.'

손등의 핏줄이 불거지고, 목에도 핏대가 설 만큼 힘을 주며 에드워드가 카이휜의 반응을 살폈다.

그러나…….

'……?'

아무 반응이 없었다.

상대는 똑같이 힘을 줘서 맞대응하는 대신 그저 에드워드가 하는 짓을 묵묵히 당해주기만 했다. 그리고 그 와중에도 정말로 아무런 내색이 없었다. 하다못해 미간을 찌푸리거나, 눈썹이라도 좀 찡그려 줬으면 좋겠는데 그런 것마저 없었다.

내심 당황하던 에드워드가 이내 이를 악물었다. 정신을 집중해 온 힘을 동원했다. 마음을 한데 모아 과거 젖 먹던 힘까지 끌어모았다.

그러나 그래도 변하는 것은 없었다.

"……헉, 헉."

결국 힘을 쓸 만큼 쓴 에드워드가 먼저 지쳐 헐떡이며 카이휜의 손을 놓았다. 일레나가 갑자기 혼자 헐떡이는 에드워드를 미친놈 보듯 쳐다볼 때 카이휜이 입을 열었다.

"조금 이른 시각이긴 하지만, 손님이 오셨으니 만찬을 준비하라 일렀습니다. 벤, 안내해 드리게."

"이쪽으로 오시죠."

"뭐? 아니, 난 그런 건 필요 없고 일레나만 데려가면……."

"이쪽으로."

언제 응접실에 나타났는지 모를 경력 20여 년의 노련한 집사는 손님을 안내하는 솜씨가 대단히 능숙했다. 반항도 잠시, 에드워드는 어어 하는 사이 무척 자연스럽게 다른 일행과 함께 식당으로 끌려갔다. 그러곤 어어 하는 사이 성대한 식사로 배를 채우곤, 또 어어 하는 사이 머물 곳을 안내받았다.

그렇게 에드워드가 공작성을 찾은 첫날이 어영부영 저물었다.

그날 밤.

"카이휜."

일레나가 제 방 침대에 앉아 취조 분위기를 형성했다. 대상은 맞은편에 앉은 카이휜이었다.

"내가 생각을 좀 해 봤는데요. 당신, 오늘 일부러 그랬던 거죠?"

"뭐가 말입니까?"

"내가 막 에드워드에게 화를 내려는 찰나에 맞춰 당신이 응접실에 들어왔던 거요."

"……."

"그거, 우연 아니었죠?"

그때는 단순히 에드워드가 운이 좋다고 여겼는데, 지나고 나서 생각해 보니 수상했다. 마치 노린 듯 지나치게 절묘한 순간이었다.

그리고 같이 살면서 자연스럽게 알게 된 건데. 남편은 남보다 귀가 월등히 좋다. 응접실 바깥에 있었더라도, 안에서 새어 나오는 소리를 듣지 못했을 것 같지 않았다.

"……예."

아니나 다를까 카이휜이 순순히 시인했다.

"왜 그랬어요? 당신만 아니었어도 내가 그 자리에서 에드워드 머리털을 반절은 뽑아놨을 텐데."

아쉬워 죽겠다.

일레나가 허공에 에드워드의 머리가 있기라도 한 것처럼 주먹을 꾹 쥐었다. 그러자 카이휜이 그녀의 손을 가져와 주먹에서 힘을 빼게 만들며 말했다.

"그럴까 봐 그런 겁니다."

"……."

순간 남편에게 잡힌 손에 온통 신경이 쏠리는 바람에 일레나는 들은 말을 그대로 흘려보냈다. 잠시 후, 조금 늦게 일레나가 반응했다.

"뭐라고 했어요?"

"다른 이유면 모를까, 나 때문에 부인이 가족과 다투길 바라지 않았습니다. 그래서 끼어든 겁니다."

여전히 신경의 절반은 붙잡힌 손에 가 있었다. 눈을 깜박이던 일레나가 작게 중얼거렸다.

"……다투려던 게 아니라, 정의의 응징을 내리려던 것뿐이에요."

보통은 사람 머리털을 뜯는 장면을 두고 싸움이라고 말하긴 했다. 일레나가 괜히 먹히지도 않을 항변을 하며 툴툴거렸다.

카이휜이 웃었다.

눈을 맞추고 미소 짓는데 어쩐지 시선을 마주하는 게 어려웠다. 슬그머니 시선을 내리깐 일레나가 이윽고 입을 열었다.

"……미안해요."

"갑자기 부인이 왜 미안합니까?"

"그런 말을 듣게 했잖아요."

에드워드의 발언 때문에 치솟은 분노가 아직도 식지 않았다. 그 말을 남편이 들었다고 생각하니, 가슴을 채우던 화는 배가 되었다.

"부인."

"……."

"일레나."

카이휜이 일레나의 손을 꾹 힘주어 잡았다. 물론, 힘을 주었다곤 해도 미약한 수준이었다. 일레나가 시선을 올려 카이휜과 눈을 맞췄다.

"나는 부인이 하는 말이 아니면, 그게 어떤 것이든 전혀 신경 쓰이지 않습니다."

"……."

"진심입니다. 그러니 부인도 그런 것은 마음에 담아두지 마세요."

'어떻게 그래.'

남편은 늘 이렇다. 잘 알지도 못하면서 그를 두고 함부로 떠드는 이들에게 지나치게 관대했다.

지금은 갱생했다지만, 토마스 때도 그랬다. 상대가 지껄인 망발을 알면서 그냥 눈감아주었다.

'어쩌면 그 관대함은…….'

……체념에서 비롯된 건 아닐까.

일레나도 사실 알고 있었다. 지금 당장 남편을 둘러싼 소문이나 편견을 없앨 방법은 없다는 것을. 그 사실을 알고 있기에 더욱 화가 나는 것인지도 몰랐다.

입술 안쪽 살을 살짝 짓씹은 일레나가 누구에게 하는 것인지 모를 말을 중얼거렸다.

"20년, 아니, 진짜 19년만 지나봐. 모조리 고개도 제대로 못 들고 다니게 해줄 거야……."

"부인?"

"흥."

콧방귀를 뀐 일레나가 자리에 누웠다. 이만 자자는 뜻이었다.

곧 카이휜이 처소의 불을 껐다. 창문으로 들어오는 달빛 덕에 불을 꺼도 상대의 윤곽이 희미하게 보였다. 일레나는 카이휜이 제 옆자리에 눕는 걸 보며 말했다.

"망언은 용서해 준다고 쳐도 말이에요. 당신, 에드워드한테 별로 잘해줄 필요 없어요."

할 말이 많았다. 일레나는 카이휜을 향해 돌아누워 쌓인 불만을 입에 담았다.

"나 걔랑 사이 안 좋아요. 내가 어릴 때부터 에드워드 그 자식이랑 얼마나 치고받았는지 알아요?"

"그렇습니까?"

"들어봐요. 나 어릴 때 걔가 어느 정도로 유치했냐면……."

다음 날.

일레나는 에드워드와 다시 마주 보고 앉았다. 카이휜이 에드워드의 말을 신경 쓰지 않는다고 한 것과는 별개로, 아직 화가 풀리지 않은 일레나의 눈초리는 곱지 못했다.

"한 가지 경고하는데."

하녀가 내온 차의 김이 가시기도 전 일레나가 가장 중요한 부분을 짚고 넘어갔다.

"지금 이 시간부로 다신 내 앞에서 내 남편 소문이니 저주니 하는 말 입에 담지 마."

"……."

"나한테 앞으로도 계속 가족으로 취급받고 싶으면, 지켜."

에드워드가 뭔가 하고 싶은 말이 있는 것처럼 입을 열었다가, 다시 다물었다. 이내 답이 흘러나왔다.

"……그래."

'의외로 순순하네.'

간밤에 자는 동안 갑자기 자기가 헛소리를 지껄였다는 걸 깨달은 건가?

'하긴, 사람이면 그래야지.'

일레나는 어제 진심으로 에드워드를 성에서 내쫓으려고 했다. 무력을 써서 강제로 내보낸 후 성문을 잠가 버리면 자기가 뭘 어쩌겠나 싶었다.

그러나 그녀를 제지한 것이 카이휜이었다. 그는 일레나를 부드러운 말로 달래며 말리곤 에드워드에게 직접 공작성에서 가장 좋은 손님방을 내주었다.

'양심이 있는 한 입조심해야지.'

일레나가 팔짱을 끼고 앉아 에드워드를 향해 눈을 부라렸다. 문득 한숨을 쉰 에드워드가 입을 열었다.

"……너 정말 집에 안 돌아올 거냐?"

"단기 기억상실증 있어? 어제 말했지. 안 가."

"만약 계약 때문이면…… 그건 신경 안 써도 돼."

계약.

일레나는 순간 저게 무슨 말인가 생각해 보다가 곧 떠올렸다.

아, 그래. 일레나의 결혼에는 숙부와 남편의 사업이 걸려 있었다. 이제 와선 별로 상관없는 이야기다. 계약이니 뭐니, 그런 게 아니어도 그녀는 남편에게 필요하고! 특별한! 존재가 되었으니까.

어째선지 어깨에 힘이 들어간 일레나가 우쭐한 표정으로 입을 열었다.

"아, 뭐, 그래. 계약…… 그런 게 있었지."

"……."

"한때는 그런 것도 있었어."

"……?"

"근데 계약을 신경 쓰지 않아도 된다는 게 무슨 말이야?"

"말 그대로야. 만약 네가 집에 돌아오면, 미엘르가 널 대신해 주기로 했거든."

"뭐?"

일레나는 깜짝 놀라 팔짱을 풀었다. 하마터면 그대로 의자에서 일어날 뻔했다.

"……미엘르가? 날 대신한다고 했다고?"

"그래. 생각 없이 너무 쉽게 너를 자기 대신 희생시킨 것 같다고, 네가 돌아오겠다고 하면 이젠 자기가 본래 역할을 맡겠대."

일레나는 눈을 깜박였다. 한참 만에 그녀의 입이 다시 열렸다.

"……걔 죽을병 걸렸어?"

"……."

"살날이 얼마 안 남았대? 맙소사, 미엘르. 대체 언제 그렇게 된 거야? 전에 봤을 땐 분명 건강해 보였는데……."

"아냐, 멀쩡해. 아픈 곳은 전혀 없어 보였어. 혹시 몰라서 후작가에 사람을 보내 알아봤는데 그런 이야기는 전혀 없더라."

후작가에 사람을 보냈을 정도로 에드워드도 내심 의심했다는 소리다. 일레나의 표정이 한결 심각해졌다.

"그럼, 정신병……?"

"……."

"정신병은 겉으론 티 안 나잖아. 정신병 아니야?"

"넌 왜 자꾸 미엘르를 환자로 만들지 못해 안달이야?"

"너라면 안 그러게 생겼어? 다른 사람도 아니고 미엘르야. 그 미엘르 린든이라고."

사촌을 걱정하는 일레나의 마음은 진지했다. 솔직히 일레나와 같은 생각을 했지만, 동생이 집에 돌아오길 바라 모른 체하던 에드워드가 일부러 뻔뻔하게 말했다.

"철들었나 보지. 걔도 슬슬 철들 나이가 됐잖아. 네가 납치당해 위험할 뻔했다고 들으니 느낀 점도 있었을 거고."

"……."

"미엘르라고 언제까지 애처럼 이기적이기만 하겠어? 너, 그거 걔 너무 무시하는 거다."

일레나가 생각에 잠긴 듯 조용해졌다. 그 모습에 어떤 희망을 품었는지 에드워드가 슬쩍 물었다.

"집에 돌아올 거야?"

생각에서 빠져나온 일레나가 환하게 웃었다.

"아니. 꿈 깨."

에드워드는 사뭇 끈질겼다. 일레나가 단호하게 거절 의사를 밝히고 이후 같은 태도를 고수했음에도, 돌아가지 않고 계속 공작성에 머물며 질척거렸다. 내쫓자니 남편이 말려 번번이 실패로 돌아갔다.

그렇게 하루하루 시간이 지나갈수록 일레나는 점점 에드워드를 투명인간 취급하기 시작했다.

'여기 있거나 말거나.'

대신 옛 전속 하녀 메리와 즐거운 시간을 보냈다.

"아가씨, 저 없는 동안 어떻게 지내셨어요?"

"아가씨가 아니라 마님이라고 했잖아."

"아, 맞다."

메리가 실수했다는 듯 자기 입술을 살짝 때렸다. 하기야, 20년 가까이 아가씨라는 호칭을 입에 달고 살아왔는데 그 습관을 하루아침에 버리기란 어려울 것이다.

'아가씨라고 불리니 꼭 예전으로 돌아간 것 같네.'

일레나는 메리와 함께 처소에 늘어져 포도를 따 먹으며 그렇게 생각했다. 사실 예전이라곤 해도 날짜로 따지면 고작 몇 개월 전이었다.

그런데 왜일까. 이렇게 떠올리니 그 몇 개월 전이 제법 까마득한 과거처럼 느껴졌다. 몇 개월 사이 제 주변에 나름대로 큰 변화가 있었기 때문일까?

'가장 큰 변화는 역시…….'

일레나는 남편의 얼굴을 떠올렸다. 남편의 얼굴도 모르고, 만난 적도 없고, 그저 떠도는 소문 일부만이 일레나 안에서 그를 이루는 전부였던 시절. 분명 오래되지 않은 일인데, 너무 낯설게 느껴져 마치 무척 먼 옛날 같았다.

일레나는 그때 기억을 되살리며 눈을 깜박이다 이내 다시 메리에게 시선을 주었다.

"아무튼, 난 잘 지냈어. 지내면서 불편한 점도 없었고……. 메리는 어땠어? 나 없이 잘 지냈어?"

"저요? 어쩜, 말도 마세요. 아가씨, 아니, 공작 마님이 그리워서 매일 밤 눈물로 베갯잇을 적셨는걸요."

"밀런이 위로해 줬겠네."

일레나가 웃으며 메리의 남자 친구 이름을 언급했다.

밀런은 메리와 오래 사귄 연인으로, 그녀와 미래를 약속했다. 일레나가 결혼하면서 메리를 영지로 데려오지 않은 건 밀런과 그의 가족이 전부 수도에 주거하고 있었기 때문이다.

"……아, 밀런."

"……."

"아가씨, 실은 그게……."

그때였다.

누가 일레나의 처소 문을 두드렸다.

"일레나, 나야."

에드워드였다. 별로 반가운 방문은 아니었지만, 그렇다고 문전박대하기도 뭐해서 일레나가 입을 열었다.

"들어와."

곧 문이 열렸다. 역시나 에드워드가 모습을 드러냈다.

"왜?"

"얘기 좀 하자."

"집으로 돌아오라는 얘기면 됐어. 지겨워."

"그런 거 아냐."

"……."

"……잠깐이면 돼."

잠깐이면 된다더니 에드워드는 말없이 일레나와 한참 정원을 돌았다. 이미 잠깐이라고 부를 수 없는 시간이 흘렀지만, 에드워드의 분위기가 평소와 좀 달라 보였기에 일레나는 일단 묵묵히 기다려 주었다.

이내 에드워드가 말문을 열었다.

"넌 어릴 때부터……."

"……."

"항상 성격이 나빴어."

일레나가 단박에 미간을 찌푸렸다.

"할 말이란 게 그거야?"

기껏 시간을 내준 것이 억울해지려는 찰나 에드워드가 말을 이었다.

"더 들어봐. 성격이 나빴는데…… 의외로 욕심은 없었지."

"……."

"한 번도 뭘 먼저 가지고 싶다고 요구하거나 떼써본 적 없잖아."

'그야, 굳이 그럴 필요가 없었으니까.'

일레나는 자신이 유복한 환경에서 태어났다는 것을 철이 들기 전부터 인지했다.

어디 가서 재력으로 아쉬울 일 없는 백작가의 막내딸. 계승 싸움에선 일찌감치 제외되었으니 언니와 오빠는 경쟁자가 아닌 그저 형제자매였고, 아버지는 어려서 어머니를 잃은 딸에게 잘해주려 나름 노력했다.

물질적으로나 정서적으로나 딱히 부족할 것 없는 환경이었다. 그러니 굳이 먼저 나서서 투정 부리고, 떼쓰고, 탐내지 않았다. 그전에 필요한 건 대부분 손에 쥐어졌으니까. 욕심이 없는 게 아니라, 욕심 부릴 필요가 없었던 것뿐이다.

일레나는 그렇게 생각했지만, 가족의 의견은 달랐던 모양이다. 에드워드의 입에서 나온 평판이 생소해서 일레나는 반 박자 늦게 대답했다.

"……그렇게 생각하는 줄은 몰랐네. 욕심이 없다니."

"그런데 그런 네가 몇 달 전, 처음으로 먼저 뭔가 하겠다고 나서서 고집부린 거야."

"……."

"사전에 말도 없이, 멋대로…… 그것도 거짓말까지 해가면서."

"거짓말?"

"메이하드 공작을 사랑해서 미엘르 대신 그와 결혼하겠다고 했던 말."

"……."

"그 말, 거짓말이었잖아."

일레나의 걸음이 우뚝 멈췄다. 정원 산책로 한가운데 멈춰 서서 일레나가 당황스러운 얼굴로 에드워드를 응시했다.

"……그게 무슨 소리야? 거짓말이었다고 누가 그래? 미엘르, 혹시 미엘르가 그렇게 말해?"

"일레나. 나 너와 남 아니다."

마찬가지로 발을 멈춘 에드워드가 일레나와 시선을 맞췄다.

"너랑은 예전부터 치고받고 싸운 기억이 대부분이긴 하지만, 그래도 한 배에서 태어났고 한 지붕 아래에서 자랐어."

"……."

"고작 네 거짓말 하나 구분하지 못할까 봐? 그때 가족 중에 네가 거짓말하는 걸 알아채지 못했던 사람은 아무도 없었어."

일레나는 말문이 턱 막혔다.

몰랐다. 그저 자신의 연기로 무사히 속여 넘겼다고만 생각했는데.

"……물론, 지금은 그 변명이 완전히 거짓말은 아니게 된 것 같지만."

혼잣말처럼 중얼거린 에드워드가 한 호흡 쉬고 말을 이었다.

"어쨌든 중요한 건 네가 그때 처음으로 아버지 앞에서 고집다운 고집을 부렸다는 거고…… 그래서 아버지는 그걸 순순히 들어주셨다는 거지."

"……."

"그리고 네 편지를 받은 후, 그 결정을 무척 후회하셨다. 자책도 하셨어."

"다시 말했지만, 이번 일은 공작령과는 무관……."

"알아. 첫날 네 말을 듣고 계속 생각해 봤는데, 내가 이성적이지 않았다는 걸 인정해. 이곳이 네게 가장 안전하다는 것도 더 이상 반박 못 하겠어."

"……."

"집에 돌아오라고 말하는 건 아냐."

에드워드는 침착하게 말을 이어 붙였다. 모처럼 차분한 모습이었다.

"아버지를 직접 만나. 만나서 네 입으로 설득하고, 안심시켜 드려."

"……."

"내가 말로 전달하는 것보단 그게 훨씬 나을 거야. 너도 알지?"

일레나와 에드워드의 시선이 허공에서 만났다. 일레나는 침묵했다.

"그렇게만 해줘. 부탁한다."

잠시 후 일레나가 입술을 달싹였다.

"……생각할 시간을 좀 줘."

며칠 뒤, 일레나의 수도 나들이가 결정되었다. 결심이 굳어지는 데는 카이휜의 의견도 한몫했다.

"다녀오는 것이 어떻겠습니까?"

"왜요?"

"결혼 후 한 번도 얼굴을 보지 못했으니, 이 기회에 가서 시간을 보내다 오는 것도 괜찮겠죠."

"흠……."

"솔직히 말하면, 부인을 보내주지 않았다가 미움받을까 봐 겁나기도 합니다."

"미움받아요? 누가, 당신이? 누구한테요?"

"부인의 가족에게요."

"미움받으면 뭐 어때요? 어차피 남인데."

"그러게요, 남인데……."

"……"

"그래도 왠지 잘 보이고 싶군요. 부인을 사랑하는 사람들에게."

일레나는 귓불을 만지작거렸다. 어쩐지 낯간지럽달까, 기분이 묘해지는 대화였다.

그때 시드리온이 말을 걸었다.

"다 됐습니다."

일레나가 바닥을 응시했다. 굉장히 복잡해 보이는 문양이 원 형태를 이루며 그려져 있었다.

"이게 마법진이라는 건가?"

"네, 이동 마법진입니다."

마법진 한가운데 서서 시드리온이 대답했다.

"여러 명을 수도까지 옮기려면 아무래도 마법진의 도움을 받는 편이 수월하니까요."

마차로 수도까지 이동하려면 일주일이 걸린다. 일레나는 고민하는 시늉도 없이 시드리온을 호출했고, 시드리온은 갑자기 총 다섯 명을 수도로 옮겨야 하는 임무를 부여받았다.

일레나, 에드워드. 콜린, 토마스, 맥스.

참고로 시드리온은 일레나를 수도로 데려다줄 뿐만 아니라 그곳에 머무는 동안 특별히 호위를 맡아주기로 했다.

그래서 일레나는 내심 콜린을 비롯한 세 기사를 떼어놓을 궁리를 했지만, 낌새를 눈치챈 토마스와 맥스가 재빠르게 바닥에 드러누워 농성하는 바람에 무산되었다. 콜린은 지켜보다 소심하게 가세했다.

'하여간 농성이 체질이지.'

한숨 쉬는 일레나의 시야에 문득 에드워드가 들어왔다. 신기한 눈초리로 마법진을 구경하길래 일레나가 약간 우쭐해져 미소 지었다.

"봤어?"

"……뭘 봐?"

"내 남편 친우 유능한 거. 이 인원을 한 번에 수도로 옮긴다니, 그거 아무나 못 하는 거야. 알지?"

얼핏 들으면 시드리온을 칭찬하는 것 같지만, 따지고 보면 초점이 '남편 친우'에 맞춰져 있었다. 한마디로 내 남편은 친구도 잘났다, 라는 말이었다.

"……."

에드워드가 기가 막힌다는 눈으로 일레나를 응시할 때 시드리온이 말했다.

"이제 출발하겠습니다. 다들 마법진 가운데로 모여주세요."

"잘 다녀오세요."

에드워드와 기타 인원이 마법진 안으로 움직이기 시작할 때에 맞춰 메리가 손수건을 흔들었다.

메리는 공작성에 남기로 했다. 그녀는 앞으로 공작성에서 이전처럼 일레나를 모시겠다는 뜻을 밝혔다.

오래 사귄 남자 친구와는 결별했다는 소식을 알렸는데, 뉘앙스를 봐선 상대를 멀쩡하게 놔두고 이곳에 온 건 아닌 것 같았다.

'살아 있겠지.'

잠시 한 청년의 생사를 걱정한 후 일레나가 카이휜에게 눈길을 주었다.

"다녀올게요."

"기다리겠습니다."

다정한 목소리가 귓가에 감겼다. 문득, 이 목소리를 앞으로 며칠은 들을 수 없다는 데 생각이 미쳤다.

'얼굴도, 며칠 동안은 볼 수 없겠지.'

그런 생각이 들자 아쉬움이 생겨났고, 아쉬움은 충동과 용기를 불러왔다.

"……어머."

손수건을 흔들다 멈춘 메리가 작게 탄성을 내뱉었다. 까치발을 들고 카이휜의 옷깃을 확 잡아당겨 그의 왼뺨에 입을 맞춘 일레나가 이내 뒤로 물러났다.

"……나중에 봐요."

놀랐기 때문일까. 뻣뻣하게 굳은 카이휜을 두고 일레나가 후다닥 마법진 안으로 들어갔다. 그러곤 시드리온에게 눈짓했다. 에드워드로 추정되는 매우 강렬한 시선이 뒤통수에서 느껴졌지만, 무시했다.

"그럼 갑니다."

곧이어 시드리온이 이동 마법을 발동시켰다. 마법진에서 흘러나온 눈부신 빛이 일레나의 상기된 얼굴을 가려주었다.

"일레나!"

"언니."

수도, 백작저에 도착하자마자 일레나는 언니 릴리아나와 부둥켜안았다.

"잘 지냈어? 몸은 괜찮고?"

"응, 잘 지냈어. 몸도 멀쩡해."

"아가씨, 오랜만이에요."

"어서 오세요, 아가씨."

일레나가 환영 인사를 듬뿍 받는 동안 백작가의 집사가 시드리온과 기사들을 각기 머물 방으로 안내해 주었다. 그리고 일레나는 사뭇 의외의 장면을 목격했다. 그건 바로…….

"봤어, 봤어?"

"누구지?"

"아까 얼핏 듣기로는 마법사님이라는 것 같던데."

"잘생겼어……. 왕자님 같아."

"난 그 기사님도 괜찮더라."

"누구? 혹시 빨간 머리?"

"꺅, 나도 그 기사님 좋아!"

"솔직히 다른 기사님들도 꽤 괜찮지 않니? 키도 크고, 몸도 좋은 것 같고……."

"맞아, 맞아."

하녀들 사이에서 시드리온과 세 기사의 인기가 상당히 좋았다는 것이다.

"……?"

시드리온은 그렇다고 쳐도 나머지 셋의 인기는 전혀 예상하지 못했다. 뜻밖의 상황에 일레나가 내심 놀라는 사이, 릴리아나가 말했다.

"일레나, 아버지를 뵈러 가자."

곧 일레나가 고개를 끄덕였다.

"……응."

일레나의 아버지, 소르테 백작은 난로에 불을 지핀 다용도실에 있었다.

"……웬 난로예요?"

날이 더워지고 있었다. 낮부터 난로에 불을 지필 시기가 아니라는 말이었다. 긴 소파에 앉은 백작은 일레나를 발견하곤 제 옆자리에 앉으라는 듯 손짓했다.

"왔구나, 일레나."

"……."

"난로는…… 그냥, 네가 온다니 생각이 났다."

난로의 불씨에 시선을 준 백작이 미소 지었다.

"넌 어릴 때부터 유독 난로를 좋아했잖니."

"……그냥 따뜻한 걸 좋아했던 거예요. 추위를 잘 탔잖아요."

"그런가."

난로에서 시선을 뗀 백작이 일레나를 쳐다보았다.

'그새 주름이 좀 깊어지셨나.'

일레나는 무심코 생각했다.

"추위를 잘 타는 건 네 엄마를 닮았지."

"……."

"너도 알지?"

"알아요. 그리고 언니, 오빠, 저 중에 추위를 타는 건 저밖에 없다는 것도요."

릴리아나와 에드워드는 어릴 때부터 추위에 취약하고 더위에 강한 모습을 보이는 일레나를 이해하지 못했다. 자기들은 안 그랬으니까.

다만 이해는 못 해도 동생을 배려하려 많이 노력했다. 겨울이면 백작저는 난로를 하도 때서 더울 지경이었고, 일레나는 선물 받은 두툼한 털옷과 담요가 너무 많아서 그걸로 방 한쪽에 산을 쌓을 정도였다.

"그래……."

"……."

"일레나, 넌 내 자식 셋 중에 네 엄마를 가장 많이 닮았지. 그래서 널 보면 종종 네 엄마가 떠올랐어."

"……."

"그래서 그런지 모르겠다. 유독 널 과하게 보호하려 들었던 건."

"아버지, 전……."

집에 들어오라는 말을 하시려는 걸까. 그렇다면 거절하고 설득해야 했다. 에드워드에게 했던 것처럼.

그러나 딸의 손을 꼭 붙잡은 백작은 그녀의 예상과는 다른 말을 했다.

"에드워드를 보낸 건, 네게 집으로 돌아오라고 강요하려던 게 아니었다."

"네?"

"돌아오지 않아도 괜찮아. 네가 그걸 원한다면, 그래도 상관없다."

"……."

"다만…… 이것만 알려주고 싶었어."

난로를 등진 백작이 따뜻한 눈으로 일레나를 응시하며 입을 열었다.

"네가 결혼하던 날, 릴리아나가 했던 말을 기억하니? 원한다면 언제든 다시 집에 돌아와도 좋다고 했던 말."

"……네, 기억해요."

"그 말이 거짓말이 아니라는 걸 알려주고 싶었다."

"……."

"조건을 생각하지 마라. 네 상황도, 주변 환경도 생각하지 마."

"……."

"그저 네 마음만 생각해. 그래서 네가 돌아오고 싶다면…… 언제든 와도 좋다. 우린 언제든지 기다렸다는 듯 널 반겨줄 거야."

"……."

"그것만 알아다오."

타닥타닥.

난로 안에서 불씨가 튀는 소리가 배경음처럼 희미하게 들렸다. 난로 때문일까. 잡은 손이 유독 따뜻하게 느껴졌다.

일레나는 목이 메어 조금 작은 목소리로 대답했다.

"……네, 아빠."

그날, 백작가는 몹시 성대한 만찬을 열었다. 그리고 만찬 자리라면 결코 빠질 수 없는 것이 있었으니, 바로 술이었다.

일레나는 적당히 취할 만큼 마신 후—더 마시려고 하자 에드워드가 기겁하며 병을 빼앗았다—취기를 가라앉히려 바깥에 산책을 나왔다.

세 기사가 따라붙어 호위하겠다고 난리를 피웠지만, 이미 그 셋도 부어라 마셔라 하는 분위기에 못 이겨 술을 잔뜩 마신 상태였다.

일레나는 딱히 도움이 되지 않을 것 같은 취객 세 명을 떼어놓고 혼자 정원으로 나왔다.

어차피 백작저 안에서 무슨 일이 생기는 일은 없을 거다. 눈에는 보이지 않지만, 시드리온이 저택 전체를 감싸듯 결계를 쳐놨다고 했으니까.

벤치 대신 평평한 돌 위에 걸터앉은 일레나가 달을 눈에 담았다. 그때 발소리가 들렸다. 일레나가 그쪽을 돌아보지도 않고 입을 열었다.

"에드워드."

"……어떻게 알았냐?"

"그냥, 왠지 너일 것 같았어."

살금살금 따라 나올 만한 인물이 에드워드 말고 누가 있을까 싶었다. 에드워드는 잔걱정이 많았으니까.

"있잖아, 에드워드."

"왜?"

"네가 보기엔 어때?"

"뭐가?"

"내 남편."

"……."

"솔직히 말해봐. 좋은 사람 같지?"

한쪽 무릎을 세워 그 위에 팔을 얹고 턱을 괸 일레나가 술기운에 샐샐 웃으며 에드워드를 올려다보았다.

"너 사람 잘 보잖아. 네 유일한 강점이지. 그 덕분에 모든 게 언니보다 못한데도 지금까지 언니와 가문 승계를 두고 경쟁하는 거고."

"야."

에드워드가 발끈한 얼굴로 입을 벌렸다가, 곧 다물었다. 술 취한 사람과 무슨 논쟁을 하겠냐고 생각하는 것 같았다. 이윽고 그가 일레나 곁에 걸터앉았다.

"좋은 사람……."

에드워드는 앞머리를 다소 거칠게 헤집었다. 그의 머릿속에 얼마 전 공작성에서 카이휜과 나누었던 대화가 떠올랐다.

"궁금한 게 있습니다. 왜 나를 내쫓지 않습니까?"

"그게 무슨 말입니까?"

"……내가 허락 없이 이곳에 방문했고, 공작님 앞에서 예의를 다하지 않았다는 걸 스스로도 잘 압니다. 그럼에도 이런 대접을 해준 건 단순히 내가 일레나의 오빠기 때문입니까?"

에드워드는 생각보다 본인의 행동을 객관적으로 볼 줄 아는 편이었다. 만약 자신이 공작이었다면, 좋은 방과 음식을 내주기는커녕 첫날 바로 상대를 쫓아버렸을 거다.

그러나 카이휜은 이번에도 그의 집무실을 다짜고짜 찾아온 에드워드를 쫓아내지 않았다. 다만 잠시 침묵하다 대답했다.

"내 소문을 알고 있을 겁니다."

"……."

"사실 여부를 떠나, 내가 타인의 눈에 어떻게 비치는지 모르지 않습니다. 경의 눈에도 크게 다르지 않을 테고."

에드워드는 반박하지 못했다. 그가 카이휜의 소문을 알고, 그로 인해 상대를 꺼림칙하게 여긴 건 사실이었으니까.

"소문이 신경 쓰였다면, 경은 여기 온 첫날 응접실에서 나를 피해야 했습니다. 나와 닿으면 저주의 영향을 받을까 두려웠을 테니까요."

"그건……."

"하지만 그때 경은 나를 피하지 않았죠. 오히려 선전포고하듯 행동했습니다."

"……."

"경을 대접하는 건, 경이 내 아내를 사랑하는 오라버니기 때문입니다. 대답이 됐습니까?"

그때는 그냥 메이하드 공작이 일레나를 꽤 아끼는구나 받아들이고 넘겼는데, 이제 와 생각하니 문득 파생되는 의문이 있었다.

만약, 에드워드가 일레나를 사랑하지 않는 오라비였다면 공작은 그를 어떻게 했을까?

"……."

에드워드는 앞머리를 헤집어놓던 손을 멈췄다. 어째, 별로 생각하고 싶지는 않았다.

"……좋은 사람까진 잘 모르겠고, 네게 좋은 남편이 될 수 있을 것 같긴 하다."

절충해서 내놓은 답에 일레나가 활짝 웃었다. 달빛이 은발에 부서지며 반짝거렸다.

"그건 당연하지."

깊은 밤.

모두가 잠들 시각이 된 저택은 고요했다. 시드리온은 발소리를 내지 않으며 저택 주변을 돌았다.

'이상 없군.'

무언가 침입한 흔적도, 침입을 시도한 흔적도 없었다.

'카이휜이 신신당부했으니…….'

시드리온은 백작저 전체를 둘러싸는 결계를 이중으로 쳐두었다. 범위가 범위이니만큼 그로서도 쉬운 일은 아니었지만, 친우의 부탁을 생각하면 무리하지 않을 수 없었다.

"후."

결계 점검을 마친 시드리온이 약간의 피로감을 느끼며 이만 저택 안으로 다시 들어가려 했다.

그때였다. 시선이 느껴져 고개를 돌리니, 창문 바깥으로 얼굴을 내놓고 턱을 괸 여자와 눈이 마주쳤다.

"……."

여자는 집요할 정도로 그를 빤히 보고 있었다. 시드리온은 상대의 이름을 떠올렸다.

릴리아나. 공작 부인의 언니였다.

시드리온은 의식적으로 정중한 미소를 머금었다. 그가 무슨 일이냐고 상대에게 말을 걸려는 찰나, 릴리아나의 입이 열렸다.

"시리야."

"……?"

"시리야, 이리 와."

잘못 들었을까?

아니, 아니다. 무려 두 번이나 같은 말을 들었다. 발음도 몹시 또박또박했다. 자신의 귀에 갑자기 어떤 문제가 생긴 게 아니라면, 결코 잘못 들은 거라곤 볼 수 없는 상황이었다.

"……."

시드리온은 뒤를 돌아보았다. 내친김에 옆도 살폈다. 당연히 아무도 없었다. 그를 제외하고는.

"……설마, 날 부른 겁니까?"

시드리온이 현실을 받아들이고 싶지 않단 표정으로 자신을 가리키며 물었다. 릴리아나가 생긋 웃었다.

"응. 너. 시리."

"……."

"시드리온이니까, 시리 맞잖아."

"아니, 그게 왜 그렇게……."

"시리야, 빨리 이리 와."

시드리온의 미간이 구겨졌다. 저놈의 시리.

상대가 다짜고짜 말을 놓은 것은 귀족이라 그렇다고 치더라도, 저 시리라는 호칭이 영 거슬렸다. 어쩐지 상대가 말하는 건 뭐든 다 들어줘야 할 것 같았다.

한숨을 삼킨 시드리온이 이내 릴리아나에게 다가갔다. 가까이 가서 얼굴을 보며 정식으로 저 말도 안 되는 호칭에 대해 따질 생각이었다.

그러나 막상 릴리아나와 거리를 좁힌 시드리온은 곧 자기가 뭐라고 떠들든 소용없으리라는 걸 깨달았다.

'취했군.'

얼핏 보면 멀쩡해 보이지만, 눈에 초점이 없었다. 릴리아나는 취객이었다.

"후우."

상대가 멀쩡한 상태가 아니라는 걸 알게 된 시드리온이 참지 않고 그냥 한숨을 내뱉었다. 릴리아나가 말했다.

"이리 와서 여기 좀 앉아봐."

그녀가 팔을 걸친 창틀을 탁탁 두드렸다.

'저길 어떻게 앉아.'

술에 취해 제 앞에 있는 게 작은 애완동물이라고 생각하는 걸까. 하긴, 시리라는 이름도 그렇고 말투 역시 어딘지 귀여워하는 동물을 대한다는 느낌이긴 했다. 세상에 말하는 동물이 어디 있겠느냐마는, 술 취한 사람에게 이성적인 사고를 기대하는 건 어려운 일일 것이다.

시드리온은 제자리에 서서 팔짱을 낀 채 답했다.

"그냥 여기 있겠습니다."

"왜?"

"그냥요. 할 말 있습니까? 그럼 하세요. 여기서 들을 테니."

"……."

시드리온을 멀뚱멀뚱 쳐다보던 릴리아나가 이윽고 고개를 끄덕였다.

"알겠어. 그럼 거기서 들어."

"……."

"있잖아, 나한테 동생이 있는데……."

'에드워드 소르테? 공작 부인?'

"얼마 전에 걔가 결혼을 했거든?"

'공작 부인 이야기로군.'

"결혼했어. 했는데……."

"……."

"왜 했는지 모르겠어."

"……?"

"웃기지? 왜 결혼했는지…… 어째서 자기여야 했는지…… 진짜 이유를 말 안 해줘. 감추려는 게 보이니까, 물을 수도 없고."

'사업 거래 때문에 하게 된 혼인이라고 알고 있는데, 그게 전부는 아닌 건가.'

시드리온은 묵묵히 상대의 말을 들었다. 릴리아나가 말을 이었다.

"대체 걔는 무슨 생각을 하고 있는 걸까."

"……."

"그 여린 몸으로, 혼자 뭘 짊어지려는 걸까……."

"……."

"나는, 언니인데, 정말 이렇게 아무것도 몰라도 되나……."

"……다른 건 모르겠지만."

시드리온이 입을 열었다. 친절하게 취객의 고민 상담까지 해줄 마음은 없었지만, 이 말 정도는 해줘도 될 것 같았다.

"공작성에서 지켜본 공작 부인은 행복해 보이셨습니다."

"……그래?"

"네."

상대를 위로하려 없는 말을 지어낸 것이 아니라, 사실이었다.

시드리온은 카이휜과 일레나의 모습을 떠올렸다. 만난 지 그리 오래되지도 않은 두 사람은, 마치 처음부터 그렇게 함께 있어야 했다는 듯 잘 어울렸다.

둘을 보면 무심코 알게 된다. 서로에게 서로가 꼭 필요하고, 단지 곁에 있는 것만으로도 행복과 충족을 주는 존재. 그런 것이 정말로 세상에 실재한다는 걸.

'대중적인 말로 표현하면, 운명의 상대란 거겠지.'

운명의 상대는 누구에게나 존재하는 걸까. 아니면 특별히 운이 좋은 소수에게만 찾아오는 행운일까.

만약 후자라면, 시드리온은 자신이 운이 좋은 사람에 속할 것 같지는 않다고 생각했다.

"행복……."

릴리아나의 목소리가 시드리온을 상념에서 건져냈다.

"행복하구나, 그렇구나……."

"……."

"……잘됐다."

릴리아나가 밝게 웃었다. 진심으로 기쁘다는 듯, 다행스럽고 안심이라는 듯.

"고마워."

"……별말씀을."

"있잖아, 너 정말 착하다. 시리는 엄청 좋은 사람이야. 친절하고, 상냥하고, 잘생겼고……."

'갑자기?'

그렇게 시드리온의 칭찬을 줄줄 늘어놓던 릴리아나의 목소리가 도중에 뚝 끊겼다.

그뿐일까. 창틀에 얹은 자기 팔을 베고 눕더니, 릴리아나는 그대로 꼼짝도 하지 않았다. 적막해진 가운데 시드리온이 입을 열었다.

"레이디 소르테."

"……."

"릴리아나 양?"

"……."

대답도, 반응도 없다.

시드리온은 마치 실이 끊어진 인형처럼 미동조차 하지 않는 릴리아나에게 천천히 다가갔다. 그러곤 그녀의 코 밑에 손가락을 대보았다.

숨은 쉰다.

'……아니, 당연히 숨 쉬겠지.'

사람이 술 좀 마셨다고 말하다 말고 갑자기 쓰러져 죽을 리도 없는데. 그걸 잘 알면서도 왜 놀랐을까.

시드리온은 스스로를 이상하게 여기며 손을 거둔 후 잠든 것으로 추정되는 릴리아나를 내려다보았다.

슬쩍 보니 릴리아나가 잠든 곳은 침실이 아닌 서재나 창고 같은 방이었다. 그녀가 앉은 테이블 위로 빈 잔과 와인 병이 보였다. 만찬 때 다 같이 술을 마신 후 장소를 옮겨 따로 한잔 더 한 모양이다.

'한 잔이 아니라 한 병 같지만…….'

어쨌든 저대로 내버려 두는 것도 뭐하니 침실로 데려다줄까. 시드리온은 잠든 릴리아나를 침실로 옮겨주기 위해 마법으로 그녀를 들어 올리려다 멈칫했다.

문제가 있었다.

릴리아나의 침실이 어디인지, 그로서는 알 길이 없다는 거다.

"……."

잠시 고민하던 시드리온이 짧은 갈등 끝에 창문을 넘어 방 안으로 들어가 릴리아나를 안아 들었다. 그러곤 복도로 나와 저택 안을 돌아다닌 지 얼마 지나지 않아 하녀와 마주칠 수 있었다.

"어머, 릴리아나 아가씨."

"침대가 없는 곳에서 잠들어 계신 걸 우연히 발견했습니다. 침실이 어딥니까?"

"아, 이쪽으로……."

하녀는 릴리아나의 처소로 향하는 내내 시드리온을 힐끔거렸다. 이내 처소 문 앞에 도착하자 하녀가 시드리온으로부터 릴리아나를 넘겨받아 그녀를 부축하며 처소 안으로 들어갔다.

시드리온은 처소 앞을 떠나기 전 잠시 생각했다. 과연 릴리아나는 오늘 일을 기억할까.

시드리온이 돌아섰다. 어느 쪽이든 사실 별로 상관없는 일이기는 했다.

일레나는 아침부터 굉장히 진귀한 모습을 목격했다. 다름 아닌 언니 릴리아나의 새빨개진 얼굴이었다.

'잘못 봤나?'

눈을 한 번 비비고.

'……술이 아직 덜 깼나?'

다음으론 머리를 의심했다. 그러나 몇 번을 다시 봐도 릴리아나는 얼굴을 붉히고 있었다.

그것도 시드리온 앞에서!

둘은 무슨 이야기를 나누는가 싶더니, 곧 시드리온이 고개를 흔들었고 릴리아나는 고개를 숙였다.

'뭐야, 대체.'

본의 아니게 복도 모퉁이에 숨어 그 장면을 전부 지켜보게 된 일레나가 이내 릴리아나가 자리를 뜬 후 시드리온에게 다가갔다.

"흑탑주."

"아, 공작 부인."

"방금 뭐야? 혹시 내 언니와 무슨 일 있었나?"

혹 언니를 곤란하게 만들까 봐 도중에 끼어드는 건 참았다.

"별거 아닙니다. 전날 영애를 도와드린 일이 있어서, 영애께 사과…… 음, 감사 인사를 받았습니다."

"도와줘? 언니를?"

"어제 불편한 장소에서 잠들어 계신 걸 사용인을 통해 침실로 옮겨 드렸습니다."

"아하."

일레나는 어제 만찬 자리에서 벌어졌던 술판을 기억했다. 납득할 수 있는 일이었다.

'도움받은 게 민망했나 보네.'

언니의 성격을 생각하면 그럴 수 있는 일이었다. 일레나가 그렇게 생각할 때였다. 시드리온의 시선이 일레나에게 찰나 머물렀다.

"왜?"

"흑탑주보다 놀라운 호칭은 없을 줄 알았는데……."

"뭐?"

"역시 피는 물보다 진하군요. 한 가지 배웠습니다."

"무슨 소리야?"

알아듣기 힘든 말을 해놓고 시드리온은 빙그레 웃기만 했다. 일레나는 상대를 붙잡고 대거리를 할까 하다가 그냥 그만두었다.

아침 식사를 간단히 마친 후—주방장이 해장에 좋은 특식을 만들어 주었다—일레나는 린든 후작가로 향했다. 그리고 그곳에서 내내 마음에 걸렸던 문제를 마침내 명쾌하게 해결할 수 있었다.

"……그래, 네 말이 맞아."

"……."

"거짓말이었어. 전부 마음에도 없는 소리였다고! 이게 다 그놈의 엠버 자식 때문에…… 와앙."

일레나가 돌아오면 이젠 자기가 일레나의 역할을 대신하겠다던 미엘르의 말은 진심이라곤 한 톨도 담기지 않은, 그저 홧김에 내뱉은 허언에 불과했다.

미엘르가 그런 말을 하게 된 이유는 간단했다. 쉽게 말해, 사랑싸움. 애인인 엠버와의 사소한 다툼이 바로 그런 말을 하게 된 배경이었다.

"들어봐, 일레나. 엠버 그 자식이 얼마나 답답하게 굴었는지 알아? 자긴 언제든 내 행복을 위해 물러날 준비가 되어 있다느니……."

"그래, 그래."

"자기가 필요 없어지면 언제든 버리라느니, 하도 그런 소리를 해대니까 내가……."

"그래, 그래."

이유야 어쨌든 일레나는 안심했다. 사촌이 미친 것이 아니라면 다행이었다.

후작저에 방문한 김에 일레나는 모처럼 숙부인 린든 후작과 단둘이 식사했다.

굳이 '단둘이' 식사하자고 먼저 말을 꺼낸 건 후작이었는데, 식사 자리에서 그 이유가 밝혀졌다.

"고맙다, 일레나."

"뭐가요?"

"네가 희생해 준 덕분에……."

"오히려 제가 숙부님께 더 감사하죠."

'희생'이라는 말이 나오기 무섭게 일레나가 후작의 말을 잘랐다.

"숙부님 덕에 제가 지금 사랑하는 남편과 행복한 결혼 생활을 하고 있는걸요."

"……."

"정말 감사해요."

일레나가 소리 없이 빙긋이 웃었다. 린든 후작은 눈치 없는 사람은 아니었다. 그는 헛기침하더니 일레나와 마주 웃었다.

"잘됐구나. 멀리 시집가게 되어 걱정했는데, 공작성 생활이 네게 잘 맞는 모양이야."

"그럼요. 그런데 그 이야긴 새삼스럽게 왜 다시 꺼내세요?"

"아, 그게……."

린든 후작의 얼굴에 화색이 번졌다. 그는 기뻐 보였다.

"얼마 전 성공적으로 첫 유물을 발굴했단다."

"유물이요?"

"그래. 아, 내가 네게 사업 이야기를 하지 않았구나."

린든 후작이 제 딸 미엘르를 팔아넘길 생각까지 하며 욕심냈던 것은, 바로 유물 사업이었다.

고대 유물이 묻힌 광산. 소유주는 메이하드 공작이었는데 광산의 위치가 수도와 가까운 만큼 발굴 및 복원 작업을 도맡아 함께할 동업자를 구했었다고 한다.

'아하, 그래서…….'

일레나는 내심 고개를 끄덕였다. 돈이라면 딱히 부족하지도 않은 사람이 대체 뭐 때문에 미엘르를 억지로 결혼시킬 마음까지 먹었던 건지 궁금하긴 했다.

'유물이면 그럴 만하지. 숙부의 오랜 꿈이었으니…….'

고대 유물을 무사히 발굴해 능력을 복원하는 데까지 성공하면, 얻게 되는 건 그저 금전적 이득뿐만이 아니었다.

명예.

고대 유물의 능력을 복원했다는 업적과 함께 후대에 이름을 남길 수 있었다. 린든 후작이 평생 바라던 것이기도 했다.

"축하드려요. 어떤 유물인데요?"

"아직 조사 중이다. 정확하지 않지만, 아마 병기가 아닐까 싶기도 하고……."

"병기요?"

"한번 보겠느냐? 여기서 마차를 타고 조금만 나가면 되는데."

"괜찮아요."

일레나는 린든 후작과 달리 유물에 별로 관심이 없었다. 그게 과거 전쟁에 쓰였던 기구라면 더더욱. 린든 후작은 유물을 자랑할 기회를 잃어 아쉬운 듯했지만 두 번 권하지는 않았다.

일레나는 후작저에서 집으로 돌아가는 마차를 탔다. 멀지 않은 거리이니만큼 굳이 시드리온을 부려먹지는 않았다. 대신 시드리온은 호위로서 다른 세 기사와 함께 마차에 동석했다.

마차 창밖을 내다보던 일레나가 문득 고개를 돌려 입을 열었다.

"타르트 좋아하는 사람 있나?"

수도에는 일레나의 오랜 단골 타르트 가게가 있다. 결혼식 날 에드워드가 앞으론 그 가게에 가지 못해 어떡하냐고 놀렸던 곳이기도 했다. 돌아가는 길에 마침 그 가게가 있었다. 일레나의 물음에 토마스가 슬쩍 되물었다.

"마님께서는 타르트를 좋아하십니까?"

"응, 좋아하지."

그녀의 대답에 세 명의 기사가 주르륵 말을 이었다.

"그럼 저도 좋아합니다."

"저도요."

"전 사랑합니다."

줏대라곤 존재하지 않는 현장을 가만 지켜보던 시드리온과 일레나의 눈이 마주쳤다. 시드리온만 아직 대답하지 않은 상태였다. 그가 어깨를 으쓱했다.

"제 선호 여부가 중요합니까?"

"당연히 안 중요하지. 마부, 늘 가던 디저트 가게로 가주게."

"알겠습니다."

마부가 능숙하게 마차의 방향을 틀었다.

그러고서 얼마나 이동했을까? 모처럼 단골 가게에 들릴 생각에 일레나의 입가에 미소가 맺혔을 때, 별안간 마차가 멈췄다.

"응?"

마차 창밖으로 보이는 풍경이 일레나가 기억하던 것과 달랐다.

'가게 위치가 바뀌었나?'

일레나가 그렇게 생각하는 찰나 마부의 목소리가 들렸다.

"저, 아가씨……."

"왜? 무슨 일 있나?"

"길 앞에 마차가 있는데, 그게……."

"실례하겠소."

마부의 말이 끝나기도 전에 낯선 목소리가 말을 걸었다.

노쇠한 음성이었다. 마차 창문 가까이 다가온 상대의 옷차림에 일레나가 언뜻 아는 체를 했다.

"사제시군요."

중년에서 노년으로 접어드는 나이의 남자는 신전 소속임을 뜻하는 사제복을 입고 있었다. 일레나의 행색을 흘끔 살핀 그가 이내 온화하게 웃었다.

"예, 주신 이오르를 모시는 신의 종, 베카입니다. 영애께 신의 가호가 함께하길."

"영애가 아니라 부인이라고 불러주세요. 사제님께도 신의 가호가 함께하길. 그런데 무슨 일인가요?"

"다름이 아니라…… 마차 바퀴에 문제가 생겨 마차를 움직이지 못하는 상황입니다."

일레나가 창문 밖으로 고개를 내밀었다. 정말이었다. 길을 막고 선 새하얀 마차 한 대가 오도 가도 못 하는 것이 보였다.

"마차 바퀴가 빠졌나 보네요?"

자세한 건 몰라도 일레나의 눈엔 그렇게 보였다. 사제, 베카가 고개를 끄덕였다.

"다행히 망가진 건 아니어서 다시 잘 끼우기만 하면 될 것 같은데, 보시다시피 유약한 사제들뿐이라 손이 부족하여 난항을 겪고 있습니다."

"아, 그런 거라면……."

여기 마침 건장한 일꾼이 셋이나 있었다. 일레나는 콜린을 비롯한 세 기사를 돌아보았다. 어차피 이 길을 지나가려면 길을 막은 저 마차가 다시 움직이도록 도와야 하긴 했다.

일레나가 기사 셋 중 도움을 줄 지원자를 뽑으려 할 때였다. 시드리온이 입을 열었다.

"마차만 치우면 되는 거 아닙니까?"

"응?"

"우리 입장에선 저 마차를 치워 길을 지나기만 하면 되는 문제가 아닌가 싶어서요. 그렇지 않습니까, 공작 부인?"

"그야 그렇긴 하지만……."

어쨌든 마차가 움직여야 치우든 말든 할 것 아닌가?

그러나 일레나가 그 말을 입 밖에 내기 전, 시드리온이 먼저 손을 움직였다. 그러자 바깥에서 비명이 들렸다.

"으악!"

"마, 마차가!"

히히힝!

쿵!

둔탁하고 육중한 소리가 소란의 마지막을 장식했다. 일레나의 시선이 저절로 창밖을 향했다.

'……?'

방금까지만 해도 길 한복판을 막고 있던 마차가 감쪽같이 사라졌다. 아니, 좀 더 정확하게 말하면 사라진 게 아니라…….

"치웠습니다. 이제 가죠."

마법으로 마차를 통째로 들어 길옆으로 패대기친 시드리온이 태연히 말했다.

'아니, 확실히 치우기는 했지만…….'

그 부작용으로 마차는 엉망이 됐다. 조심스럽게 내려놓은 게 아니라 말 그대로 패대기친 탓이었다. 눈을 부릅뜨고 그 상황을 지켜본 사제가 뒤늦게 버럭 목소리를 높였다.

"대체 이게 무슨 짓……!"

"베카 사제님."

시드리온이 상체를 앞으로 숙였다. 덕분에 그의 얼굴이 드러났다. 시드리온을 발견한 사제가 멈칫했다.

"그러게 이런 일을 대비해 처음부터 마차에 일꾼을 태웠어야지요. 더럽다고 하인은 동승을 못 하게 하니 이 꼴이 나는 것 아닙니까."

"너……."

"아니면 사제 두셋이 함께 바퀴를 들던가요. 아무리 힘이 없다 해도 성인 여럿이 그것 하나 못 들겠습니까? 손이 더러워지는 게 싫어서 몸을 사리니 또 이 꼴이 나는 게 아닙니까."

시드리온은 감정 없이 무덤덤한 목소리로 말을 이었다. 그러나 말에 담긴 내용은 흡사 폭언에 가까웠다. 일레나가 정말인가 싶어 사제를 쳐다보았다. 그는 딱딱하게 굳은 얼굴을 하고 있었다.

"시드리온……."

"부디 이번 일이 교훈이 되어, 다음번엔 이 같은 꼴을 겪지 않게 되길 바랍니다. 그럼 이만."

히힝!

갑자기 보이지 않는 어떤 힘에 엉덩이를 얻어맞은 말이 달리기 시작했다. 마부가 어어, 하며 마차를 몰았다.

일레나는 멀어지는 사제를 내다보았다. 상대의 표정을 알아볼 수 없을 정도로 멀어졌을 때, 일레나가 시드리온을 응시했다.

"아는 사이였나 봐."

"조금요."

마차 안에 침묵이 깔렸다. 일레나는 굳이 어떤 관계였냐고 자세히 묻거나, 왜 멋대로 행동했느냐고 시드리온을 책망하지 않았다. 그러기엔 시드리온의 표정이 너무 좋지 못했다.

일레나는 목적지인 타르트 가게에 도착할 때까지 정적이 이어지도록 그냥 놔두었다.

그날 밤.

복도를 걷던 일레나가 걸음을 멈췄다. 저택 바깥에 시드리온이 달빛을 받으며 가만히 서 있었다. 창문을 등진 채라 표정은 볼 수 없었다. 아니, 사실 창을 보고 있었더라도 표정을 확인하기란 어려웠을 거다. 밖은 어두웠으니까.

잠시 고민하던 일레나가 이내 등을 들고 밖으로 나갔다. 시드리온은 그때까지 같은 자리에 같은 자세로 서 있었다.

"흑탑주."

일레나의 부름에 시드리온이 그제야 몸을 움직였다. 그래 봐야 고개를 돌린 정도에 불과했지만.

"……공작 부인."

"여기서 뭐 해?"

"그냥 생각을 좀 하고 있었습니다."

"무슨 생각?"

짧은 정적 끝에 대답 대신 다른 말이 돌아왔다.

"낮에는 죄송했습니다."

"뭐가 죄송한데?"

"그 자리의 책임자는 공작 부인이셨는데, 제가 멋대로 행동해서요."

"됐어. 그걸 탓할 거였으면 진작 했겠지."

"……."

"그래서 무슨 생각 하고 있었는데?"

말을 돌리려 했으나 다시 원점으로 돌아왔다. 한숨을 삼키며 시드리온이 결국 대답했다.

"카이휜 생각을 했습니다."

일레나가 멈칫했다.

"……그래? 마침 나도 내 남편을 생각하고 있었는데. 실은 아까부터 생각했어."

"경쟁심 느끼지 않으셔도 됩니다. 낮에 있었던 일 때문에 생각난 거니까."

"사제를 만났던 것 말인가?"

"네."

"……그 노인네가 남편과도 관련이 있어?"

시드리온이 보였던 태도를 생각하면 별로 좋은 인연이었을 것 같진 않았다. 사제를 가리키는 일레나의 호칭이 대번에 변했다. 시드리온이 그런 일레나를 잠깐 쳐다보다 입을 열었다.

"제가 카이휜과 어떻게 만나게 되었는지 아십니까?"

모른다. 그리고 말이 나와서 하는 말인데, 전부터 상당히 궁금했다.

"어떻게 만나게 됐는데?"

"제가 먼저 접근했습니다. 7년 전에."

"……."

"카이휜이 악마에게 저주받았다는 증거를 잡아내려고요."

"뭐?"

잘못 들은 줄 알았다.

일레나의 당황한 시선을 받아낸 시드리온이 옅게 웃었다.

"이야기가 좀 깁니다."

"……."

"유쾌하지 않을 수도 있고요."

잠시 침묵하며 말을 쉰 후 시드리온이 물었다.

"들으시겠습니까?"

등 손잡이를 쥔 일레나의 손에 힘이 들어갔다.

"……그래."

시드리온은 고아였다. 젖을 떼자마자 더럽고 오래된 골목에 버려졌다. 용케 죽지 않고 살아난 아이는 다른 무엇보다 구걸하는 법을 먼저 배웠다.

그날도 생존 본능처럼 가장 깨끗한 옷을 입은 사람의 바짓가랑이를 잡고 매달렸다.

"고파요……."

"응?"

"배, 고파요…… 밥 먹고 싶어요."

"뭐야, 이 더러운 애새끼는! 이분이 누군 줄 알고……."

"잠깐."

아이에게 옷자락을 잡힌 이는 태양의 신 이오르를 섬기는 신전의 대사제였다.

"보아하니 부모 잃은 불쌍한 아이인 모양인데, 신전에서 거두는 것이 어떻겠나?"

"네?"

"아이야, 우릴 따라가겠느냐? 우리와 함께 가면 앞으로 배가 고플 일은 없을 거란다."

"대사제님, 대체……."

그날 좁고 더러운 골목에서 대사제가 본 것은, 다름 아닌 아이의 외모였다.

때가 잔뜩 껴 지저분했지만 자세히 보면 새하얀 피부. 다른 색이라곤 전혀 섞이지 않은 순수한 금발. 아이는 마치 인형 같은 생김새를 지니고 있었고.

정말로 신전의 '인형'이 되었다.

"사제님, 정말인가요? 정말 우리 아이가 살 수 있나요?"

"물론이죠. 부인의 믿음으로 아이를 구원할 수 있습니다."

"아아, 사제님……. 사제님만 믿겠습니다. 사제님이 그렇다고 하시니, 의심하지 않겠습니다."

시간이 흘러 아이는 소년이 되었고, 정식으로 신전의 사제복을 입고 일을 했다.

그가 맡은 일은 단 한 가지였다. 바로 민심을 달래는 것.

불안과 두려움에 쉽게 흔들리고 무너지는 나약한 신도의 마음을 바로잡아 주는 것이 바로 소년에게 주어진 일이었다.

그러나 그 이면에는, 조금 다른 역할이 있었다.

"대사제님."

"시드리온이구나. 무슨 일이냐?"

"오늘…… 아덴 부인을 만났습니다."

"그런데?"

"아이가 살 수 있냐고 묻더군요."

"살 수 있다고 대답했겠지?"

"네, 하지만…… 전에 아이를 살릴 수 없다고 하지 않았습니까? 사제들이 하는 말을 들었습니다. 불치병이라 신전에서도 어떻게 할 수 없다고—"

"시드리온."

"……."

"내가 말하지 않았느냐. 너는 네 일에만 충실하라고."

"……."

"네 일은 신도에게 믿음을 주는 것이다. 그 외엔 알 필요도, 신경 쓸 필요도 없어."

"그렇지만, 아덴 부인이 너무 불쌍합니다. 아덴 부인은 아이가 살 수 있을 거라 믿고 매주 신전에 어마어마한 돈을 헌금으로 내고 있어요. 그런데……."

"시드리온, 내 아이야. 네가 계속 이렇게 말을 듣지 않겠다면, 어쩔 수 없구나. 네게 벌을 줄 수밖에."

"……!"

"지하로 데려가서 3일간 가둬라."

"자, 잘못했습니다. 대사제님, 제가 잘못했어요. 잘못……!"

"정확히 3일 후에 꺼내주어라."

시드리온은 신도의 마음을 달래는 일을 했다. 하나 달리 말하면, 그건 상대의 의심과 불신을 차단하는 일이었다.

실낱같은, 더러는 존재조차 하지 않는 희망의 끈을 잡고 매달리게 해 신도들이 신전에 충성하도록 했다. 그리고 충성은 언제나 '돈'으로 증명되었다.

"사제님, 제 아내의 병환에 차도가 없습니다. 어떻게 하면……."

"정성이 부족해서 그렇습니다. 다음엔 기부금을……."

"사제님, 사제님. 어머니가 눈을 뜨지 못하세요."

"믿음을 더 보여주셔야 합니다. 신전에 들러 기도를 올리시고, 믿음에 맞게 헌금을……."

사람들은 눈에 보이는 것에 쉽게 현혹되었다. 새하얀 사제복을 차려입은 금발의 소년은 마치 천사처럼 보였고, 신전을 찾은 이들은 시드리온이 하는 말이면 쉽게 믿었다. 그것이 설령 대단히 터무니없는 말이더라도.

간혹 시드리온이 양심에 호소하며 못 하겠다고 말하면, 대사제는 시드리온을 지하에 며칠씩 가뒀다. 지하는 신성모독 등 신전에 죄를 지은 죄인들이 갇혀 고문당하고 죽어가는 곳이었다.

시드리온은 지하에서 물 한 모금 제대로 마시지 못하며 고통에 찬 절규와 저주, 비명 등을 듣다가 미치기 직전이 되어서야 지하에서 벗어날 수 있었다.

그렇게 시드리온에게 주어진 역할은 변하지 않았고, 소년의 하루는 끊임없이 흘러갔다. 전과 똑같이.

"사제님, 정말이에요? 정말로 신께 기도하면, 나 살 수 있어요?"

"네, 그렇습니다. 믿음이 진실하다면, 얼마든지……."

"사제님은 꼭 죽은 우리 형 같아요."

"……."

"우리 형도 그랬거든요. 살아날 거라고 간절히 믿으면, 정말 살 수 있을 거라고."

"……."

"나까지 죽으면, 우리 부모님이 엄청 슬퍼하겠죠? 나는 살았으면 좋겠어요. 꼭 살고 싶어요."

"……."

"나 정말로 살 수 있을까요?"

"신은…… 진심을 다해 기도하는 이를 외면하지 않습니다."

아이는 죽었다.

부모는 아이를 살리기 위해 전 재산을 팔고 빚을 지면서까지 신전에 기부금을 냈다. 아이가 죽자 신전은 부모의 출입을 금했고, 하루는 신전 앞에서 울며 항의하는 부모를 무력으로 쫓아냈다.

얼마 후 부모가 아이의 무덤 앞에서 스스로 목숨을 끊었다는 소식이 들렸다.

시드리온은 그날 아무것도 먹지 못했다. 뭐라도 억지로 몸에 집어넣으면 족족 게워냈다. 잠도 제대로 자지 못해 피골이 상접했고, 덕분에 외모가 다시 보기 좋게 돌아올 때까지는 신도와 마주하는 일을 쉴 수 있었다.

"……잠깐, 잠깐만."

일레나는 시드리온의 말을 잘라냈다. 머리가 어지러울 지경이었다.

"신전이 그런…… 짓을 했다고? 그런데도 사람들이 계속 신전을 믿고 기도를 드리러 갔단 말이야?"

심지어 지금까지도 아픈 사람과 그 가족이 신전을 찾아 기도하고 기부금을 내는 현상은 이어지고 있었다. 시드리온이 담담히 답했다.

"병에 걸려 신전을 찾은 이들이 전부 죽지는 않았습니다."

"……."

"간혹 불치병인데도 불구하고 기적적으로 병이 낫는 경우가 있었고, 그럼 그건 사실과 관계없이 곧바로 신전의 업적이 되었죠."

"……허."

"백에 하나에 불과한 경우긴 했지만, 그것으로도 충분했습니다. 간절한 사람들을 신전으로 불러 모으는 데는."

일레나가 입을 다물었다. 신전이 마냥 청렴하기만 한 곳일 거라 생각하진 않았고 일각에서 신전의 타락을 규탄하는 목소리를 듣기도 했지만…….

'이렇게 심했을 줄은.'

시드리온은 일레나의 굳은 얼굴을 보며 천천히 말을 이었다.

"……제가 카이휜을 만난 건, 그때부터 시간이 2년 정도 흘러서였습니다."

시간이 더 지나, 시드리온이 열일곱 살이 되었을 때. 그가 성년이 되는 해를 맞이했을 때쯤 신전에는 비상이 걸렸다.

"신전의 위상이 이전 같지 않습니다."

"가뭄이나 홍수 같은 재해가 일어나질 않으니, 신께 제사를 올릴 일도 없고……."

"귀족 사이에서 신전의 역할을 의심하는 목소리가 하나둘 생겨나고 있다 합니다."

"간사한 귀족 놈들. 우리가 저들과 같은 특권을 누리는 걸 불편해할 때부터 알아보았는데……."

"뭔가 대책을 세워야……."

역설적이게도, 나라의 오랜 평화가 신전에는 독이 되었다. 신전의 수뇌부가 머리를 맞대었고, 노사제가 의견을 냈다.

"이건 어떻습니까?"

"베카 사제님, 어떤 방법이라도?"

"다들 메이하드 공작을 아실 겁니다. 악마에게 저주받았다는 소문이 무성한."

"그야 알고 있습니다만…… 그가 왜요?"

"그 소문을 사실로 밝혀내고, 이 땅에서 악마를 몰아내는 의식을 하는 겁니다."

"흐음?"

"메이하드 공작이 정말로 악마에게 저주받았다는 증거를 잡아내 세상에 알린 후, 다시 그와 같은 악마의 희생양이 나타나지 않도록 신전에서 대대적으로 악마 퇴치 의식을 하는 거죠."

"그런 쪽으로 신전의 능력과 쓸모를 보여주자는 거군요. 나쁘지 않지만…… 증거는 어떻게 잡을 겁니까?"

"잘 찾아보면 뭐든 수상한 점이 나오지 않겠습니까? 만약 없으면 만들면 그만입니다."

"메이하드 공작이 가만히 있을까요?"

"가만히 있지 않으면요? 그래 봐야 가족이 죽고 엉겁결에 작위를 받은 지 고작 1년이 지난, 스물도 안 된 애송이입니다."

"흠……."

"제깟 게 혼자 신전을 상대로 뭘 어쩌겠습니까? 안 그렇습니까, 대사제님?"

"……좋네. 베카 사제의 의견대로 하고, 그럼 이 일은 시드리온에게 맡기지."

준비를 마친 시드리온은 바로 공작령으로 보내졌다. 그에게 주어진 임무는 단순했다. 메이하드 공작의 주변을 맴돌며 최대한 수상한 점을 찾아내고, 정 없으면…….

'다치라고 했지.'

목격자가 많은 곳에서 부상을 입을 것. 그럼 신전이 알아서 그 상처를 악마의 힘에 당한 것으로 만들어줄 테니까.

공작령으로 향하며 시드리온은 조소했다.

'쓰레기 같은 임무로군.'

"잠깐만 기다려."

돌 위에 손수건을 깔고 앉아 이야기를 듣던 일레나가 벌떡 몸을 일으켰다. 그러곤 저택 안으로 빠르게 사라지더니, 잠시 후 다시 나타났다.

"……계속 얘기해."

냉수를 마시고 왔다. 그것도 얼음을 띄운 걸로. 끓는 속을 가라앉히기 위해서였다.

후다닥 다녀온 탓에 숨이 가빴다. 시드리온은 일레나가 진정하도록 잠시 기다려 준 뒤 이야기를 이어갔다.

"제가 공작성에서 처음 카이휜을 보자마자 든 생각은……."

소문 무성한 괴물 공작은 예상보다 앳된 모습이었다. 남보다 머리 반 개는 큰 키에 검술로 다져진 탄탄한 체격은 상대에게 위압감을 주기 충분했으나, 자세히 보면 열일곱이라는 어린 나이가 티 났다. 딱 시드리온과 같은 나이였다.

그 때문일까. 시드리온은 카이휜에게 친밀감을 느꼈고, 만난 지 얼마

안 되어 자신의 이야기를 주절주절 늘어놓게 되었다.

"말 놓을게. 놔도 되지? 싫어도 어쩔 수 없어. 놓을 거니까."

"……."

"내가 얼마나 불쌍하게 사는지 들어볼래?"

사실 시드리온의 입을 열게 한 건 친밀감보다 동질감이었다. 불행에 대한 동질감. 너나 나나, 별다를 것 없이 불쌍한 처지라는 인식. 그것이 시드리온으로 하여금 허물없이 제 속을 드러내게 만들었다.

어린 메이하드 공작은 사람에게 아무런 기대가 없어 보였지만 그렇다고 제게 먼저 다가오는 상대를 굳이 내치지도 않았다.

"네 그 얼룩, 차라리 나한테 있었으면 좋았을 텐데."

날씨가 기억에 남아 있었다. 꽤 화창한 날이었다. 그때 카이휜은 집무실에 있었고, 시드리온은 창틀에 기대앉아 자신의 삶이 얼마나 기구한지 구구절절 성토했다.

그러다 저 말이 나왔다.

"그렇지 않아?"

"……."

"사람들이 네 얼룩에 관심을 가지는 건, 결국 네 핏줄과 신분 때문이거든. 나같이 출신도 모를 뒷골목 고아가 얼굴에 얼룩이 있어봤자 누가 신경이나 썼겠어?"

실제로 시드리온은 뒷골목에서 카이휜보다 흉이 더한 얼굴을 몇이나 봤다. 반점이든, 흉터든, 혹은 뭘 잘못 주워 먹어 그 부작용으로 피부가 상한 것이든.

어쨌든 카이휜의 얼룩 정도는 뒷골목에서 딱히 시선을 끌 만큼 특이

한 것도 아니었다.

"네 얼룩이 내게 있었으면, 난 지금처럼 사제가 되지도 않았을 거고…… 넌 네가 저주받았단 증거를 잡아야 하는 나와 이렇게 한곳에 있지도 않았겠지."

반쯤은 우스갯소리였다. 또, 반은 진심이었다.

홧김에 말을 꺼내놓고 시드리온은 잠자코 상대의 반응을 기다렸다. 내심 두 가지 반응을 예상했다. 맞는 말이라고 동조해 주거나, 혹은 지금 자길 놀리는 거냐고 화를 내거나.

그러나 카이휜이 보인 반응은 둘 중 어느 것에도 해당하지 않았다.

"너, 마법 쓸 줄 알지?"

"뭐?"

"쓸 줄 아는데 감추고 있잖아. 능력이 알려지면 신전에 이용당할까 봐 그런 건가?"

시드리온은 당황했다. 갑작스러운 말이었지만, 틀린 추측은 아니었다. 저 말대로 시드리온은 마법을 쓸 줄 알았다. 누구에게 배운 것도 아니고, 우연히 책 한 권을 본 것뿐인데 자연스럽게 익히게 되었다. 천부적인 재능이었고, 시드리온은 그 사실을 깨닫자마자 철저히 숨겼다.

고작 생김새가 반반하다는 이유로 신전의 인형이 되어 살고 있었다. 만약 마법을 쓸 줄 안다는 것까지 들킨다면…….

"어떻게 알았지?"

시드리온의 기세가 날카로워졌다. 그가 처음으로 카이휜을 향해 적대감을 드러냈다. 카이휜의 태도는 딱히 변하지 않았다. 그는 담담하게 물었다.

"신전에서 나오지 않는 이유가 뭐야?"

"뭐라고?"

"사제직을 그만두지 않는 이유가 뭐냐고."

"……."

망설이는 듯했으나, 곧 시드리온의 입이 열렸다.

"……사제복을 벗으려면, 신전 안쪽 대사제의 방에 있는 명부에서 내 이름을 지워야 해."

"……."

"내 출입을 절대로 허가하지 않는 곳이지."

"억지로 들어가면 되잖아."

"신전 경비가 장난인 줄 알아?"

"앞을 막아서는 자는 전부 쓰러뜨려. 그럴 힘이 없지는 않아 보이는데."

시드리온은 말문이 막혔다. 어처구니없어서가 아니라, 그 말 또한 사실이었기 때문이다.

시드리온에겐 분명 그럴 힘이 있었다. 앞을 가로막는 이를 전부 치워 버리고, 대사제의 방에 침입해 명부를 빼올 무력이.

대사제의 방 입구에는 마법을 차단하는 결계가 쳐져 있었다. 그러나 시드리온이라면 그것 또한 날려 버릴 수 있었다.

하지만…….

"네 손으로는 못 하겠다는 거군."

"……."

"뭐, 이해해. 나도 그랬으니까. 언젠가부터 가족은 내게 죽든 말든 상관없는 존재였다. 실제로 가족이 죽었을 때 아무 느낌도 없었어."

"……."

"하지만 그래도 내 손으로 직접 그들을 죽일 순 없었지."

시드리온은 눈을 질끈 감았다가 떴다.

그는 어릴 때 신전에 거둬졌다. 그곳에서 먹고, 입고, 자랐다. 지금은 이용당하는 신세지만, 어릴 때는 분명 대사제와 신전의 보살핌을 받았다. 대사제를 아버지로, 신전을 집이라 불러야 한다면 그렇게 할 수도 있었다.

시드리온이 매일같이 고통스러워하면서도 신전을 거역하고 그곳을 탈출하지 못하는 이유였다.

"만약 신전에서 벗어날 수 있다면, 뭘 할 거지?"

"……이 개 같은 사제직을 때려치울 수 있다면?"

"그래."

"그럼, 마법을 좀 더……."

"……."

"……몰라, 생각 안 해 봤어."

쓸데없는 희망을 품고 싶지 않았다. 시드리온은 허상이나 다름없는 희망에 매달린 사람이 얼마나 처참하게 무너지는지 잘 봐왔다.

"좋아."

카이휜은 입을 다문 시드리온에게 더 질문하는 대신 벤을 불렀다. 그러곤 명령했다.

"벤, 흑탑의 마스터에게 연락해. 지금 당장 와서 나를 도와주면, 그렇게 바라 마지않던 뛰어난 제자를 소개해 주겠다고."

"알겠습니다."

"……?"

그다음 일은 전부 순식간에 이루어졌다.

본인을 흑탑의 주인이라 밝힌 웬 노인이 나타나 카이휜을 데리고 공작성에서 사라진 것도. 이내 그와 함께 다시 돌아온 카이휜이, 시드리온 앞에 책자 하나를 던진 것도.

"명부, 이거 맞지?"

"……!"

"통째로 태우든, 네 이름만 지우든 알아서 해."

모든 게 하루 안에 일어난 일이었다.

"신전 내부가 반이 날아갔었다고 하더군요."

"……."

"나중에 알게 된 일이지만, 고작 한 시간이 걸렸다고."

카이휜이 단신으로 신전에 쳐들어가 앞을 가로막는 신전 기사를 전부 때려눕히고 신전 가장 안쪽에 있는 대사제의 방에 침입하기까지 걸린 시간은 한 시간 남짓에 불과했다. 방의 입구를 막은 결계는 힘으로 파괴했다.

신전은 결국 그날의 일을 불문에 부쳤다. 첫째는 카이휜 한 사람에게 신전이 무력화되었다는 것이 외부에 알려져 봤자 좋을 것이 없었기 때문이고.

"이 일은 절대, 절대 밖으로 새어 나가선 안 됩니다."

"신전의 신뢰가……."

"위상이……."

둘째는 그들이 이번 일에 있어서 완전히 '피해자'라고 주장할 수 없었기 때문이었다.

카이휜의 행동에는 틀림없이 명분이 있었다. 시드리온을 이용해 먼저 카이휜을 건드리려고 했던 건 엄연히 신전이었으니까. 그들이 시드리온의 입을 막지 못하는 이상, 그 명분에 맞설 방법이 없었다.

결국 신전은 입을 다무는 쪽을 택했고, 카이휜이 신전에 침입해 명부를 탈취한 일은 그렇게 당사자만 아는 사건이 되었다.

"명부를 받은 날 물었습니다. 내가 뭘 어떻게 하면 되냐고."

시드리온은 책자를 눈앞에 두고도 처음엔 곧바로 믿을 수 없었다. 펼쳐서 확인하니 분명 명부가 맞았다. 그는 한참을 침묵하다 겨우 입을 열었다.

"……내가, 뭘 하면 돼?"

"……."

"널 위해서…… 이제 내가 뭘 하면 되지?

"아무것도 안 해도 돼."

"……."

"그냥 네가 하고 싶은 걸 해라."

시드리온은 그날 당대 흑탑의 마스터였던 노인의 제자가 되었다.

그리고 정확히 1년 후.

탑 소속 마법사 전원 만장일치라는, 150년 만의 기록을 달성하며 시드리온은 흑탑의 새 마스터 자리에 올랐다.

"종종 생각합니다. 만약 그때, 카이휜이 나서주지 않았다면 난 어떻게 되었을까."

"……."

"아마 계속 신전의 종으로 살다 종래 미쳐 버렸거나, 아니면 어설프게 폭주해 주변 사제 몇을 죽이고 도망쳐 평생 쫓기는 몸이 되었겠죠."

시드리온이 쓰게 웃었다.

"명부는…… 마스터 자리에 오른 후, 다시 신전에 가져다줬습니다. 내 이름만 지운 채로."

"……."

"생각보다는 아무렇지 않더군요."

이야기가 끝났다. 시드리온이 입을 다물었다.

바람이 약하게 불어와 두 사람을 스쳤다. 그때 일레나가 몸을 일으켰다.

"오늘은 일찍 자."

"네?"

"내일 아침에 갈 곳이 있으니까."

그 말을 남기고 일레나는 먼저 저택 안으로 사라졌다. 시드리온이 잠시 의아하게 그녀의 뒷모습을 눈으로 좇았다.

다음 날.

일레나가 밤새 한숨도 자지 않은 듯한 얼굴을 한 채 마차에 올랐다.

"신전으로 가자."

"신전이요?"

"그래. 수도에서 가장 큰 곳으로."

마차가 출발했다. 호위로서 마차에 동승한 시드리온은 일레나의 의중을 알 수 없어 그저 그녀를 지켜보기만 했다.

곧 마차가 신전에 도착했다. 신전에서는 값비싼 마차를 타고 나타난 일레나를 무척 친절히 맞이했다.

"신전에는 무슨 일로……."

그 환대 속에서 일레나가 품에 안고 있던 얇은 책 한 권을 꺼내 던졌다. 장부였다.

"기부금 내놔."

"예?"

"지금까지 내 이름으로 신전에 들어간 기부금, 싹 다 내놓으라고."

전날, 시드리온의 이야기를 전부 들은 일레나의 머릿속에 가장 먼저 떠오른 건 바로 여태 신전에 낸 기부금이었다. 일레나가 직접 낸 것은 아니었지만, 그녀의 가문이 매해 그녀의 이름으로 기부해 왔다.

'다른 것도 아니고 내 이름으로 된 돈이 신전을 배 불리는 꼴은 절대 못 보지.'

소르테 백작가는 아이의 무사를 기원하며 일레나가 태어났을 때부터 신전에 기부금을 냈었다.

일레나는 장장 20년어치 장부를 뒤졌다. 백작가는 부유한 데다 성실하기까지 했다. 지난 20년 가까이 한 해도 빠짐없이 신전에 기부한 돈을 긁어모으자, 상상도 못 할 만한 금액이 나왔다.

"기부 내역과 총액은 그 장부에 전부 기재해 왔으니, 거기 적힌 그대로 가져와."

"아니, 갑자기 그런 말씀을 하셔도……."

황당하다는 눈으로 일레나와 장부를 번갈아 쳐다보던 젊은 사제가 이내 장부를 슬쩍 들춰 안에 적힌 금액을 확인했다. 곧이어 그의 입에서 '히익' 하는 꼴사나운 소리가 흘러나왔다.

"……잠시만 기다려 주십시오."

액수를 보자 자기가 처리할 일이 아니라고 느꼈는지 젊은 사제가 다급히 자리를 비웠다. 일레나 옆을 지키고 서서 그 모습을 빠짐없이 눈에 담은 시드리온이 한마디 했다.

"……이러려고 신전에 오신 겁니까?"

"응."

"대체 왜……."

"왜라니, 이런 거라도 안 하면 화병 나서 쓰러질걸."

진심이었다. 일레나는 속에서 끓는 화를 잠재울 다른 방법을 찾지 못했다. 잠시 후 일레나가 있는 접객실 문이 다시 열렸다.

"베카 사제님, 델 사제님. 바로 이분입니다. 여기 이분께서……."

나이 지긋한 사제 둘이 젊은 사제와 함께 들어섰다. 그중 한 사람이 일레나의 눈에 익었다. 어제 길에서 마주쳤던 바로 그 사제였다.

베카도 일레나를 발견하곤 잠시 자리에 멈춰 섰다. 이윽고 시드리온까지 발견하곤 찰나 눈살을 찌푸렸으나 곧 의자에 앉으며 그린 듯한 미소를 입에 달았다.

"누구신가 했더니, 어제 우연히 뵈었던 그 영애시군요."

"공작 부인."

"……공작 부인이시군요."

"그쪽이 이 신전 책임잔가?"

그쪽.

하룻밤 사이 대단히 바뀌어 버린 호칭과 말투에 노사제, 베카는 당황한 듯했지만, 애써 감정을 감추며 침착하게 대답했다.

"책임자까진 아니지만, 신전 일에 있어 이 늙은이에게 주어진 권한이 그리 적진 않습니다."

"그럼 그쪽에게 다시 말해야겠군. 기부금 돌려받으러 왔어. 한 푼도 빠짐없이."

"허허. 기부금을 말이지요……."

젊은 사제가 전달한 듯한 장부는 이미 베카의 손에 들려 있었다. 그 장부를 흘끔 내려다본 베카가 입을 열었다.

"이유를 여쭤도 되겠습니까? 타당한 이유가 아니라면, 이미 신전에 내신 기부금을 돌려드릴 수는 없습니다."

"타당한 이유라……."

"미리 말씀드리자면, 개인적이고 감정적인 문제는 타당한 이유에 속하지 못합니다."

베카의 시선이 시드리온에게 향했다.

"특히 한 사람의 말만 듣고 신과 신전에 대한 신뢰를 잃었다면…… 그런 건 더더욱 인정해 드릴 수 없는 이유지요."

"이유를 말하기 전에 한 가지 묻지. 7년 전 일에 대해 어떻게 생각하나?"

"예?"

"신전의 잇속을 챙기기 위해 증거를 조작해 내 남편에게 오명을 씌우려 했던 일 말이야. 조금이라도 반성해?"

그제야 일레나가 누구인지 알게 된 것일까. 베카의 표정이 변했다.

그러나 그 동요는 아주 잠깐뿐이었다.

"……오해가 있는 모양입니다만."

"오해?"

"오명을 씌우려 했다니요, 그런 적은 없습니다."

"발뺌하겠다는 건가?"

"단, 사실을 증명하려 했던 적은 있지요."

일레나를 응시하며 베카가 흔들림 없는 미소를 지어 보였다.

"안타까운 일이지만, 공작 부인의 남편께서 악마의 저주를 받은 건 사실이 아닙니까? 신전은 그 사실을 밝히려 했던 것뿐입니다."

"계속 말해봐."

"물론 그 과정에서 다소 정도에 어긋난 방법을 동원하려 했던 것은 인정합니다."

"……."

"무지하고 선량한 사람들을 위해 현세에 악마의 저주가 실재한다는 것을 알려야 한다는, 신전의 공명심과 사명감이 너무 과도했던 나머지 그만 약간의 실수를 저질렀습니다."

"……."

"그리고 작은 실수의 대가라고 보기엔 너무나 지나치고 난폭한 보복을 당했고요. 반성을 언급하셨는데, 글쎄요. 과연 반성해야 하는 게 신전일지……."

"계속 내 남편이 악마의 저주를 받은 게 사실이라고 주장하는데."

시드리온이 나서지 못하도록 손을 들어 그를 막은 일레나가 말을 이었다.

"근거가 뭔가?"

"공작 부인께선 남편분의 얼룩을 보지 못하셨습니까?"

"그게 왜?"

"그 얼룩이 고대 악마의 문양과 같다는 말은 혹시 들어보지 못하셨고요?"

"비슷하긴 해도 완전히 같은 건 아니라고 들었는데."

"약간의 차이는 중요한 게 아닙니다. 애초에 비슷하단 것부터 문제가 되는 겁니다."

"……."

"다른 것도 아니고 하필 악마의 문양과 비슷하다……. 우연으로 치부하기엔 어려운 일이지요. 그리고 무엇보다."

베카가 느긋한 말투로 쐐기를 박듯 말했다.

"부인의 남편께서 악마의 저주를 받았단 정황은 이리 명명백백히 존재하는데, 반대로 아니라는 증거는 없지 않습니까?"

의심이라는 건 본래 의심하는 쪽에서 확실한 증거를 내놓는 것이 맞다. 의심받는 이에게 아니라는 증거를 가져오라고 요구할 게 아니라.

일레나는 말도 안 되는 논리를 뻔뻔하게 펼치는 노사제를 빤히 보다 픽 웃었다.

"……예상은 했지만, 어쩜 이렇게 예상한 것과 똑같을까."

"뭐라고요?"

"내가 기부금을 돌려받아야 하는 이유를 얘기하지."

일레나가 사나운 시선으로 신전의 내부를 훑은 후 말을 이었다.

"이곳이 태양의 신 이오르를 모시는 신전이 아니라, 악마를 숭배하는 신전이라는 걸 알게 되었으니 마땅히 그동안 낸 돈을 돌려받아야겠어."

"그게 무슨……!"

일레나가 그때까지 품에 지니고 있던 책 한 권을 노사제 앞에 던졌다.

"펴보시게."

책의 어느 한 페이지가 접혀 있었다. 베카가 미간을 찌푸리며 책을 펼치자, 엘레나가 접어놓은 페이지에 기록된 화려한 문양이 보였다.

"설명 보이지? 고대 악마에게 제물을 바칠 때 그 제물에 새겼다는 문양이야."

"이걸 왜……."

"신전 입구 오른쪽 기둥에 같은 문양이 새겨져 있더군."

"……!"

젊은 사제가 베카의 시선을 받곤 얼른 바깥으로 나갔다. 잠시 후 숨을 헐떡이며 다시 나타난 젊은 사제가 당황한 목소리로 말했다.

"아, 그, 마, 맞습니다. 입구 오른쪽 기둥 아랫부분에 저런 문양이 있습니다."

"……."

"그, 그렇지만 완전히 같지는 않습니다! 비슷하긴 한데, 자세히 비교하면 모서리 부분도 다르고……."

"약간의 차이는 중요한 게 아니지."

젊은 사제의 말을 자르며 일레나가 입을 열었다.

"애초에 비슷하단 것부터 문제가 되는 거야. 그렇지 않나, 베카 사제?"

지목당한 노사제, 베카가 벌떡 몸을 일으켰다.

"무슨, 단순한 우연의 일치입니다!"

"다른 것도 아니고 하필 악마의 문양과 우연히 비슷하다고? 설득력이 떨어지지 않나?"

"……설령 우연이 아니라고 해도, 기둥의 문양 같은 건 조각가가 멋대로 새긴 겁니다. 신전과는 전혀 관련이–"

"증거 있나?"

"뭐라고요?"

"조각가가 신전 사람의 요구를 받고 기둥에 문양을 새긴 게 아니라는 증거 있냐고."

앉은 자세로 턱만 들어 베카를 올려다보며 일레나가 말을 이었다.

"태양의 신 이오르를 모신다는 건 눈속임일 뿐, 실은 악마에게 제물을 바칠 목적으로 이 신전을 지은 게 아닌가?"

"헛소리!"

"그러니까, 증거."

"……."

"내 말을 헛소리로 치부하고 싶으면, 헛소리라는 증거를 대."

증거를 댈 수 있을 리 없었다. 이 신전은 이백 년 전에 지어졌으니까. 신전 기둥에 직접 문양을 새긴 조각가도, 그 조각가에게 의뢰를 맡겼던 사람도 전부 죽었다.

"신전이 악마를 섬긴다는 정황은 이렇게 명명백백히 존재하는데, 반대로 아니라는 증거는 없군."

베카의 안색이 파랗게 질렸다. 그가 아무리 나이가 많아도, 고작 몇 분 전 자기 입으로 했던 말을 잊을 리는 없었다.

일레나가 몸을 일으켰다. 베카는 체구가 왜소하고 신장이 작은 편이라, 구두를 신은 일레나가 일어서자 오히려 그를 내려다보았다.

아무런 말도 하지 못하는 베카를 내려다보며 일레나가 쐐기를 박듯 말했다.

"내 기부금 가져와."

일레나는 커다란 주머니를 품에 안고 신전을 나왔다. 액수가 워낙 크다 보니 금화로만 채웠는데도 주머니의 크기는 어마어마했다. 무게도 상당히 무거워 성인 남자 두 명이 낑낑거리며 접객실 안으로 주머니를 가지고 왔을 정도였다.

"여기 기부금입니다. 단, 공작 부인께 드리는 것이니 공작 부인께서 직접, 가져가시지요."

노사제는 어디 가져갈 수 있으면 가져가 보라는 표정을 지었지만, 그 문제는 무척 쉽게 해결되었다. 시드리온이 주머니에 경량화 마법을 걸어버린 것이다.

마법 걸린 돈주머니는 아이의 힘으로도 너끈히 들 만큼 가벼워졌다. 허탈한 기색을 감추지 못했던 노사제의 꼴사나운 얼굴을 떠올리니 발걸음이 절로 가벼워졌다.

그렇게 신전을 걸어 나오던 중, 문득 시드리온이 물었다.

"어떻게 아셨습니까?"

"뭘?"

"신전 기둥에 그런 문양이 있다는 걸요."

마침 입구를 지나치게 된 터라, 시드리온은 오른쪽 기둥에 흘끔 시선을 주었다. 지나가는 길에 살펴보니 문양은 딱히 눈에 잘 띄지도 않았다. 문양이 있다는 걸 미리 알고 찾아보지 않는 이상 발견하기 어려울 것 같았다.

일레나가 대수롭지 않게 대답했다.

"책에서 봤어."

"책이요?"

"나나 자네 같은 보통 사람이야 평소 신전 기둥에 어떤 문양이 새겨져 있나 자세히 볼 일이 없지만, 예술가는 다르거든."

지어진 지 이백 년이나 지난 신전이다. 이미 숱한 미술가, 화가, 조각가 등에 의해 신전은 구석구석 해부되었다. 일레나는 그중 신전 외부 장식 문양을 집중적으로 다룬 한 미술가의 책을 찾아봤다.

"그럼…… 그 문양이 악마에게 제물을 바칠 때 사용하는 문양과 비슷하다는 건 어떻게 아셨습니까?"

"딱히 원래 알았던 건 아니고, 그냥 서고를 뒤져서 어떻게든 비슷한 문양을 찾아낸 거지."

어차피 문양이라는 게 넓게 보면 다 사람 머리에서 나오는 거다. 여러 개를 모아놓고 보면 개중 비슷한 것이 존재할 수밖에 없다.

일레나는 전날 서고에서 눈에 불을 켜고 신전을 모함할 우연의 증거를 찾았다. 수십, 아니, 수백 권에 달하는 책을 붙잡고 뒤지느라 시간이 한참 걸렸고, 결국 밤을 꼬박 새웠다.

일레나가 작게 하품했다. 밤을 새운 여파가 뒤늦게 밀려오는 것 같았다.

일레나의 설명을 듣고 그제야 이해가 된다는 얼굴을 한 시드리온이 문득 물었다.

"그 돈은 어떻게 하실 겁니까?"

"이거?"

일레나가 품에 안고 있던 돈주머니를 한 손으로 옮겨 잡아 대롱대롱 들었다.

"글쎄. 흑탑주 자네 줄까? 가질래?"

"괜찮습니다."

"왜? 신전에 들어갔다 나온 돈이라 아무래도 좀 찝찝한가?"

"네."

"솔직한걸."

떠드는 사이 신전 앞에 세워둔 마차에 도착했다. 일레나의 명령에 마차 주변에서 대기하고 있던 세 기사가 일레나의 손에 들린 주머니를 보곤 호기심을 드러냈다.

"마님, 그 주머니는 뭡니까?"

문득 일레나의 눈빛에 장난기가 담겼다. 그녀가 세 기사를 향해 주머니를 내밀며 시드리온에게 몰래 눈짓했다.

"받아봐."

세 기사 중 토마스가 먼저 나서서 주머니를 받아 드는 순간, 일레나의 의도를 알아챈 시드리온이 바로 경량화 마법을 해제했다.

"헉!"

"왜?"

"아, 아니. 이거 엄청 무거운……."

바닥에 떨어뜨릴 뻔한 주머니를 겨우 들어 올린 토마스가 혼란스러운 눈으로 일레나를 쳐다보았다. 일레나가 빙긋 웃고는 먼저 마차에 올랐다.

"가자."

"……?"

토마스의 얼굴엔 여전히 혼란이 가득했다. 맥스와 콜린도 뒤따라 한 번씩 주머니를 들어보곤 곧 비슷한 얼굴이 되었다. 일레나는 속으로 웃음을 참았다.

'아, 그렇지. 저 돈으로 공작성 기사들 갑옷 같은 걸 맞춰줄까.'

아니면 훈련에 쓰이는 목검이나 짚인형 따위의 소모성 물품을 잔뜩 구입하는 건…….

'괜찮은데?'

"이랴!"

일레나가 제 발상에 그런대로 만족하는 사이 마부가 마차를 출발시켰다.

"……시오!"

그때 마차 창밖에서 미세한 소란이 들렸다.

무심코 마차 창밖으로 고개를 내밀어 소란이 들리는 쪽을 돌아본 일레나가 눈썹을 찌푸렸다. 사제복을 입은 웬 백발성성한 노인이 다급한 얼굴로 마차를 향해 뛰어오고 있었다.

물론 거리는 점점 벌어졌다. 젊은 사람이라도 달리는 마차를 따라잡는 게 어려운 판이니 노인에게는 당연히 불가능했다.

'누구지?'

접객실에 있을 때는 보지 못했던 사람이었다.

"마차를 멈추라고 할까요?"

일레나가 밖을 내다보는 것을 본 시드리온이 물었다. 이내 마차 안으로 고개를 다시 집어넣은 일레나가 대답했다.

"아니."

저 사람이 누군지, 그리고 왜 저러는지 별로 궁금하지도, 알고 싶지도 않았다. 신전과 더 엮이는 것은 사양이었다.

일레나는 마차 창문을 닫고 아예 커튼을 쳐버렸다. 마차가 속도를 올렸다.

철썩!

일레나와 대거리했던 노사제가 노기를 드러낸 얼굴로 장부와 책을 바닥에 내던졌다.

"……가져가서 태워 버려."

"네, 네."

눈치만 보던 젊은 사제가 얼른 튀어나와 바닥에 있는 것을 주워 들고 사라졌다.

"베카 사제님."

심기가 매우 불편해 보이는 베카에게 같은 공간에 있던 중년 사제가 조심스레 말을 걸었다.

"재수가 없었던 셈 칩시다. 더러운 걸 밟은 겁니다."

"델 사제님."

"끼리끼리 만난다는 말이 괜히 있겠습니까? 솔직히 말해, 멀쩡한 여자였다면 그 괴물과 혼인하지는 않았겠지요."

일레나가 앉았던 자리에 눈길을 준 중년 사제가 과하게 혀를 찼다.

"신전이 운이 나빠 같은 오물을 두 번이나 밟은 겁니다."

"……후우."

베카가 길게 한숨 쉬며 의자에 걸터앉았다. 가까이 다가온 중년 사제가 그의 기분을 풀어주려는 듯 바쁘게 말을 붙였다.

"조잡한 문양으로 말도 안 되는 억지를 쓴 것도 그렇지만, 무엇보다 7년 전 일을 들먹인 게 어이가 없습니다."

"그러게요."

"그 일 때문에 신전이 얼마나 큰 피해를 입었습니까? 누가 누굴 탓해야 하는데요. 그 배신자도 그렇습니다. 어디서 뻔뻔하게 신전에 얼굴을 들이미는지."

말하다 보니 감정이 격해진 듯 중년 사제의 목소리가 커졌다.

"그 당시 대사제님께서 마침 왕세자의 사고를 미리 막아 왕실의 신임을 얻었기에 다행이지, 그게 아니었으면 신전은 지금쯤……."

"대사제님."

범도 제 말 하면 온다더니, 그때 접객실 문이 벌컥 열리며 대사제가 모습을 드러냈다. 베카가 바로 자리에서 기립했다.

"기도는 끝나셨습니까? 안 그래도 드릴 말씀이 있어 찾아뵈려던 참이었습니다. 방금……."

"누군가?"

"네?"

"조금 전 신전에서 나간 사람, 대체 누구였나?"

대사제의 목소리에 초조함이 묻어났다. 평소와 달랐다. 이제 보니 호흡도 가쁘고, 옷도 흐트러져 있었다. 마치 달음박질이라도 한 사람처럼.

베카가 미간을 좁혔다.

"왜 그러십니까?"

"신성력이 느껴졌네."

"예?"

"문헌에 기록된 것과 정확히 일치하는 힘이었어. 이건…… 신성력이 틀림없어."

대사제의 말이 흥분으로 떨렸다.

오래전. 신전의 권위가 지금과는 비교도 할 수 없을 만큼 높았던 시기가 있었다. 신전의 최대 부흥기라고 말해도 부족하지 않았던 그 시절. 왕실조차 한 수 접어주었던 그 당시, 신전이 지금과 달랐던 점은 단 하나였다.

바로 성녀와 성자의 존재.

성녀와 성자는 신의 선택을 받은 자들로서, 신의 힘이라 일컬어지는 신성력을 사용할 수 있었다. 그들은 신성력을 이용해 사특한 것을 몰아냈고, 죽어가는 자를 치유했다.

"이백…… 아니, 거의 삼백 년 만에 신성력을 가진 인물이 다시 나타난 거야. 반드시 잡아야 해. 잡아서 성녀로든 성자로든 추대해야……."

"대체 무슨 말씀을 하시는 겁니까, 대사제님?"

"뭐?"

"착각일 겁니다."

"……착각?"

"예, 신성력이라뇨? 그럴 리가 없습니다. 분명 착각하신 겁니다."

"지금 자네, 나한테 착각이라고 말한 건가?"

대사제의 낯이 미미한 노기로 굳었다. 그러나 베카의 얼굴은 그보다 한결 딱딱하게 굳어 있었다.

"네. 착각하신 것이어야만 합니다."

그제야 무언가 이상함을 느꼈는지 대사제가 멈칫했다.

"……그게 무슨 소린가?"

"조금 전 신전에서 나간 사람이 누구냐고 물으셨지요?"

베카에게서 표정만큼이나 경직된 목소리가 흘러나왔다.

"메이하드 공작 부인입니다."

"뭐?"

"'그' 메이하드 공작의 아내란 말입니다."

"……!"

"신성력이요? 그것도 공작 부인에게? 사실일 리 없고, 사실이어서도 안 되는 일입니다."

"……공작 본인이 아니라, 아내라면 잘 설득해서……."

"그 공작 부인이 오늘 신전에 찾아와 뭐라고 말했는지 아십니까? 7년 전 일을 조금이라도 반성하느냐 묻더군요."

대사제의 입이 다물린 틈에 베카가 확신에 찬 어조로 말을 이었다.

"그녀는 절대 신전에 협력하지 않을 겁니다."

"……."

"오히려 신성력을 이용해 새 교단을 세운다면 모를까. 뭐, 어디까지나 공작 부인이 정말 신성력을 지녔을 때의 이야기지만."

이렇게까지 말했는데도 대사제는 아직 미련이 남은 기색이었다. 그가 망설인다는 것을 알아차린 베카가 답답하다는 듯 결정적인 말을 보탰다.

"공작 부인은 시드리온과 함께 신전에 방문했습니다. 두 사람 사이가 돈독해 보이더군요."

시드리온.

그 이름에 대사제의 표정이 여태까지 중 가장 크게 흔들렸다. 그 얼굴을 보며 베카가 입을 열었다.

"……여길 나가면, 오늘 저는 이곳에서 대사제님과 대화한 적이 없는 겁니다."

"……."

"그렇지요, 델 사제님?"

"아, 예, 예. 물론이지요."

입단속해라. 그런 뜻이 담긴 말에 중년 사제가 황급히 고개를 끄덕였다. 베카의 눈길이 재차 대사제에게 향했다.

"괜히 더 마음 쓰지 마십시오. 정말 착각일 겁니다. 과거엔 신성력이 필요한 시대였기에 존재했던 겁니다. 하지만 지금은요?"

"……."

"아픈 자는 의술로 치료하면 되고, 이 땅에서 몰아낼 사특한 것은 더 존재하지 않습니다."

"……."

"이제 와 신성력이 부활한다고 해도 그게 무슨 쓸모가 있겠습니까? 신전의 영달에도 과거처럼 크게 도움을 주진 못할 겁니다."

"……그래."

창밖을 응시하던 대사제의 시선이 겨우 떨어졌다. 물러서는 눈길에선 더 이상 미련이 느껴지지 않았다.

"자네 말이 맞아. 내가 착각했던 모양이네."

마르종 자작저, 자작의 집무실.

레베카가 낭패라는 기색을 숨기지 못하며 미간을 좁혔다.

"헤……."

"……."

"헤, 헤헤."

그녀의 앞에는 마르종 자작이 바닥에 주저앉아 실성한 사람처럼 입을 벌리고 웃고 있었다. 눈에는 초점이 없었고, 벌어진 입가로는 갓난쟁이처럼 침이 흘렀다. 레베카는 엄지와 검지로 주름진 미간을 꾹 잡아당겼다.

"아, 젠장."

얼마 전, 잉칸이 독자적으로 몰래 흑마법을 익혔다는 정황과 증거를 조작한 후 레베카는 피해자 행세를 했다. 수년간 친동생에게 말 못 할 학대를 당해온 가엾고 안타까운 약자의 모습을 연출했다.

이유는 단순했다. 설마 메이하드 공작이 불쌍하고 가여운 피해자의 가문에 손을 대지는 않을 거라고 생각했기 때문이었다.

그러나 그 생각은 오판이었다.

'자금줄을 막고 가문의 채무를 사들이다니.'

레베카의 사연 따위 알 바 아니라는 듯, 메이하드 공작은 마르종 자작가를 재정적으로 무너뜨리기 위한 과정을 차근차근 밟아나갔다.

'상단도 이미 넘어갔고.'

수많은 거래처가 마르종 자작가에게서 등을 돌렸다.

약초 거래는 다른 가문을 통해서도 얼마든지 가능했다. 돈과 권력이 개입되자 손해를 보면서까지 마르종 가문과의 의리를 지키려는 사람은 없었다.

심지어 시기적으로도 좋지 않았다. 마르종 자작은 최근 사업을 확장하려는 욕심에 외부에서 무리하게 자금을 가져다 썼다. 그런 차에 일이 터진 것이었다. 이대로 거래가 막힌 상황에서 막대한 채무 상환 압박이 들어온다면, 가문은 그야말로 폭삭 주저앉을지도 몰랐다.

'하이나 백작가에서 또 기다렸다는 듯 메이하드 공작에게 힘을 실어주고 있으니.'

하이나 백작가는 마르종 자작가와 약초 유통 사업을 두고 경쟁하던 곳이었다. 일이 이렇게 되자 마르종 자작은 미치기 직전이 되었다. 평정을 유지하지 못하고 툭하면 발작했고, 조금 전에도 마찬가지였다.

레베카를 집무실로 불러 책상 위 물건을 그녀에게 집어 던지며 대체 이 일을 어떻게 해결할 거냐고 악다구니를 썼다. 그리고 레베카는 평소처럼 '힘'을 써 자작이 입을 다물게 만들었는데…….

짧은 시일 내에 연이어 힘을 쓴 것이 문제였을까. 아니면 짜증이 나 저도 모르게 힘 조절에 실패했던 걸까.

"백치가 돼버렸잖아."

부작용이 생기고 말았다.

자작의 주변에 퍼져 있던 검붉은 빛이 레베카가 건 목걸이의 보석으로 빨려 들어갔다. 레베카는 정신이 나가 버린 자작을 짜증 섞인 눈으로 내려다보았다.

자작위를 계승한 후 언젠가 자작을 처리할 계획은 있었다. 하지만 이런 식으로는 결코 아니었다. 시기도, 방법도 예정과 달라졌다. 입술을 잘근 씹은 레베카가 이내 돌아서서 방에서 나왔다.

"내가 말할 때까지 아무도 안에 들어가지 못하게 해라."

"네, 아가씨."

문을 지키는 병사가 순순히 대답했다. 레베카는 인적이 드문 곳까지 이동한 후 제 수하를 불러냈다.

"미켈."

"예."

어둠 속에 숨어 있던 남자가 모습을 드러냈다.

"메이하드 공작 부인이 지금 수도에 있다지."

"……."

"이 시간 이후 그녀의 모든 일거수일투족을 내게 보고해. 이번에는 실망시키지 않으리라 믿는다."

"명 받듭니다."

남자가 사라진 후, 레베카는 적막한 복도를 쭉 걸어 복도 끝 왼쪽 방으로 들어갔다. 묵직한 자물쇠로 잠겨 있어 열쇠로 열고 들어가야 했으나 의외로 내부는 평범한 모습이었다. 그러나 레베카가 벽에 걸린 그림의 배치를 바꾸자 그림 오른편의 벽이 스르르 문처럼 밀렸다.

그 뒤로 나타난 건 지하로 내려가는 계단이었다. 레베카는 한 칸 한 칸 어둠 속에서도 익숙하게 계단을 밟아 내려갔다.

곧이어 계단이 끝나고, 또다시 자물쇠로 잠긴 문 앞에 도착한 레베카의 걸음이 멈췄다. 철컥. 자물쇠를 풀고 문 안쪽으로 들어서자 어둡고 작은 창고 같은 공간이 나왔다.

내부에 있는 램프를 켜 방을 밝힌 레베카가 바닥에 깔린 양탄자를 치웠다. 바닥에는 현란한 글자와 모양이 원형을 그리며 빼곡하게 적혀 있었다.

레베카가 그 앞에 무릎을 꿇고 앉았다. 이걸 처음 발견한 건, 그녀가 막 열일곱이 되었을 때였다.

"아무도 모르는 비밀 공간이 있다고?"

"그렇다니까. 청소하다 우연히 발견한 건데, 아직 나 말고는 아무도 몰라. 자작님도 모를걸?"

웬 하인과 하녀가 복도에서 은밀히 속닥이는 말을 우연히 엿들은 것이 계기였다.

비밀 공간.

그때 레베카는 마침 사람 한 명을 죽일 생각을 하고 있었다. 상대는 바로 레베카에게 혼담을 넣기 위해 보낸 전령이었다.

레베카에게 혼담을 넣은 백작은 부유했으나 부인과 두 번이나 사별한 예순 먹은 노인이었다. 노인과 결혼하고 싶지 않았던 레베카는 전령을 죽여 실종시킨 후 혼담이 무사히 진행되는 것을 막으려 했다.

비교적 어린 나이였지만 레베카는 살인에 거부감이 없었다. 날 때부터 그랬다. 타인의 목숨을 앗아 제 잇속을 채울 수 있다면, 얼마든지 그렇게 했다.

"비밀 공간이라. 시체를 보관하기 좋겠는데. 잘하면 전령이 오는 족족 처리할 수도 있겠어."

혼담을 전하러 오는 전령이 전부 실종된다면 으스스한 소문이 돌 것이고, 레베카는 원치 않는 결혼에서 아예 해방될 수도 있었다.

그녀는 그날 하인과 하녀를 몰래 뒤쫓아 비밀 공간의 존재를 알아냈다. 이후 비밀 공간을 아는 사람이 더 생겨나지 않도록 둘을 독살한 후 비밀 공간의 내부를 자세히 살폈다.

"생각보다 좁네. 바닥에 이 낙서는 또 뭐…… 아."

최근 신경 쓸 일이 많아 피로했던 탓일까. 비밀 공간을 살피던 중 레베카의 코에서 피가 흘렀다. 그리고 그 피가 바닥에 그려진 문양 위로 떨어졌다.

기이한 일이 벌어진 건 그 직후였다.

피를 흡수한 바닥의 글자와 문양이 일순 붉게 빛나더니, 곧 그 자리에 정체를 알 수 없는 새까만 사체가 생겨났다.

"이게 무슨……."

그녀는 놀라 비명을 지르는 대신 착실하게 비밀 공간의 내부를 구석구석 탐색했다. 그리고 마침내 안쪽에서 찾아낸 낡은 양피지를 통해 바닥에 그려진 문양의 정체를 알아냈다.

그건 다른 세계로부터 괴생물을 불러낼 수 있는 소환진이었다.

더 놀라웠던 건, 그렇게 불러낸 괴생물을 이용할 방법이 있다는 거였다.

[다음으로 이곳을 발견한 축복받은 이에게 알린다. 이 문양은 이계 소환진으로…….

(중략)

살아 있는 것이 소환되었을 경우, 매우 위험하니 그 즉시 아래에 기재한 소환 취소 주문으로 돌려보낼 것.

죽은 것이 소환되면 그 사체의 피를 이용할 수 있다. 피의 효과와 방법은……]

소환진은 사람의 피에 반응했다. 더 정확히, 피에 담긴 '욕망'에 반응했다.

레베카는 그날 불러낸 괴생물 사체의 피를 이용해 마르종 자작을 세뇌해 자기 뜻대로 행동하도록 만들었다. 그때 그녀가 바란 건 '주변 일을 제 마음대로 통제하는 것'이었다.

"하, 하하."

소환진으로 불러낼 수 있는 괴생물의 종류는 꽤 다양했다.

레베카는 그것들의 피를 마음껏 이용했다. 힘을 열망하는 자의 신체 능력을 이전과는 비교도 할 수 없게 강화시켜 주었고, 그를 제 수하로 삼았다.

"네게 힘을 주면, 대가로 나에게 충성할 수 있나?"

"……맹세하겠습니다."

심지어 사체가 쌓였을 때도 괴생물의 피를 이용해 처리했다. 어떤 괴생물의 피에는 동족의 사체를 흔적도 남기지 않고 지워 버리는 효과가 있었다.

"이 저택의 전 주인이 죽기 전까지 절대 저택을 팔지 않으려 했다더니, 이것 때문에……."

편리했고, 즐거웠다.

소환진에서 괴생물을 불러내 이용하는 일은 레베카에게 일종의 희열까지 안겨주었다.

간혹 소환진에서 죽은 것이 아닌 살아 있는 괴생물이 소환될 때면 섬뜩하기도 했다. 하지만 그럴 때는 양피지에 적힌 소환 취소 주문을 써서 바로 돌려보냈기 때문에 문제는 없었다.

시간이 흘러 레베카는 점차 소환진의 존재를 당연하게 여기게 되었다. 마치 태어나면서부터 손에 쥔 자신의 권리라도 되는 것처럼.

그래서일까.

"누님, 이게 대체……."

그만 긴장이 풀려 경계를 소홀히 한 나머지, 제 뒤를 밟은 동생에게 소환진의 존재를 들켜 버렸다. 그러나 레베카는 크게 걱정하지 않았다.

"쯧, 이리 와봐."

오히려 들킨 김에 동생의 피를 이용해 괴생물을 불러냈고, 그렇게 소환된 괴생물의 피는 동물이 혼자 새끼를 밸 수 있게 만들었다.

"읏, 욕망하고는……."

"시, 시끄러워."

"……."

지난 일을 떠올린 레베카가 품에서 작은 날붙이를 꺼내며 픽 웃었다. 그러곤 감정이 담기지 않은 건조한 목소리로 중얼거렸다.

"그때 그냥 죽여서 치워 버렸어야 했는데."

실수였다. 그것도 큰 실수.

잉칸이 일을 이 지경으로 만들어놓을 줄 알았다면, 소환진을 들켰을 때 그런 안이한 선택을 하지 않았을 것이다.

적어도 잉칸이 사람 신체를 괴생물처럼 바꿔 강화하는 피를 먹고 달아나기 전에 처리했더라면.

이제 와선 전부 부질없는 후회긴 했다.

레베카는 정신을 집중했다. 눈을 감고 생각을 한데 모은 다음 날붙이로 손가락을 베었다. 제법 깊이 베인 상처에서 피가 후드득 떨어져 소환진 가운데 고였다.

피가 작은 웅덩이를 만들기 무섭게 문양으로 스며들었다. 곧 소환진 전체에 빛이 번쩍이는가 싶더니, 그 자리에 레베카가 원하던 것이 나타났다.

먹구름처럼 어두운 회색을 띤 피부에 머리 두 개 달린 사체. 짐승도, 사람도 아닌 어떤 것.

레베카는 날붙이를 세워 사체의 단단한 피부에 박아 넣었다. 심장이 있는 곳을 정확히 찌르자, 죽은 몸에서 울컥울컥 피가 솟아났다.

레베카는 목걸이를 벗어 피가 솟아나는 위치에 가져다 대었다. 그러자 목걸이의 보석이 기묘한 빛을 내며 피를 흡수하기 시작했다. 레베카는 눈 하나 깜짝하지 않고 그 광경을 지켜보았다.

"원래는 공작 부인만 조용히 처리할 생각이었지만……."

마르종 자작은 외부에서 자금을 끌어오며 이 저택과 영지를 담보로 걸었다. 재정 압박이 계속되면, 종내 영지와 저택이 넘어가게 되는 건 당연한 일이었다.

'그렇게는 안 되지.'

영지는 상관없었다. 그러나 저택은, 이곳만은 무슨 일이 있어도 넘겨줄 수 없다. 저택을 잃는다는 건 곧 이 비밀 공간을 잃는다는 거였으니까.

"이렇게 됐으니 어쩔 수 없지."

피를 한계까지 흡수한 듯 목걸이의 보석이 사체의 피를 빨아들이는 것을 멈췄다. 목걸이에 묻은 피를 닦아낸 레베카가 그것을 다시 목에 걸었다.

'우선 공작 부인을 납치한 다음 그녀를 이용해 공작을 죽이고, 이후 공작 부인도 처리하는 수밖에.'

레베카는 단순한 길을 택했다. 여태까지 늘 해오던 방식이었다.

그녀에게 해가 되고 거슬리는 존재는 죽여 없앴다.

메이하드 공작은 다소 껄끄러운 상대긴 했지만, 공작 부인이라는 약점이 있으니 그걸 잘 이용한다면 죽이기는 어렵지 않을 것이리라.

"괴물의 순애라."

레베카가 재미있다는 듯 웃음을 흘렸다.

"사랑 때문에 죽는 것도 나쁘지 않지. 얼마나 로맨틱한 마지막인지."

낭만적인 시의 한 구절을 가져와 읊듯 말하며 레베카가 목걸이를 매만졌다. 아물지 않은 손가락의 상처에서 배어난 피가 새빨간 보석에 맺혀 흘렀다.

일레나는 신전에서 돌아온 즉시 가족과 진지하게 면담의 시간을 가졌다. 그리고 그건 그녀가 새삼스럽게 가족의 사랑을 확인하는 시간이 되었다.

'나는 신전이 대단히 싫고 앞으로 상종하고 싶지 않은데, 우리 집도 나와 의견을 같이하면 좋겠다'라는, 사실상 자세한 사유를 댈 수 없어 무턱대고 떼쓰는 것과 다를 바 없게 들린 일레나의 말에 그녀의 가족들이 쉽게 알겠다고 대답해 준 것이다.

"좋다, 일레나. 네 뜻이 그렇다면 그렇게 하마. 앞으로 소르테 백작가가 신전과 함께하는 일은 없을 거다."

"동의해요."

"저도."

일레나는 자신이 사랑받는 막내라는 걸 그 어느 때보다 절실하게 느낄 수 있었다. 울컥했다.

"아버지, 사랑해요……."

"나도 사랑한다."

"언니, 사랑해……."

"응, 나도 사랑해."

"……."

"……나는?"

"오빠도…… 음…… 사랑해?"

"왜 나만 의문형인데?"

어쨌든 일레나는 마음 따뜻한 하루를 보냈다. 그날은 종일 웃음이 났다.

그리고 다음 날, 거짓말처럼 불행해졌다.

"아악!"

다름 아닌 그녀의 결혼식 장소가 신전이었다는 사실이 불현듯 떠올랐기 때문이다.

'맞아, 그랬지……. 신전 대강당을 빌려서 결혼식을 치렀어…….'

심지어 주례를 섰던 사람도 사제였다.

일레나는 고통에 겨운 나머지 베개를 품에 가두고 침대 위를 굴러다녔다. 수시로 퍽퍽 두들겨 맞은 베개가 약간 찌그러졌다.

'완전 최악의 결혼식……. 그때 남편이 얼마나 불쾌했을까…….'

물론 지금 이 얘기를 남편에게 하면, 남편은 자긴 별로 신경 쓰지 않으니 부인도 신경 쓰지 말라고 답할 것이다. 뻔히 상상되다 못해 목소리가 귀에 들리는 것 같았다.

그러나 정말 신경을 끄기엔 신전을 향한 일레나의 분노가 너무 컸다. 특히 그 죄의식이라곤 전혀 찾아볼 수 없던 베카의 뻔뻔한 모습을 직접 보고 나니 더 그랬다.

'시간을 돌려서 결혼식을 다시 할 수도 없고…….'

"가만, 다시 해?"

우뚝 움직임을 멈춘 일레나가 이내 침대에서 튕기듯 일어났다.

"그래, 다시 하면 되겠네!"

장소도 바꾸고, 주례도 바꿔서 결혼식을 다시 올린다.

"내가 내 결혼식을 다시 하겠다는데, 누가 뭐라고 하겠어."

좋은 방법이었다. 일레나의 표정이 금세 해맑게 변했다.

"그럼 새 결혼식 장소는 공작성으로……."

똑똑.

"일레나."

그때 짧은 노크 후 일레나의 방문이 열렸다. 릴리아나였다.

"언니? 왜?"

"외출하자고 하려 했는데, 음…… 채비를 따로 해야겠구나."

릴리아나의 시선이 침대 위를 구르느라 산발이 된 일레나의 머리에 잠시 머물렀다.

"외출이라니, 어디로?"

"상점가. 오랜만에 집에 왔으니, 내 취미 생활에 어울려 줘야지."

'쇼핑하자는 건가 보다.'

"알겠어."

일레나는 고개를 끄덕이곤 설렁줄을 당겨 채비를 도와줄 하녀를 불렀다. 릴리아나가 일레나의 방에서 나왔다.

그리고 복도를 걷던 에드워드와 마주쳤다.

두 사람이 서로 묘한 눈빛을 주고받았다.

릴리아나의 취미는 간단했다. 바로 상점가를 돌며 일레나를 머리부터 발끝까지 화려하게 치장해 주는 거였다.

보석상과 모자 가게, 신발 가게 등을 거쳐 일행은 마지막으로 의상실에 도착했다. 그때쯤 일레나는 이미 지쳐 있었다.

"언니의 체력을 이해할 수 없어……."

"네가 이것저것 시착해 보느라 체력 소모가 커서 그래."

맞는 말이었다. 이것도 걸쳐보고, 저것도 걸쳐보고. 이것도 써보고, 저것도 써보고. 이것도 신어보고, 저것도 신어보고……. 인형 놀이를 할 때 인형은 가만히 있으면 된다고 생각하지만, 의외로 인형도 해야 하는 것이 많았다.

그래도 의상실에선 딱히 시착해 볼 일이 없어서 다행이었다.

'전시된 상품의 디자인만 보고 골라서 따로 치수대로 제작하니까…….'

"일레나, 와서 이것 좀 입어볼래?"

"콜록, 뭐?"

일레나가 자신이 잘못 들은 것이길 바란다는 표정으로 릴리아나를 쳐다보았다. 릴리아나가 지목한 건 귀여운 디자인의 연노란색 드레스였다.

"지난달에 새로 영입된 디자이너가 처음으로 내놓은 작품이라는데, 끈으로 치수를 조절해서 시착해 볼 수 있다고 하네. 입어봐."

"꼭 입어봐야 해?"

"네가 입은 모습이 궁금해서 그래."

"시착은 이쪽에서 도와드리겠습니다."

일레나는 어쩔 수 없이 직원을 따라나섰다.

시착실은 의상실 안쪽에 있었다. 일레나는 자신이 가만히 있으면 몸이 둥둥 떠서 알아서 이동하는 상상을 했다.

'흑탑주가 있었으면 가능했을 것 같은데.'

시드리온은 오늘 외출에 동행하지 않았다. 오늘 아침, 탑에 일이 생겼다는 말을 남기고 자리를 비웠기 때문이다.

드물게 시드리온의 부재를 아쉬워하며 일레나가 시착실 안으로 들어섰다.

"탈의를 도와드릴게요."

"틀림없이 잘 어울리실 거예요."

"오늘 손님께서 오실 걸 알고 디자이너가 드레스를 만들었나 봐요."

일레나는 시착을 돕는 직원들이 쉬지 않고 떠드는 말을 한 귀로 흘리며 생각에 잠겼다.

'그나저나 오늘 쇼핑이 평소보다 길어지는 것 같은데. 착각인가?'

시착 횟수도 다른 때보다 많고, 가게도 유독 여러 군데 돌아다녔다. 마치 쇼핑 시간을 늘리려고 작정이라도 한 것 같았다.

'그냥 오랜만에 쇼핑하는 거라서 그런가.'

"다 됐어요."

"꺅, 너무 아름다우세요!"

"디자이너가 이 모습을 보면 감격해서 눈물을 흘릴 거예요."

생각에 잠긴 사이 옷을 입어보는 작업이 끝났다. 직원들이 마지막으로 어깨와 등허리에 달린 리본을 매만져 준 후 호들갑을 떨었다. 그러나 뭐든 베테랑 하녀, 아비에 비하면 보잘것없는 아부라 일레나는 별 감흥이 없었다.

그때, 시착실 문이 열렸다.

일레나는 순간 릴리아나가 기다리지 못하고 시착실에 들어온 것인가 했다. 그러나 열린 문 사이로 모습을 드러낸 건 예상과 다른 사람이었다.

'가면?'

얼굴에는 가면을 썼고, 짧은 갈색 단발에 남복을 입었다. 체구만 봐서는 여성 같았으나 차림새 때문에 성별을 분간하기 어려웠다.

"누구신가요? 여긴 어떻게 들어오셨어요?"

"함부로 들어오시면 안 돼요. 사람을 부르기 전에 나가주세요."

침입자는 직원의 말을 무시하고 입을 열었다.

"공작 부인?"

가느다란 목소리. 일레나는 순간 소름이 돋았다.

"누구……."

"인사는 나중에. 우선 나와 함께 가요, 공작 부인."

가면 아래로 상대의 입꼬리가 말려 올라가나 싶더니, 상대가 착용한 목걸이에서 검붉은 빛이 흘러나왔다. 일레나가 그 빛을 정면으로 마주했다.

"자, 가자."

"……."

"조용히 따라와. 아무런 소리도 내지 말고."

침입자가 조곤조곤 명령했다. 시착실 안에 있던 직원들이 인형처럼 움직임을 멈췄다.

일레나는 자리에 서서 상대를 멍하니 바라보았다. 그러다 곧, 입을 틀어막고 구역질했다.

"욱, 냄새……!"

"……?"

잉칸에게서 맡았던 것과 정확히 같은 악취가 일레나의 코를 찔렀다. 차이가 있다면, 눈앞의 상대는 그 정도가 더 심해서 도무지 견딜 수 없다는 거였다.

온몸을 감싸는 불쾌함. 동시에 오싹 소름이 돋으며 오감이 경고를 보냈다.

일레나가 뒤로 물러서며 반지형 아티팩트에 걸린 마법을 발동했다.

"윈드!"

일레나의 주위로 곧장 강렬한 회오리바람이 몰아쳤다.

후우웅! 쾅!

마법 시동어는 바람이지만, 눈앞에 나타난 것은 태풍이라고 불러도 부족함이 없었다. 강한 바람에 시착실 안의 물건이 이리저리 날아 깨지고 부딪혔다. 작은 소용돌이를 정통으로 맞은 시착실의 문은 아예 뜯겨 나갔다.

"일레나!"

"마님, 무슨 일이십니까!"

소란을 듣고 온 듯 릴리아나와 세 기사가 시착실 안으로 뛰어 들어왔다.

"이제 어떻게 된……."

"마님! 대체 무슨 일……."

"괜, 괜찮으세요, 마님?"

내부는 뜯어진 문짝과 깨진 물건들로 엉망이었다. 릴리아나와 세 기사의 얼굴이 당황으로 물들었다.

"꺄악!"

한발 늦게 자리에 나타난 직원들도 놀라 입을 막았다. 일레나는 시착실을 초토화시키고 나서야 한숨 돌렸다.

바람으로 날려 보낸 덕인지, 냄새가 사라졌다. 한결 나아진 안색으로 일레나가 구석에 처박힌 침입자를 응시했다.

침입자는 기절한 듯 움직임이 없었다. 너무 심한 짓을 했나, 이미 일을 저질러 놓고 일레나가 고민하던 순간이었다.

'가발?'

엉망이 된 꼴로 구석까지 밀려난 침입자에겐 아까와 달라진 점이 있었다. 분명 짧은 갈색 단발이었는데, 지금은 허리까지 내려오는 긴 금발이었다. 선명한 금발은 아니고, 마치 한 차례 물을 뺀 듯한 색.

'……저런 머리 색을 어디서 봤던 것 같은데.'

그때였다. 고개를 푹 숙이고 있던 침입자의 손가락이 움찔 움직였다.

"……도 안 돼."

침입자의 중얼거림은 곧 고함처럼 변했다.

"그럴 리 없어!"

그리고 침입자가 고개를 번쩍 든 순간.

키잉—

상대의 목걸이에서 재차 검붉은 빛이 뿜어져 나왔다. 악취가 재발했다.

역한 냄새에 인상을 찌푸렸던 일레나가 곧 눈을 커다랗게 떴다. 일레나를 걱정하며 부산스럽게 움직이던 사람들이 돌연 움직임을 멈췄다.

"……언니?"

"……."

"콜린, 맥스 경?"

"……."

"……토마스 경."

이상한 일이었다. 아무도, 일레나의 말에 대답하지 않았다. 네 사람뿐만이 아니었다. 일레나를 제외하고 이 자리에 있는 모든 이가 마치 넋

나간 사람처럼 변해 버렸다.

일레나가 당황하는 사이 릴리아나가 천천히 침입자에게 걸어갔다.

"언니!"

깜짝 놀란 일레나가 자리에서 뛰어나가는 순간, 몸을 일으킨 침입자가 릴리아나의 목에 날붙이를 들이댔다.

"……!"

일레나의 발이 그 자리에 묶였다. 일레나의 눈을 들여다보며 침입자가 기가 막힌다는 듯 헛웃음을 흘렸다.

"……허, 정말 안 통하잖아."

"……."

"왜 안 통하지? 대체 왜? 당신, 정체가 뭐야?"

정체가 뭐냐니, 그건 일레나가 하고 싶은 말이었다. 침입자가 릴리아나의 목에 들이댄 날붙이는 크기는 작았지만 끝이 뾰족하고 날카로웠다. 조금만 힘을 주면 목의 여린 살을 쉽게 파고들어 끔찍한 결과를 초래할 것 같았다.

속이 뒤집혔다. 일레나가 겨우 입을 열었다.

"……내게 원하는 게 뭐야?"

침입자는 대답하는 대신 일레나를 빤히 보기만 했다. 일레나는 보지 못했으나, 가면 안쪽 얼굴은 경계심으로 잔뜩 물들어 있었다.

'왜 목걸이의 힘이 안 먹히는 거지?'

침입자, 레베카가 굳은 눈으로 일레나를 응시했다.

이런 적은 처음이었다. 괴생물의 피에 담긴 힘이 통하지 않다니.

'이런 건 메이하드 공작을 상대로만 가정했는데…….'

레베카는 메이하드 공작에게는 어쩌면, 만에 하나 괴생물의 피가 제

효력을 발휘하지 못할지도 모른다고 생각했다. 악마에게 저주받았다는 소문 때문이었다.

악마와 괴생물. 어딘지 동류라는 느낌이 있었으니까.

그래서 세뇌가 먹히지 않을 것을 대비해 공작 부인을 인질로 삼아 공작을 함정에 몰아넣는 편법을 생각했던 거다.

그런데, 공작이 아닌 공작 부인을 상대로 이런 일이 벌어지다니.

'착각이거나 뭔가 실수한 줄 알았는데.'

목걸이에서는 지금도 여전히 빛이 흘러나오고 있었다. 그러나 공작 부인은 그 빛에 홀린 기색이 전혀 없었다.

레베카가 입매를 굳혔다가, 곧 턱에서 힘을 풀었다.

조금 당황하긴 했지만, 괜찮다. 어차피 목걸이의 영향을 받지 않는 건 공작 부인 혼자였다. 계획했던 것보다 일이 아주 약간 번거로워진 것일 뿐, 다른 문제는 없었다.

이내 레베카가 일레나를 보며 입을 열었다.

"조금 전 여기서 바람 일으킨 거, 마법 아티팩트지?"

"……."

"버려. 당장."

일레나의 시선은 릴리아나의 목을 겨눈 날붙이에서 떨어지지 않았다. 그녀가 순순히 반지를 빼서 바닥에 떨어뜨렸다. 딸그랑, 반지가 바닥과 부딪히며 쇳소리가 울렸다.

"다른 것도 가지고 있나? 아냐, 굳이 답을 들을 필요 없지. 몸에 지닌 장신구 전부 빼."

그때 일레나의 시선이 잠시 레베카 옆을 향했다. 레베카의 목소리에 신경질이 묻어났다.

"다른 데 한눈팔 여유가 있나 보지?"

날붙이가 릴리아나의 목덜미에 더욱 바짝 붙었다.

"……기다려, 뺄 테니까."

짤그랑, 툭, 딸그랑.

귀고리와 팔찌, 머리핀 같은 장신구가 일레나의 발치에 쌓였다. 그 모습을 전부 지켜보고도 마음이 놓이지 않는지 레베카가 일레나에게 직접 접근하는 대신 세뇌당한 이에게 명령했다.

"기절시켜서 내 앞으로 데려와."

명령을 받은 건 맥스였다. 초점이 맞지 않는 눈을 한 맥스가 일레나에게 다가왔다.

"저항하지 않는 게 좋은걸."

일레나가 몇 걸음 뒤로 물러나다 멈췄다. 곧 맥스의 손이 그녀의 목을 감쌌다.

잠시 후 일레나가 축 늘어졌다. 맥스는 움직이지 않는 일레나를 레베카 앞에 데려다 놓았다. 레베카는 눈을 감고 죽은 듯 늘어진 일레나를 잠시 내려다보다 누군가를 부르려는 것처럼 고개를 돌렸다.

"미……."

바로 그때였다.

눈을 번쩍 뜬 일레나가 튕기듯 일어나 한 손으로 릴리아나의 목을 겨눈 날붙이를 잡아채는 동시에 다른 손으로는 레베카의 목걸이를 잡았다.

"……!"

레베카가 급히 일레나를 밀치려 했지만, 그보다 일레나가 목걸이를 힘껏 잡아당기는 것이 빨랐다.

뚜둑!

목걸이가 끊어졌다. 일레나가 끊어진 목걸이를 쥐고 바닥으로 나동그라졌다.

"헉!"

"마님!"

릴리아나와 기사들을 비롯한 사람들의 눈에 초점이 돌아왔다. 레베카가 눈을 부릅뜨고 일레나를 응시했다.

"이게, 지금……! 어떻게……!"

일레나는 그제야 참았던 숨을 터뜨렸다.

'맥스 경이, 아니, 기사들이 완전히 조종당하지 않아 다행이었지.'

조금 전, 정확히는 장신구를 뺄 때부터 일레나는 뭔가 이상한 걸 눈치챘다. 레베카는 일레나에게 집중하느라 알아채지 못했던 것 같지만, 기사들은 다른 사람보다 유독 자주 눈을 깜박였다. 마치 그들을 조종하는 어떤 힘과 싸우고 있는 것처럼.

일레나의 의심이 확신이 된 건 맥스가 그녀의 목을 쥐었을 때였다. 맥스의 손에는 힘이 거의 들어가 있지 않았다. 손바닥에 땀이 흥건했고 미세하게 떨리기까지 했다.

'저항하고 있구나.'

깨닫는 순간, 일레나는 맥스에게 입 모양으로 '명령대로 하라'는 말을 전하곤 몸에 힘을 빼 기절한 척했다.

그리고 그다음은, 조금 전 일어난 일대로였다. 날붙이를 잡아챘을 때 베인 손바닥이 쓰라렸지만 지금은 상처를 신경 쓸 때가 아니었다.

"저 여자 붙잡아!"

일레나의 외침에 맥스와 콜린이 그녀 곁에 남고 토마스가 자리를 박찼다.

그 순간 레베카가 괴성을 토했다.

"미켈-!"

캉!

눈 깜빡할 새 자리에 나타난 남자가 토마스를 공격했다. 반사적으로 검을 뽑아 공격을 막은 토마스가 뒤로 주르륵 밀렸다.

"……쿨럭!"

"토마스!"

토마스가 피를 토하며 무릎을 꿇었다. 피를 본 직원들이 뒤늦게 자리에 주저앉거나 비명을 질렀다.

혼잡한 가운데 레베카가 분을 참지 못해 부들거리며 씹어뱉듯 남자에게 명령을 내렸다.

"조용하게 처리하는 건 이제 됐어. 전부 죽여. 공작 부인은 움직이지 못하게 만들어 숨만 붙여놓고, 나머지는 모조리 죽여라."

"알겠습니다."

"……!"

남자는 무척이나 재빨랐다. 도망치려는 직원 두 명을 순식간에 죽인 후, 곧장 일레나에게 달려들었다. 잔혹하고 주저 없는 처분에 놀랄 새도 없이 남자와의 거리가 훅 줄어들었다.

"일레나!"

릴리아나가 일레나를 감싸고, 콜린과 맥스가 그 앞을 막아섰다.

카각!

맞부딪힌 날붙이 사이로 불똥이 튀었다.

"큭!"

"이놈, 대체……!"

두 사람의 이마에 핏대가 섰다. 둘이서 동시에 상대하는데도 남자의 힘을 당해내는 건 쉽지 않아 보였다.

"어디서 이런 놈이- 컥!"

"커헉!"

이를 악물고 버티는 듯했지만 열세를 보이던 두 사람이 결국 토마스처럼 선혈을 뱉으며 차례로 바닥에 쓰러졌다.

'아티팩트!'

퍼뜩 정신이 든 일레나가 바닥에 흩어진 아티팩트를 찾아 움직였다. 남자가 일레나를 뒤쫓으려는 순간, 바닥에 쓰러진 콜린이 남자의 발목을 붙잡았다.

"이 새끼…… 마님은, 안 돼……."

"……."

흘긋 콜린을 내려다본 남자가 검을 들어 올렸다. 그러곤 콜린의 등을 향해 그대로 내리꽂았다.

일레나에게서 비명이 터지려는, 바로 그때.

쾅-!

"……!"

굉음과 함께 남자가 검을 세운 채 저 멀리까지 밀려났다. 본래 남자가 있던 곳에는, 일레나가 아주 잘 아는 사람이 서 있었다.

"……카이휜."

목소리에 저절로 물기가 서렸다.

남편이 왜 영지가 아닌 수도에 있는지, 지금 이 자리에는 어떻게 나타난 건지. 궁금한 것이 많았지만, 당장 일레나를 지배한 감정은 오직 반

가슴뿐이었다.

그리고 시착실에 나타난 건 카이휜 혼자가 아니었다.

"일레나! 릴리아나!"

"이게 대체……."

에드워드와 시드리온도 그 뒤로 모습을 드러냈다. 딱딱하게 굳은 얼굴로 일레나를 돌아본 카이휜이 이내 남자를 향해 몸을 날렸다.

콰앙!

검과 검이 부딪히면서 난 소리라고는 믿기 힘들 정도로 큰 소리가 울렸다. 남자의 손에서 검이 날아갔다. 그의 손목은 기괴한 방향으로 꺾여 있었다.

카이휜이 다시 남자에게 달려들려는 순간, 상대가 멀쩡한 손으로 품에서 단검을 꺼내 정확히 일레나를 향해 날렸다.

카이휜의 검이 방향을 바꿔 단번에 단검을 쳐냈다. 그리고 그 틈에 남자가 인간의 몸놀림이라기엔 믿기 어려울 만큼 빠르게 움직여 레베카를 안고 밖으로 달아났다.

"저 자식! 놓치면 안 돼!"

쓰러져 있던 토마스가 외쳤다. 그러자 시드리온이 재빠르게 손을 움직였다. 허공에 생겨난 화살 모양 빛 덩어리가 레베카와 남자를 따라 날아갔다.

퍼억! 와장창!

시착실 밖 창문이 깨지는 소리가 들렸다. 에드워드와 시드리온이 상황을 살피러 밖으로 나간 사이, 카이휜이 일레나에게 다가왔다.

긴장이 풀렸기 때문일까. 일레나는 당장 일어나려 했지만, 마치 탈진한 것처럼 몸에 전혀 힘이 들어가지 않았다.

카이휜이 그런 일레나를 조심스럽게 안아 올렸다.

"……괜찮습니까?"

일레나가 카이휜을 응시했다.

바다를 닮은 파란 눈.

남편.

정말, 남편이었다.

"당신, 어떻게 여기……."

"우선 돌아가서 상처를 처치한 후 이야기해 주겠습니다."

카이휜의 굳은 시선이 일레나의 손바닥에 난 상처에 머물렀다. 날에 베인 상처에선 연신 피가 배어 나오고 있었다.

일레나가 저도 모르게 다친 손을 오므릴 때, 시착실 밖으로 나갔던 시드리온과 에드워드가 다시 돌아왔다.

"……친 것 같……."

"핏자국이……."

두 사람의 목소리가 마치 물속에서 듣는 것처럼 웅웅 울리고 아득하게 들렸다.

'아, 그리고 보니까 그 여자의 머리 색. 어디서 봤나 싶었는데…….'

일레나가 그렇게 생각하는 순간 그녀의 의식이 끊겼다.

정신이 들었을 때, 일레나의 귀에 가장 먼저 들린 건 다름 아닌 에드워드의 목소리였다.

"이상이 없는데 애가 왜 못 일어나느냐고!"

"말씀드렸다시피, 기력을 회복하는 중이실 겁니다. 손바닥의 상처를 제외하면 다른 외상도 없으니 그냥 시간을 두고 지켜보시면……."

"평소에 비실거리던 애도 아닌데 단순히 기력 때문에 이러는 거라고? 제대로 진찰한 거 맞아? 너 돌팔이지. 이 돌팔이 새끼!"

"아니, 뭐라고요?"

정확히는 의사를 상대로 진상을 피우는 에드워드의 목소리가 들렸다. 정신이 들자마자 일레나가 황당한 심정을 담아 첫마디를 뱉어냈다.

"시끄러워……."

목이 잠겨 그런지 생각보다 무척 작고 힘없는 목소리가 나갔다.

'모기 우는 소리가 이것보다 크겠네.'

그러나 그 작은 소리를 용케 들었는지 시끄럽게 떠들던 에드워드의 목소리가 뚝 끊겼다.

"일레나!"

이내 그가 의사의 멱살을 놓고 일레나가 누운 침대로 다가갔다.

"여긴 어디…… 내 방이네."

익숙한 풍경이었다. 일레나는 몸을 일으키며 주변을 둘러보다 침대 곁을 지키고 있는 남편을 발견했다.

카이휜이 그녀에게 물을 건네주었다. 마른 입술과 목을 축인 후 일레나가 입을 열었다.

"……나 설마 기절했었어요?"

"그래!"

대답은 에드워드에게서 터져 나왔다.

"너 기절했어! 그것도 한나절이나!"

한나절이라는 말에 일레나가 무심코 창밖을 내다보았다. 바깥이 어두웠다.

'정말이네.'

의상실에서 일이 터졌을 때만 해도 낮이었는데, 지금은 영락없이 밤이었다. 일레나는 내심 당황했다.

'왜 기절한 거지?'

그것도 한나절씩이나.

'긴장이 풀려서?'

아니, 그렇지만 보통 사람이 긴장이 풀릴 때마다 이렇게 픽픽 기절을 하나?

'내가 원래 자주 기절하는 편도 아니고…….'

'평소 비실거리던 애도 아닌데' 하고 의사에게 빽빽 외치던 에드워드의 말이 옳았다. 일레나는 살면서 기절해 본 경험이 딱 두 번 있었다. 잉칸에게 납치될 뻔했다가 구조되었을 때, 그리고 지금.

둘 다 위험했던 상황이라 알게 모르게 정신적 충격이 컸던 걸까. 의아해하던 일레나가 이내 문득 말을 꺼냈다.

"맞다, 그 여자. 그 여자 잡았어요? 가면을 쓰고, 금발이 허리까지 오는……."

"못 잡았어."

"왜 자꾸 네가 대답해?"

"그러면 안 되냐? 그러는 너야말로 좀 전부터 나는 보이지도 않지? 나한테는 말 한 번을 안 거네."

에드워드가 어딘지 서러움이 묻어나는 목소리로 투덜거렸다.

'그랬나?'

일레나가 본인의 행동을 돌아볼 때 카이휜이 말했다.

"자리에 핏자국이 남은 걸로 봐선 부상을 입은 것 같은데, 그 상태로 도망친 모양입니다."

"아……."

"우선은 기사들에게 들은 인상착의를 토대로 수배를 내려둔 상황입니다."

"크게 다쳤을 거야. 남아 있는 핏자국으로 봤을 때, 출혈량이 많아 보였거든."

에드워드는 시착실 밖에서 발견된 피 웅덩이에 내장 조각이 섞여 있더라는 말은 생략했다. 별로 듣기 좋은 이야기는 아니니까.

"어쩌면 잡히기 전에 알아서 죽어줄 수도 있고."

일레나가 잠시 생각에 잠겼다. 곧 그녀가 입을 열었다.

"그 가면 쓴 여자…… 어쩌면 레베카 마르종일 수도 있을 것 같아요."

"머리 색 때문입니까?"

물 빠진 듯 탁한 금발. 일레나는 그것이 잉칸의 머리 색과 같다는 것을 정신을 잃기 직전 기억해 냈다.

"그것도 그런데, 실은 잉칸에게서 난 것과 같은 냄새가 났거든요."

"냄새? 그게 무슨 소리야. 일레나, 너 언제부터 냄새로 사람을 구분했냐?"

"그게 아니라……."

일레나가 악취에 대해 설명했다.

"……아마 잉칸이 익혔다는 그 흑마법을 레베카 마르종도 익힌 게 아닐까 하는 생각이 들어요."

그리고 레베카를 데리고 달아난 그 남자도.

'분명 같은 냄새였어.'

일레나의 추측에 카이휜이 고개를 끄덕였다.

"그러지 않아도 마르종 가문에 사람을 보냈습니다. 레베카 마르종의 행적을 알아봤는데……."

"그런데요?"

"부인이 습격받기 직전부터 행방이 묘연하더군요."

지금 같은 상황에서는 결정적인 이야기였다.

"……정말 그녀가 범인일 가능성이 크겠네요."

일레나의 표정이 굳었다. 그러다 뭔가 생각난 듯 퍼뜩 고개를 들었다.

"참, 목걸이. 범인이 사용했던 목걸이가 있어요."

"이거?"

에드워드가 품을 뒤적이더니 일레나에게 목걸이를 꺼내 내밀었다. 그런데 문제가 있었다. 목걸이의 보석이 온데간데없었다.

"……이게 그 목걸이라고? 보석은?"

"네가 손에 쥐고 있던 끊어진 목걸이를 말하는 거면 이거 맞아. 보석은 가루가 되어 있던데."

"가루? 가루라고?"

"모래알 수준이던데, 보여줄까? 아, 아니지."

에드워드가 잘못 말했다는 듯 뒷덜미를 긁었다.

"절반은 흑탑에, 절반은 왕성 마법부에 보냈어. 안 그래도 릴리아나가 범인이 그 보석으로 이상한 힘을 쓴 것 같다고 해서 분석하려고."

일레나가 혼란스러운 눈으로 줄만 남은 목걸이를 내려다보았다.

'가루…….'

금이 가거나 깨진 것도 아니고, 완전히 가루가 되다니. 듣도 보도 못한 일이었다.

하긴, 그렇게 따지면 레베카로 추정되는 범인이 보여준 이상한 힘도 말이 안 되긴 했다.

"그렇구나……. 아, 언니는?"

"마스터 시드리온이랑 있어."

"……둘이?"

에드워드가 어깨를 으쓱했다.

"모르지."

"언니는 괜찮아?"

"어. 적어도 너보단 훨씬 괜찮지. 기절도 안 했고, 손바닥도 안 다쳤으니까."

"다행이네. ……기사들은?"

"처치 잘 하고 요양 중. 다치긴 했는데 다들 워낙 건강 체질이라 빨리 회복할 거라고 하니까 걱정하지 마."

"……그래."

일레나는 어두운 창밖을 재차 확인했다. 밤이 깊은 것 같으니 기사들의 상태는 내일 확인해 봐야겠다 싶었다. 괜히 방문했다가 자는 걸 깨울지 모르니까.

에드워드가 덧붙였다.

"참고로 아버지는 범인 수배 협조 요청하러 왕성에 가셨다. 간 김에 겸사겸사 보석 가루 분석도 맡기고. 내일이면 돌아오실 거야."

"아하, 고마워."

대답한 후 뭔가 고민하던 일레나가 이내 입을 열었다.

"있잖아, 오빠. 부탁인데 잠깐 나가 있어줄래?"

"뭐?"

"자리 좀 비켜달라고."

뜻밖의 요청을 들은 에드워드의 시선이 카이휜과 일레나 사이를 바쁘게 오갔다.

"지금…… 날 쫓아내고 무슨 짓을 하려고……."

"무슨 소리야? 그런 거 아니니까 나가."

"일레나, 여기가 어딘지 잊어선 안 된다. 이 집은 가족이 다 함께 사는 공간이야. 그리고 네가 생각하는 것보다 방음도……."

"아니라고! 빨리 나가!"

겨우겨우 에드워드를 방에서 내쫓은 일레나가 달아오른 얼굴로 카이휜을 쳐다보았다.

"……오해하지 말아요. 그런 이유로 내보낸 거 아니니까."

"압니다."

카이휜이 옅게 웃었다.

"……."

그 담백한 얼굴을 보는 순간 일레나는 왠지 에드워드의 착각을 사실로 만들어 버리고 싶은 충동을 느꼈다. 그러나 어차피 안 될 걸 알았기에 빠르게 포기했다.

일레나가 헛기침하곤 분위기를 잡았다.

"크흠. 그, 아까…… 당신 의상실에 나타났을 때 말이에요."

"……."

"그때 정말 반가웠어요. 또, 엄청 멋있기도 했고요."

"……."

"물론 당신은 평소에도…… 음, 멋있지만…… 그때는 특히 더 그렇게 보이더라고요. 등 뒤로, 어, 후광이 비쳤던 것 같기도 하고?"

"……."

"그러니까 내 말은, 구해줘서 고맙다고……."

시선을 아래로 내리깔고 주절주절 말을 늘어놓던 일레나가 용기 내 슬쩍 고개를 들었다. 그러곤 깜짝 놀랐다.

"카이휜?"

남편의 표정이 어두웠기 때문이다. 아무리 봐도 저건 칭찬받는 사람의 얼굴로는 안 보였다.

"당신, 표정이 왜 그래요?"

일레나가 자신의 말에 어떤 문제가 있었나 되짚어볼 때 카이휜이 입을 열었다.

"후회하는 중입니다."

"후회요? 무슨 후회?"

"부인을 혼자 수도로 보내지 말걸, 하는 후회."

"……혼자 보낸 건 아니잖아요. 호위 기사가 세 명에 흑탑주도 딸려 왔는데."

"내가 곁에 있었어야 했습니다."

"그러니까 지금 당신 말은, 오늘 내가 습격당한 게 당신 탓이다?"

대답이 돌아오지 않았다. 그러나 일레나는 이미 침묵이 때때로 긍정의 답을 대신하기도 한다는 걸 알고 있었다.

그녀는 기가 막혀 입을 딱 벌렸다가 턱에 힘을 줘 다시 다물었다.

"당신……."

"……."

"잘 들어요. 이상한 생각 하지 말고, 자책도 하지 마요. 오늘 일에 당신 책임은 조금도 없고, 당신은 오히려 날 구해줬어요."

"……."

"알겠어요?"

전혀 알겠다는 얼굴이 아니었다.

아, 저 고집. 일레나가 한숨을 삼켰다. 곰곰이 생각하던 그녀가 곧 말을 꺼냈다.

"좋아요. 그럼 이렇게 해요."

"……?"

"당신, 나랑 축제 구경 갔던 거 기억해요?"

"기억합니다."

"그때, 소란이 벌어져 사람들이 많이 모였었는데 웬 남자가 내 이름을 불렀던 것도 기억나요? 그 바람에 사람들이 당신을 알아보고 막 수군거렸잖아요."

"……."

"내 탓이에요."

"네?"

카이휜이 그게 무슨 소리냐는 듯 일레나를 쳐다보았다.

"내가 애초에 당신을 축제에 데려가지 않았더라면, 당신이 거기서 그렇게 구경거리가 되는 일도 없었겠죠. 전부 내 잘못이에요."

"무슨, 말도 안 됩니다. 그게 어떻게 부인 잘못입니까? 예기치 못하게 일어난 일을 두고 부인의 책임이라고 하는 건……."

"내 말이 그거예요."

일레나가 카이휜의 말을 끊고 그의 눈을 빤히 들여다보았다.

"내가 습격당할 걸 알고 있었어요? 알면서도 나를 수도로 보낸 거예요? 아니잖아요."

"……."

"만약에, 만에 하나, 이런 말로 모든 사태를 일일이 가정해 대비했어야 했다는 말은 하지 말아요. 그렇게 따지면 끝도 없으니까."

그런 식으로 따지면 앞으로 일레나가 상한 음식을 먹어 배탈이 나도, 실수로 넘어져 무릎이 까져도 전부 카이휜의 탓이 될 것이다. 일레나는 남편이라면 정말 그럴 수도 있겠다는 생각을 하다가 고개를 흔들었다.

"아무튼, 앞으로 다신 당신 탓이니, 후회한다느니 이상한 말 하지 마요. 한 번만 더 그랬다간……."

"……."

그랬다간?

뭔가 말의 흐름상 그럴듯한 협박이 나와야 할 것 같은데, 떠오르는 게 없었다. 열심히 머리를 굴리던 일레나가 문득 말했다.

"각방 쓸 거예요."

말해놓고 일레나는 바로 생각했다.

'망했군.'

한 침대를 쓰면 뭘 하나. 아무것도 하지 않고 얌전히 잠만 자는 사이에 쓰기엔 영 애매한 협박이었다.

그런데 놀랍게도 카이휜이 흠칫했다.

"……주의하겠습니다."

먹혔다. 효과가 있었다.

일레나가 눈을 깜박이며 카이휜을 바라보았다.

"……."

"……."

둘 사이에 어딘지 미묘한 침묵이 내려앉았다.

카이휜이 갑자기 수도 의상실에 나타났던 배경에는 다름 아닌 릴리아나와 에드워드의 합작이 있었다.

릴리아나와 에드워드는 전날 미리 합을 맞춰 작전을 짰다.

하나. 릴리아나가 일레나를 쇼핑에 데려가 시간을 끈다.

둘. 시드리온이 그사이 영지로 가서 카이휜을 데려온다.

셋. 에드워드가 수도로 온 카이휜을 미리 약속했던 장소인 의상실로 데려간다.

'그랬구나.'

흑탑에 일이 생겼다던 시드리온의 말은 거짓말이었다. 릴리아나의 본래 계획대로였다면, 일레나는 그날 의상실에서 이런저런 핑계 하에 옷을 서너 벌쯤 입어보았을 것이다. 그러곤 녹초가 되어 마지막 옷을 입어보고 시착실 밖으로 나왔을 때, '짜잔' 하고 카이휜과 마주쳤어야 했다.

그것이 릴리아나와 에드워드 그리고 시드리온이 짠 그림이었다.

"두 사람 덕분이었다니……."

아침 식사 도중 상세한 이야기를 듣게 된 일레나가 고개를 끄덕였다.

그때, 카이휜이 일레나 앞접시에 먹기 좋게 자른 생선구이와 구운 야채를 놔주었다. 일레나가 다쳐서 붕대를 감은 오른손 대신 왼손으로 포크를 쥐고 음식을 집었다.

모양이 둥글거나 단단한 음식을 노릴 때는 종종 포크질이 빗나갔는데, 그 모습을 유심히 보던 카이휜이 아예 일레나에게 직접 음식을 먹여주었다.

일레나는 눈을 동그랗게 뜨고 입 앞으로 들이밀어진 둥근 버섯과 무덤덤한 남편의 얼굴을 번갈아 보았다. 잠시 후 아, 하고 입만 벌려 남편이 집어 준 버섯을 받아먹었다.

처음에는 어색해하던 일레나는 횟수가 반복되자 점점 당연하다는 듯 입을 벌렸다.

"……."

에드워드의 눈이 가늘어졌다.

"꼭 그래야겠냐?"

"뭐가?"

"내 입으로 설명해야 해?"

떨떠름한 에드워드의 목소리에 일레나가 다친 오른손을 들어 올렸다. 어차피 이렇게 된 것 그녀는 뻔뻔해지는 쪽을 택했다.

"불만이면, 상처를 하루 만에 낫게 하는 명의를 불러오든가."

물론 제아무리 명의라도 그런 일은 불가능했다. 상처를 바로 낫게 하는 건 마법으로도 할 수 없는 일이었다. 먼 옛날, 이제는 사라진 신성력을 다루는 사람이 있다면 모를까.

"그리고 부부 사이에 이게 뭐 어때서? 엄마와 아버지도 나 어렸을 때 자주 이러셨는데."

릴리아나와 에드워드는 어려서 한때 학업에 목숨을 걸었다. 경쟁이 붙었던 탓이었다. 그래서 밥 먹는 시간까지 아껴가며 공부에 몰두했고, 자연히 둘을 제외한 남은 세 가족끼리 자주 식사하곤 했다.

일레나의 말에 에드워드와 릴리아나의 시선이 빠르게 소르테 백작에게 향했다. 백작이 조용히 입가로 손을 가져갔다.

"크흠."

식사가 끝난 후 일레나는 기사들이 있는 곳을 찾았다.

"마님!"

"움직이지 말고 가만히 있어."

콜린, 맥스, 토마스는 상반신에 붕대를 칭칭 감은 채 나란히 누워 침대를 하나씩 차지하고 있었다.

'병실이 따로 없네.'

에드워드에게 들은 말로는 다들 사이좋게 갈비뼈와 내장을 다쳤다고 했다. 의사가 덧붙이길, 그래도 폐를 다치지 않아서 천만다행이라고.

방으로 들어선 일레나를 보곤 일어나려고 버둥거리는 세 기사를 진정시킨 후 그녀가 입을 열었다.

"……몸은 어때?"

"괜찮습니다!"

"멀쩡합니다. 붕대는 꾀병입니다. 당장에라도 뛰어다닐 수 있- 쿨럭쿨럭!"

"야!"

의욕이 앞서 너무 열심히 말을 쏟아냈는지 맥스가 흉부를 감싸고 기침했다. 토마스가 빽 소리쳤다.

"환자 티 내냐?"

"미, 미안……."

정신없는 그 모습을 지켜보다 일레나가 픽 웃었다. 찾아오기 전에는 뭔가 할 말이 많았는데, 막상 얼굴을 보자 단 한마디만 생각났다.

"고마워."

"……."

"……고맙네, 다들."

맥스와 토마스를 거쳐 일레나의 시선이 콜린에게 머물렀다.

"이 새끼…… 마님은, 안 돼……."

다쳐서 바닥에 쓰러진 채로도 상대의 발목을 붙잡고 늘어졌던 콜린의 모습이 떠올랐다.

"멋있었어."

"……."

"경들이 내 호위라는 게 자랑스럽네."

"아, 아닙니다."

"저희가 부족해서……."

"저희 실력이 조금만 더 뛰어났다면……."

"쓸데없는 소리 하지 말고 회복하는 데나 집중해. 다 낫기 전까지는 막 움직일 생각 말고."

침대에서 일어나려 버둥거렸던 세 사람의 모습을 떠올리며 일레나가 엄중히 경고했다.

"무리해서 상처가 덧나기라도 하면 가만히 안 둘 줄 알아."

일레나는 그 말을 남기곤 세 기사가 편히 쉴 수 있도록 방에서 나왔다. 그런데 그때 문틈으로 훌쩍거리는 소리가 들린 것 같았다.

"……?"

일레나는 뒤돌아 방문을 다시 열어볼까 잠시 고민하다가 그만두었다. 아무래도 그녀는 감수성이 꽤 풍부한 이들을 호위 기사로 둔 듯했다.

나쁜 일은 아니었다.

일레나의 오른손 상처는 일주일 만에 말끔하게 나았다. 상처를 진찰한 의사는 놀란 기색을 감추지 못했다.

"회복이 빠르시군요."

"그런가?"

"평범한 사람이었다면 이 주는 걸렸을 겁니다."

남들보다 두 배 빠르게 회복했다는 소리였다. 일레나는 의아하게 손바닥을 내려다보았다. 갑자기 제 회복력이 남들보다 월등히 좋아질 이유가 없었다.

'상처가 생각보다 얕았나 보네.'

의사라고 언제나 정확한 소견만 내놓는 것은 아니었다. 아마도 의사가 진찰했던 것보다 상처가 깊지 않았었나 보다 생각했다.

그리고 일레나의 상처가 아무는 것에 맞춰 기사들도 거동이 가능해졌다. 완전히 나은 것은 아니었지만, 무리하지 않는 선에서는 움직이는데 문제가 없었다.

남편이 공작성을 오래 비우는 것이 마음에 걸렸기에 일레나는 기사들이 움직일 수 있게 되자마자 그들과 함께 공작령으로 돌아갈 준비를 했다.

"잘 가, 일레나. 종종 와."

"응, 잘 지내."

일레나와 릴리아나가 깊게 포옹을 나눴다. 소르테 백작과 에드워드, 백작가 집사와 하녀장까지 모두 나와 떠나는 일레나를 배웅했다.

일레나는 한 사람, 한 사람과 일일이 인사를 나눈 후 카이휜의 손을 잡고 시드리온이 그려둔 마법진으로 이동했다.

'언니가 아직 이쪽을 보고 있네.'

마법진 안쪽으로 들어가 뒤돌아선 일레나는 아직도 그녀를 쳐다보는 릴리아나를 발견했다.

뭉클한 마음에 손을 흔들려고 했을 때였다. 뭔가 이상한 점이 느껴졌다.

'응?'

릴리아나의 시선이 묘하게 비껴 있었다. 그녀는 일레나를 쳐다보고 있지 않았다. 일레나는 릴리아나의 시선을 자세히 좇아 고개를 돌렸다가 눈을 깜박였다.

'흑탑주?'

당황한 일레나의 눈길이 릴리아나와 시드리온을 바쁘게 오갔다.

"왜 그러십니까?"

"……아니, 아무것도 아니야."

"그럼 출발하겠습니다."

마법진의 문양에서 빛이 번쩍였다. 일레나는 빛기둥이 시야를 완전히 가릴 때까지 혼란스러운 눈으로 시드리온와 릴리아나를 번갈아 바라보았다.

'……아니겠지?'

비좁은 마법진 안에는 사람이 여럿 서 있었다. 시드리온이 아닌 기사

중 한 사람을 본 것일 수도 있었다. 설령 시드리온을 쳐다봤다고 해도 딱히 별다른 의미가 있던 건 아니거나.

'……그렇겠지?'

곧이어 일레나가 보는 풍경이 바뀌었다. 수도의 백작저가 아닌, 영지의 공작성이 그녀를 반겼다.

아침 일찍 미리 전갈을 보냈더니 벤을 비롯한 사용인들이 밖으로 나와 있었다.

"마님!"

"주인님, 마님. 어서 오십시오."

일레나는 그들의 모습에 조금 전까지 품고 있던 혼란스러운 의문을 잊고 미소를 머금었다.

돌아왔다. 가족의 배웅을 받으며 백작저를 떠나왔지만, 집을 떠난 것이 아니라 오히려 집에 돌아왔다는 느낌이 들었다.

남편과 꼭 잡은 손을 놓지 않은 채 일레나가 말했다.

"들어가요."

"누님."

"왜?"

복도에 서서 창밖을 내다보던 에드워드가 마침 지나가던 릴리아나를 불렀다.

"일레나, 잘 지내고 있겠지?"

에드워드는 창틀에 팔꿈치를 얹고 양손을 깍지 껴 턱에 받치고 있었다. 남동생의 아련하고 촉촉한 눈망울에 릴리아나가 기분 나쁘다는 듯 인상을 썼다.

"그렇겠지."

"생각해 보면, 일레나가 결혼했을 때는 너무 갑작스러워서 현실이라고 느껴지지 않았던 것 같아. 일레나가 공작 부인이라는 게 이제야 제대로 실감나는 걸 보면……."

"왜 저래."

릴리아나는 감성에 젖어드는 에드워드를 더 보고 싶지 않았기에 그냥 자리를 떴다.

에드워드는 릴리아나가 가버리거나 말거나 계속 복도 창가에 서서 촉촉한 눈빛으로 바깥을 응시했다. 그러던 그의 눈에 언뜻 이채가 서렸다.

"어?"

이윽고 에드워드가 창가에서 떨어져 다급하게 일 층으로 뛰어 내려갔다. 곧 그가 반가운 얼굴로 막 마차에서 내린 사람을 껴안았다.

"앤다이든!"

"형님."

"마차 문양을 보고도 긴가민가했는데……. 대체 언제 돌아온 거야?"

에드워드는 상대를 품에 꽉 끌어안았다가 놓아주었다. 에드워드와 눈높이가 비슷한 젊은 남자가 청량한 목소리로 대답했다.

"오늘 막 왔어요. 놀라게 해드리려고 일부러 미리 연락 안 했는데, 효과가 있었을까요?"

"응, 엄청. 솔직하게 말하면, 나 지금 헛것을 보는 기분이다."

"하하."

남자가 소리 내 웃었다. 눈꼬리가 살짝 긴 눈매가 접히자 인상이 유순하게 변했다.

"보람이 있네요. 다른 가족분은 지금 다 안에 계세요?"

"그래. 아버지도 계시고, 누님도 있어. 다들 널 보면 나처럼 놀라고 반가워할 거다."

"일레나는요?"

"일레나는……."

들뜬 얼굴로 주절주절 대답하던 에드워드가 멈칫했다.

"걘, 크흠. 지금 여기 없긴 한데……."

"외출했나요?"

"아니, 그게 아니라……."

최근 어쩐 일인지 여동생을 향한 애정이 한결 깊어진 에드워드는 일레나 이야기가 나오자 재차 눈을 촉촉이 적셨다.

"일레나는 결혼했어."

"예? 결혼이요? 누구랑?"

"메이하드 공작."

"메이하드 공작이라면……."

곧 남자의 얼굴이 딱딱하게 굳었다.

"그래서 지금 일레나가 어디 있는데요?"

가슴을 채우는 아련한 감정에 사로잡힌 에드워드는 미처 상대의 표정 변화를 눈치채지 못했다.

"공작령에 있지."

"메이하드 공작령 말이지요."

"그래."

"……실망입니다."

"뭐?"

뒤늦게 에드워드가 정신을 차리고 상대를 응시했다. 남자는 차게 굳은 얼굴로 마치 에드워드를 철천지원수 보듯 노려보고 있었다.

"형님은, 백작님은 다를 줄 알았는데…… 어떻게 일레나를……."

"어? 뭐라고?"

"가문의 이득이, 돈이 그렇게 중요했습니까? 정말, 정말 실망입니다."

"아니, 잠깐. 앤다이든, 잠깐만!"

한발 늦게 남자의 오해를 알아차린 에드워드가 급하게 그를 불렀으나, 남자는 에드워드를 무시하고 곧장 마차에 올라타 자리에서 떠나 버렸다. 에드워드는 멀어지는 마차를 허망하게 쳐다보다 입을 열었다.

"……아이고."

Chapter 8
성검 테르모어

똑똑.

"들어와."

공작성의 집무실 문이 열리고 벤이 들어섰다. 벤의 표정을 확인한 카이휜이 집무실에서 하인을 내보냈다. 벤이 카이휜이 앉은 책상으로 다가왔다.

"어떻게 됐지?"

"저택과 영지에 레베카가 나타난 정황은 아직 없습니다."

"학술원 쪽은?"

마르종 자작의 막내아들 아르칸 마르종은 집을 떠나 몇 년째 학술원에서 지내고 있었다. 카이휜은 수도에 있는 마르종 가문 저택과 영지뿐 아니라 학술원에도 따로 감시의 눈을 붙였다. 아르칸과 레베카가 접촉할 수도 있으니까.

"마찬가지로 딱히 포착된 것은 없습니다."

"……그래."

"수도 길드 몇 군데를 추가로 움직였습니다. 곧 수도 전체로 탐색 범위를 확대할 예정입니다."

"알겠다. 시체라도 발견하기 전까지는 감시와 수색을 멈추지 마."

"예."

벤이 물러갔다.

싸늘하다는 표현이 어울릴 만큼 표정이 가라앉은 카이휜의 얼굴에 냉기가 흘렀다. 그때, 다시 한번 노크 소리가 들렸다. 카이휜의 허락이 떨어지자 문이 열렸다.

"카이휜."

모습을 드러낸 건 다름 아닌 일레나였다.

"바빠요?"

"아뇨, 안 바쁩니다."

카이휜이 손에 들고 있던 깃펜을 바로 책상 한쪽에 내려놓았다.

"잘됐다. 그럼 나랑 잠깐 타르트 같이 먹을래요? 주방장이 만든 건데, 아무래도 회심의 역작 같아서 혼자 먹기 아까워서요."

일레나의 뒤로 하녀가 웬 쟁반을 들고 있었다. 저 쟁반에 올라간 것이 바로 타르트인 모양이었다.

카이휜이 자리에서 몸을 일으켰다. 그의 얼굴은 언제 냉기가 돌았냐는 듯 봄볕을 쬔 것처럼 부드럽게 풀려 있었다.

"좋습니다."

일레나가 공작성으로 돌아온 지 열흘이 지났다.

기사들은 몸을 많이 회복해 조금씩 훈련에 참가하기 시작했고, 공작성을 비워놓느라 쌓인 남편의 일도 어느 정도 해결이 된 것 같았다.

'좋았어.'

일레나는 후원 테이블에 앉아 회심의 미소를 머금었다. 슬슬, 준비할 때가 왔다.

'결혼식!'

정확히는 새 결혼식.

일레나는 앞서 자신의 결혼식을 공작성에서 새로 치르겠다고 다짐한 바 있었다. 그 다짐을 이제 실천에 옮길 때였다.

일레나의 시선이 후원을 느긋하게 훑었다. 피로연 장소로 딱 좋아 보였다.

'식은 연회 홀을 정리하고 꾸며서 진행하면 되겠고, 주례는 벤에게 맡기고, 드레스는…….'

그때였다.

친근한 목소리가 무슨 일인지 황급히 일레나를 찾았다.

"마님, 마님!"

"메리?"

이제는 마님이라는 호칭이 자연스럽게 입에 붙은 메리가 다급하게 후원에 나타났다.

"지금 공작성에 누가 오셨는지 보세요."

"뭐?"

"빨리, 빨리요."

"대체 누가 왔길래……."

"제가 미리 말씀드리는 것보다 마님께서 직접 보시는 게 나아요."

그렇게 말하는 메리의 얼굴에는 미소가 감돌고 있었다. 일레나는 영문을 모른 채 메리의 손에 이끌려 응접실까지 향했다.

일레나가 응접실 앞에 도착하는 순간, 건드리지도 않은 응접실의 문이 벌컥 열렸다. 가장 먼저 일레나의 눈에 들어온 건 남성용 셔츠 깃과 가슴팍이었다.

"……?"

일레나가 고개를 들어 올렸다. 노을을 닮은 따뜻한 주황색 눈동자. 나뭇잎을 빻아 물들인 것 같은 싱그러운 녹색 머리카락.

눈앞에 나타난 남자를 멀거니 응시하던 일레나의 눈이 점점 커졌다.

"……맙소사, 앤디?"

"오랜만이야. 일레나."

5년 만에 일레나 앞에 나타난 소꿉친구가 그녀와 눈을 맞추며 부드럽게 미소 지었다.

"인사해."

"누군데?"

조그마한 여자아이 앞에 아이의 또래로 보이는 남자아이가 나타났다. 남자아이를 데리고 온, 덩치가 큰 사내아이가 당당한 목소리로 소개했다.

"앤다이든 케일. 일레나 너랑 같은 나이니까 친하게 지내."

"앵다드?"

"앤다이든."

"앵다드."

여자아이가 장난감을 손에서 놓곤 벌떡 일어났다. 그러곤 짧은 다리로 뒤뚱뒤뚱 걸어 남자아이에게 다가가 손을 내밀었다.

"안녕, 앵다드."

처음 만난 사이에는 악수를 하는 거라고 어른에게 배웠다. 남자아이는 저를 데려온 사람 뒤에 숨어 우물쭈물하다가 이내 조심스럽게 앞으로 나와 여자아이의 손을 맞잡았다.

"……안녕."

"앵다드, 너 이름 기러. 어려워."

"어?"

"앵디라고 할래. 앵디, 조치?"

나는 앵디가 아닌데.

그렇게 반박하려는 순간, 여자아이가 웃었다. 커다란 분홍색 눈동자가 반달로 접히는 눈매에 가려지고, 젖살 때문에 통통한 볼에는 보조개가 연하게 파였다.

남자아이는 여자아이의 웃는 얼굴을 빤히 보다 잠시 후 고개를 끄덕였다.

"……조아."

"그때만 생각하면, 정말이지……."

식탁 앞에서 앤다이든이 싱글싱글 웃었다.

"첫 만남에 남의 이름을 다짜고짜 두 글자로 줄여 버리다니, 참 막무가내였죠. 그렇지 않습니까?"

그가 동의를 구하듯 카이휜에게 말을 던졌다. 카이휜이 요리를 자르던 손을 멈추고 대답했다.

"부인다운 일이군요."

오가는 두 사람의 대화를 가만 듣던 일레나가 식탁 아래로 앤다이든의 정강이를 걷어찼다. 쓸데없는 소리 말고 입 좀 다물라는 뜻이었지만, 일레나의 협박은 효력이 없었다.

앤다이든이 다리를 걷어차이자마자 남들 다 들으라는 듯 비명을 빽 지르며 자신이 당한 일을 고발했다.

"악! 일레나, 왜 갑자기 내 정강이를 걷어차?"

"……!"

"공작님, 알고 계셨습니까? 얘가 이렇게 폭력적이라니까요. 이 폭력성을 모르셨다면 공작님은 그동안 속으신 겁니다."

"어머, 앤디. 여기 네가 환장…… 아니, 좋아하는 당근이야."

일레나는 재빨리 눈에 보이는 가장 큰 당근 조각을 포크로 찍어 앤다이든의 입에 쑤셔넣곤 슬쩍 카이휜의 눈치를 살폈다.

남편은 그저 평소처럼 미소 짓고 있었다. 앤다이든이 폭력성 운운하는 걸 딱히 진지하게 받아들이는 것 같진 않았다.

내심 안도의 한숨을 삼킨 일레나가 고개를 돌려 앤다이든을 노려보았다. 기가 막혔다.

'이 자식, 왜 이렇게 변했지?'

앤다이든 케일.

케일 후작가의 막내.

일레나와는 속칭 소꿉친구였고, 5년 전 그녀를 떠났다가 오늘 다시 나타났다. 재회했을 때만 해도 그저 반갑고 좋았는데, 문제는 저녁 식사를 함께하면서부터 시작됐다.

앤다이든이 식사 자리에서 일레나의 어릴 적 일화를 줄줄이 풀어놓은 것이다. 하나같이 어디서 자랑할 만한 일화가 아니었기 때문에, 일레나는 저놈의 주둥이를 꿰매 버리고 싶은 충동에 시달렸다.

'분명 저런 성격이 아니었는데.'

숫기 없고, 소심하고, 다른 사람 앞에서는 말도 잘 못 했던 자신의 소꿉친구는 어디로 가버린 건지.

일레나가 옛 친구의 변모에 당황스러워하는 사이 당근을 전부 씹어 넘긴 앤다이든이 입을 열었다.

"참. 일레나가 자수에 굉장히 소질이 없는데, 아십니까?"

"자수요?"

"호호, 앤디. 그게 무슨 소리……."

"하루는 손수건에 동물을 수놓아 백작님께 선물했는데, 뭘 수놓은 건지 알아보지 못한 백작님이 이것의 정체를 알아내는 사람에게 상을 내리겠다고……."

"……!"

"딸에게 직접 물으면 딸이 상처받을 것 같아서, 일레나 모르게 조용히 진행했는데 하필 하인 중에 입이 가벼운 사람이……."

"앤디, 여기 네가 좋아하는 브로콜리야!"

"그래서 그 동물의 정체가 뭐였습니까?"

"카이휜!"

일레나가 눈을 휘둥그레 뜨고 카이휜을 돌아보는 사이, 브로콜리를 뱉어낸 앤다이든이 대답했다.

"너구리요."

"……!"

"어려운 걸 선택했군요."

"그렇죠? 제 생각에도 그런데, 본인은 너구리가 제일 쉬워 보였다고 하더라고요. 꼬리만 크게 표현하면 될 것 같았다고."

"아하."

"결국 일레나가 수놓은 꼬리를 두고 이건 머리일 것이다, 아니다, 날개일 것이다 갑론을박이……."

앤다이든의 폭로는 식사 내내 이어졌다. 결국 식사가 끝났을 때 일레나는 심적으로 완전히 녹초가 되어 있었다.

식사 후, 앤다이든의 제안에 함께 산책을 나온 일레나가 그를 무시무시하게 쏘아보았다.

"미쳤어?"

"그런 과격한 말을 들으면 난 슬퍼, 일레나."

"됐어. 사라져. 너 당장 돌아가. 연락도 없이 오랜만에 나타나서 갑자기 한다는 짓이……."

"일레나."

"왜?"

"나 아까, 식사 자리에서 과시한 거야."

"뭐?"

"내가 너에 대해 그만큼 잘 알고, 너와 오랜 시간을 보냈다고 과시한 거라고."

일레나가 이해할 수 없다는 시선으로 앤다이든을 쳐다보았다.

"……왜 그런 짓을 한 건데?"

"글쎄."

정확한 답을 주지 않은 앤다이든이 역으로 일레나에게 질문했다.

"너, 결혼해서 좋아?"

"……?"

"결혼 생활 행복하냐고."

일레나가 눈을 깜박였다. 무척 갑작스러운 질문이었지만, 어쨌든 답은 정해져 있었다.

"그래."

"정말?"

"어."

"진짜?"

"아, 그렇다니까."

반복되는 확인에 일레나가 미간을 좁혔다. 앤다이든은 그런 일레나를 물끄러미 보다가 한 걸음 물러났다.

"뭐, 지켜보면 알겠지. 사실인지, 네가 가족을 위해 거짓말하는 건지……. 5년은 긴 시간이니."

그 순간, 공교롭게도 바람이 불어 앤다이든이 하는 말이 제대로 들리지 않았다. 일레나가 되물었다.

"뭐라고?"

"나 한동안 여기 머물게, 일레나. 잘 부탁한다."

통보한 앤다이든이 씩 웃었다. 그 모습을 보는 일레나의 머릿속에 웬 얼굴 하나가 떠올랐다.

에드워드였다.

'그 순했던 애가 에드워드처럼 변해서 돌아오다니…….'

충격이 컸다.

일레나가 깜깜한 침실에 누워 믿기 힘든 괴로운 현실에 저항하고 있을 때, 그녀와 마주 보고 누운 카이휜이 말했다.

"케일 소후작 말입니다."

그 말에 일레나는 문득 오늘 그녀를 놀라게 한 사실 한 가지를 더 떠올렸다.

"반갑습니다, 메이하드 공작님. 앤다이든 케일입니다. 케일 소후작이라고 불러주시면 됩니다."

앤다이든은 카이휜과 만났을 때 자신을 그렇게 소개했다.

그는 가문의 막내였고, 일레나가 기억하기로는 그녀와 같은 처지였다. 그러니까, 태어나면서부터 후계 싸움에 낄 권리를 거의 박탈당했다는 뜻이다.

그런데 난데없이 5년 만에 소후작이 되어 나타나다니.

'대체 5년 사이 무슨 일이 있었던 거지.'

오늘은 정신이 없어서 자세히 물어볼 기회를 놓쳤다. 일레나는 앤다이든에게서 지난 5년간의 이야기를 듣는 걸 내일의 숙제로 삼으며 입을 열었다.

"……앤디가 왜요?"

"많이 친했습니까?"

"친했죠. 가문끼리 워낙 왕래가 잦았거든요."

소르테 백작가와 케일 후작가는 친분이 무척 돈독했다. 일레나가 태어나기 전 이야기지만 부모님 시절, 한쪽의 가세가 기울었을 때 다른 한쪽이 크게 도움을 주기도 했었다고 들었다.

'엄마가 돌아가신 후에는 왕래가 다소 뜸해지긴 했지만…….'

그래도 앤다이든과는 계속 우정을 유지했다. 일레나가 저도 모르게 푸념처럼 투덜거렸다.

"원래 저런 애가 아니었어요. 비실거리고, 소심하고…… 내가 누나처럼 챙겼다니까요."

"그랬군요."

"못 본 새 애가 완전히 이상해져서는……."

"오랜만에 재회한 것 같던데, 왜 헤어졌던 겁니까?"

"아, 그건요."

앤다이든은 타고나길 몸이 약했다. 지금은 괜찮아 보이지만, 과거에는 뙤약볕 아래에서 조금만 걸어도 쓰러질 정도였다.

케일 후작 부부는 병약한 아들을 건강하게 만들 방법이 있을까 찾아보다가, 해외까지 눈을 돌렸다.

"……그렇게 왕국을 떠나 외국으로 갔었어요. 정확히 어디로 갔었는지는 몰라요. 왜인지 나한테도 말을 안 해줘서."

"……."

"어쨌든 건강해져서 돌아온 것 같으니 다행이죠."

앤다이든은 성격만 변한 것이 아니라 외모도 변했다. 사실 외모가 가장 크게 변했다. 키도 크고, 체격도 커지고, 얼굴선도 굵어지고, 혈색도 좋아졌다. 솔직하게 말해 눈 색과 머리 색이 아니었다면 누군지 알아보기가 어려울 뻔했다.

그렇게 생각하던 일레나가 문득 이어지는 침묵에 카이휜을 쳐다보았다. 곧, 남편의 입에서 생각지도 못한 말이 나왔다.

"안아도 됩니까?"

"네?"

"안아 보고 싶습니다."

……갑자기? 지금?

일레나는 예상치 못한 상황에 당황했지만, 이내 이 기회를 놓쳐선 안 된다는 본능이 그 당황을 찍어 눌렀다.

"좋아요."

냉큼 대답한 일레나가 누운 채로 꾸물꾸물 움직여 카이휜과 간격을 좁혔다. 카이휜이 뱉은 말을 취소하기라도 할까 봐 다급한 움직임이었다.

"……."

곧 카이휜이 두 팔로 일레나의 몸을 끌어안았다. 강인한 팔이 가는 몸을 조심스럽게, 그러나 빈틈없이 감싸 제 품으로 끌어당겼다.

일레나는 넓고 단단한 품에 안겨 자기도 모르게 숨을 죽이고 생각했다.

'그러고 보니 침대에서 두 손이 자유로운 상태로 남편에게 안긴 건 처음이네.'

늘 결박당한(?) 채였는데.

일레나의 눈앞에 남편의 목울대와 셔츠 깃이 보였다. 일레나가 시선을 조금 내렸다.

탄탄한 가슴. 옷을 갖춰 입었지만, 그 안에 숨겨진 근육이 마치 투시되어 보이는 것 같았다.

'……더듬을까.'

발칙한 충동이 든 일레나의 손가락이 움찔거렸다.

'살짝만.'

그러나 일레나는 곧 욕망과의 싸움에서 승리를 거머쥐었다. 괜히 추행했다가 남편이 다음부터는 이렇게 그녀를 끌어안아 주지 않으면 어쩐단 말인가.

'그래, 신뢰를 잃을 순 없어.'

일레나는 얌전히 남편의 품에 안겨 눈을 깜박였다. 가만히 정신을 집중하자 두근, 두근 심장 뛰는 소리가 들렸다. 제 심장 소리인지, 아니면 남편의 심장 소리인지 알 수 없었다.

일레나가 억지로 눈을 감았다.

유독 긴 밤이 흘러갔다.

"정말 훤칠해져서 돌아오셨어요. 그렇지 않나요?"

일레나는 메리의 말에 쿠키를 막 입에 가져가다 말고 생각에 잠겼다.

'뭐, 그렇긴 하지.'

메리가 가리키는 '훤칠해져서 돌아온 사람'은 말할 것도 없이 앤다이든이었다.

일레나는 앤다이든이 왕국을 떠나기 전만 해도 저와 눈높이가 얼추 비슷했던 것을 떠올렸다. 그랬는데, 이제는 한참 올려다봐야만 했다. 그 사실 때문에 그녀는 종종 상대가 어색하게 느껴지기도 했다.

"너무 변했어."

일레나가 여러 의미를 담아 대답했다.

다과가 올라간 테이블 맞은편에 앉은 메리가 양손으로 턱을 괴고 후후 웃었다. 메리는 일레나가 어렸을 때부터 그녀를 모셨고, 자연히 그녀의 소꿉친구인 앤다이든도 오래 봐왔다. 앤다이든을 언급하는 메리의 목소리엔 마치 가족을 대하듯 친근한 정이 묻어났다.

"어렸을 땐 그저 작은 요정 같으셨는데……."

"켁, 요정?"

"이젠 마치 숲의 왕자님처럼 변하셨네요."

"……."

일레나는 소름이 돋아난 팔을 문질렀다.

"메리……."

"뭐, 사실 건강해지신 모습이 가장 기쁘지만요."

"……."

"마님께서도 그러시죠?"

"……그렇지."

어릴 적 일레나는 앤다이든과 만날 때면 늘 손수건을 준비했다. 매일 비실거리고, 걷는 것도 힘겨워하는 자신의 허약한 친구가 언젠가 한 번쯤은 밖에서 피를 토하지 않을까 짐작해서.

'그럼 친구니까, 내가 그 피를 닦아줘야지.'

그런 생각에 항상 손수건을 챙겨 나갔다. 너무 비싼 손수건을 버리게 되면 아까울 테니 내심 값이 덜 나가는 것으로 고르곤 했던 때가 떠올랐다.

지금은 추억이 된 과거를 회상하다 일레나가 입을 열었다.

"나중에 그 건강해진 숲의 왕자님 마주치면 한 번 물어봐."

"뭐를요?"

"여기서 대체 뭘 하고 싶은 거냐고."

일레나는 오늘 아침부터 내내 앤다이든의 얼굴을 제대로 볼 수 없었다. 앤다이든이 종일 바빴기 때문이었다.

그는 날이 밝기 무섭게 공작성 곳곳을 탐색하듯 돌아다녔다. 연무장, 서고, 중앙 홀, 정원 등……. 외부인의 출입을 허락하는 곳이라면 장소를 가리지 않고 어디든 돌아볼 셈인 것 같았다.

심지어 목격자의 증언에 따르면, 단순히 둘러보기만 하는 게 아니라 샅샅이 관찰하고 살피고 있다고 했다. 도통 목적을 알기 힘든 일이었다.

'감시라도 하는 거야, 뭐야.'

자기 집도 아니고, 자기가 살 곳도 아닌데 저리 구석구석 뜯어봐서 뭐에 쓴단 말인가.

'뭐, 걔가 뭘 하든 나는 내 할 일을 하면 그만이긴 하지만.'

일레나가 곧 앤다이든의 행동에서 관심을 껐다.

그녀의 시선이 메리에게 향했다. 소꿉친구의 기행 따위가 그녀의 계획을 방해할 수는 없었다.

"메리. 나 조만간 결혼할 거야."

"네? 그게 무슨 말씀이세요?"

일레나가 빙긋 웃고는 자리에서 일어나 설렁줄을 당겼다. 곧이어 아비가 불려왔고, 일레나는 유능하고 신뢰할 수 있는 두 사람 앞에서 자신의 결심과 계획을 이야기했다.

놀란 표정을 짓던 두 하녀가 곧 고개를 끄덕였다.

"좋아요. 마님께서 원하신다면……."

"최선을 다해 준비하겠습니다."

앤다이든은 일주일 내내 바빴다.

하루는 연무장에서 종일 기사들의 훈련을 지켜보기도 하고, 하루는 드넓은 공작령을 둘러보기도 하고, 하루는 공작성 곳곳에서 사용인의 일을 도와주고 그들과 대화를 나누며 시간을 보내기도 했다.

그리고 앤다이든이 그러거나 말거나, 일레나는 그동안 자신의 일에 집중했다.

'새 결혼식!'

공작성에서 새롭게 결혼식을 올리겠다는 일레나의 계획은 점점 구체화되어 실현을 목전에 두게 되었다.

그녀의 계획은 다음과 같았다.

첫째, 남편에게는 결혼식 준비를 비밀로 한다.

이를 위해 벤과 하녀장 룰라를 같은 편으로 끌어들였다. 아무리 사용인들이 몰래몰래 움직인다 해도 두 사람의 눈을 피하기란 어려울 것 같았기 때문이다.

'연회 홀을 정리하는 건 거의 다 되었다고 했지.'

공작성의 연회 홀은 평소 남편의 관심이 닿지 않는 대표적인 장소 중

하나였다. 벤이나 룰라의 보고가 없다면 남편은 홀이 어떻게 꾸며지고 있는지 알 수 없을 것이다. 실제로 연회 홀 꾸미기는 남편의 눈을 피해 착실히 진행되고 있었다.

'그리고…….'

둘째. 결혼식 준비가 끝나면, 남편에게 프러포즈한다.

일레나는 주먹을 불끈 쥐었다.

'마침 어제저녁에 꽃이 도착했으니까…….'

그녀는 반지 다음으로 프러포즈 때 흔히 쓰인다는 꽃을 준비했다. 마법이 걸려 있어 반영구적으로 시들지 않는 꽃은 희귀한 매물이었지만, 일주일이라는 시간 내에 다행히 구할 수 있었다.

일레나는 오늘 아침 아비에게 연회 홀 상황을 보고받았다. 이 속도라면, 늦어도 내일까지는 식을 올릴 준비가 끝날 것 같았다. 참고로 벤은 며칠 전부터 자기 방에서 몰래 주례사를 연습하고 있다고 했다.

'좋아. 오늘 청혼하자.'

일레나는 결심을 굳혔다. 장소도 봐놨다. 바로 호수였다.

데이트 장소로 점찍어놨던 호수에서 뱃놀이하며 분위기를 잡은 뒤, 준비한 꽃을 내밀며 프러포즈하는 거다.

'완벽해!'

계획을 점검한 일레나가 비장한 얼굴로 남편이 있는 집무실로 향했다.

바로 그때였다. 불쑥 나타난 인물이 앞을 가로막았다.

"앤디?"

"일레나."

"미안하지만, 나 지금 좀 바빠. 용건 있으면 이따가……."

"너 오늘 호수로 뱃놀이 나갈 거지? 남편이랑."

자리에 멈춰 선 일레나가 잠시 기억을 더듬었다.

'내가 저 사실을 앤디한테 말했나?'

그런 적 없었다.

"……너, 그거 어떻게 알았어?"

"다 아는 수가 있지."

'메리가 말해줬구나.'

알 만했다.

메리는 유독 앤다이든에게 약했다. 앤다이든이 허약했던 시절 일레나와 함께 그를 돌보고 챙겨주었던 기억이 있기 때문인 듯했다.

'이렇게 징그럽게 커졌는데도 메리의 눈엔 아직 애인가 보지.'

하긴. 요정이니 숲의 왕자님이니 할 정도인데. 내심 고개를 흔든 일레나가 입을 열었다.

"그래, 맞아. 뱃놀이 갈 거야. 지금 남편한테 말하러 가야 하니까, 알았으면 비켜줄……."

"그 뱃놀이, 나도 같이 가자."

"뭐?!"

일레나의 목소리가 저절로 높아졌다. 그녀가 못 들을 말을 들었다는 표정으로 앤다이든을 쳐다보았다.

"어딜 같이 가?"

"배는 안 탈 거야. 호수까지만 데려가."

"싫어."

앤다이든이 이곳에 온 첫날, 식사 자리에서 있었던 일을 떠올린 일레나가 진저리쳤다.

"따라와서 무슨 훼방을 놓으려고? 안 돼. 못 데려가. 저리 가."

"방해 안 할게. 아니, 도와줄게."

"뭐?"

"도와준다고. 네 프러포즈가 네가 상상한 것보다 한층 근사해지게."

일레나의 시선이 앤다이든을 향했다. 그녀의 눈길에 합당한 의심이 담겼다.

"네가 무슨 수로?"

"일레나, 궁금하지 않아? 내가 지난 5년간 어디에서 뭘 했는지."

"……."

"뭘 익혀서 돌아왔는지 말이야."

"그게 내 프러포즈를 도와주는 것과 관계가 있다고?"

"보면 알게 될 거야."

"……."

"어때, 일레나. 데려가 줄 거지?"

일레나가 앤다이든의 주황색 눈을 들여다보았다. 해 질 무렵의 하늘을 떠올리게 하는 따뜻한 눈. 그녀의 소꿉친구는 많은 것이 달라졌으나 그 눈만은 변하지 않았다.

이내 일레나가 한숨을 내쉬었다.

"……방해하면, 너 정말 오랫동안 내 얼굴 못 볼 줄 알아."

앤다이든이 일레나의 기억 속에 있는 소년처럼 미소 지었다.

"걱정 마. 나한테 가장 중요한 건 네 행복이니까."

"정말 가면 안 써도 되겠어요?"

외출 전, 채비를 마친 일레나가 카이휜을 물끄러미 올려다보았다.

"상관없습니다. 부인과 외출하는 거니까요."

'하긴, 이 시간이면 호수에 사람도 없겠지.'

일레나는 고개를 끄덕였다.

"좋아요."

그녀는 해가 진 후에야 호수로 출발하게 되었다. 이처럼 늦은 출발에는 두 가지 이유가 있었는데, 첫 번째는 일부러 인적 없는 시간대를 골랐기 때문이고.

"무조건 해가 진 후, 어두워졌을 때 호수에 가. 그래야 내가 확실하게 도와줄 수 있으니까."

두 번째는 앤다이든이 고집을 피웠기 때문이다.

어차피 처음부터 저녁 이후에 호수로 나갈 생각이긴 했지만, 저렇게까지 말하니 일레나는 내심 궁금해졌다.

'대체 뭘 어떻게 하려고 그러지?'

그때 마침 외출 준비를 마친 앤다이든이 얼굴을 내밀었다.

"갈까?"

평소와 별로 다를 것 없는 모습이었다. 따로 뭔가 준비하거나, 몸에 지닌 것도 없어 보였다.

'흐음.'

의아한 마음이 들었지만, 일레나는 우선 마차에 올랐다. 그 와중에 마차에 오르면서 남편의 손을 잡자 가슴이 살짝 콩닥거렸다.

마차는 인근 호수로 향했다. 시드리온이 모처럼 바빠 호출을 받지 않았던 탓에 멀리까지 나갈 수 없었다. 하지만 가까운 거리에 있는 호수도

작은 나룻배를 띄워 뱃놀이를 즐기기에는 무리가 없었다.

“다 왔습니다.”

늦은 저녁 시간대의 호수는 적막하고 고요했다. 물 가까이에 일레나가 미리 준비해 둔 나룻배와 뱃사공이 기다리고 있었다. 배의 양 끝을 장식한 등이 은은하게 주변을 밝혔다.

“흠, 흠.”

배 근처까지 카이휜을 데려간 후 일레나가 난데없이 몸을 돌렸다.

“여기서 잠깐만 기다려요.”

그녀의 몸이 후다닥 마차로 되돌아갔다. 카이휜이 순순히 그 자리에서 서서 멀어지는 일레나의 뒷모습을 눈에 담을 때였다.

묵묵히 그들의 뒤를 따르던 앤다이든이 입을 열었다.

“……지난 며칠, 이곳에 머물면서 지켜봤습니다.”

앤다이든의 목소리에 카이휜의 시선이 그에게 옮겨갔다. 앤다이든이 말을 이었다.

“과연 이곳이 일레나를 행복하게 해주기에 문제없는 환경인지.”

“……”

“일레나가 정말 행복한지.”

“그래서, 그 관찰 결과는.”

“……”

“어땠습니까?”

동요 없는 카이휜의 표정과 말투는 앤다이든이 무슨 목적으로 성에 머물렀는지 이미 파악하고 있었다는 듯했다.

‘설마 내 행동을 제지하지 않고 그냥 놔둔 이유가 그거였나?’

앤다이든의 미간이 좁아졌다. 어쩐지, 수상해 보였을 텐데 연유도 묻지 않고 가만히 둔다 했다.

속이 훤히 읽힌 기분이 썩 좋지는 않았지만, 앤다이든은 굳이 제 감정 때문에 정해놓은 답을 바꾸는 유치한 짓은 하지 않았다.

"……뭐, 행복해 보이더군요. 일레나는."

"……."

"환경도, 썩 나쁘지는 않은 것 같고."

앤다이든은 연무장에서 기사들의 실력과 그들의 충정을 확인했다. 그리고 사용인을 통해서는 평소 공작 부부의 금실에 대한 증언을 들었다. 그 외에 공작성 곳곳을 돌아다니며 시설을 확인해 봤지만, 딱히 흠잡을 만한 것은 발견할 수 없었다.

무엇보다, 종종 일레나가 보여주는 웃는 얼굴에서 순수한 기쁨이 읽혔다.

"다행이군요."

"하지만 아직 안심하시긴 이릅니다."

앤다이든이 빠르게 덧붙였다.

"1차 검증이 끝난 것뿐입니다. 앞으로 계속 지켜볼 겁니다."

"……."

"아시죠? 제겐 그럴 자격이 있습니다. 어릴 때부터 일레나와 가족처럼 붙어 자랐거든요. 뭐, 거의 일레나의 오빠라고 해도 좋죠."

그때 카이휜이 옅게 웃음을 흘렸다. 앤다이든의 눈썹이 위로 훅 솟구쳐 올라갔다.

"왜 웃으십니까?"

"아무것도 아닙니다."

조금 전, 카이휜의 머릿속에 문득 떠오른 건 일레나의 말이었다.

"내가 누나처럼 챙겼다니까요."

상대방이 본인을 오빠라고 칭하는 걸 들었다면, 대체 그게 무슨 소리냐고 펄쩍 뛰었을 테지.

카이휜은 그녀의 그런 모습을 상상하는 것만으로도 저도 모르게 웃음이 났다. 앤다이든의 눈초리가 가늘어졌다.

'비웃은 거 아냐?'

의심을 떨치지 못해 찝찝해진 기분으로 앤다이든이 말을 이었다.

"뭐, 어쨌든. 진심으로 드리는 말이니 우습게 여기지 않는 게 좋을 겁니다."

앤다이든과 카이휜의 눈이 마주쳤다.

"수도에 있어 이곳 소식을 바로 접하기 어려운 일레나 가족들과 달리, 제겐 방법이 있거든요. 여기에 없어도 이곳 상황을 알 수 있는."

"……."

"사람을 붙이겠다는 말은 아닙니다. 제 능력이……."

"잘됐군요."

"잘됐다고요?"

예상하지 못했던 답인지 앤다이든이 멈칫할 때 카이휜이 말을 더 했다.

"부디 잘 감시해 주길 바랍니다. 내가 실수하지 않게, 부인의 행복에 어떠한 오점도 생기지 않게."

"……."

"부인의 행복은 나한테도 그 무엇보다 중요한 일이니까."

앤다이든이 말없이 카이휜의 눈을 들여다보았다.

"……진심이군요."

"……."

"제가 거슬리지는 않습니까?"

"거슬립니다."

답이 너무 빨랐다. 앤다이든이 당황하자 카이휜이 픽 웃었다.

"하지만 그게 내 부인의 행복보다 중요하지는 않죠."

그때, 마차로 향했던 일레나가 자리로 돌아왔다. 다시 나타난 그녀는 왼손을 등 뒤로 부자연스럽게 숨기고 있었다.

"큼, 그럼 이만 배에 탈까요?"

일레나가 오른손으로 카이휜을 붙잡고 배로 이끌었다. 그러면서 앤다이든에게 매섭게 눈짓했다.

'떨어져.'

혹여 배에 함께 타기라도 했다간 각오하라는 눈빛이었다. 앤다이든은 어깨를 으쓱하고 뒤로 물러섰다.

이내 뱃사공이 배를 띄웠다. 배는 호수 중앙으로 천천히, 부드럽게 나아갔다.

"……밤에 하는 뱃놀이도 나름대로 운치가 있네요. 물살이 더 잔잔한 것 같기도 하고요. 그렇죠?"

"그렇군요."

"바람이 덜 불어서 좋아요. 별도 예쁘고……."

일레나는 떠오르는 대로 아무 말이나 뱉으며 속으로 적절한 때를 노렸다. 그녀의 등 뒤에는 지금 이 순간을 위해 마련한 꽃이 숨겨져 있었다.

'왜 이렇게 떨려.'

준비할 때는 그저 의욕만 앞섰던 것 같은데, 막상 실전이 되자 갑자기 긴장되며 가슴이 뛰고 입이 바싹 말랐다. 앤다이든이 프러포즈를 도와준다느니 어쩌니 했던 것은 생각나지도 않았다.

일레나가 심호흡하는 찰나, 카이휜이 호수의 정경을 살피듯 고개를 옆으로 돌렸다.

'이때다.'

용기를 낸 그녀가 막 꽃을 앞으로 내밀려던 순간이었다.

"……어?"

일레나는 눈을 깜박였다. 별안간 반짝이는 것들이 호수 위 배 주변으로 몰려들었다.

'반딧불이?'

한두 마리가 아니었다. 수많은 반딧불이가 마치 조명처럼 호수 위를 수놓고, 배 주위를 에워쌌다.

일레나는 그 광경을 넋 놓고 쳐다보다 퍼뜩 뭍을 쳐다보았다.

'설마?'

어두운 가운데 앤다이든이 멀리서 손을 흔들다 말고 엄지를 치켜세우는 것이 어렴풋이 보이는 듯했다.

'대체 어떻게 한…… 아니, 그게 중요한 게 아니지.'

정신을 차린 일레나가 카이휜을 응시했다.

고요한 호수 위. 몰려든 반딧불이가 만들어준 운치.

망설일 때가 아니었다. 그녀가 카이휜 앞에 꽃을 내밀었다.

"이건……."

"마법을 건 꽃이에요. 상인의 말로는, 아무 데나 꽂아둬도 앞으로 백

년은 시들지 않을 거래요."

"……."

"카이휜."

미약한 바람이 불었다. 머리카락이 이마를 살짝 간질였다.

꽃을 내민 채 일레나가 말을 이었다.

"나랑 다시 결혼해 줄래요?"

꽃을 내밀 때 부끄러움을 내다 버렸나 보다. 목소리가 떨리지 않고 나왔다.

"그리고 나랑 백 년…… 아니, 그 이상 알콩달콩 살아요."

아니, 역시 부끄러움이 조금은 남아 있었던 걸까.

뒤늦게 일레나가 차마 카이휜의 얼굴을 보지 못하고 꽃에 시선을 고정했다. 이어 카이휜이 일레나의 손에서 꽃을 건네받으며 대답했다.

기분 탓일까.

"……기꺼이."

그의 목소리 끝이 조금 떨린 것 같았다.

결혼식을 앞둔 공작성은 아침부터 분주했다. 일레나가 신부 단장을 준비하고 있을 때, 앤다이든이 그녀를 찾았다.

"잠깐 시간 있어?"

"어제 호수에선 어떻게 한 거야?"

일레나는 앤다이든과 정원으로 나오자마자 그것부터 물었다. 어젯밤부터 쭉 궁금했지만 물을 경황이 없었다.

"아니, 말 나온 김에 이것도 묻자. 대체 지난 5년 동안 어디서 뭘 한 거야?"

아무리 생각해도 반딧불이를 조종하는 능력을 가르치는 곳이 있다는 말은 금시초문이었다.

앤다이든은 일레나의 의문에 대답해 주는 대신, 정원에 있는 웬 나무 앞에 멈춰 서더니 그 위로 훌쩍 올랐다. 나무에 오르는 데는 고작 두 번 정도 발을 구르는 것만으로도 충분했다.

일레나가 '쟤가 갑자기 뭘 하나' 하는 눈으로 앤다이든을 올려다볼 때 나무에 올라선 그가 입을 열었다.

"어렸을 때 기억나?"

"……?"

"밤에 보름달이 뜨면, 가끔 이렇게 나무에 오르곤 했잖아. 달을 더 가까이서 보겠다고."

"그랬지. 그리고 나만 혼났고."

무려 여섯 살 무렵의 일이었으나 일레나는 제법 생생하게 떠올릴 수 있었다. 억울한 기억이었기 때문이다.

먼저 나무에 오르자고 제안한 건 앤다이든이었는데, 막상 위험한 짓을 했다고 벌선 건 일레나였다.

'뭐…… 하긴, 나는 몰라도 앤디는 그때 나무에서 떨어졌으면 크게 다쳤을 테니.'

사실 허약한 애를 데리고서 할 짓이 아니긴 했다. 일레나가 새삼 지난 행동을 되짚으며 아주 약간 반성할 때 앤다이든이 말했다.

"그땐 네가 항상 먼저 나무에 올라가서 내가 올라갈 수 있게 잡아줬었지."

"……."

"올라올래?"

앤다이든이 손을 내밀었다. 일레나가 바로 고개를 저었다.

"아니. 옷이든 머리든 더러워지면 안 돼. 알잖아."

일레나는 결혼식을 앞두고 있었고, 곧 누구보다 아름답게 변신하기 위해 길고 긴 단장에 들어가야 했다. 그걸 위해 꼭두새벽부터 향유를 잔뜩 들이부어 머리를 감고 목욕을 했다.

앤다이든이 거절당할 줄 알았다는 듯 별로 아쉬워 보이지 않는 얼굴로 씩 웃었다.

"그래."

"……."

"일레나."

"응."

"난 어렸을 때, 이다음에 커서 너랑 결혼할 줄 알았어."

"뭐?"

눈을 깜박이던 일레나가 이내 본능적으로 뒤로 세 걸음 정도 물러났다.

"너…… 설마…… 고백…… 하는 거야?"

오늘 결혼하는 신부한테?

눈을 커다랗게 뜬 일레나의 안색이 창백해졌다. 그녀가 충격받은 표정을 숨기지 못하자 앤다이든이 고개를 젓고는 나무에서 뛰어내렸다.

그때, 놀라운 일이 벌어졌다.

앤다이든의 몸이 마치 중력에 저항하는 것처럼 몹시 천천히 바닥에 내려앉은 것이다.

"……?"

'마법?'

일레나가 무심코 그 두 글자를 떠올리는 순간 앤다이든의 입이 열렸다.

"고백하는 거 아니니까 도망가지 말고 들어봐."

"……."

"생각해 보면, 난 예전부터 너한테 고마워해야 할 일이 참 많았어."

앤다이든의 머릿속에 아주 오래전 기억이 스치듯이 떠올랐다.

"왜 울어."

"……일레나."

"이런 데서 왜 혼자 우는데. 아까 그 못생긴 놈이 너 놀려서 그래? 몸 약하다고?"

"난……."

"야, 네가 약하게 태어난 건 네 잘못이 아니야."

"……."

"아까 걔가 그 얼굴로 태어난 게, 매우 안타깝지만 걔 잘못은 아닌 것처럼."

앤다이든의 입가에 미소가 스몄다.

'그게 여덟 살 때였나.'

그때 외에도 일레나가 약하고 자신감 없던 어린 앤다이든을 위로해 준 일은 아주 많았다.

그의 기억 속 일레나는 언제나 당찼다. 주관이 뚜렷했고, 아니라고 생각되는 일에 물러서는 법이 없었다. 그 모습이 늘 멋있게 보였고, 눈부셨다.

한때는 잠깐 상대를 향한 열병을 앓았던 것 같기도 했다. 그러나 오래 가지는 않았다. 곧이어 그 감정을 누르며 더 크게 자리 잡은 건…….

"난 너처럼 되고 싶었어. 널 동경했던 거지."

"……."

"그리고, 너처럼 강해져서…… 그동안 네게 받은 걸 갚아야 한다고 생각했어."

일레나가 황당하다는 얼굴로 받아쳤다.

"뭘 갚아. 빚도 아니고."

"그러게. 너라면 그렇게 대답할 것 같았어. 그런데 내 마음은 그랬어. 사실 지금도 그렇고."

"크롤 왕국으로 갈래요. 보내주세요."

"……크롤? 너 지금, 크롤이라고 했니?"

"그곳에서 현자의 시험을 통과하면, 특별한 힘을 얻을 수 있다고 들었어요. 그 힘이 제 몸도 낫게 해줄 거고요."

"앤다이든, 다시 생각해 봐라. 쉽게 결정할 게 아니야. 잘못하면 죽을 수도 있어."

"계속 이대로 사는 것과, 죽는 것 중 뭐가 더 나은지 모르겠어요."

"……."

"제발, 부탁드려요."

별로 떠올리고 싶지 않은 5년이었다. 앤다이든은 눈을 질끈 감았다가 떴다.

어쨌든, 그 5년 사이에 있었던 일은 이제 과거가 되었고 앤다이든은 원하는 결과를 얻었다. 가문에서도 그의 성취를 인정했다. 위의 두 형을 제치고 그에게 작위를 물려주기로 결정할 만큼.

"너와 결혼할 줄 알았다고 한 건…… 그게 널 행복하게 하는 일이라고 믿었거든."

"행복?"

"우린 보통 집안에서 정해준 상대와 결혼하잖아."

"……."

"얼굴 한 번 본 적 없는, 어떤 놈인지도 모르는 상대보다는 내가 네게 더 좋은 남편이 될 수 있을 거라고 생각했지."

일레나가 기가 막히다는 얼굴로 헛웃음을 내뱉었다. 앤다이든과 결혼이라니. 전혀 상상도 못 해 본 일이었다.

"무슨, 너랑 결혼이라니……. 진짜 이상해. 가족과 결혼하는 기분일 것 같은데. 난 무조건 반대했을 거야."

"왜? 우리 어렸을 땐, 소꿉놀이하면서 서로 부부 역할도 했었잖아. 그때 네가 내 뺨의 순결을……."

"야!"

일레나가 화들짝 놀라 외쳤다. 그녀가 급하게 주위를 둘러보았다. 다행히 아무도 없었다.

앤다이든 앞으로 척척 걸어간 일레나가 무시무시한 눈으로 그를 노려보며 경고했다.

"소꿉놀이가 뭔지 몰라? 그리고 그건 정말, 정말 어렸을 때잖아……. 너, 그 말 남편 앞에서 꺼내기만 해."

"흐음, 글쎄. 일레나 너 하는 거 봐서 결정할까."

"뭐라고? 절교하고 싶다고?"

앤다이든이 소리 내 웃었다. 하지만 일레나는 진지했다. 도통 따라 웃을 생각이 없어 보이는 일레나를 향해 앤다이든이 이내 항복한다는 듯 양손을 들어 보였다.

"농담이야. 이런 말을 왜 네 남편에게 하겠어? 내가 말했지. 나한테 중요한 건 네 행복이라고."

"……."

"너랑 네 남편 사이를 방해할 생각은 없어. 처음엔 혹시 집안에서 억지로 진행한 결혼인가 싶어서 확인하러 왔던 거지만……."

"……."

"지금 너, 되게 행복해 보이거든. 그러니 이간질 같은 건 절대 안 해."

"……시력이 멀쩡해서 다행이네."

일레나의 표정이 조금 누그러졌다. 어깨를 으쓱한 앤다이든이 곧 허공으로 양손을 펼쳤다.

"어제 호수에서 어떻게 한 거냐고, 지난 5년간 어디서 뭘 했냐고 물어봤지?"

"……?"

"그 질문, 대답해 줄게."

앤다이든이 그렇게 말한 것과 거의 동시였다. 그의 주변으로 반투명한 날개 달린 요정 같은 것이 나타나 날아다니기 시작했다.

잠시 멍하니 그것을 쳐다보던 일레나가 이내 크게 놀란 얼굴로 입을 벌렸다.

"……정령?"

"맞아."

"맙소사. 앤디, 너 정령술을 익혔어?"

정령술사는 대단히 희귀한 직업이었다. 희소성으로 손꼽히는 고급 인력인 마법사와 비교해도 그 수가 현저히 적었다.

일레나는 정령을 태어나서 지금 이 순간 처음 봤다. 정령이라는 걸 알아볼 수 있었던 건, 책에서 정령의 외형을 설명하는 걸 읽은 적이 있기 때문이었다.

"응. 얘는 바람의 정령이야. 이름은 실피. 어제 배 주위로 반딧불이를 보낼 수 있었던 건 실피가 도와줬던 덕분이고."

"……다른 정령도 다룰 수 있어?"

"물, 불, 흙 정도?"

책에 나오는 모든 정령을 다룰 수 있다는 이야기였다. 멀거니 앤다이든을 응시하던 일레나가 곧 눈을 비볐다.

"……신기해."

"정령이? 아니면 내가 정령술을 익힌 게?"

"둘 다."

앤다이든이 눈꼬리를 접어 웃었다. 일레나와 막 재회했을 때 지어 보였던 그 미소가 다시금 그의 얼굴에 자리 잡았다.

"종종 실피 보내서 안부 물을게."

"……."

"정말, 혹시 만에 하나라도 힘든 일이 있으면 말해. 난 언제든 널 위해 행동할 준비가 되어 있으니까."

앤다이든의 마음속엔 여전히 일레나에게 갚지 못한 고마움이 존재했다.

"그럼 난 간다. 너 행복한 거 확인했으니 됐어."

청량한 바람이 그의 머리와 일레나의 옷자락을 흐트러뜨렸다. 앤다이든이 뒤돌았다.

그때 일레나가 그를 불렀다.

"앤디."

"……."

"가지 마."

"……."

"부케 받고 가."

"뭐?"

새 결혼식을 준비하던 도중 일레나는 '부케 던지기'라는 타국의 결혼식 풍습을 알게 되었다. 식 막바지에 신부가 부케를 던지면, 그걸 하객 중 한 사람—주로 신부의 절친한 친구—이 받아내는 전통이었다. 과거 어느 절대자의 아내가 처음으로 세상에 선보이면서 알려졌다나 뭐라나.

그 독특한 풍습은 일레나의 흥미를 끌었고, 그렇게 앤다이든은 얼결에 하객 사이에 자리를 잡게 되었다.

곧 결혼식이 시작되었다. 식은 중반까지 어느 결혼식과 다를 것 없이 진행되었다.

"오랜만에 솜씨를 발휘해 봐야겠네요. 일손 몇 명만 붙여주세요. 정확히 일주일 안에 해낼게요."

일레나는 메리가 눈부신 솜씨로 만들어낸 새하얀 신부 드레스를 입고 카이휜과 주례 앞에 나란히 섰다.

긴 드레스 아랫단이 그녀의 그림자 위로 물결처럼 퍼졌다. 꽃으로 장식해 하나로 땋아 내린 일레나의 은발이 진주 가루를 뿌린 것처럼 반짝였다.

밤새 연습했다는 벤의 매끄러운 주례가 일레나의 왼쪽 귀로 들어갔다가 그대로 오른쪽 귀로 빠져나왔다. 처음 하는 결혼식도 아닌데, 어쩐지 처음보다 더 떨리고 설레는 것만 같았다.

그때, 긴 주례사를 마친 벤이 잠시 목을 가다듬더니 입을 열었다.

"그럼, 다음으로 신랑과 신부의 맹세의 키스가 있겠습니다."

흘려들으려야 흘려들을 수 없는 말이 일레나의 뇌리에 꽂혔다. 일레나가 깜짝 놀라 단상에 선 벤을 올려다보았다.

'맹세의 키스라니?'

예정에 없었던 일이었다. 당황하는 일레나의 시선을 받은 벤이 주름진 한쪽 눈을 찡긋했다.

"……!"

일레나가 바삐 카이휜에게 눈길을 돌렸다. 카이휜 또한 당황한 것 같았으나, 곧 그의 손이 움직였다.

왼손으로 일레나의 허리를 받치고, 오른손으로 그녀의 턱 끝을 가볍게 잡았다. 일레나는 눈을 동그랗게 뜬 채 굳었다.

'한다고? 정말? 이대로? 이대로 키스…….'

카이휜이 고개를 숙였다. 얼굴이 가까워지고 따뜻한 숨이 피부의 솜털을 간지럽혔다. 발가락 끝에 힘이 들어갔다. 일레나가 바짝 긴장한 채로 눈을 질끈 감았다.

이내, 부드러운 감촉이 그녀의 입술 옆에 닿았다.

"……."

가볍고 조심스럽게 낙인을 찍고 물러나는 온기에 일레나가 떨리는 눈꺼풀을 들어 올렸다.

'아.'

저도 모르게 갑자기 다리에 힘이 풀린 일레나가 휘청거렸다.

"일레나!"

카이휜이 급히 그녀를 부축했다.

"괜찮습니까?"

"……괜찮아요."

일레나는 참고 있던 줄도 몰랐던 호흡을 내뱉으며 겨우 대답했다.

왜 이렇게까지 긴장했을까. 심장이 쿵쿵 정신없이 뛰었다.

겨우 진정한 그녀가 하객석을 돌아보았다. 하객들 눈에는 두 사람이 마치 입맞춤하는 것처럼 보였던 모양인지, 몇몇이 놀란 얼굴로 입을 가리고 있는 것이 보였다.

반면 가까이에서 모든 걸 지켜본 벤은 다소 아쉬워 보이는 기색이었으나, 어쨌든 그는 충실하게 다음 진행을 이어갔다.

"이어서, 부케 던지기를 진행하겠습니다. 부케를 받으실 분께서는 앞으로 나와주세요."

곧, 하객 사이에서 괴상망측한 표정을 짓고 있던 앤다이든이 어색하게 앞으로 나왔다. 이윽고 일레나의 부케가 허공으로 높이 떠올랐다.

소소하게 피로연을 개최한 후원은 왁자지껄했다. 성의 기사도, 사용인도 교대로 후원 파티에 참석해 음식과 마실 것을 즐기며 웃고 떠들었다.

"로잘린, 오늘 들러리 서줘서 고마워."

"뭘."

후원에서 샴페인을 음미하던 로잘린이 일레나의 인사에 가볍게 웃었다. 공작성에 방문하겠다는 로잘린의 기별이 도착한 건 오늘 아침이었다. 전서구를 보낸 후 바로 출발했는지 그녀는 정오 즈음에 이곳에 도착했다.

"일레나! 네 편지 이제야 봤어. 마르좀가의 수배 소식도 들었고. 내가 백작령을 비운 사이 너한테 너무 많은 일이 일어나서, 대체 무슨 말부터 해야 할지……."

"그렇구나. 나 오늘 결혼하는데, 그럼 우선 온 김에 내 들러리 좀 서줄래?"

"뭐?"

"……오자마자 네가 결혼한다는 말을 들어서 얼마나 놀랐는지. 이런 자리가 있는 줄 알았으면 남편도 데리고 오는 건데."

"됐어. 바쁠 텐데 굳이 번거롭게."

고개를 저은 일레나가 문득 로잘린에게 물었다.

"그나저나 무슨 일로 백작령을 비웠던 거야?"

로잘린의 부재는 생각보다 길었다. 잉칸이 납치 사건을 벌인 무렵부터 내내 연락이 닿지 않다가 이제야 얼굴을 보게 된 것이었으니 말이다.

"그게…… 일레나 너, 밀레아 알지? 내 육촌."

"알아. 예전에 파티에서 잠깐 봤잖아."

얼굴은 가물가물했으나 이름은 쉽게 떠올랐다. 로잘린이 고개를 끄덕이며 말을 이었다.

"그래, 걔가…… 얼마 전에 자살 기도를 했어."

"자살 기도?"

일레나가 깜짝 놀라 식탁 위 샴페인으로 가져가던 손을 멈췄다.

"파혼당했거든."

"파혼?"

"누군지는 몰라도, 약혼자에게 전부터 따로 사랑하는 상대가 있었던 모양이야."

미간을 찡그린 로잘린이 한숨을 흘렸다.

"그런데 그 사랑하는 상대의 집안에 뭔가 안 좋은 일이 생겼나 봐. 매일같이 신경 쓰면서 전전긍긍하더니……."

"파혼 통보를 받은 거야?"

"응. 자긴 이 결혼 못 하겠다고 말하고는 떠나 버렸대."

"저런."

일레나는 깊이 탄식했다. 사실 사교계에서 저 정도 일은 드문 것도 아니었지만, 아는 사람의 일이라고 하면 원래 감상이 달라지게 마련이었다.

"쓰레기네. 그럴 거면 처음부터 약혼하지 말았어야지."

"내 말이 그거야. 문제는, 밀레아 이 미련한 애가 자기 약혼자를 엄청 좋아하고 있었다는 거고."

다시 생각해도 머리가 아프다는 듯 로잘린이 샴페인 잔을 들지 않은 빈손으로 미간을 꾹 눌렀다.

"이대로 살아서 뭐 하냐고, 콱 죽어버리겠다고 울고불고하는 걸 어르고 달래다 보니…… 어느새 몇 주가 훌쩍 지나 있더라."

"그 파혼했다는 전 약혼자, 이름이 뭔데?"

"오벨 마르크."

"오벨 마르크…… 좋아. 다음에 우연히 만나게 되면 정강이라도 힘껏 까줄게."

"그래. 그때까지 살아 있으면 말이지만."

로잘린이 오벨 마르크라는 남자의 모가지를 틀어쥐기라도 한 것처럼 주먹을 불끈 쥐었다.

그때였다. 일레나의 시야에 문득 앤다이든이 들어왔다. 일레나가 손을 흔들었고, 앤다이든이 가까이 다가왔다.

"이렇게 한 자리에 있는 것도 인연이니까 소개해 줄게. 얘는 앤다이든 케일. 내 소꿉친구야."

로잘린의 눈이 반짝였다. 마치 눈빛으로 '어머, 아까 부케 받으신 분이네' 하고 말하는 것 같았다. 앤다이든이 머쓱하게 입을 열었다.

"반갑습니다. 케일 후작가 삼남, 앤다이든 케일입니다."

"케일 소후작이라고 소개 안 해?"

일레나의 말에 앤다이든의 시선이 그녀에게 향했다.

"……굳이 내 입으로 나 후계자입니다, 하라고? 부끄럽게."

"내 남편 앞에서는 했잖아."

"그건……."

그때야, 공작이라는 번듯한 작위를 가진 상대에게 최대한 꿀리지 않기 위해 그랬던 것뿐이었다.

'지금 와서 생각하면 불필요한 행동이었던 것 같지만.'

앤다이든의 어색한 표정을 읽은 로잘린이 입을 열었다.

"반가워요, 케일 소후작님. 로잘린 맥스라고 해요. 일레나와는 몇 년 전부터 친하게 지내고 있답니다."

"성년식에서 처음 만났지."

"맞아요. 맥스 백작 부인이라고 불러주세요."

"아, 부인이셨군요."

"일레나에게 이렇게 훤칠한 소꿉친구분이 있는 줄은 몰랐네요."

"과찬이십니다. 저야말로 부인을 뵙고 놀랐습니다. 결혼하실 때 주변 사람들이 많이 슬퍼했겠습니다."

"호호."

사회생활이 어떤 것인지 엿볼 수 있는 간단한 통성명이 끝났다. 일레나가 혀를 내두르는 사이, 앤다이든이 품에서 뭔가를 꺼내 그녀에게 내밀었다.

"뭐야?"

"축의금."

축의금이라더니, 그가 내민 것은 돈이 아닌 두어 번 접힌 종이 한 장이었다.

"상단? 저택?"

어느 쪽 권리 증서냐는 물음이었다. 앤다이든이 대답했다.

"펴봐."

일레나가 순순히 종이를 펼쳤다. 안에 적힌 건, 상단과 저택 중 어느 쪽 권리 내역도 아니었다.

"……지도?"

"유물이 묻힌 위치를 표시해 둔 거야. 참고로 그거, 굉장한 고급 정보다."

앤다이든이 생색을 냈으나, 일레나의 표정은 떨떠름했다.

"유물 관심 없는데……."

심지어 직접 발굴해야 하는 거라니. 그녀는 이미 발굴을 끝낸 유물을 구경하겠냐는 제안도 거절했던 적이 있었다.

일레나가 종이를 다시 앤다이든에게 돌려주려는 순간, 그가 말했다.

"성검이야."

"뭐?"

"성검이 묻힌 곳이라고."

일레나가 멈칫했다. 앤다이든의 입꼬리가 씩 올라갔다.

"고급 정보라고 했잖아."

'성검이라고?'

"팔아서 목돈이나 마련할까 하다가…… 뭐, 본의 아니게 결혼식에도 참석하게 돼서 주는 거다. 어때, 그 정도면 괜찮은 축의금이지?"

앤다이든의 말을 한 귀로 흘린 일레나가 다급히 다시 종이를 살폈다.

'……여기서 가까워.'

마차로 하루 안에 이동할 수 있는 거리였다. 일레나는 심각한 표정으로 종이를 들여다보았다.

그녀가 한참 움직일 생각을 하지 않자, 의아함을 느낀 앤다이든의 태도가 약간 조심스러워졌다.

"일레나 너, 평소에도 성검에 관심이 많……."

"이 장소면, 모르가나 백작령 안이잖아."

"응?"

"무작정 찾아가서 발굴해도 되는 거야?"

"아, 그야 모르가나 백작의 허락이 필요하긴 하겠지. 하지만 상관없어. 애초에 모르가나 백작은 자기가 직접 성검을 발굴할 생각이 없거든."

"확실해?"

"내가 확인해 본 바론 확실해. 그는 좋게 말해 욕심이 없는 사람이거든. 조금 직설적으로 말하면, 겁쟁이고."

"앤디."

"어?"

"고마워."

"……어, 그래."

앤다이든이 이 정도의 반응은 예상하지 못했다는 듯 얼떨떨하게 대답했다. 일레나는 여전히 손안의 종이를 뚫어져라 응시하고 있었다.

이튿날, 일레나는 준비가 되자마자 모르가나 백작령으로 출발했다.

다른 것도 아니고 성검이었다. 마왕의 심장을 꿰뚫어, 이 세상을 구하는 데 무엇보다 큰 역할을 할 바로 그 성검.

어디에 있는지 뻔히 알면서 발굴을 지체하자니, 저절로 마음이 초조하고 조급해졌다.

'성검이 이렇게 일찍 발견되는 거였구나…….'

가만. 마차에 탄 일레나가 언뜻 의문에 사로잡혔다.

'그럼 내가 본 미래에도 성검은 존재했다는 건데……. 성검이 있는데도 왜 그렇게 무력하게 당한 거지?'

일레나는 곧 그 이유를 깨달았다. 노파의 말이 떠오른 탓이었다.

"용사가 되어 전설로만 내려오는 성검의 힘을 깨우고, 성검을 마왕의 심장에 꽂을 거요."

성검의 힘을 깨운다. 핵심은 그 문장에 있었다.

단순히 성검을 발견하는 것이 중요한 게 아니었다.

'미래에선 아무도 성검의 힘을 깨우지 못한 거구나.'

결국 용사가 없으면, 성검 또한 무용지물에 불과하단 이야기였다.

'……역시 반드시 용사를 낳아야 해.'

일레나가 새삼스럽게 다짐하던 때였다. 그녀와 같은 마차에 타고 있던 앤다이든이 입을 열었다.

"내가 지금 궁금한 게 두 가지 있거든."

"뭐?"

"첫 번째는, 그냥 발굴단을 꾸려 보내면 될 걸 왜 일레나 네가 굳이, 직접 움직이냐는 거고……."

앤다이든이 마차 창밖을 내다보았다. 마차가 빠르게 달리는 만큼 풍경이 삽시간에 변했다.

"두 번째는…… 왜 내가 성검을 발굴하러 가는 일행에 포함되어 있냐는 거야."

앤다이든은 마차에 자기 의지로 오르지 않았다. 즉, 그는 현재 성검 발굴 현장에 강제로 끌려가고 있었다.

일레나가 태연하게 대답했다.

"첫 번째 의문에 답해주자면, 그건 성검이 내게 그만큼 중요하기 때문이고."

말이 이어졌다.

"두 번째 의문에 대한 답은, 네가 고급 인력이기 때문이지."

성검을 발굴하는 과정에서 어떤 일이 벌어질지 그 누구도 예측할 수 없었다. 어쩌면 상식 밖의 일이 생길지도 모르고, 그럴 때 앤다이든이 익힌 정령술은 큰 전력이 되어줄 것 같았다.

'흑탑주가 함께였으면 더 좋았을 테지만.'

시드리온은 여전히 바빴다. 듣기로는 레베카의 목걸이에서 나온 보석 가루 분석 때문에 골머리를 앓고 있는 듯했다.

'황성 마법부에서는 아예 성분을 알 수 없다고 했다지.'

수도 의상실에서 습격이 있었던 그날, 기묘한 빛을 내며 사람들을 조종했던 목걸이.

대체 정체가 뭘까. 단순히 흑마법 아티팩트 같은 거였을까. 하지만 그렇다기엔 현재 상황을 이해하기 어려웠다. 황궁 마법부도 분석을 포기하고, 시드리온까지 애먹고 있다니.

'흑마법도 결국은 마법일 텐데.'

일레나는 잠깐 답을 알 수 없는 문제를 생각해 보다가 이내 눈을 감았다. 그 모습에 그녀의 옆에 앉은 카이휜이 말했다.

"피곤하면, 내게 기대도 좋습니다."

"……그럴까요?"

사실 딱히 졸린 건 아니었지만, 일레나는 본래 굴러온 기회를 순순히 놓치는 법이 없었다. 그녀가 사양하지 않고 냉큼 카이휜과 간격을 좁혀 앉아 단단하고 안정적인 남편의 어깨에 고개를 기댔다.

"……."

맞은편 자리에서 그 광경을 떨떠름하게 지켜보던 앤다이든이 곧 말없이 창밖으로 시선을 고정했다.

"어서 오십시오, 반갑습니다. 메이하드 공작 각하, 공작 부인, 케일 소후작님."

미리 기별을 받은 모르가나 백작이 세 사람을 극진하게 맞이했다.

"정말 우리가 성검을 발굴하더라도 상관없나요?"

"예, 물론입니다. 괜찮습니다."

모르가나 백작은 성검에 대한 정보가 새어나갔다는 사실에 놀란 기색을 내비쳤지만, 앤다이든의 말대로 순순히 발굴을 허락했다.

모르가나 백작성에 도착했을 때는 깊은 밤이었다. 일레나는 다음 날 아침에 작업을 시작하기로 했다.

그런데 이튿날, 예상치 못한 문제가 생겼다.

"바르테즈 왕세자님께서 행차하신다!"

"천것들은 당장 무릎을 꿇고 예를 다해 왕세자님을 맞이하라!"

'왕세자?'

아침부터 성문이 요란하게 열리더니 왕실의 정복을 입은 사람들이 떼로 들이닥쳤다. 백작성 복도 양옆으로 왕성의 시종들이 주르르 늘어서고, 복도에 있던 사용인들이 자의 혹은 강제로 무릎을 꿇었다.

그러고 나서야 복도 가운데로 한 남자가 무장한 병사를 잔뜩 대동하고 모습을 드러냈다.

"와, 왕세자 전하!"

모르가나 백작이 과하게 놀라는 것을 봐선 따로 약속된 방문은 아닌 모양이었다.

아니나 다를까, 백작이 허둥지둥 입을 열었다.

"이곳까지는 어쩐 일로……."

"이 백작령에."

밝은 밀빛 머리. 갈색 눈동자.

평균보다 큰 키에 그럭저럭 준수한 외모였지만, 입술이 얄팍하여 약간 야비한 인상을 주는 남자가 말을 이었다.

"성검이 묻혀 있다는 소식을 듣고 왔다."

"……!"

그 말에 일레나가 깜짝 놀랐다. 그녀가 바로 앤다이든의 옆구리를 찔러 귓속말했다.

"고급 정보라며?"

"……고급 정보라고 했지, 나만 아는 정보라고는 안 했다."

"장난해?"

"미안. 큼, 분명 내 손에 들어올 때까지만 해도 나밖에 모르는 정보였는데…… 악!"

앤다이든의 발등을 가볍게 짓밟아 응징한 일레나가 왕세자를 다시 쳐다보았다.

바르테즈 왕세자. 풀 네임, 바르테즈 드 리브란테.

'골치 아픈 상대인데.'

일레나가 눈썹을 슬쩍 찡그렸다. 그녀가 그렇게 생각하는 이유는 다른 게 아니었다.

'말이 안 통할 것 같단 말이지…….'

바르테즈 왕세자의 평판은 아무리 곱게 포장해 보려고 해도 그리 좋지 않았다. 솔직히 말해, 일레나는 단 여섯 글자로 바르테즈 왕세자를 일컫는 세간의 표현을 들은 적 있다.

무능한 망나니.

능력은 없으면서, 성질만 더럽다. 일부 귀족들은 바르테즈를 왕세자로 책봉한 것이 현왕이 저지른 가장 큰 실수라고 떠들기도 했다. 물론, 사적인 자리에서 몰래.

“전하.”

그래도 일단 대화를 시도해 보긴 해야지. 일레나가 목소리를 냈다. 뒤늦게 그녀를 발견한 바르테즈가 눈에 이채를 띠었다.

“흠, 영애는 누구지? 아, 백작에게 딸이 있다더니…… 그 딸인가?”

‘머리가 나쁘고 기억력도 달린다더니 정말이네.’

모르가나 백작의 딸은 이제 열 살이었다. 게다가 일레나와 왕세자는 초면이 아니었다. 따로 개인적인 만남을 가져본 적은 없지만, 공식 석상에서 몇 번 인사를 나눴다.

“가만 있자, 낯이 익은데…….”

“일레나 메이하드입니다.”

“……메이하드?”

“메이하드 공작 부인으로 불러주시면 됩니다. 만나 뵈어 영광입니다, 왕세자 전하.”

그제야 왕세자의 눈이 일레나 곁에 있는 카이휜과 앤다이든에게 차례로 향했다. 특히 카이휜에게 시선이 닿았을 때 왕세자의 얼굴이 와락 일그러졌다.

노골적인 표정 변화에 일레나가 한쪽 눈썹을 쓱 치켜올렸을 때, 바르테즈가 말했다.

"그래, 공작 부인. 공작 부인은 왜 이곳에 있나? 백작과 친분이라도 있는가?"

일레나의 신분을 알게 되었으면서도 고압적인 태도와 말투에는 변화가 없었다.

공작 부인은 아무리 왕족이라고 해도 함부로 대할 수 없는 지위였다. 빈말로도 예의가 있다고는 할 수 없는 행동이었지만, 일레나는 개의치 않았다. 중요한 문제가 아니었으니까. 정말 신경 써야 할 문제는 따로 있었다.

"저희도 성검 때문에 이곳에 왔습니다."

"성검?"

"그리고 엄밀히 말씀드리면, 저희가 먼저 왔지요."

일레나의 지적에 바르테즈 왕세자의 눈썹이 꿈틀 움직였다.

"뭐라고?"

"여기 계신 모르가나 백작님께 이미 발굴 허가를 받기도 했으니, 성검 발굴은 저희에게 우선권이 있다고 생각됩니다만."

왕세자의 미간에 깊게 주름이 졌다.

"그렇지 않습니까, 전하?"

"무슨 소리! 성검 같은 유물은 왕궁에서 발굴해 보관하는 것이 당연하거늘!"

"그게 왜 당연합니까? 법으로 지정되어 있기라도 한가요?"

"왕성이 성검을 보관하는 건 상식이다! 상식을 꼭 법으로 지정해야만 아나?"

"강제성이 없는 일방적인 상식이라면 따르지 않겠습니다, 전하."

대화를 나눌수록 일레나의 마음속에 한 가지 다짐이 굳어졌다.

'성검은 못 넘겨.'

저 왕세자가 성검을 가져가서 제대로 보관할 거란 신뢰가 생기지 않았다.

'그냥 내 쪽에서 성검을 가지고 있는 게 마음 편하겠어.'

일레나의 눈빛이 단호해졌다. 바르테즈 왕세자가 얄팍한 입술을 비틀었다. 물러설 기미를 도통 찾아볼 수 없는 일레나의 얼굴을 가만 보던 그가 별안간 카이휜에게 시선을 돌렸다.

"공작, 자네는 어떻게 생각하나?"

"……?"

"성검 발굴권은 어떠한 상황에서든 왕성이 우선적으로 갖는 게 맞지. 그렇게 생각하지 않나?"

'뭐야?'

일레나는 자신만만한 기색이 드러난 왕세자의 낯짝에 내심 의아한 마음을 품었다. 그는 마치 카이휜이 자기가 원하는 답을 줄 것이라고 철석같이 믿는 것 같았다.

"글쎄요."

"……."

"저는 언제나 아내의 의견에 따를 뿐입니다."

물론 왕세자가 바라는 일은 일어나지 않았다. 일레나에겐 그저 당연하게 느껴지는 일이었으나, 바르테즈 왕세자는 어째선지 크게 배신당한 사람처럼 눈을 부릅떴다.

"공작, 지금……!"

"자자, 이러실 것이 아니라."

그때, 앤다이든이 앞으로 나섰다. 그의 목소리는 그리 크지 않았음에도 바람을 타고 구석구석 퍼져 무척 또렷하게 들렸다. 마치 귀에 대고 말하는 듯한 목소리에 모두의 이목이 앤다이든에게 집중되었다.

일레나는 앤다이든이 바람의 정령을 이용했다는 것을 알아차렸다.

'잘도 써먹네.'

"케일 후작가의 앤다이든 케일입니다. 케일 소후작으로 불러주시면 됩니다."

어딜 끼어드느냐고 호통치려던 바르테즈 왕세자가 소후작이란 말에 멈칫했다. 그사이 앤다이든이 말을 이었다.

"이대로 계속 실랑이해서는 쉽게 결론이 나지 않을 것 같은데……."

그의 시선이 모르가나 백작에게 옮겨 갔다.

"차라리 백작님께 결정을 부탁하는 건 어떻겠습니까?"

"예, 예?"

얌전히 자리를 지키며 돌아가는 상황을 지켜보고만 있던 백작이 화들짝 놀라 말을 더듬었다.

"어쨌든 성검 발굴권은 본래 백작님께서 지니신 권한이니까요. 지금은 양도를 택하셨을 뿐."

"어, 음……."

"그러니 누구에게 양도할지 백작님께서 결정하시는 편이 좋을 것 같습니다. 그렇지 않습니까?"

왕세자와 일레나의 시선이 바로 모르가나 백작에게 쏠렸다. 갑자기 권력자들의 시선을 받게 된 모르가나 백작의 등 뒤로 식은땀이 주룩주룩 흘렀다.

"당연히 왕세자인 내게 양도하겠지, 백작?"

"백작님. 어젯밤 저희에게 발굴 허락을 내주셨던 걸 잊지 마세요."

"아, 그러니까……."

난데없이 중요한 결정을 떠맡게 된 백작은 속으로 정신없이 방황했다.

'어, 어쩌지?'

공작의 편을 들어야 하나?

'아니, 그랬다가 왕실의 눈 밖에 나기라도 하면……. 바르테즈 왕세자의 성질이 개 같은 건 모두가 아는 사실인데.'

그럼 왕세자의 편을 들어야 하나?

'하지만 그랬다가 반대로 메이하드 공작의 미움을 사면? 공작의 영지는 여기서 가까워. 보복한다면 분명히 큰 피해가…….'

모르가나 백작의 얼굴이 점점 울상이 되었다. 어느 쪽도 쉽사리 선택할 수가 없었다.

'어, 엄마…….'

이럴 땐 대체 어떻게 해야 하나요.

마음 약한 중년 남성인 모르가나 백작이 돌아가신 모친을 떠올릴 때였다.

"아버지."

복도 한쪽의 방문이 달칵 열리며 어린 소녀가 걸어 나왔다. 잠기운이 묻어나는 얼굴을 한 소녀는 바로 모르가나 백작의 딸, 그레이스 모르가나였다.

"그레이스! 평소처럼 더 자지 않고 왜……."

"밖이 소란스러운 것 같아서요. 무슨 일인가요?"

백작에게 다가온 그레이스가 바르테즈 왕세자와 그의 가슴께에 달린 왕실 배지를 발견하고는 꾸벅 예를 올렸다. 인사하는 모습에서 흠잡을 만한 구석을 찾아볼 수 없었다.

'그러고 보니 백작의 딸이 무척 총명하다고 했던 것 같은데.'

일레나가 지나가듯 들었던 말을 떠올릴 때, 모르가나 백작이 무릎을 굽혀 딸과 눈을 맞춘 채 주저주저 입을 열었다.

"실은 말이다……."

속닥거리듯 작은 목소리로 그가 딸에게 자초지종을 설명했다. 이야기를 모두 들은 그레이스가 고개를 돌려 일레나와 왕세자를 쳐다보았다. 곧 소녀의 입이 열렸다.

"이렇게 하는 건 어떠세요?"

"뭐?"

"백작령과 인접한 곳에 허만 산맥이라는 곳이 있어요."

"그런데? 그 산맥이 뭐 어쨌단 말이냐?"

마음이 급해 보이는 왕세자가 채신없게 어린 소녀를 재촉했다. 그레이스는 그와 상반되는 태도로 차분하게 말을 이었다.

"날이 더워지면 산맥에 있는 몬스터 개체가 불어나, 몬스터가 산에서 내려와 종종 백작령을 습격하곤 해요. 그러니……."

"……."

"허만 산맥의 몬스터를 소탕해 주세요. 두 분 중 더 많은 몬스터를 퇴치하신 분께 성검 발굴 권한을 드릴게요."

"무슨, 느닷없이 그게 말이 되는 조건이라고 생각하느냐?"

왕세자가 불쾌한 감정을 드러내며 미간을 찌푸렸으나, 그레이스의 담담한 말투는 변하지 않았다.

"성검은 매우 중요한 유물이죠. 성검에 가까이 접근했을 때 성검을 지키는 결계가 어떤 반응을 일으킬지, 뽑았을 때 무슨 일이 일어날지 아무도 몰라요."

"……."

"몬스터를 소탕하는 건 저희 영지에 도움이 되는 일이기도 하지만, 두 분의 무력을 확인할 방법이기도 해요."

그레이스의 맑고 총명한 눈동자가 일레나와 바르테즈 왕세자를 번갈아 담았다.

"전력이 더 뛰어난 분께 발굴권을 드리는 건 당연한 일이라고 생각해요."

"허, 그런 거야 굳이 확인해 보지 않아도 당연히 왕가인 이쪽이 우세하거늘……."

바르테즈 왕세자가 혀를 찼다. 확실히 머릿수로만 따진다면 병사를 잔뜩 이끌고 온 왕세자가 훨씬 유리해 보이기는 했다.

그러나 일레나는 그레이스의 말을 듣자마자 입꼬리를 끌어 올렸다.

'몬스터 소탕?'

그런 거라면, 이미 이쪽에는 전문가가 있었다. 일당백, 아니, 일당 천이라고 해도 좋지 않을까.

일레나가 믿음이 가득 담긴 눈으로 카이휜을 올려다보았다. 카이휜은 그녀의 눈길을 받고 멈칫하더니 이내 작게 고개를 끄덕였다. 믿어도 좋다는 뜻이었다.

그리고 그 모습을 마침 바르테즈 왕세자가 시야에 담았다. 그는 카이휜과 일레나를 못마땅하다는 듯 쳐다보더니, 이윽고 무슨 생각을 떠올렸는지 입술 끝을 한쪽만 비쭉 당겨 올렸다.

"그래, 그 조건을 받아들이지. 단."

"……?"

"저쪽은 공작 부인도 소탕에 참여해 줘야겠어."

'뭐?'

일레나가 휙, 소리가 날 정도로 고개를 돌렸다. 그녀의 시선을 받은 바르테즈 왕세자가 태연히 어깨를 으쓱했다.

"왜?"

"……실례지만 전하, 제게 산맥에 올라 몬스터를 잡으라고 말씀하신 게 맞습니까?"

"맞는데. 뭐 문제라도 있나?"

"보시다시피 전 전력 외입니다만."

"그런 편리한 말로 빠져나가려고? 그건 안 되지. 성검을 발굴하러 여기까지 함께 왔으면, 당연히 발굴 자격을 얻기 위한 시험에도 함께해야 하는 것 아닌가?"

억지였다. 하지만 바르테즈 왕세자는 본래 억지를 부리는 데 도가 튼 인물이었다.

"그게 이치에 맞지 않나. 안 그래?"

'저 새끼가.'

일레나가 기가 막혀 속으로 험한 말을 주워 삼켰다.

'나보고 몬스터 소탕에 끼라고?'

단지 일레나가 소탕에서 일인분의 몫을 할 수 있느냐, 못 하느냐의 문제가 아니었다. 함께 산맥에 오르면, 그녀는 필연적으로 카이휜의 발을 묶게 될 것이다.

'남편이 날 지키느라 거의 움직이지 못할 게 뻔하잖아.'

적극적으로 산맥을 누비며 몬스터를 잡아도 모자랄 판에, 그렇게 되면 어느 쪽이 유리할지는 뻔했다. 일레나가 이글거리는 눈빛으로 왕세자를 쏘아보았다.

"부인—"

카이휜이 일레나에게 뭔가 말하려는 순간, 돌연 그녀의 눈이 반짝였다.

"좋습니다."

"뭐?"

"좋다고 했습니다, 전하. 전하의 말씀대로 저도 소탕에 참가하지요."

왕세자의 얼굴에서 찰나 비열한 웃음이 사라졌다. 일레나가 순순히 받아들일 줄은 몰랐는지, 그의 미간에 의문 섞인 주름이 졌다.

"부인, 위험합니다."

"괜찮아요. 당신이 지켜줄 거잖아요. 당신 곁에서 안 떨어질게요."

"그래도……."

"걱정 마요."

남편을 향해 부드럽게 웃어준 일레나가 곧 웃음기 하나 없는 얼굴로 왕세자를 돌아보았다.

"전하, 계약서 쓰시죠."

"뭐라고?"

"어느 한쪽이 결과에 불복하는 일이 일어나서는 안 되지 않겠습니까? 이 자리에서 계약서를 쓰는 것이 문제의 소지를 차단할 수 있지 않을까요?"

"……."

일레나의 의중을 읽으려는 것처럼 그녀의 얼굴을 유심히 들여다보던 왕세자가 이내 고개를 돌려 외쳤다.

"백작, 당장 가서 종이와 펜, 그리고 지장을 찍을 인주를 가지고 오게!"

"아, 알겠습니다."

왕세자가 마치 시종을 부리듯 백작에게 명령했다. 소심한 백작이 헐레벌떡 자리에서 사라졌다.

여전히 걱정스러운 눈으로 일레나를 내려다보던 카이휜이 그녀에게 속삭였다.

"꼭 성검이 필요하다면, 우선 넘긴 다음에 훔쳐다 주겠습니다."

일레나가 눈을 동그랗게 뜨고 카이휜을 올려다보았다.

'남편이 이런 말을?'

훔쳐주겠다는 말이 너무 자연스러워 놀랐다. 그 와중에 솔깃하기도 했지만, 일레나는 고개를 흔들었다.

"……그 방법도 나쁘지 않지만, 좋은 생각이 떠올랐으니까 그건 최후의 수단으로 아껴둘래요. 그보다 당신, 활 다룰 줄 알죠?"

"활 말입니까? 그야 다룰 줄은 알지만……."

"좋아요. 앤디."

갑자기 호명당한 앤다이든이 움찔했다. 그가 발을 밟히지 않으려는 것처럼 슬금슬금 뒤로 물러났다.

"나 아까 분명 미안하다고 했다. 이렇게 된 줄은 나도……."

"그게 아니라, 너 분명히 모든 종류의 정령을 다룰 수 있다고 했지?"

"어?"

"물, 불, 흙. 전부 다룰 줄 안다고 했잖아. 맞지?"

"어, 응. 맞는데……."

"좋아."

그때 헐레벌떡 사라졌던 백작이 다급하게 돌아왔다. 대단히 빠른 속도였다.

"계약서 작성해."

시종이 나서서 종이에 펜으로 글을 적어 내려갔다. 몬스터를 더 많이 소탕한 쪽이 성검 발굴 권한을 가져간다는 것과, 진 쪽은 반드시 결과에 승복한다는 내용이 종이에 적혔다.

"여기에 하나 더, 내용 추가하죠. 결과에 승복하지 않을 시, 그자의 손목을 자른다."

"……뭐?"

"이 정도 조건은 달아야 잡음이 차단되지 않을까요?"

"허, 그래. 정 원한다면."

왕세자의 눈짓을 받은 시종이 종이에 글을 추가했다.

[단, 결과에 승복하지 못하는 자는 손목을 잘라 내놓는다.]

이내 계약서가 완성되었다. 계약서 하단에 왕세자와 일레나의 지장이 나란히 찍혔다.

"흥."

일레나와 시선이 마주친 왕세자가 그녀를 쏘아보다 유치하게 고개를 꺾었다. 일레나는 반응하지 않았다.

지장까지 찍어 확실한 효력을 지니게 된 계약서는 모르가나 백작의 손에 들어갔다. 손목을 자르니 마니, 살벌한 내용이 적힌 계약서를 떠안은 심약한 백작의 가녀린 속눈썹이 파르르 떨렸다.

조용히 자리를 지키던 그레이스가 이내 입을 열었다.

"그럼, 바로 소탕을 시작하시겠어요?"

모르가나 백작은 일레나 일행과 왕세자 일행에게 백작성의 사람을 각각 두 명씩 붙였다.

2인 1조로 이루어진 그들의 손에는 단검과 자루가 들려 있었는데, 역할은 간단했다. 상대가 몬스터를 죽이면, 그 몬스터의 귀를 잘라 자루에 담는 것이었다. 소탕이 마무리되면 백작성에서 귀의 개수를 세어 누가 더 많은 몬스터를 퇴치했는지 확인하기로 했다.

히힝! 푸르르!

"에잉, 쯧."

말 위에서 바르테즈 왕세자가 가볍게 혀를 찼다.

그는 왕실 기사 다섯을 데리고 산맥에 올랐다. 그를 포함한 여섯 명은 전부 말에 탄 채였다.

산길이 가팔라 말을 몰기 어려울 거라고 그레이스가 분명 조언을 건넸으나, 왕세자는 그 말을 무시했다. 번거롭게 두 다리로 걸어 산을 오르고 싶지 않았기 때문이었다.

그러나 초입이 지나고 산세가 점점 험해지자, 말이 오히려 방해되기 시작했다.

"말을 버리시는 게 낫지 않겠습니까?"

말고삐를 쥐고 씨름하던 왕실 기사 한 사람이 제안했다.

"전진 속도가 느린 것도 문제지만, 만일 실수로 누군가 낙마라도 하면 전력 손실이 클 겁니다."

사실 제일 걱정되는 것은, 전력 손실보다 왕세자가 말에서 떨어져 다치는 것이다. 분명 부상의 책임을 함께 있던 기사들에게 돌리려 할 테니까. 기사는 본심을 꿀꺽 삼켰다.

"어쩔 수 없지."

결국 왕세자가 마지못한 기색으로 말에서 내려섰다. 고삐를 놓고 안장에서 뛰어내리는 몸놀림이 다소 거칠었다. 그는 약간 짜증이 난 상태였다.

'신전에서 정보를 얻었을 때만 해도 손쉽게 성검을 손에 넣을 줄 알았는데…….'

며칠 전, 바르테즈 왕세자는 평소 친분이 있던 대사제로부터 매우 값진 정보를 받았다. 바로 이곳 모르가나 백작령에서 성검이 발견되었다는 것이었다.

그는 정보를 입수하자마자 왕실 마법사를 전부 동원하여 대규모 마법진을 설치했다. 왕실 마법사들이 며칠간 철야한 끝에 장거리 이동 마법진이 완성되었고, 왕세자는 시종과 호위를 잔뜩 거느리고 손쉽게 왕성에서 모르가나 백작성까지 이동했다.

그때까지만 해도 좋았는데.

'메이하드 공작 부인이라.'

예상치 못한 방해꾼이 있었다. 일레나를 떠올린 왕세자가 이맛살을 찌푸렸다.

감히 제 권위에 주눅 들지 않고 또박또박 말대답하는 것도 신경에 거슬렸는데, 그녀 때문에 하지 않아도 될 헛수고까지 하게 되었다고 생각하니 더 짜증이 났다.

'부부가 쌍으로 아주……. 뭐, 됐어. 차라리 이렇게 된 거, 내기에서

지고 좌절하는 얼굴을 보는 것도 재미있겠군.'

바르테즈 왕세자는 일레나의 하얗고 오밀조밀한 얼굴이 실망과 낙담으로 얼룩지는 모습을 상상했다. 묘하게 가학심이 자극되었다.

한쪽 입꼬리를 끌어 올린 왕세자가 걸음을 옮기며 허리춤에서 검을 뽑아 들었다.

"계약서 쓰시죠."

"……흥."

먼저 계약서를 쓰자고 나설 만큼 당당했던 상대의 태도가 어딘지 찜찜하긴 했으나, 어디까지나 손톱의 작은 거스러미처럼 아주 약간의 거슬림에 불과했다. 객관적으로 상황과 조건을 따져보았을 때 공작 부인 측에 승산은 없었다.

왕세자가 외쳤다.

"잘 들어라! 이제부터 두 개조로 나뉘어서 몬스터를 학살한다. 너희는 나를 따라 동쪽으로 이동하고, 나머지 셋은……."

"저, 전하!"

그때였다.

한 왕실 기사가 뭔가를 발견한 듯 눈을 부릅떴다. 왕세자는 말이 끊겨 성질이 확 뻗쳤으나, 기사의 심상치 않은 얼굴을 보곤 찰나 화를 눌렀다.

"뭐야?"

"연기…… 연기가 납니다."

기사는 자신이 보는 것을 믿을 수 없다는 양 말을 더듬었다.

"산에 불이 난 것 같습니다!"

"뭐라고?"

왕세자를 비롯한 모두가 기사가 가리키는 곳으로 시선을 돌렸다.

그의 말대로였다. 매캐한 회색 연기가 울창한 나무 사이에서 솟아오르는 것이 보였다. 연기는 적은 양이 아니었다. 누가 봐도 화재라고 생각할 수밖에 없는 모습이었다.

"왜 갑자기 산불이……!"

당황하던 왕세자가 이내 멈칫했다. 그의 머릿속에 일레나의 얼굴이 떠올랐다.

'설마?'

"따라와라!"

왕세자는 연기가 나는 곳을 향해 다급하게 이동했다.

'불을 내서 몬스터의 이목을 끌 심산인가?'

기사들이 왕세자보다 조금 앞장서서 빽빽한 수풀 따위를 베며 길을 만들었다. 기사들이 만들어준 길을 달리며 왕세자가 눈살을 찌푸렸다.

'이렇게까지 해서 몬스터를 모아 소탕하겠다고? 멍청한……!'

다른 곳도 아니고 산이었다. 불이 번지기 시작하면, 걷잡을 수 없게 퍼지게 될 것은 자명했다.

"몬스터다!"

"협공해서 잡아!"

이동하는 길에 왕세자는 두어 마리의 몬스터와 마주쳤다. 다섯 명의 기사가 협공하여 몬스터의 목을 빠르게 베어 넘겼다.

잠시 후, 그들은 연기가 피어오르는 장소에 도착했다. 그러나 왕세자 일행이 목격한 건, 그들이 이곳까지 오며 상상했던 모습이 아니었다.

아니, 맞긴 한데…….

"세 시 방향 두 마리."

앤다이든이 차분하게 말하자, 카이휜이 바로 활시위를 당겼다.

콱! 푹!

"음, 일곱 시 방향 한 마리 접근합니다."

푹!

"이, 이게 무슨……."

바르테즈 왕세자가 잔뜩 당황한 얼굴로 눈을 깜박였다.

불이 난 것은 맞았다. 왕세자의 눈앞에 거대한 불길이 피어올랐다.

단, 그가 염려했던 것과는 달리 불이 주변으로 번질 일은 전혀 없어 보였다. 넘실거리는 불꽃 주위로 물이 동그랗게 띠를 이루며 흐르고 있었으니까.

그때 일레나가 넋을 잃은 왕세자를 발견했다. 그녀가 씩 웃음을 머금었다.

'훗.'

일레나가 떠올린 계획은 다음과 같았다.

하나. 불의 정령을 이용해 몬스터의 사체에 불을 붙인다.

둘. 그 불이 사방으로 번지지 못하도록, 물의 정령을 이용해 막는다.

그리고 셋. 바람의 정령이 연기에 섞인 냄새를 최대한 멀리까지 퍼뜨려 주고.

일레나의 예상대로 동족의 시체가 타는 냄새에 반응한 몬스터들이 끊임없이 몰려들었다.

그리고 마지막 넷.

바람의 정령을 통해 사람의 눈이 닿지 않는 곳까지 내다볼 수 있는 앤다이든이 몬스터가 출몰할 때마다 카이휜에게 알려준다.

"여섯 시 방……."

콱! 푸욱!

"……각하, 궁금한 게 있습니다만. 사실 제가 말씀드리기도 전에 이미 보신 거죠?"

"시력이 나쁜 편은 아니라서."

"허."

'탁 트인 평야도 아니고 이렇게 울창한 산에서……. 짐승도 이 정도 시력은 안 되겠다.'

아니면 혹시 눈으로 본다기보다는 기척으로 알아차리는 것일까. 어느 쪽이든, 결코 평범하다고 말하긴 어려웠다. 앤다이든이 내심 혀를 내둘렀다.

카이휜은 몬스터가 일레나의 시야에 들어오기도 전에 화살을 쏘아 족족 처리했다. 덕분에 백작가의 사람들만 정신없이 바쁘게 움직였다.

"헉, 헉. 제발 조금만 천천히 잡아주십시오!"

"귀 자르다가 날 새우겠네!"

모르가나 백작성에서 온 이들이 울상을 지었다. 이대로 가다간 자신들의 다리도, 잘린 몬스터 귀를 보관하는 주머니도 조만간 터져 버릴 것 같았다.

"이건, 이게……!"

곧이어 상황을 파악한 왕세자의 목소리가 벌벌 떨려 나왔다.

"이런 말도 안 되는!"

순간 이성을 잃은 왕세자가 겉옷을 벗어 들고 불길로 달려들었다. 옷을 덮어 불을 끄려는 속셈인 듯했다.

그러나 평범한 불이 아닌 정령으로 피운 불이었다. 왕세자가 가까이 다가가자 불은 마치 기다렸다는 듯 더욱 거세게 타올라 그의 접근을 막았다.

"……!"

거세진 불길에 왕세자가 뒤로 주춤 물러났다. 낭패감으로 얼룩진 그의 얼굴을 보며 일레나가 입을 열었다. 여유 가득한 목소리가 흘러나왔다.

"계속할까요?"

왕세자는 나름대로 최선을 다해 발악했지만, 아무리 해도 꾸역꾸역 몰려드는 몬스터를 단번에 처리하는 카이휜의 속도를 따라잡을 수 없었다.

중간에서 몬스터를 가로채려고도 해 봤지만 소용없었다. 카이휜의 화살은 빠르고, 정확했다. 왕세자가 대동한 왕실 정예 기사의 검보다 훨씬.

"이 일을 잊지 않겠다."

치욕에 떨던 바르테즈 왕세자는 그 말을 남기고 사라졌다. 계약서 때문인지, 그는 생각보다 순순히 퇴장했다. 일레나는 코웃음을 쳤다.

'기억하든지 말든지.'

그 말이 뭐 대단한 협박이나 되는 것처럼 내뱉고 사라진 것이 어이없었다. 그래도 한 가지, 일레나를 흡족하게 만들어준 것이 있었다. 바로 몬스터 소탕에 참여했던 왕실 기사들이 보여준 눈빛이었다.

그들은 백작성을 떠나기 직전까지 카이휜을 동경의 눈으로 흘끔거렸다. 자기들이 협공하여 겨우 넘어뜨린 몬스터를 고작 화살 한 대로 척척 잡는 것을 보았으니, 존경과 선망이 생겨나는 것도 어쩔 수 없었을 것이다.

'후후.'

일레나의 어깨가 위로 솟았다.

'하하!'

콧대도 높아졌다.

남편이 인정받을 때면 왠지 그녀가 더 뿌듯해지는 기분이었다. 일레나는 즐거운 나머지 콧노래를 흥얼거렸다.

하지만 그렇게 고양된 기분은 오래가지 못했다.

"뭐라고요?"

일레나가 믿을 수 없다는 듯 카이휜을 쳐다보았다.

"지금, 날 떼어놓고 가겠다고 말한 거예요?"

왕세자가 백작성을 떠나고, 다음 날 아침 일찍 일레나 일행은 성검을 발굴하러 갈 준비를 마쳤다. 일레나는 당연히 자기도 그 여정에 함께하게 될 줄 알았다.

그런데 출발하기 전, 카이휜이 그녀에게 백작성에 남길 바란다는 의사를 밝힌 것이다.

"위험할지도 모릅니다. 모르가나 영애가 말한 대로, 성검을 발굴하는 과정에서 어떤 일이 있을지 아무도 모르니까요."

"그렇지만……."

일레나의 눈빛이 흔들렸다. 머리로는 남편의 결정을 이해했지만, 마음은 남편과 떨어져야 하는 현실을 받아들이지 못했다.

"그래서 앤디를 데려온 거예요. 셋이라면 괜찮지 않을까요?"

"이곳에 남는 게 부인에게 더 안전할 겁니다."

"나한테 당신 곁보다 안전한 곳이 어디 있다고 그래요?"

일레나의 말에 한 발 떨어져서 상황을 지켜보고 있던 모르가나 백작이 눈을 동그랗게 떴다. 얼굴에 감탄이 번졌다.

'신혼……!'

이내 그의 눈이 촉촉이 젖어들었다. 한때는 그와 아내도 공작 부부와 같았던 적이 있었다. 비록 지금 그의 아내는 맹렬한 부부 싸움 끝에 벌컥 화를 내고는 친정으로 가버렸지만.

'그래…… 한때는 정말 사랑했지……. 한시도 그녀와 떨어져 있고 싶지 않았어. 아아, 여보. 돌아오면 내가 정말 잘할게!'

자기도 모르는 사이 한 중년 부부의 관계 개선에 큰 도움을 준 일레나가 이내 고개를 떨어뜨렸다. 그녀도 알고 있었다. 자기가 억지를 쓰고 있다는 것쯤은.

그렇지만.

"……마음에 걸려요."

"부인."

"애초에 내가 성검을 발굴하러 가자고 했던 거잖아요. 그런데 나는 안전한 장소에 남고, 위험한 곳에 당신 혼자 보낸다는 게……."

"일레나."

카이휜이 손을 뻗었다. 부드러운 손길이 일레나의 머리카락을 귀 뒤로 넘겨주었다.

일레나는 가만히 숨을 죽인 채 제 귓가를 스치는 손가락의 감촉에 집중했다. 귀 뒤 연골에 닿을 듯 말 듯 조심스럽게 머리카락을 정돈해 주는 손길이 어딘지 간지럽기도 하고, 미묘하게 감질나기도 했다.

일레나가 은연중에 긴장하여 등허리에 힘을 주었을 때, 카이퀸이 손을 거뒀다. 그의 입이 열렸다.

"괜찮습니다. 약속할 수 있습니다. 무사히 돌아오겠다고."

"……."

"다치는 곳 없이, 금방 돌아오겠습니다. 그러니 여기서 조금만 기다려 주세요."

일레나는 잠시 공작성에 놔두고 온 토마스, 콜린, 맥스 세 기사를 떠올렸다. 부상이 많이 낫긴 했으나 아직 완전히 회복한 것은 아니라서 일부러 떼어놓고 왔다.

'만약 그들이라도 남편과 함께 보낼 수 있었다면…….'

일레나는 그런 생각을 하다가 곧 고개를 내저었다.

아니다. 만약 기사들이 이 자리에 있었더라도, 남편은 혼자 다녀오는 걸 선택했을 거라는 생각이 들었다.

사실 남편 입장에서는 그게 가장 나은 선택일지도 몰랐다. 남편의 무력을 생각하면, 만일의 사태가 벌어졌을 때 주변 사람은 그에게 짐만 되고 말 테니까.

일레나가 한풀 꺾인 기세로 입을 열었다.

"앤디 잘 써먹어요. 얘는 도움이 될 거예요. 정령술사니까……."

"네."

"위험해지면 꼭 앤디한테 맡기고 도망 나와요."

"야, 나는? 내 안전은?"

말없이 자리를 지키던 앤다이든이 기가 막혀 입을 벌렸다. 그러거나 말거나 일레나는 카이휜과 미련이 뚝뚝 떨어지는 눈인사를 나눴다. 카이휜이 안심하라는 듯 미소 지었다.

"다녀오겠습니다."

'그냥 왕세자한테 성검 발굴권을 넘기고 나중에 훔칠걸.'

백작성에 남은 일레나가 심란한 눈으로 창밖을 내다보았다. 뒤늦은 후회가 밀려왔다. 이게 다 왕세자가 너무 재수 없었던 탓이었다.

'그놈이 조금만 덜 얄미웠어도 편리하게 실리를 추구하는 선택을 했을 텐데.'

2층 티 룸에 앉아 일레나가 길게 한숨을 내쉬었다.

"성검은 왜 발굴하시려는 거예요?"

그때 일레나 맞은편에 앉아 있던 그레이스가 입을 열었다. 일레나의 시선이 티타임 상대인 의젓한 어린 숙녀에게 향했다.

"흠……."

성검은 상징성 덕에 그 자체로 엄청난 가치를 지닌다. 당연히 누구나 탐낼 만한 유물이라는 뜻이었다.

물론 일레나에겐 성검이 필요한 특별한 이유가 있었다.

하지만 그레이스의 질문은 '왜 성검을 원하느냐'가 아니라 '왜 성검을 발굴하느냐'였다. 일반적인 관점에서 '왜' 성검을 발굴하냐는 건 그다지 의미가 없는 질문인데도 불구하고.

"성검을 굳이 발굴해 낼 필요가 없다고 생각하니?"

일레나는 그렇게 질문하곤 문득 생각했다.

'모르가나 백작이 성검 발굴을 포기한 것이 어쩌면, 그의 판단이 아니라…….'

그 순간, 그레이스가 대답했다.

"불안해요."

"불안하다고?"

"성검이 발견된 백작령의 숲 말이에요. 원래는 아무것도 없었어요."

찻잔을 만지작거리며 그레이스가 말을 이었다.

"결계가 성검의 존재를 완전히 감추고 있었던 거예요. 그런데 그 결계의 힘이 약해진 건지…… 갑자기 성검의 흔적이 세상에 드러난 거죠."

그레이스가 찻잔 둘레를 만지작거리던 손장난을 멈췄다. 작고 짧은 손가락이 새삼스럽게 그레이스의 어린 나이를 실감하게 했다.

바꿔 말하면, 그것 외에 그레이스를 제 나이로 보이게 하는 요소는 딱히 없다는 뜻이었다.

"전쟁이 일어나면 어쩌죠?"

"……전쟁?"

"사람과 사람 간의 전쟁을 말하는 게 아니에요. 성검은 인간의 힘으로 죽일 수 없는 걸 죽이기 위해 만들어졌잖아요."

그레이스가 찻잔 근처로 내리깔았던 시선을 들어 올렸다.

"결계로 봉인되어 있던 성검이 세상에 드러난 게…… 어쩌면 곧 전쟁이 일어난다는 경고가 아닐까. 사람의 힘으로는 어쩔 수 없는 전쟁."

"……."

"……그런 생각이 들어서, 성검이 솔직히 반갑지만은 않아요."

일레나는 그레이스의 눈을 들여다보며 침을 꿀꺽 삼켰다.

'총명하다는 건 알고 있었지만…….'

저 정도면 미래를 내다본 수준이었다. 저 통찰력이 열 살 아이의 것이라니.

일레나는 언뜻 바르테즈 왕세자를 떠올렸다. 그런 인간과 이 아이가 한 왕국에 있다니.

'이게 바로 균형일까.'

실없는 생각을 해 보다가 일레나가 입을 열었다.

"괜찮아."

그레이스에게 하는 대답이었지만, 한편으론 일레나 자신에게 해주는 말이기도 했다.

"전쟁이 일어나도, 반드시 우리가 이길 테니까."

망부석처럼 창가에 붙어 시간을 보내던 일레나가 눈을 크게 떴다.

"……!"

남편과 앤다이든이 타고 떠났던 마차가 백작성 부지로 들어오고 있었다.

'카이휜!'

약 반나절에 조금 못 미치는 시간이 흘렀다. 생각보다 빠른 귀환에 일레나가 신이 나 바로 바깥으로 뛰어 내려갔다. 그러곤 멈칫했다.

마차에서 내리는 남편의 모습은 백작성을 갓 떠날 때와는 다소 달라져 있었다.

한 손에는 검을 들고 있었는데, 재킷은 어디로 날려먹었는지 보이지 않았고 셔츠의 단추도 몇 개 풀려 있었다. 아니, 가만 보니 단추가 풀어진 것이 아니라 아예 뜯겨 나간 것 같았다.

"카이휜."

성검을 발굴하면서 무슨 일이 있었던 걸까. 일레나가 걱정스러운 얼굴로 카이휜을 부르며 그에게 다가갈 때였다.

일레나를 발견한 카이휜이 멈칫하더니 뒤로 물러났다.

"……?"

"다가오지 마십시오, 부인."

"네?"

"아, 그러니까…… 피 냄새가 날 겁니다. 몬스터 피 냄새."

앤다이든이 곁에서 설명을 거들었다.

"검을 뽑으니까 결계 안쪽에서 몬스터가 엄청나게 나타나더라고. 산맥에서 잡았던 건 애교였어, 애교."

"겉옷을 벗긴 했는데…… 그래도 냄새가 심할 겁니다."

일레나가 카이휜을 물끄러미 보다 입을 열었다.

"……다친 곳은요?"

"없습니다. 멀쩡합니다."

"역시 가까이서 봐야겠어요."

"아뇨, 부인. 피 냄새가 생각보다 역합니다."

"상관없어요."

"하지만……."

일레나가 한 걸음 다가서자, 카이휜이 난감한 기색으로 그만큼 물러섰다. 두 사람이 만들어내는 양상을 가만 지켜보던 앤다이든이 이내 어깨를 으쓱하곤 입을 열었다.

"어쩔 수 없지. 도와드리죠."

앤다이든이 손가락을 튕겼다.

그 순간.

촤악!

어디선가 갑자기 물벼락이 쏟아져 카이휜을 머리부터 발끝까지 온통 젖게 만들었다.

"……."

난데없이 물에 젖은 생쥐 꼴이 된 카이휜이 당황한 얼굴로 자리에 우뚝 멈췄다.

젖은 머리카락과 얼굴을 타고 물방울이 흘렀다. 얇은 셔츠가 물에 젖어 몸에 찰싹 달라붙었다. 속이 훤히 비치고, 상체의 굴곡이 고스란히 드러났다.

일레나는 눈을 커다랗게 뜨고 그런 카이휜을 쳐다보았다.

눈을 가리거나, 고개를 돌리거나. 예의상 뭔가 그런 행동을 해야 한다는 생각이 들기는 했지만, 본능이 이성을 따르는 것을 맹렬히 거부했다.

"소후작, 지금……."

딱!

카이휜이 앤다이든을 돌아보는 순간, 앤다이든이 다시 손가락을 튕겼다. 그러자 '화르륵' 하는 소리와 함께 주변에 불이 피어오르더니 카이휜의 젖은 몸이 순식간에 말랐다.

삽시간에 뽀송뽀송해진 카이휜을 앞에 두고 앤다이든이 입을 열었다.

"짜잔. 즉석 세탁 서비스입니다."

"……."

"야영할 때나 밖에서 험하게 굴렀을 때 제가 종종 써먹곤 했던 방법이죠."

"……예고를 해줬다면 더 좋았을 텐데요."

"뭐라고 말씀드려야 할지 애매해서요. '제가 지금부터 각하를 쫄딱 젖게 하고 다시 말려 드려도 될까요?'라고 묻기에도 좀……."

사실 솔직하게 말하면 반쯤은 골려줄 의도였다. 그러나 앤다이든이 아닌 척 변명을 늘어놓을 때, 일레나가 그의 정강이를 퍽 걷어찼다.

"윽!"

"앤디 너, 내 남편한테 무, 무슨 짓이야?"

"도와준 거라고 했잖아……. 그보다 말은 왜 더듬어?"

"시끄러워."

앤디의 발을 한 번 더 세게 밟아준 일레나가 카이휜에게 몸을 돌렸다. 카이휜은 일레나가 그에게 다가오는 것을 더는 막지 않았다.

"……괜찮아요? 미안해요. 앤디 얘가 좀 막무가내인 구석이 있어서……. 원래 저 지경까진 아니었는데."

"저 지경이라니."

"아닙니다, 괜찮습니다."

"다친 곳은 정말 없는 거예요?"

"네."

일레나가 카이휜의 몸을 구석구석 살피…… 려다가 목적을 이루지 못하고 눈을 내리깔았다.

이상하게 자꾸만 얼굴이 붉어지고 헛기침이 나왔다. 좀 전에 목격했던 광경이 눈꺼풀에 붙어 떨어지지 않는 것 같았다.

갈 곳을 찾지 못하는 일레나의 시선에 마침 카이휜이 손에 든 검이 들어왔다.

"아."

맞다. 조금 전 장면이 너무 강렬해서 남편이 왜 백작성을 떠났었는지 잠시 잊고 말았다.

"혹시 그 검이…… 성검이에요?"

일레나의 목소리가 조심스러웠다. 성검을 발굴하러 떠났던 남편이 못 보던 검을 들고 돌아왔다. 당연히 성검 외에 다른 선택지를 떠올릴 수 없는 상황이었지만, 그녀의 태도가 조심스러운 데는 다 이유가 있었다.

'볼품없어.'

아니, 정확히 말하면…….

'평범해.'

성검은 다른 여느 검과 딱히 다르지 않았다. 남편의 검이 아니라는 걸 알아본 건, 손잡이 끝에 공작가의 인장이 없기 때문이었다.

그냥 길거리에 굴러다니는 아무 검이나 주워 왔다고 해도 믿을 수 있을 것 같은 생김새에 일레나의 얼굴에 혼란이 어렸다.

카이휜이 잠시 일레나의 시선을 따라 그가 쥔 검을 내려다보곤 고개를 끄덕였다.

"맞을 겁니다. 결계가 보호하고 있던 건 이 검 하나뿐이었거든요."

"맞아요."

그때, 언제 밖으로 나왔는지 그레이스가 세 사람에게 다가오며 말했다.

"고대 문헌에서 읽었던 것과 외형이 일치해요. 혹시 검신을 햇빛에 비춰보셨나요?"

그 말에 카이휜이 묵묵히 검을 들어 올렸다. 그러자 햇빛을 반사한 검날에 연하게 음각된 글씨가 비쳤다.

<테르모어>

"아!"

일레나가 작게 탄식했다. 전설에 기록된 성검의 이름이었다.

비록 지금은 사멸된 언어로 적혀 있었으나, 일레나는 교양 수업 시간에 고대어를 배운 적이 있었다.

"테르모어…… 성검의 이름……."

앤다이든이 중얼거렸다. 그 또한 귀족이라면 일반적으로 받는 기초 교육을 마친 상태였다.

"무사히 성검을 발굴하셨군요. 축하드려요."

그레이스가 카이휜, 앤다이든을 거쳐 마지막으로 일레나를 눈에 담았다. 시선이 오래 머물렀다.

그레이스의 표정과 태도는 아이답지 않게 차분했으나, 그 순간 눈빛만은 어딘지 길 잃은 아이처럼 막막해 보였다.

'티 룸에서 나눴던 대화를 떠올리는 걸까.'

전쟁에 대한 이야기.

일레나가 그레이스를 향해 부드럽게 미소 지었다. 전쟁에서 승리할 거라고 했던 자신의 말은 사실이니, 너무 걱정하지 말라는 듯.

이내 일레나가 다시 카이휜을 보았다.

목적하던 성검을 얻었다.

"돌아갈까요?"

이제는 집으로 돌아갈 시간이었다.

일레나는 기진맥진해서 공작성에 도착했다.

단순히 마차를 오래 탔기 때문이 아니었다. 그보다는, 마차를 타는 내내 이상할 정도로 긴장했기 때문이었다.

'왜 그랬지.'

옆자리에 앉은 남편의 존재감이 유독 크게 느껴졌다. 자꾸만 그가 의식되어 어색하게 흘끔거리다 눈이 마주칠까, 재빨리 창밖으로 시선을 돌리는 걸 몇 번이나 반복했는지 모르겠다.

"후우."

어쨌든 이제는 마차에서 벗어났다. 일레나는 지금 그녀를 긴장시켰던 마차 안이 아니라 넓고 쾌적한 욕탕에 있었다.

'앤디는 잘 돌아갔겠지.'

앤다이든과는 백작성에서 바로 헤어졌다. 이번 성검 발굴에 함께 고생해 주었으니, 다음에 공작성에 오면 꼭 대접해 주겠다는 일레나의 약속을 받고 앤다이든은 그녀를 떠났다. 그때 앤다이든은 '드디어 풀려났다' 하고 생각하는 듯 홀가분한 표정을 짓고 있었다.

'조만간 후작가에 안부 편지 보내야겠네.'

일레나는 그렇게 생각하며 욕조에 몸을 담근 채 여독을 푸는 시간을 가졌다. 아비가 골라준 입욕제는 과연 피로 회복에 탁월했다.

목욕을 마친 후, 일레나는 벤을 불렀다. 성검 보관에 관해 재차 단단히 당부하려는 목적도 있었지만, 그보다는 마음에 걸리던 것을 확인하기 위해서였다.

'왕세자가 남편을 보자마자 얼굴을 찌푸렸던 게 신경 쓰여.'

지나친 반응이었다. 소문과 얼룩 때문에 남편을 꺼리는 사람이 많다는 것은 알았지만, 그렇게 대놓고 격렬한 반응을 드러내는 건 처음 봤다.

'어쩌면…….'

"마님, 부르셨습니까?"

"벤. 잘 왔네. 다름이 아니라 묻고 싶은 게 있어서 불렀어. 혹시 바르테즈 왕세자……."

남편과 왕세자의 사이가 나쁜 것이냐고 물으려 했다. 그런데 말을 채 끝맺기도 전, 벤이 눈을 부릅뜨며 목뒤에 손을 가져갔다.

"컥!"

"벤?"

"바르테즈…… 왕세자…… 커헉!"

"벤, 정신 차려! 진정하게!"

잠시 후, 벤은 겨우 평상시 상태로 돌아왔다.

"후우…… 죄송합니다, 마님. 혹시 제가 전에 특정 이름만 들으면 감정적이게 된다고 말씀드렸던 것을 기억하십니까?"

일레나는 늙은 벤이 당장에라도 어떻게 될까 걱정하는 눈으로 그를 살피며 기억을 더듬었다. 어렴풋이 기억이 떠오를 듯 말 듯했다.

그러고 보니 토마스에 대해 처음 이야기를 나눴을 때 비슷한 말을 들었던 것도 같았다.

"응, 기억해."

"바르테즈 왕세자는 그중에서도 가장 격렬하게 저를 감정적으로 만드는 이름입니다."

일레나의 표정이 굳었다. 어떻게 받아들여도 결코 좋은 뜻으로 해석되지 않았다.

"왕세자가 내 남편을 어떻게 대했지?"

"모두 말씀드리자면 끝도 없습니다. 그저 행동, 말투 하나하나에 주인님을 괄시하고 멸시하는 티가 묻어났다고 생각하시면 됩니다."

벤이 몸을 바르르 떨었다. 떠올리기만 해도 기분이 불쾌해진다는 듯.

"특히 그 자식의 가장 어처구니없는 부분이 뭔지 아십니까?"

그 자식. 왕세자를 지칭하는 것치고는 퍽 불경한 표현이었으나 어차피 듣는 사람은 일레나 한 사람뿐이었다. 일레나는 당연하게도 벤의 과격한 호칭을 지적하지 않았다.

"뭔데?"

"바르테즈 왕세자는 사실 마스터 시드리온에게 열등감을 품고 있습니다."

"뭐?"

"왕세자의 머리 색과 눈 색이 무척 평범하다는 건 이미 아실 겁니다."

"그렇지."

일레나가 고개를 끄덕였다.

밀빛 머리에 갈색 눈동자. 사람이 많은 대로를 걷다 보면 세 걸음에 한 번씩은 마주칠 머리와 눈동자 색이었다.

"바르테즈 왕세자는 어릴 때부터 그 사실에 심한 열등감을 품었습니다. 왕세자인 자기는 특별해야 하는데, 그렇지 못하다고 생각했던 모양이죠."

"흠……."

"그러다 마스터 시드리온을 보게 된 겁니다."

"어떻게 된 건지 대략 알겠군."

일레나는 시드리온의 외양을 떠올렸다.

눈부신 금발에 찬란한 금색 눈동자.

그의 외관은 시드리온을 고결한 천사처럼 보이게 하기도 했지만, 또 한편으론 동화 속 '왕자'를 떠올리게 만들었다.

'자기한테 없는 걸 흑탑주가 가지고 있으니, 질투심과 열등의식이 생겨난 거군.'

"그런데 그 사실과 내 남편에게 함부로 행동하는 것 사이에 무슨 관계가……."

중얼거리던 일레나가 곧 눈살을 찌푸렸다. 설마. 아닐 거라고 생각하고 싶지만, 그것 외에는 딱히 떠오르는 이유가 없었다.

"……설마, 흑탑주와 내 남편이 친구라서?"

"예. 바로 그겁니다."

"무슨…… 흑탑주에게 열등감이 있으면, 흑탑주에게 풀어야지?"

"마스터 시드리온은 자길 건드리는 사람을 가만히 놔두는 성격이 아니니까요."

고개를 내저은 벤이 한숨을 쉬었다. 답답함을 비롯한 여러 감정이 표정에 복잡하게 묻어났다.

"직접 보신 적은 없겠지만, 마스터 시드리온의 성격이 보통이 아니라는 것은 전에 따로 들어 알고 계실 겁니다."

'그렇긴 하지.'

일레나는 시드리온이 자기 심기를 건드린 어느 대부호의 저택을 통째로 날려 버렸다는 일화를 들은 적이 있었다. 확실히 보통 성격은 아니었다.

"……그래서 흑탑주는 건드리면 뒤탈이 있을 테니 차마 못 건드리고, 가만히 있어서 자기 눈에 만만해 보이는 내 남편에게 대신 화풀이하는 거다?"

벤이 바로 맞혔다는 듯 고개를 끄덕거렸다.

"정확합니다."

일레나는 말문이 턱 막혔다.

'이거 완전 머저리 아니야?'

직접 겪어봤기 때문에 왕세자가 멀쩡한 인간이 아니란 건 잘 알고 있었지만, 그래도 설마 이렇게까지 수준 낮을 줄 몰랐다. 충격과 공포였다.

이윽고 일레나는 연민을 느꼈다. 타인을 향한 연민이 아니었다.

'저런 자식이 훗날 왕이 된다니…….'

이 나라, 과연 괜찮은 것일까. 자신은 왜 하필 이런 왕국의 국민으로 태어났단 말인가.

스스로를 가엾게 여기던 일레나가 이내 한숨을 내쉬었다.

짜증이 났다.

'왕족이라서 확 어떻게 해버릴 수도 없고.'

시드리온이 왕족 앞에서도 자기 성질대로 행동할 수 있는 건 흑탑이 독립된 단체기 때문이었다. 흑탑은 왕성과 협력하는 관계일 뿐 그들에게 복종해야 하는 위치가 아니었다. 왕국에 종속된 직위를 가진 일레나와 카이휜과는 경우가 달랐다.

'산맥에서 실수인 척 한 대 칠걸.'

정신없는 와중이었으니, 남의 눈을 피해 뒤통수 한 대 정도는 갈길 수 있었을지 모르는데.

뒤늦게 아쉬워하는 일레나의 눈에 문득 벤의 표정이 들어왔다. 평소에도 혈색이 좋은 편은 아니었지만 오늘은 왕세자 때문인지 한결 파리했다. 일레나는 집사의 얼굴을 안타깝게 쳐다보다가 문득 입을 열었다.

“벤, 내가 재미있는 이야기 하나 해줄까?”

“재미있는 이야기요?”

“성검을 발굴하기 전에 있었던 일인데…….”

그녀는 모르가나 백작령에서 왕세자와 성검 발굴권을 놓고 경쟁을 벌여 승리했던 이야기를 벤에게 최대한 실감 나게, 그리고 상세히 들려주었다. 특히 왕세자가 겉옷을 벗어 들고 불길을 향해 우스꽝스럽게 달려들었던 일은 강조해서 두 번 이야기했다.

“하하! 그거 완전 꼴좋군요! 제가 그 자리에서 전부 지켜봤어야 했는데, 껄껄!”

속이 시원하다는 양 웃음을 터뜨리는 벤의 얼굴에 혈색이 돌았다. 일레나는 핏기가 돌아온 집사의 주름진 얼굴을 보며 흐뭇해했다. 화기애애한 시간이었다.

앤다이든은 하늘을 날아 이동하는 중이었다. 그렇게 얼마나 이동했을까. 지상에서 무언가를 발견한 그가 입을 열었다.

“실피, 잠깐만.”

이내 그의 몸이 공중에서 바닥으로 천천히 내려앉았다. 지상에 내려선 앤다이든 앞에는 웬 남자가 서 있었다.

"안녕, 앤다이든."

"내가 여길 지나갈 거라는 건 어떻게 알았어?"

"알잖아. 내가 종종 한 치 앞을 내다볼 수 있다는 걸."

"그 능력으로 내 모습을 봤다는 거군. 하여간, 언제 들어도 놀라운 능력이야."

"과찬인걸. 내 눈에는 네 정령술이 더 좋아 보이니까."

어깨 아래까지 내려오는 장발을 하나로 묶은 남자가 빙긋 웃었다. 남자의 머리카락은 흑갈색이었는데, 빛의 유무에 따라 갈색으로 보이기도 하고 검은색처럼 보이기도 했다. 그의 은회색 눈동자에 앤다이든의 모습이 비쳤다.

"그나저나 내가 준 정보는 좀 쓸모가 있었어?"

"아, 그거."

앤다이든이 한쪽 눈썹을 찡그리며 뒷머리를 긁었다.

"정보가 새어 나갔던데."

"……그래?"

"왕세자가 알고 있더라고. 어떻게 안 건지는 모르겠지만."

"정보원 중에 돈에 눈이 먼 쥐새끼가 있는 모양이네."

남자가 가라앉은 눈으로 중얼거렸다.

비밀에 부쳤던 정보가 새어 나갔다. 그의 아래에 있는 누군가가 사욕을 채우기 위해 정보를 팔아넘겼다는 이야기였다.

"고맙다, 앤다이든. 네 덕분에 길드 내부 정리가 필요하다는 걸 알게 됐어."

"뭘."

"그리고 면목 없다. 네게만 알려준다고 했던 정보인데……."

"됐어. 어차피 성검을 얻었으니까."

"그래?"

"내가 아닌 내 친구가 얻은 거긴 하지만."

그렇게 말한 앤다이든이 잠시 침묵하다 입을 열었다.

"나름대로 진귀한 구경을 하기도 했고……."

앤다이든의 머릿속에 떠오른 건, 다름 아닌 카이휜과 성검을 발굴하는 과정에서 있었던 일이었다.

"저희가 표시해 둔 저 선을 넘으시면 그때부터 결계가 발동할 겁니다. 저는 이곳에서 기다리겠습니다."

카이휜과 앤다이든을 성검이 발견된 숲으로 데려다준 백작성의 마부는 마차를 멈추곤 그렇게 말했다.

두 사람은 마차에서 내려 직접 걸어 결계 안으로 들어섰다. 결계 내부로 들어서자, 갑자기 주변에 안개가 자욱하게 꼈다.

저 멀리 손잡이만 남기고 땅에 묻혀 있는 검이 보였다.

"저게 성검……."

검에 가까이 다가갈수록 안개가 짙어졌다. 나중에는 한 걸음 앞도 보이지 않을 지경이었다.

"잠깐, 각하—"

카이휜은 그 안개 속을 성큼성큼 걸어 단번에 성검을 뽑아냈다.

검은 생각보다 쉽게 뽑혔다. 다만, 문제는 그다음에 일어났다.

"……*몬스터?*"

난데없이 엄청난 수의 몬스터가 울음소리를 내며 나타나 카이휜과 앤다이든을 삽시간에 에워쌌다. 마치 결계가 이 몬스터를 전부 처리해야만 성검을 가지고 나갈 수 있다고 말하는 것 같았다.

몬스터는 환각이나 허상이 아닌 진짜였다. 앤다이든은 그 사실을 카이휜이 벤 몬스터의 녹색 피가 바닥에 흩뿌려졌을 때 알았다.

"윽."

앤다이든이 눈살을 찌푸렸다. 악취가 고약했다.

그리고 그때부터 카이휜은 무슨 생각인지 허리춤의 검을 놔두고 맨손으로 몬스터를 상대하기 시작했다.

"……내가 살다 살다 사람의 악력에 몬스터 목이 꺾이는 걸 보게 될 줄은."

"응?"

"아냐."

카이휜은 능숙하게 맨손으로 몬스터를 때려잡았지만, 워낙 많은 수의 몬스터가 몰려든 탓에 아무래도 상대하는 데 한계가 있을 수밖에 없었다. 결국 마지막 몇 마리는 검으로 베었다.

앤다이든은 왜 카이휜이 저런 비효율적이고 미친 짓을 한 건지 궁금해했는데, 백작성으로 돌아온 후에야 이유를 알게 되었다.

옷을 최대한 더럽히지 않으려는 목적이었던 거다. 단지 일레나가 악취를 맡게 하기 싫어서.

'역시 여러모로 절대 평범한 인간은 아냐.'

고개를 절레절레 저은 앤다이든이 이내 남자를 쳐다보았다.

"참, 그러고 보니 너 이민족과의 전쟁에 참전할 거라며."

"아, 그거."

"진심이야? 위험할 텐데."

"그래도 해야지. 그 정도 공을 세워야만…… 왕성에서 내가 성을 바꾸는 것을 허락해 줄 테니."

"돌아가신 어머니의 성으로 바꾸겠다고 했나?"

"응."

남자가 단호한 눈빛으로 앤다이든의 시선을 마주하며 대답했다.

"데넌 트레시스로 사는 삶은 이제 됐어."

"……."

"남은 인생은, 데넌 밀리스토로 살아가려고."

"그래…… 너도 참, 생물학적 아비를 잘못 만나 고생이 많다."

앤다이든이 혀를 찼다.

남자의 아버지인 트레시스 자작이 얼마나 쓰레기 같은 작자인지는 익히 들어서 잘 알고 있었다. 남자, 데넌이 그런 아버지를 혐오하고 그의 그늘에서 벗어나기 위해 고군분투한다는 것 또한.

"나와 함께 탑의 시험을 치렀던 인간 중에 사연 없는 사람은 없었지만…… 왠지 데넌 너는 그중에서도 유독 응원하게 된단 말이야."

"그 응원, 사양하지 않고 고맙게 받을게."

앤다이든이 데닌을 뚫어져라 쳐다보았다. 곧 그가 아쉽다는 듯 자기 턱을 매만졌다.

"나한테 여동생이나 누나가 있었다면 좋았을걸."

"응?"

"그럼 너와의 결혼을 주선했을 텐데. 물론 네가 이민족과의 전쟁에서 무사히 돌아온 이후의 이야기지만."

"하하, 네 눈엔 내가 그만큼 괜찮은 신랑감이란 거지? 나쁘지 않은 칭찬인걸."

"꼭 너처럼 좋은 여자랑 결혼해라. 결혼식 때 나 부르고."

"그래."

"혹시 부케 던지고 싶어지면 말해. 받아줄 테니까. 신랑이 던져도 되는 건지는 모르겠지만."

"뭐?"

앤다이든이 대답하는 대신 뒤로 몇 걸음 물러서며 설렁설렁 손을 흔들었다.

"어쨌든 인사 나눴으니 난 다시 갈 길 간다. 기회 되면 다음에 또 보자."

"앤다이든."

"왜?"

"너 나와 탑에 오를 때…… 원하는 만큼 강해져서 꼭 은혜를 갚고 싶은 사람이 있다고 했잖아."

"……."

"그건 어떻게 됐어? 갚았어?"

앤다이든이 데닌을 가만 보다 픽 웃었다. 후련해하는 것 같기도 하고, 다소 안심하는 것 같기도 한 웃음이었다.

"뭐, 그럭저럭."

성검 테르모어.

기록에 따르면 지금으로부터 약 천 년 전, 제국의 건국왕 레메테우스 1세가 사용했던 검이다. 레메테우스 1세는 성검을 이용하여 인류가 당해낼 수 없었던 어떤 사악한 적을 인세에서 몰아냈다고 했다.

'아쉽게도 그가 몰아낸 '사악한 적'에 관해선 기록이나 증거가 전혀 남지 않아서 전설로만 여겨지지만…….'

레메테우스 1세가 세운 제국은 백여 년 만에 그 끝을 맞이했다. 영토 분쟁이 발발하며 결국 다시 여러 개의 왕국으로 쪼개진 것이다.

학자들은 그 과정에서 성검 및 다른 유물에 대한 대부분의 기록이 소실되었을 거라고 판단했다.

일레나는 성검에 대해 생각하다가 문득 시선을 들었다. 먼저 잠든 남편의 날렵한 콧대와 반듯한 이마, 단정하게 다물린 입술 같은 것이 보였다.

일레나의 시선이 약간 아래로 내려갔다. 남성적인 목울대를 지나 살짝 벌어진 셔츠 깃과 떡 벌어진 가슴이 눈에 들어왔다.

'……꿀꺽.'

자기도 모르게 침을 삼킨 일레나가 이내 퍼뜩 정신을 차렸다.

'뭐 하는 거야?'

여기서 왜 갑자기 침이 넘어간단 말인가. 일레나가 허둥지둥 시선을 다시 카이휜의 얼굴로 옮겼다.

"……."

남편은 숨소리도 내지 않으며 곤히 잠들어 있었다.

'많이 피곤했나 봐.'

일레나는 잠든 남편의 얼굴을 빤히 보며 눈을 깜박였다. 평소엔 잠자리에 마주 보고 누워 도란도란 이야기를 나누다 일레나가 먼저 눈을 감았는데, 오늘은 웬일인지 그녀보다 남편이 먼저 잠들어 버렸다.

'하긴, 그럴 만도 하지.'

남편은 지난 이틀간 꽤 강행군을 했다. 특히 성검을 얻는 과정에서 수많은 몬스터를 상대했다고 하니, 그때 쌓인 피로가 만만치 않을 것이다.

잠든 남편을 관찰하듯 물끄러미 보던 일레나의 시선이 언뜻 그의 어깨로 향했다.

'오늘…….'

성검을 발굴해서 백작성으로 돌아왔을 때의 남편의 모습이 떠올랐다. 셔츠 단추가 거의 절반이나 날아가고, 겉옷은 입지 않은 채였지.

'……흉터, 신경 쓰이지 않았을까.'

남편의 어깨에는 오래된 화상 자국이 있었다. 단추가 뜯겨 나갔으니, 어쩌면 움직이다 옷깃이 벌어져 흉터가 드러났을지도 모르는데.

단지 몬스터 피 냄새가 난다는 이유로 남편이 겉옷을 벗었다는 사실이 신기했다. 대체 얼마나 냄새가 역했으면 그랬을까 싶은 생각이 들면서도, 한편으론 조금 기대가 되었다.

'혹시…….'

조금 옅어진 것이 아닐까, 저 흉터. 당연히 몸에 남은 흉터에는 별 변화가 없겠지만, 어쩌면 남편의 마음속에서 전보다 존재감이 희미해진 것은 아닐까.

'그랬으면 좋겠다.'

일레나는 그런 희망을 담아 남편을 쳐다보다가 눈을 감았다.

'없애 버리고 싶어, 진짜…….'

남편의 고통스러운 과거도. 저 흉터도. 처음부터 없었던 것처럼 싹 사라지게 만들 수 있다면 좋을 텐데.

일레나는 눈을 감고 얌전히 잠을 청했다.

'꿈에 전 공작 부부랑 둘째 아들놈 나와라. 꼭 나와라.'

부디 이번에도 지난번처럼 꿈에서나마 남편의 가족에게 복수해 줄 수 있기를 간절히 바라면서.

"부인."

남편의 목소리가 들렸다. 일레나는 반사적으로 고개를 돌렸다.

"카이휜?"

그러곤 깜짝 놀랐다. 남편이 성검을 가지고 백작성으로 돌아왔을 때 그랬던 것처럼 물에 흠뻑 젖은 모습을 하고 있었던 것이다.

"세상에, 당신! 왜 이렇게 젖어 있어요?"

심지어 남편은 그때처럼 고작 셔츠 한 장 차림이었다. 단추도 절반쯤 뜯겨 있어 물에 젖은 맨가슴이 고스란히 드러나 있었다.

"옷은 왜 또 그렇게…… 안 되겠다. 하녀에게 새 옷이랑 수건을 가져오라고 할게요."

눈 둘 곳을 찾지 못한 일레나가 허둥지둥 하녀를 부를 설렁줄을 찾았다.

그런데 뭔가 이상했다. 침실의 풍경이 그녀가 아는 것과 달랐다.

'응?'

일레나는 눈을 깜박이며 천천히 주변을 둘러보았다.

'여긴…… 내 침실이 아니잖아.'

하지만 그렇다고 완전히 생소한 장소도 아니었다. 볼수록 묘하게 익숙한 느낌이 드는 것이…….

'남편 침실?'

곧 현재 장소를 깨달은 일레나가 당황했다. 아니, 자신이 왜 여기에 있단 말인가.

'분명히 내 방에서 잠들었는데.'

잠든 사이에 남편이 옮겨준 것일까?

혼란스러워하던 일레나의 눈에 재차 남편의 모습이 들어왔다.

'아.'

일단은, 남편부터 어떻게 좀 해야겠다. 저대로 계속 젖은 채로 둘 순 없으니까.

일레나가 얼른 설렁줄로 손을 뻗었다. 하지만 그녀의 손은 목적하던 바를 이루지 못했다.

"……?"

카이휜의 손이 튀어나와 일레나의 손을 가로막은 것이다.

"카이휜?"

"일레나."

"……네?"

일레나가 눈을 깜박이며 카이휜을 쳐다보았다. 언제 이만큼이나 다가온 것일까. 남편은 체향이 느껴질 만큼 그녀에게 가까이 와 있었다.

"별론가요?"

"네?"

"내 모습이, 마음에 들지 않습니까?"

"어, 아니…… 그러니까, 저기, 그게 무슨……."

"부인이 이 모습을 좋아해 줄 줄 알았습니다."

끼익.

카이휜이 침대 위에서 몸을 움직였다. 일레나에게 체중을 싣자, 그녀의 몸이 풀썩 뒤로 넘어갔다.

카이휜이 일레나의 위에서 양팔 사이에 그녀를 가둔 채 내려다보았다.

"아닙니까?"

"……!"

"일레나."

"네, 네?"

"나를 봐요."

젖은 셔츠가 찰싹 달라붙어 남편의 몸이 눈앞에 고스란히 드러났다.

일레나가 저도 모르게 홀린 듯 남편의 근사한 근육에 시선을 줄 때, 그의 조각처럼 섬세한 턱선을 타고 물이 한 방울 흘렀다.

일레나의 뺨에 물방울이 톡 떨어졌다. 일레나는 그 물을 맞고서야 번뜩 정신을 차렸다.

'이상해!'

이상했다. 아주 많은 것이.

갑자기 바뀌어 버린 장소, 난데없이 물에 젖어 나타난 남편……. 그리고 마치 다른 사람처럼 변해 버린 남편의 태도.

'이거 혹시…….'

그때 카이휜이 엄지로 일레나의 뺨에 묻은 물을 닦아냈다. 그러곤 그 손으로 그녀의 얼굴을 어루만졌다.

단지 그뿐인데도, 목뒤의 솜털이 곤두섰다. 피부에 머무르는 손의 열기가 무서울 정도로 생생했다.

일레나의 생각이 멈췄다.

"부인."

"……."

"나는 부인을 앞에 두면 다른 생각은 아무것도 할 수 없게 되는데…… 부인은 아닌 건가요?"

"……."

"나한테 집중해 주세요."

'어버버.'

일레나는 입술을 달싹였다. 그러나 말하는 법을 까먹어 버린 사람처럼 아무런 단어도 나오지 않았다.

그사이 손끝으로 일레나의 입술을 가볍게 쓸어내린 카이휜이 천천히 고개를 숙였다.

일레나는 카이휜 아래에 깔려 가까워지는 그의 입술을 멍하니 쳐다보다 퍼뜩 외쳤다.

"자, 잠깐만요!"

"……."

"그게, 그러니까…… 절대 그만하라거나, 하지 말라는 뜻이 아니고요."

황급히 서두를 뗀 일레나가 말을 덧붙였다.

"……옷은 그대로 계속 입고 하나요?"

보기에는 좋지만, 젖은 옷이 아무래도 신경 쓰였다. 멈칫한 카이휜이 그녀의 코앞에서 입을 열었다.

"벗는 편이 좋습니까? 부인께서는?"

"어…… 누구나 다 그렇지 않을까요?"

일레나는 대답하다가 얼굴을 새빨갛게 물들였다. 설마 입맞춤만 할 생각이었나?

'내, 내가 너무 앞서 가버린 건가?'

일레나의 눈동자가 흔들리는 순간, 카이휜이 상체를 일으켰다. 곧 그가 셔츠의 단추를 하나씩 풀기 시작했다.

"……."

일레나는 넋을 놓고 멍하니 그 모습을 바라보았다.

셔츠 단추를 푸는 길고 곧은 손가락. 하나씩 풀어지는 단추. 그리고 조금씩 드러나는 남편의 벗은 몸. 어느 것에서도 눈을 떼기 어려웠다.

곧이어 셔츠의 단추가 전부 풀렸다. 카이휜이 젖은 셔츠를 벗어 침대 한쪽에 내려놓았다. 일레나는 물기가 남은 남편의 맨몸을 말없이 보다가 입을 열었다.

"있잖아요."

"네."

"키스만 할 건 아니죠?"

이 분위기, 이 장소에서. 설마 그럴까.

일레나가 당장 아니라고 대답하라는 눈으로 카이휜을 응시했다. 그런 그녀의 바람에 답해주듯, 카이휜이 미소 지으며 일레나에게 몸을 숙였다.

"……물론 아닙니다."

아주 가까이서 뜨거운 숨결이 느껴졌다. 일레나는 눈을 질끈 감았다. 곧 손 닿지 않는 미지의 어딘가에서 시작된 것 같은 열기가 전신을 감쌌다. 머릿속이 아득해졌다.

그녀가 남편의 넓고 단단한 등에 손톱을 세우며 달뜬 신음을 뱉어냈다.

번쩍.

일레나가 눈을 떴다.

"……."

커튼을 치지 않은 창가에서 빛이 스며들어 와 침실을 밝혔다.

짹짹.

희미하게 새소리가 들리는 것 같았다. 일레나는 천천히 눈을 감았다가 떴다.

'내 침실.'

그녀의 방이었다.

곧이어 일레나의 고개가 대단히 느리게 옆으로 돌아갔다. 어젯밤과 다를 바 없이 단정한 차림으로 조용히 잠들어 있는 남편의 모습이 보였다.

이윽고 일레나의 입이 천천히 벌어졌다.

'아악!'

소리 없는 비명이 고요한 침실 내부를 채웠다.

Chapter 9
큐피드는 누구나 될 수 있다

똑똑, 노크 소리가 들린 후 공작성 집무실의 문이 열렸다.

카이휜이 재빨리 서류에서 눈을 떼고 고개를 들었다가, 곧 다소 실망한 기색으로 시선을 내렸다. 집무실 문을 열고 안으로 들어서던 벤이 그 모습에 멈칫했다.

"……기다리던 분이 계셨습니까?"

"아무것도 아니야."

말을 돌린 카이휜이 묵묵히 서류와 깃펜을 응시하다 입을 열었다.

"그보다 무슨 일인가, 벤? 부른 적 없는 것 같은데."

"아, 다름이 아니라……."

책상 앞으로 다가온 벤이 용건을 꺼냈다.

"슬슬 정규 토벌을 다녀오실 시기가 되어 말씀드리러 왔습니다."

그 말에 카이휜의 시선이 책상 한쪽에 둔 일정표로 향했다.

"……벌써 그렇게 됐나."

곧 카이휜이 고개를 끄덕였다.

"알겠네. 준비하지."

"그럼 물러가 보겠습니다."

벤이 고개 숙여 인사하곤 집무실에서 나왔다.

집무실을 나와 복도를 걸은 지 얼마나 되었을까. 마침 반대편에서 걸어오는 하녀 둘이 속닥거리는 소리가 벤의 귀에 들어왔다.

"요새 공작님과 마님 사이가 전과 좀 달라진 것 같지 않아?"

"너도 그렇게 느꼈어? 나도 그런데."

"맞아. 확실히 달라졌지? 마치 마님께서 공작님을 피하시는 것 같은…… 꺅!"

동료에게 속닥거리던 하녀가 벤을 발견하곤 눈을 동그랗게 떴다.

"왜 그래? 헉!"

동료 하녀도 벤을 보고는 깜짝 놀라 멈춰 섰다.

"……."

어색한 침묵이 흘렀다. 하녀들이 당황하며 벤 앞에서 눈을 내리깔았다.

"저, 집사님."

"그게 아니라……"

"아무리 성 내부라고 해도 듣는 귀가 많다."

"……."

"앞으론 조심해라."

"……네, 집사님."

"유의하겠습니다."

하녀들이 벤에게 고개를 꾸벅 숙여 보이곤 재빠르게 그의 앞에서 사라졌다. 복도에 홀로 남은 벤이 속으로 짧은 탄식을 삼켰다.

'허어.'

조금 전 집무실에서 그의 주인이 누구를 기다리던 건지 이제 알 것 같았다.

'마님…….'

벤은 일레나의 얼굴을 떠올렸다가 이내 고개를 저었다.

그는 일레나를 잘 알고 있었다. 그동안 일레나가 보여주었던 모습을 믿었다.

'아무 이유 없이 주인님을 피하실 분이 아니지.'

뭔가 까닭이 있을 것이고, 주인 내외의 일에 고용인이 끼어드는 건 별로 보기 좋은 모양새도 아닐 터였다.

'무슨 일인지는 몰라도, 하루빨리 해결되기를…….'

벤은 그렇게 생각하며 멈췄던 걸음을 옮겼다. 노집사의 얼굴에는 걱정 외에 다른 감정도 담겨 있었다.

놀랍게도 감격이었다.

'주인님께서 다른 사람 때문에 전전긍긍하고 동요하시는 모습을 보게 되다니.'

한때는 감정을 잃은 게 아닌가 싶을 정도로 매사에 덤덤하던 주인이었다. 특히 타인에게 지나칠 정도로 무심해서 그것 때문에 내심 걱정이 되기도 했다.

안나와 한스의 가족을 구해주었던 것처럼 간혹 타인을 위할 때가 있긴 했지만, 그 행위에 상대를 향한 기대나 감정은 전혀 담겨 있지 않았다.

벤은 무덤덤한 주인을 볼 때면 마음이 아팠다. 그의 주인이 본래 그런 사람이 아니었다는 걸 알고 있었으니까.

타인에게 기대도 품고, 관심도 가지고…….

때로는 욕심도 부릴 줄 알았던 아주 평범한 아이였다. 어렸을 적 그의 주인은.

'……마님께서 이곳에 와주셔서 정말 다행이지.'

벤의 입가에 따뜻한 미소가 번졌다.

복도를 걷던 그가 문득 창밖을 내다보았다. 구름에 가려진 해가 정원에 어렴풋한 그늘을 만들어냈다. 정원의 그늘이 꼭 그의 주인과 마님에게 사이에 드리운 고민거리처럼 보였다.

그러나 벤은 크게 걱정하지 않았다.

언젠가 반드시 해가 구름을 벗어나, 정원을 환하게 비출 것을 알았기에.

'어쨌든 모쪼록 빠른 해결 부탁드립니다, 마님.'

일레나는 고통받고 있었다. 그것도 매우.

"으으."

그녀가 앓는 소리를 내며 손바닥에 제 얼굴을 파묻었다.

며칠 전, 일레나는 꿈을 꿨다. 보통 꿈이 아니었다. 그건…….

'야한 꿈을 꾸다니!'

일레나의 얼굴이 화르륵 타올랐다. 곧 그녀가 서재 책상 앞에 앉아 소리 없이 발버둥 쳤다.

'문제의 그 시기에도 이런 꿈은 꿔본 적이 없었는데……'

십 대 중반. 아이에서 소녀, 소년이 되면서 성(性)에 대한 호기심이 유독 왕성해지는 시기. 그때 간혹 꿈에서 야한 장면을 마주하곤 했다는 경험담은 자주 들었다.

하지만 일레나와는 딱히 관련 없던 이야기였다.

'그래, 분명 그랬는데.'

손바닥으로 얼굴을 쓸어 빼꼼 표정을 드러낸 일레나가 한숨을 삼켰다.

"……미치겠네."

그녀에게서 심란함이 가득 담긴 목소리가 흘러나왔다.

야한 꿈. 그래, 꿀 수도 있다. 그럴 수 있지.

뭐가 잘못되었단 말인가? 딱히 외간 남자를 꿈에 등장시킨 것도 아니었다. 아내가 남편과 그런…… 부부 사이에 마땅히 할 법한 일을 꿈으로 꿨을 뿐이었다. 도덕적으로나, 사회적으로나, 신체적으로나 전혀 문제 될 사안이 아니었다.

그런데 다만…….

'남편 얼굴을 못 보겠어!'

일상생활에 문제가 생겼다.

꿈이 너무 강렬했다. 생생하고, 자극이 강했다.

그것 때문일까. 일레나는 며칠이 지난 지금까지도 꿈속 장면을 머릿속에서 지워낼 수 없었다.

그리고 그로 인해 여태 남편을 제대로 마주하지 못하고 있었다.

'남편 얼굴만 보면 꿈 내용이 저절로 떠올라서……'

막 꿈에서 깨어났던 당일은 말할 것도 없었다. 일레나는 기겁하며 종일 남편의 머리카락조차 보지 않기 위해 피해 다녔고, 그녀의 행동에 대해 남편에게 정확한 설명도 해주지 못했다.

어쩔 수 없었다. 제아무리 일레나가 남들보다 부끄러움을 덜 느끼는 편이라지만, '덜' 느끼는 것이지 '안' 느끼는 것이 아니었다.

'내가 당신 상대로 간밤에 야한 꿈을 꿔서 지금 당신 얼굴을 못 보겠으니 양해해 줘요'라고 남편 앞에서 솔직하게 말하는 건, 차마 시도해 볼 엄두도 나지 않을 만큼 어마어마한 용기를 요구하는 일이었다.

'그래도 며칠, 며칠만 더 참으면…….'

얼굴을 가렸던 손을 아래로 내린 일레나가 비장한 표정으로 생각했다.

그녀는 현재 솔직해지는 데 필요한 막대한 용기를 조금씩 모으고 있었다. 시간이 약이라더니, 하루하루 흐를수록 필요한 용기가 차곡차곡 쌓여갔다. 가늠하건대 오늘까지 대략 절반 정도 되는 용기가 모인 것 같았다.

'용기가 다 차면, 그때 남편에게 사실대로 말하는 거야.'

왜 그녀가 요 며칠 남편을 피해 다닐 수밖에 없었는지. 어색하게 둘러대거나 감추지 않고, 사실 그대로.

'할 수 있어. 힘내자!'

일레나가 의욕적으로 양손을 불끈 주먹 쥐었다. 하지만 이내 서재 책상 위로 힘없이 엎어졌다.

"몰라, 당장 남편 보고 싶어……."

본심에서 파생된 투정이 목소리에 담겨 새어 나왔다.

"침대도 다시 같이 쓰고 싶어……."

일레나는 현재 카이휜과 잠자리를 따로 쓰고 있었다. 제대로 얼굴을 쳐다보지도 못해 피해 다니는 판에 침대를 함께 쓴다는 것은 어불성설이었다.

혼자 쓰는 침대. 자처한 상황이건만, 일레나는 문득 슬퍼졌다.

"카이휜……."

그때였다.

경쾌한 노크 소리가 들렸다.

"마님, 저 메리예요."

"들어와."

일레나가 상체를 빠르게 세운 직후 서재 문이 열렸다.

"무슨 일이야?"

"공작님과 기사분들께서 출발하실 준비가 다 되었다고 해서요."

"아."

"나가보실 거죠?"

"……그래."

고개를 끄덕인 일레나가 몸을 일으켰다.

몬스터의 근거지, 몬스터 둥지, 몬스터 천국.

한때는 그렇게 불렸던 산의 몬스터 대부분을 정리한 뒤, 공작성에서는 석 달에 한 번씩 정기적으로 산에 토벌대를 보냈다. 그리고 두 번 중 한 번, 짝수 번째 토벌에는 꼭 메이하드 공작이 토벌대의 선봉을 맡았다.

오늘이 바로 그 짝수 번째 토벌을 나가는 날이었다.

말에 오르기 전 카이휜이 일레나와 인사를 나눴다.

"조심히 다녀와요."

걱정하는 마음이 부끄러운 감정을 이겼다. 배웅을 나온 일레나는 카이윈과 고작 한 걸음 간격을 두고 서 있었다.

그녀는 내심 뿌듯했다. 이렇게 가까이에서 남편과 얼굴을 마주하고 있는데도 평정을 유지할 수 있었다.

'이 정도라면…….'

"금방 돌아오겠습니다."

일레나가 자만하는 순간 남편의 다정한 목소리가 그녀의 귓가에 흘러들어 왔다. 그와 동시에 그녀의 머릿속에서 꿈에서 들었던 남편의 목소리가 재생되었다.

"내 모습이, 마음에 들지 않습니까?"

"일레나."

"나를 봐요."

"나한테 집중해 주세요."

목소리만 떠오른다면 차라리 다행이었다.

그렇게 말하던 남편의 표정. 그의 몸짓. 일레나의 뺨과 입술을 쓰다듬던 그의 손가락. 그리고 젖은 셔츠를 벗어 던지고 나서 침대에서 그녀와…….

일레나의 머릿속이 매우 바빠졌다. 의도한 바는 아니었지만 끝없이 펼쳐지는 상상의 나래를 멈출 수 없었다.

입이 바싹 마르고 다리에 힘이 들어갔다. 목덜미가 화끈거리고 간지러운 느낌이 들었다.

일레나는 침을 삼켰다. 지금 눈앞에 있는 남편과 꿈속 남편은 아예 다른 사람이란 걸 알면서도, 자꾸만 두 사람이 겹쳐 보였다.

'안 돼. 그만 생각해.'

"부인."

'정신 차려. 그건 꿈이야! 실제 있었던 일이 아니야! 당장 그만…….'

"머리카락에……."

그때, 카이휜이 손을 뻗었다. 일레나의 오른쪽 귀에 그의 손이 닿으려 했다.

그러나 그 직전, 일레나가 소스라치게 놀라며 세 걸음이나 뒤로 물러났다.

"……."

"……."

싸늘한 침묵이 흘렀다.

큰 충격을 받았는지 뻣뻣하게 굳은 카이휜에게서 겨우 목소리가 흘러나왔다.

"……먼지가, 붙어서."

"……."

"떼어주려고…… 그것뿐입니다."

"그, 그렇군요."

일레나가 당황해 눈을 굴리며 말을 골랐다.

'뭐라고 말하지?'

하필이면 너무 자극적인 장면을 상상하던 중에 남편이 손을 뻗었다.

때가 좋지 않았다. 남편의 손이 조금만 더 일찍 다가왔다면 이 정도로 놀라지는 않았을 것이다.

일레나가 어색하기 이를 데 없는 상황과 분위기를 타개할 방법을 찾을 때였다.

카이휜의 입이 열렸다.

"……다녀오겠습니다."

그는 일레나가 마땅한 변명을 생각해 내기도 전에 말에 올랐다. 일레나는 멀어지는 기사들과 남편을 그저 바라볼 수밖에 없었다.

성인 남성보다 배는 더 큰 몬스터가 외마디 비명과 함께 뒤로 넘어갔다.

콱!

쓰러진 몬스터의 목덜미에 검을 박아 숨통을 끊은 토마스가 턱 아래 맺힌 땀을 닦았다.

"후, 이놈은 언제 잡아도 귀찮다니까. 가죽이 원체 질겨서."

투덜거리는 토마스 근처에서는 콜린, 맥스가 비슷한 양상으로 몬스터를 처리하고 있었다.

세 사람은 이번에 조르고 졸라 겨우 몬스터 토벌에 합류했다. 절대 무리하지 않겠다는 각서를 쓰고 일레나 앞에서 낭독한 뒤 맹세까지 마친 후 얻은 수확이었다.

'토벌에 참여할 때마다 실력이 부쩍 느는 기분인데, 절대 놓칠 수 없지.'

세 기사는 최근 실력 향상에 있어 광기에 가까운 집착을 보이고 있었다.

'우리가 강해질수록 마님께서 안전해지신다. 지난번과 같은 일을 또

반복할 순 없어.'

토마스, 맥스, 콜린. 세 사람의 눈빛에 우열을 가릴 수 없는 강한 각오가 서렸다.

그때였다.

녹색 피부를 가진 몬스터 한 마리의 심장을 찌르고 막 고개를 든 맥스가 깜짝 놀라 눈을 부릅떴다.

"공작님!"

"각하!"

이어서 토마스 또한 당황하며 카이휜을 불렀다.

그들이 놀란 데에는 이유가 있었다. 집채만 한 몬스터가 카이휜에게 달려드는데, 카이휜이 다른 데 정신이 팔린 듯 멍한 태도로 가만히 있었던 것이다.

쿠아아!

몬스터가 흉기와도 같은 두꺼운 팔을 카이휜에게 휘둘렀다.

"안 돼!"

"각하, 위험……!"

토마스가 재빨리 몬스터 사체에서 검을 뽑고 막 자리를 박찼을 때였다.

카이휜이 제게 달려드는 몬스터를 쳐다보지도 않으며 오른손을 살짝 움직였다.

서걱!

"……!"

어지간한 사람의 허리만 한 두께의 몬스터 목이 깔끔하게 잘려 나갔다.

"억."

우당탕.

토마스가 요란하게 바닥을 굴렀다. 급히 튀어 나가다 갑작스럽게 발을 멈추는 바람에 생긴 결과였다.

다급하고 초조한 낯으로 '안 돼'를 외쳤던 맥스가 머쓱한 얼굴로 뒷머리를 긁적였다.

"되네……. 보지도 않고 간단하게 처리해 버리시네……."

"쯧쯧, 멍청이들."

셋 중 유일하게 동요하지 않고 평정을 유지했던 콜린이 두 사람을 비웃었다.

"고작 몬스터 따위가 각하께 위협이 될 것 같아?"

"아니, 나도 평소 같았으면 당연히 걱정 안 했지……. 그런데 넋을 놓고 계시니까."

"내 말이."

토마스와 맥스가 카이휜을 흘끔 시야에 담았다.

카이휜의 상태는 여전했다. 주변에서 전투가 벌어지든 말든, 몬스터가 지척에 나타나든 말든 깊은 상념에 빠진 사람처럼 그저 멍하니 서 있기만 했다.

그런데도 몬스터가 그를 공격하면 제대로 보지도 않고 단칼에 해치우는 솜씨가 거의 신기에 가까웠다.

"……확실히 평상시와 달리 넋이 빠진 상태시긴 한데."

"마님 때문이겠지?"

맥스가 목소리를 아주 작게 줄여 말했다. 토마스와 콜린이 서로 시선을 주고받다 고개를 끄덕였다.

"……아무래도 그렇겠지."

"많이 충격받으신 것 같았으니까."

그들은 토벌대원 멤버였다. 때문에 출정 전, 공작 부부가 인사를 나눌 때 자리에 함께 있었다.

일레나가 카이휜의 손을 피해 무려 세 걸음이나 뒷걸음질 쳐 물러나는 것을 목격했다는 뜻이었다.

"마님께서 왜 그러셨을까……."

"다투셨나?"

"에이, 그랬으면 각하께서 저러고 계실 리가. 짚이는 원인이 없으니 충격이 더 크신 거 아냐?"

"말 되는데?"

두런두런 이야기를 나누던 세 기사가 이내 고개를 흔들었다.

"알아서 하시겠지."

"맞아. 우리가 함부로 추측하거나 왈가왈부할 일이 아니지."

"다른 분도 아니고 마님이신데 뭐……."

"우린 몬스터나 계속 잡자!"

"그래!"

실력 향상에 미친 세 기사의 사고 회로가 단순하게 흘렀다. 곧이어 그들의 검이 다시금 부지런히 몬스터를 베고, 찌르고, 넘어뜨리기 시작했다.

그리고 세 기사가 토벌에 집중하고 있을 때.

'……뭘까.'

카이휜은 자신이 잘못한 일을 찾아 맹렬히 과거를 되짚고 있었다.

'뭐가 문제지.'

아내가 그를 피한다.

분명 제게 그 원인이 있을 거라는 생각이 들었지만, 문제는 아무리 고민해 봐도 떠오르는 것이 없다는 거였다.

'산맥에서…… 아니, 그건 아닐 텐데.'

몬스터를 잔인하게 죽이는 모습을 보여주면 아내가 그를 꺼리게 될지도 모른다곤 생각했다. 그래서 카이휜은 허만 산맥에서 몬스터를 소탕할 때 토벌 장면이 아내의 시야에 들어오지 않게 각별히 유의했다.

단 한 마리도 놓치지 않았다. 틀림없이 모든 몬스터가 아내의 시야 바깥에서 죽었다.

'그게 아니라면, 도대체 어디서…….'

검을 쥔 카이휜의 손에 찰나 힘이 들어갔다.

화들짝 놀라며 그의 손길을 피했던 아내의 모습이 다시금 떠올라 뇌리에 아프게 박혔다. 몬스터가 손끝도 대지 못한, 멀쩡한 가슴에서 욱신거리는 통증이 느껴졌다.

본래 타인에게 거부당하는 것은 카이휜에게 아무런 감흥도 주지 못했다. 타인이 그를 기피하고 꺼리는 것은 너무 일상적인 일이라 언젠가부터 눈 하나 깜짝하지 않고 그러려니 하게 되었다.

그런데 이제는 예외가 생겼다.

다른 사람은 여전히 그를 배척하든 피하든 아무 상관없었다. 다만 아내는. 그의 아내만은…….

키이이!

그때 길고 두꺼운 송곳니를 위협적으로 드러낸 몬스터가 카이휜에게 달려들었다.

카이휜이 검을 휘둘렀다. 그의 간단한 손짓에 몬스터의 머리가 처음부터 몸과 분리되어 있었던 것처럼 쉽게 떨어졌다. 카이휜의 오른팔과 어깨로 몬스터의 피가 튀었다.

"……."

다소 역한 냄새가 올라왔다.

이내 카이휜이 입을 열었다.

"……토벌대는 들어라."

자리에 있던 기사 대부분이 카이휜의 신기나 다름없는 몬스터 사냥을 구경하느라 그에게 신경을 집중하고 있었다. 덕분에 그리 크지 않은 목소리에도 순식간에 이목이 쏠렸다.

"오늘 토벌이 끝나면, 성에 돌아가기 전 여관에 들러 의복과 몸을 단장한다."

카이휜의 말에 기사들이 의아한 얼굴로 서로 시선을 교환했다.

'목욕재계한 다음 공작성에 귀환한다는 소리?'

'뭐 하러?'

'지금까지 한 번도 그러신 적 없지 않았나?'

'오늘 유독 몬스터 피를 많이 뒤집어쓰신 것도 아닌데.'

'뭐, 어쨌든 각하께서 결정하신 일이니까…….'

서로 빠른 시선 교환을 마친 토벌대가 우렁차게 대답했다.

"옙!"

"알겠습니다!"

창밖을 내다보며 일레나가 생각에 잠겼다.

'……오해한 것 같았지. 확실히.'

일레나의 머릿속에 떠오른 건 저도 모르게 카이휜의 손길을 피했을 때 그가 보여주었던 반응이었다.

당황한 듯 굳어지던 표정. 설명을 들어봐야 소용없을 거라고 생각했는지, 그녀의 입이 떨어지기를 기다리지 않고 말에 올라 출발해 버렸던 것까지.

"에휴."

창가에 팔꿈치를 얹은 일레나의 입에서 한숨이 새어 나왔다.

'내가 실수한 거지. 오해할 수밖에 없게 행동했으니까…….'

일레나는 남편과 머릿속을 공유할 수 있으면 좋겠다고 아주 잠깐 생각했다.

그럼 굳이 말로 표현하지 않아도 제 감정이나 생각을 솔직하게 전할 수 있을 텐데.

그러나 그 생각은 떠오르기 무섭게 일레나의 머리에서 자취를 감췄다.

'아니, 아니지.'

머릿속을 공유한다면, 그녀가 꿈의 내용을 떠올릴 때마다 낱낱이 공유될 것이 아닌가.

'미쳤어? 안 돼.'

일레나가 고개를 도리도리 흔들었다.

단순히 꿈이 야해서 부끄러운 것이 아니었다. 물론 그것도 큰 요인이지만, 더 중요한 이유가 있었다.

꿈속의 남편은 무려 물에 젖은 셔츠를 입고 일레나를 유혹했다. 실제로 남편이 쫄딱 젖었을 때, 그 모습을 본 일레나의 무의식이 어떤 상상을 했는지 쉽게 짐작해 볼 수 있는 대목이었다.

일레나는 그 사실을 들키는 것이 못 견디게 민망했다.

"이게 다 앤디 때문이야……."

앤다이든이 쓸데없는 짓만 하지 않았어도 이런 일은 없었을 텐데. 일레나는 이 자리에 없는 사람에게 책임을 떠넘기다가 재차 한숨을 쉬었다.

"……돌아오면 솔직하게 말해야지."

꿈속 장면을 자세하게 말할 수는 없어도, 미성년자 관람 불가 등급의 야한 꿈을 꿔서, 그것 때문에 당신 손길을 피했노라고 설명할 수는 있을 것이다.

원래 계획대로라면 며칠 더 용기를 끌어모아야 했지만, 일레나는 남편이 토벌에서 돌아오면 바로 털어놓기로 생각을 바꿨다. 그만큼 마지막으로 보았던 남편의 표정이 마음에 걸렸다.

'언제 오나.'

창밖을 하염없이 쳐다보며 일레나가 발을 굴렀다.

그때, 공작성 하녀가 일레나를 찾았다.

"마님."

"무슨 일이니?"

"모르코 후작님께서 방문하셨습니다."

"모르코 후작?"

일레나는 기억을 더듬었다. 어딘지 익숙한 이름이었다.

'아, 그 그림에 미친 방랑객.'

일레나의 개인적인 감상이 아니었다. 모르코 후작은 유명 인사였다. 저 말은 사교계에 널리 알려진, 그의 뒤를 따라다니는 수식어였고.

'그 모르코 후작이 왜?'

혹시 남편이 그림을 사기로 한 건가. 일레나가 고개를 갸웃할 때 하녀가 말했다.

"지금 성문 앞에서 입성 허락을 기다리고 계십니다만, 어떻게 할까요?"

"흠."

일레나의 고민은 짧았다. 모르코 후작은 특이한 사람이기는 했지만, 그의 인격에 대한 평은 나쁜 편이 아니었다.

'용건만 듣고 나서 돌려보내도 되니까.'

만약 우호적인 목적으로 찾아온 것이라면 반기지 않을 이유가 없었다.

"응접실로 모셔라."

"만나 뵙게 되어 영광입니다, 메이하드 공작 부인. 보코도 모르코 후작입니다."

모르코 후작은 이십 대 후반 정도 되어 보이는 사내였다. 짙은 회색 머리를 깔끔하게 빗질하여 뒤로 넘겼고, 눈동자는 푸근해 보이는 갈색이었다. 외모만 보자면 호감상이었다.

물론 일레나는 멀쩡하게 생긴 사람에게 뒤통수를 맞아봤으므로 바로 마음을 놓지 않았다.

'잉칸도 얼굴과 소문은 멀쩡했으니.'

"반가워요, 모르코 후작님. 공작성에는 어쩐 일로 오셨나요?"

소문은 숱하게 들었지만 실제로 만나보는 건 처음이었다. 일레나는 모르코 후작을 관찰하듯 가만 눈에 담았다.

그림에 미친 방랑객.

방랑객이라는 단어에서 짐작할 수 있듯이, 모르코 후작은 한곳에 정착하지 않고 왕국 곳곳을 누비고 다녔다. 그러면서 마음에 드는 그림을 매입하기도 하고, 자신이 가진 것을 팔기도 했다.

'후작령은 여동생이 대신 다스린다고 했고.'

확실히 특이한 사람이라고 지칭하기에 부족함이 없었다.

일레나가 모르코 후작에 대해 아는 것을 떠올리고 있을 때 후작의 입이 열렸다.

"다름이 아니라, 이 그림의 원본을 그린 분을 알고 싶어서 왔습니다."

"원본?"

모르코 후작이 손을 까딱했다. 그러자 그의 뒤에 서 있던 하인이 웬 액자를 가지고 앞으로 나왔다.

"최근 구입한 그림입니다만, 모작이라고 하더군요."

"……!"

액자 속 그림을 본 일레나가 눈을 크게 떴다.

'저 그림은…….'

"……메리."

일레나가 바쁜 손짓으로 메리를 불렀다. 메리가 다가왔다.

"지금 당장 화실에 가서, 내가 말하는 그림이 있는지 확인해 줄래?"

"알겠어요."

일레나에게서 간단한 설명을 전해 듣고 응접실을 나선 메리가 잠시 후 돌아왔다.

"있어요."

"……그래."

일레나는 놀라서 콩닥거리는 가슴을 안고 모르코 후작이 내놓은 그림을 쳐다보았다.

새하얀 액자를 채운 그림은 다름 아닌 일레나가 그렸던 남편의 초상화였다.

얼굴에서 얼룩도 지우고, 눈동자는 분홍색으로 칠해놔서 실물과는 다소 차이가 있는 초상화.

"모작이 존재한다는 걸 모르셨던 모양입니다."

모르코 후작이 일레나의 반응을 보곤 조심스레 덧붙였다.

일레나는 액자에서 시선을 떼지 못하며 고개를 끄덕였다. 당연한 이야기였다.

"……외부에 내놓은 적 없는 그림이라서요. 음, 지금 굉장히 당황스럽네요."

메리를 통해 그림이 화실에 제대로 보관되어 있다는 것을 확인했다. 도난당한 것은 아니라는 말이었다.

'대체 어떻게 모작이…….'

더군다나 그것이 모르코 후작에게 팔렸다니.

"후작님께 그림을 판 사람이 원본은 메이하드 공작성에 있다고 이야기하던가요?"

"그랬습니다. 쉽게 입을 열려고 하진 않았지만, 제가 하도 성화를 부리니 마지못해……."

일레나가 의문과 당혹감으로 미간을 좁히던 그때, 응접실 한쪽에 도열해 있던 한 하녀가 작게 탄성을 뱉었다.

"어머."

이내 놀란 감정이 담긴 혼잣말이 새어 나왔다.

"저거 바나 그림 아냐?"

나름대로 소리를 죽여 중얼거린 듯했으나, 일레나의 귀는 그 말을 놓치지 않았다.

일레나가 바로 하녀를 돌아보았다.

"바나?"

"아, 마님. 그것이……."

"바나라면, 얼마 전 일을 그만둔 하녀가 아니니?"

정확히는 일레나가 공작성을 떠나 수도에 머무는 동안 그만뒀다. 혼잣말을 중얼거렸던 하녀가 고개를 끄덕거렸다.

"네, 맞아요."

"저 그림이 바나의 그림이라는 건 무슨 말이지?"

"그게, 실은…… 바나가 예전부터 화가가 되는 게 꿈이었다고 제게 종종 말했거든요."

하녀가 일레나의 눈치를 살피며 조심스럽게 말을 이어 붙였다.

"가끔 화실에서 버려지는 종이나 물감이 있으면 그걸 받아서 그림을 그려 보여주기도 했는데……."

하녀의 시선이 모르코 후작이 내놓은 액자로 향했다.

"그때 보여주었던 그림들과 저 그림의 붓 터치 방식이 같아서요. 특히 머리카락을 묘사한 기법이 똑같아요."

'그러고 보니.'

일레나는 문득 떠올렸다. 바나는 공작성에서 일하는 동안 항상 자진해서 화실 청소를 맡곤 했었다.

'……그럼 청소하면서 그림을 눈에 익혀두었다가, 일을 그만둔 뒤 모

작을 그려 팔았다고?'

일레나가 눈을 깜박이며 액자 속 그림을 응시했다. 놀라운 일이었다.

'확실히 옆에 두고 보면서 그린 그림이 아니라 그런지 내가 그린 것과 약간 차이가 있긴 하지만…….'

순전히 기억에 의존해 저 정도 모작을 만들어내다니. 바나가 저지른 행동이 옳다, 그르다 판단하는 것과는 별개로 그녀에게 재능이 있던 모양이었다.

"흠, 아무래도 공작성에 재능 있는 화가 지망생이 있었나 봅니다. 하하."

상황을 파악한 모르코 후작이 객쩍게 웃으며 말을 꺼냈다. 그 말에 동의하던 중, 일레나는 문득 한 가지 의문을 느꼈다.

"그런데 왜 하필 저 그림을 그려서 판 거지? 돈이 될 만한 다른 명화가 많았을 텐데……."

의아함이 담긴 일레나의 중얼거림에 모르코 후작이 대답했다.

"그건 제가 미남 초상화를 구한다고 소문을 냈기 때문일 겁니다."

"미남 초상화?"

"네. 초상화 속 인물이 뛰어날수록 더 비싼 값을 치르겠다고 말을 해뒀죠."

일레나의 입꼬리가 살짝 씰룩거렸다.

'아하.'

뭐, 그래. 확실히 미남 초상화라는 말이 저것보다 더 완벽하게 어울리는 그림은 없을 것 같긴 했다.

'보는 눈이 있구나, 바나.'

앞으로 눈에 띄지만 않는다면 바나의 이번 행위는 용서해 줘도 괜찮겠다는 생각이 들었다.

일레나가 자꾸만 채신없게 하늘로 솟아오르려는 입술 양 끝을 꾹 단속하며 입을 열었다.

"그러셨군요. 참, 그나저나 이 그림의 원본을 그린 사람을 알고 싶어 오셨다고 하셨죠."

일레나는 모르코 후작이 액자를 꺼내놓으며 했던 말을 떠올렸다.

"네, 맞습니다."

"실례가 아니라면 그 사람은 왜 찾으려고 하시는지……?"

'새 그림을 의뢰할 생각인가?'

그림에 미쳤다는 말이 따라다닐 만큼 그림을 좋아하고 관심이 많다더니, 일레나의 화풍이 마음에 들기라도 한 걸까. 일레나가 그렇게 추측한 순간, 모르코 후작이 말했다.

"사실 정확하게 말씀드리자면 제가 알고 싶은 건 이 초상화 속 인물입니다."

"네?"

"초상화 원본을 그린 사람이라면 그림 속 모델이 누구인지 알 테니, 만나서 물으려 합니다."

찰나 일레나의 감이 경고를 보냈다. 느낌이 좋지 않았다.

"……초상화 속 인물이 누군지는 왜 알고 싶으신데요?"

"말씀드리기 부끄럽지만…… 제 여동생과의 혼사를 주선하려고 합니다."

"안 돼!"

일레나가 자리에서 벌떡 일어섰다. 순간 응접실 안의 모든 시선이 그녀에게 쏠렸다.

"……공작 부인?"

"……."

모두의 눈초리 속에서 천천히 다시 자리에 앉은 일레나가 손을 까딱였다. 자리를 비우라는 신호였다.

하녀들이 전부 응접실에서 물러가고, 모르코 후작이 데려온 하인들도 그의 눈짓에 따라 밖으로 나갔다.

조용해진 자리에서 일레나가 입을 열었다.

"만약 그 그림이 초상화가 아니라면요? 실존 인물을 그린 것이 아니라, 상상 속 인물을 그린 거라면 어떻게 하실 건가요?"

"그럴 리 없습니다."

"무슨 이유로 확신하시죠?"

모르코 후작의 갈색 눈이 반짝 빛났다. 그의 얼굴에 자부심이 떠올랐다.

"이래 봬도 아주 어릴 때부터 근 이십 년 가까이 그림을 봐왔습니다. 그리는 재주는 없어도, 보는 재주는 있다고 자신할 수 있습니다."

"……."

"이 그림 속 모델은 실존 인물이 분명 존재합니다. 척 보면 알 수 있습니다. 상상으로 그려낼 수 있는 그림이 아닙니다."

모르코 후작의 목소리에는 강력한 확신이 서려 있었다. 단정적인 어조에서 자신의 판단을 믿는다는 확고한 의지가 느껴졌다.

일레나는 그런 모르코 후작을 가만 보다가 작게 한숨 쉬며 입술을 뗐다.

"그 그림 속 인물이 누군지는 제가 알고 있어요."

"정말입니까? 그렇다면 부디 말씀해 주십시오. 대체 누구……."

"하지만 후작님의 여동생분과 혼사를 추진하겠다는 생각은 단념하시는 게 좋을 거예요."

"예?"

멈칫하는 모르코 후작에게 일레나가 또박또박 말을 이었다.

"그 사람, 결혼했으니까요."

일레나가 저도 모르게 슬쩍 자기 왼손에 끼워진 반지를 매만졌다.

그런데 그때 모르코 후작이 단호하게 받아쳤다.

"그럴 리 없습니다."

"응?"

"저를 속일 생각은 마십시오."

"……속인 적 없는데요? 후작님, 분명히 말씀드리지만 그 초상화 속 미남은 기혼……."

"이만한 미남이 결혼 시장에 나왔는데, 제 여동생이 놓쳤을 리가 없습니다! 절대로!"

지금까지 중에 가장 큰 확신이 담긴 목소리가 응접실 내부에 울렸다.

"……네?"

"제 여동생은 매우 철저합니다. 혈육이라 이렇게 말하는 것이 아니라, 정말로요."

"……."

"이 정도 미남이 신붓감을 구하는데, 그걸 그냥 지나쳤다?"

초상화에 흘긋 시선을 준 모르코 후작이 허, 하고 헛웃음을 뱉었다.

"불가능합니다."

"……."

'농담하는 건가?'

일레나는 황당한 눈으로 모르코 후작을 쳐다보았지만, 그의 얼굴에서는 웃음기를 전혀 찾아볼 수 없었다.

모르코 후작의 심각한 표정에 일레나가 고개를 저었다. 그러곤 몸을 일으켰다.

"사실을 알려 드렸는데 믿지 않으시겠다니, 제가 더 할 수 있는 게 없네요."

"공작 부인."

"초상화 속 미남은 혼인한 게 맞아요. 아내가 있는 몸이니 포기하고 이만 돌아가세요."

대단히 아름답고 매력적인 아내가 있다고 덧붙이는 건 너무 유치한 일인가.

일레나가 내심 고민할 때 모르코 후작이 입을 열었다.

"……그렇다면 한번 만나보게라도 해주십시오."

"만나서 뭘 하시게요? 혼인 주선은 못 하실 텐데요."

"설득해 보겠습니다."

"네?"

"이쪽은 재혼이더라도 상관없습니다. 그러니 최선을 다해 조건을 제시해 볼 생각입니다."

사람은 믿을 수 없는 말을 들었을 때 잠시 사고가 정지하곤 한다. 일레나의 머리가 찰나 멈췄다가 다시 맹렬하게 돌아갔다. 그러니까 저 말은…….

"멀쩡하게 잘 사는 신혼부부를 갈라놓고, 남자를 이혼남으로 만들어 데려가시겠다?"

"아, 신혼이었군요. 좀 까다롭긴 하겠지만…… 괜찮습니다. 차마 거절하기 어려운 조건을 준비했거든요. 그러니 공작 부인께서는 이 미남과 만남만 주선해 주시면–"

일레나는 모르코 후작의 말을 다 듣지도 않고 고개를 돌렸다. 그러곤 응접실 바깥을 향해 크게 외쳤다.

"여기 소금 가져와!"

모르코 후작은 흙이 섞여 못 쓰게 된 소금을 머리 위에 소복이 얹은 채 공작성에서 쫓겨났다.

일레나는 상대를 쫓아내고 나서도 마음이 진정되지 않았다. 그건 다음 날이 되어서도 마찬가지였다.

"정말 좋은 조건을 준비했습니다! 대화라도 나눠보게 해주십시오! 저에게 기회를 주십시오!"

머리에 소금을 얹고 질질 끌려 나가면서도 모르코 후작이 외쳤던 말을 떠올린 일레나가 미간에 주름을 잡았다.

기회?

'도대체 무슨 놈의 기회를 달라는 건지.'

세상에 남의 남편을 빼앗을 기회를 달라고 저렇게 당당하게 외치는 놈은 처음 봤다. 이번 경험을 통해 일레나는 모르코 후작이 어떤 인간인지 확실하게 알게 되었다.

'뻔뻔한 미친놈.'

그림에 미친 인간이 아니라 그냥 미친 인간이었다.

일레나가 모르코 후작을 향한 반감을 떨쳐내지 못하고 있을 때, 카이휜이 물었다.

"……입맛이 없는 겁니까?"

공작 부부는 현재 식당에서 아침 식사를 함께하고 있었다. 지난 며칠간 일레나가 카이휜을 피해 다녔던 탓에, 오랜만에 만들어진 꽤 뜻깊은 자리였다.

다만 문제가 있다면, 그놈의 모르코 후작 때문에 일레나가 쉽사리 식사에 집중하지 못하고 있다는 점일 것이다.

"아, 아니에요. 그냥 잠깐 다른 생각을 하느라……. 주방장 솜씨는 여전히 좋네요."

카이휜은 어젯밤 늦게 토벌에서 돌아왔다. 모르코 후작 일로 정신도 없고 밤이 늦어 피곤했던 터라, 일레나는 남편이 다친 곳 없이 무사한 것만 확인하곤 바로 잠자리에 들었다.

'참, 꿈에 대해서 이야기해야 하는데…….'

일레나가 남편의 얼굴을 흘끔 쳐다보았다.

'……별로 신경 쓰는 기색은 아닌가?'

토벌을 떠날 때 남편이 보여주었던 모습이 마음에 걸렸다. 하지만 지금 보니 딱히 지난 일을 마음에 담아둔 듯한 기색은 아니었다.

'그래도 말하기로 결심했으니까…….'

일레나가 긴장 속에서 목울대를 움직였다.

이제야 식사가 끝나가고 있었다. 일레나가 통 집중을 못 한 탓에 평소보다 식사 시간이 길어진 것이지, 평소였으면 진작 다 먹고 일어났을 것이다.

눈치를 살피던 일레나가 슬쩍 입을 열었다. 우선 사람부터 물려야겠지.

"저……."

그때였다.

"잠시 실례합니다."

메리가 식당 안으로 들어오더니, 일레나에게 다가와 그녀의 귀에 대고 속삭였다.

"어제 소금 맞고 쫓겨났던 그 후작이 다시 찾아왔어요."

일레나의 눈이 번쩍 뜨였다.

"뭐?"

"지금 성문 밖에 서서 기다리고 있는데…… 어쩔까요?"

"어쩌긴 뭘 어째? 그냥 거기서 평생 기다리라……."

대꾸하던 일레나가 문득 카이휜을 시야에 담았다.

'……아니지.'

괜히 그렇게 했다가 모르코 후작이 남편의 시선을 끌기라도 했다간 곤란했다.

일레나는 카이휜과 모르코 후작이 만나게 하고 싶지 않았다. 정확히는 후작에게 남편을 보여주기 싫었다.

"……곧 갈 테니, 그 자리에서 움직이지 말라고 전해줘."

"알겠어요."

메리가 물러갔다. 카이휜이 일레나에게 시선을 주었다.

"무슨 일 있습니까?"

"아무것도 아니에요. 손님이 찾아왔는데, 내 손님이니 당신은 신경 쓸 것 없어요."

고개를 도리도리 저은 일레나가 남편의 시선을 피해 주먹을 움켜쥐었다.

'모르코 후작.'

어쩔 수 없지. 끝장을 봐야겠다.

"공작 부인!"

성문이 열렸다. 곧 성문 사이로 모습을 드러낸 일레나를 보고 모르코 후작이 반가운 표정을 지었다.

"하룻밤 사이 생각이 좀 바뀌셨습니까?"

"내 남편이야."

"예?"

"후작 자네가 어제부터 줄기차게 소개해 달라고 조르고 있는 그 미남, 내 남편이라고."

팔짱을 끼고 선 일레나가 고개를 치켜들어 상대를 내려다봤다.

그녀는 기왕이면 이 사실을 밝히고 싶지 않았다. 남편이 엄청난 미남이라는 것을 혼자만 알고 싶었기 때문이다.

'비밀이었는데.'

하지만 어쩔 수 없었다. 모르코 후작은 대단히 끈질긴 인사로 보였다. 미남의 정체를 밝히지 않았다간 계속해서 거머리처럼 들러붙을 것만 같았다.

"이제 그쪽이 내게 어떤 실례를 저질렀는지 좀 알겠지? 내가 자네에게 말을 높이지 못하는 것도 이해해 주리라 믿어."

"자, 잠깐만요!"

멍청하게 눈을 깜박이던 모르코 후작이 돌아서려는 일레나를 붙잡았다.

"그러니까, 그 초상화 속 미남이…… 공작 부인의……."

"……."

"두 번째 남편이란 말씀이십니까?"

너무 황당한 나머지 일레나의 입술이 살짝 벌어졌다.

"말을 해줘도 모르다니……."

"아니, 하지만 공작 부인의 남편분은 분명-"

말을 내뱉던 모르코 후작이 멈칫했다. 이어 그의 얼굴에 점차 깨달음의 빛이 번져 나갔다.

'내 남편을 본 적이 있나 보네.'

하긴, 남편이 바깥 활동을 전혀 안 하는 건 아니니 한 번쯤 마주쳤을 수도 있다.

"이런, 말도 안 되는…… 어떻게 그 얼룩 아래……."

혼자 중얼거리던 모르코 후작이 마지막 희망을 품고 일레나를 쳐다보았다.

"그림 속 미남의 눈동자는 분홍색이었습니다. 쌍둥이 아닙니까?"

"그냥 분홍색으로 칠해본 거야. 얼룩도 지웠는데 눈동자 색이라고 못 바꾸겠어?"

"……!"

"너무 낙담하진 말게, 후작. 부지런히 찾아보면 어딘가에 내 남편만 한 미남이 한 사람쯤은 더 있겠지. 찾으려면 이 왕국이 아니라 대륙을 방랑해야 할 것 같지만."

일레나의 얼굴에 경쾌한 미소가 어렸다. 승리자의 웃음이었다.

'후후…… 응?'

흡족한 기분으로 몸을 돌린 일레나가 멈칫했다.

'방금 남편을 본 것 같은데…… 착각인가?'

그녀가 눈을 깜박였다.

남편으로 추정되는 실루엣을 먼발치서 얼핏 본 것 같은데, 워낙 한순간이었던 터라 확신할 수가 없었다.

일레나는 고개를 저었다. 잘못 본 것이겠거니 싶었다.

'남편이 뭐 하러 성 입구까지 나왔겠어. 아니겠지.'

그날 저녁, 일레나는 새로 발견한 사실에 혼란스러워졌다. 기분 탓이나 착각이 결코 아니었다.

'남편이 나를 피하고 있어.'

모르코 후작에게 진실을 알려주고 그를 돌려보낸 후. 일레나는 거짓말처럼 종일 남편의 코빼기도 보지 못했다.

'왜?'

처음에는 바쁘다는 말을 곧이곧대로 믿었다. 하지만 집무실에 찾아갔다가 문전박대를 당한 뒤로는, 남편이 일부러 그녀를 만나지 않으려 한다는 현 상황을 인정할 수밖에 없었다.

'왜 그러는 거지? 갑자기 왜?'

일레나의 머리가 치열하게 돌아갔다. 그러나 답을 찾을 수 없었다. 혼자 생각한다고 명쾌하게 원인을 알 수 있는 문제가 아니었다.

"……."

일레나의 눈빛이 변했다.

그렇다면…….

늦은 밤.

일레나가 이미 잠자리에 들었을 시간이 되어서야 공작성 집무실의 문이 열렸다.

카이휜은 조용한 복도를 걸었다. 복도 벽에 그림자를 드리운 그의 얼굴은 무슨 생각을 하는 것인지 표정을 읽기 어려웠다.

곧 카이휜이 그의 침실 앞에 도착했다. 걸음을 멈추고 침실의 문을 열려는 바로 그때였다.

벌컥!

바로 옆방의 문이 열리더니, 일레나가 쏜살같이 튀어나와 그의 팔을 붙잡았다.

"잡았다."

"……!"

카이휜의 눈이 순간 커다래졌다.

"부인, 부인이 어떻게 여기……."

"나랑 얘기 좀 해요."

일레나는 카이휜의 답을 듣지 않고 그의 팔을 잡아끌었다. 카이휜은 미약한 힘에도 순순히 이끌려왔다. 이내 몸을 숨겼던 방으로 남편을 끌고 들어온 일레나가 문을 닫았다.

탁!

문이 요란하게 닫히자마자 일레나가 카이휜을 벽으로 밀어붙였다. 그녀는 입술을 살짝 깨문 채 상대를 올려다보았다.

일레나를 응시하는 카이휜의 눈이 흔들렸다.

"……부인."

"왜 날 피해요?"

"그건……."

"피한 적 없다고, 내 착각이라고 둘러댈 생각은 말아요."

일레나는 주먹을 꾹 그러쥐었다.

용기가 필요했다. 남편이 왜 그녀를 피했는지, 그 이유를 들을 용기가.

심장이 쿵쿵 뛰고, 문득 겁이 나 이 상황을 회피하고 싶은 욕구가 생겼다.

그러나 이대로 도망칠 수는 없었다.

"죄송합니다, 마님. 공작님께서 업무가 바쁘셔서 지금은……."

집무실에서 나온 하인이 일레나의 눈치를 살피며 그녀에게 말을 전했다.

처음이었다. 남편이 그녀의 방문을 거절한 건.

서로가 낯선 타인이나 다름없던 시기에도 일레나가 집무실에 찾아오는 걸 막은 적 없던 남편이었다. 업무가 바쁘다는 핑계를 댔지만, 난처해하는 하인의 표정만 봐도 사실이 아니라는 것쯤은 알 수 있었다.

"……바쁜 업무가 끝날 때까지 안에서 기다리겠다고 하면?"

"아, 그것이…… 오늘은 아무래도……."

"……알겠네."

일레나는 집무실 앞에서 돌아서면서 느꼈던 감정을 지금 이 순간에도 말로 표현하기 어려웠다.

과거, 남편이 아프다는 말을 듣고 그의 침실로 찾아갔지만 출입을 금지당했던 때 같았다.

아니, 그때보다 더 큰 배신감과 충격이 가슴을 에워쌌다.

서러웠고 울컥 화도 났다. 허망하고, 당황스럽고, 한편으론 의문도 들었다.

너무 많은 감정이 휘몰아쳐 뭐라고 정의 내릴 수가 없었다.

다만 그런 와중에도 한 가지는 정확히 알 수 있었다.

'뭐라도 해야 해.'

가만히 있으면, 아무것도 해결되지 않는다.

과거에도 그랬다. 일레나는 무려 야밤에 나무를 타고 올라 2층 발코니를 넘었다. 덕분에 남편이 왜 그녀의 침실 출입을 막았는지 이유를 알 수 있었다.

'이번에도 마찬가지야.'

평소 같았으면 진작 잠을 청하고도 남았을 시각. 일레나는 졸린 눈을 부릅뜨고 남편의 침실 옆방에서 잠복했다.

혹여 졸다가 놓치기라도 하면 어쩌나 걱정도 했지만, 다행히 그녀의 청각은 남편의 발걸음 소리와 인기척에 기민하게 반응했다.

일레나가 심호흡했다.

그녀가 먼저 며칠간 남편을 피해 다녔다는 사실은 일레나의 머릿속에서 삭제된 지 오래였다.

이유를 듣기 전까진 결코 타협할 수도, 물러설 수도 없다는 눈빛으로 일레나가 카이휜을 쳐다보았다.

"말해줘요. 왜 날 피한 건지."

"……."

"그게 어떤 이유라도…… 듣고 싶어요."

"부인 탓이 아닙니다."

벽에 등을 댄 채 일레나를 내려다보며 카이휜이 고개를 흔들었다.

"내 문제입니다. 그러니 부인께선……."

"그러니까 그 문제가 뭔지 알고 싶다고요."

일레나는 문득 전에 남편과 이와 비슷한 대화를 나눈 적이 있다는 사실을 기억해 냈다.

왜 부부간 잠자리를 하지 않는 거냐고 일레나가 따져 물었을 때. 남편은 그저 '내 문제다'라는 말을 하며 한동안 대답하길 회피했다.

결국 그 답을 듣기까지 시간이 얼마나 걸렸더라?

'안 돼.'

이번에도 그렇게 시간을 끌 순 없었다. 그랬다간 성발로 답답해서 가슴이 터져 버리고 말 거다. 어떻게든 오늘 이 자리에서 답을 들어야겠다.

일레나는 각오했단 얼굴로 문 앞으로 다가갔다. 몸으로 유일한 입구를 막고 선 그녀가 입을 열었다.

"이유를 말해주기 전까진 여기서 못 나가요."

"일레나."

"절대 안 비킬 거예요. 알죠? 나 한다면 하는 거."

"……."

"진심이니까, 나랑 여기서 이대로 밤을 지새우고 싶으면 계속 그렇게 입 꾹 다물고 있든가."

일레나가 부리부리한 눈으로 카이휜을 쏘아보았다. 그래 봐야 표독스럽게 보이지도 않았다.

당황한 얼굴로 일레나를 쳐다보던 카이휜이 입을 열었다.

"날을 새우면, 몸에 무리가 갈 겁니다."

"……설마 이 와중에 내 걱정을 하는 거예요? 나 지금 당신 협박하고 있다고요."

카이휜의 목소리에서 걱정을 읽어낸 일레나가 순간 황당해졌다.

"걱정되면 말해줘요, 이유."

"……."

"부탁이에요."

부탁이라는 말에 카이휜의 얼굴에서 이제까지 본 것 중에 가장 큰 동요가 생겨났다.

두 사람의 시선이 허공에서 오랫동안 부딪혔다.

결국 카이휜의 입술이 달싹였다. 귀를 기울여야만 겨우 들릴 만큼 작은 목소리가 새어 나왔다.

"……별거 아닙니다. 단지, 내가 생각보다 한심한 인간이라는 걸 알게 돼서……."

"……한심?"

"그래서 잠시 부인의 얼굴을 보기가 어려웠습니다. 그것뿐입니다."

"그게 무슨 말이에요? 왜 당신이 한심한 인간이에요?"

일레나는 한심한 인간을 제법 많이 알고 있었고, 그들의 이름으로 긴 목록을 작성할 수도 있었지만 당연하게도 남편은 포함되지 않았다.

오히려 그 목록과 가장 관련이 없는 사람이 바로 남편이었다. 일레나가 판단하기에는 그랬다.

"……."

카이휜이 잠시 침묵하다 입을 벌렸다. 그는 마치 고해성사라도 하는 사람처럼 힘겹게 말을 이었다.

"내가 오늘 어떤 생각을 했는지 부인은 짐작도 못 할 겁니다."

"네?"

"독점…… 하고 싶다고 생각했습니다, 부인을."

카이휜은 앤다이든이 잠시 공작성에 머물렀을 때를 떠올렸다. 그때도 앤다이든의 존재가 거슬리고, 가슴 안쪽에서 원인을 알 수 없는 감정이 끓어오르긴 했다.

하지만 참아낼 수 있었다.

표출하지 않고 충분히 억누를 수 있었다.

카이휜은 그럴 수 있었던 이유를 이제야 깨달았다.

그때는 여유가 있었던 것이다. 소꿉친구인 앤다이든이 신경 쓰였지만, 일레나가 우선순위를 카이휜에게 두었으니까. 그래서 앤다이든이란 존재에서 비롯된 거슬림을 무시하고 참을 수 있었다.

하지만 이번엔 달랐다.

아내가 며칠이나 그를 피했다.

심지어 손끝이 닿는 것까지 거부당한 후, 스스로도 몰랐지만 카이휜은 굉장히 불안정하고 초조해진 상태였다.

그러다가…… 보게 되었다.

아내가 그가 모르는 웬 사내와 이야기하는 것을.

"아무것도 아니에요. 손님이 찾아왔는데, 내 손님이니 당신은 신경 쓸 것 없어요."

신경 쓰지 말라고 선을 긋는 것이 마음에 걸렸다. 옳은 행동이 아니라는 것을 알면서도 카이휜은 남몰래 아내의 뒤를 따랐고, 모르코 후작과 일레나가 대화를 나누는 장면을 목격했다.

일레나가 그를 두고 외간 남자와 밀회를 한다는, 그런 저열한 의심이 든 것은 아니었다. 그게 아니라는 건 상대와 아내 사이의 분위기만 보아도 알 수 있었으니까.

그러나 부도덕한 상황이 아니라는 걸 알면서도 카이휜은 순간 가슴을 채우는 독점욕을 어쩌지 못했다.

독점욕.

카이휜은 그때 자신이 느낀 감정에 그보다 더 적절한 이름을 붙일 수 없었다.

"……독점이라뇨, 어떻게요? 좀 더 자세히 말해줘요."

어느새 문 앞에서 멀어져 카이휜과 간격을 좁힌 일레나가 그를 채근했다.

카이휜이 차마 그녀의 눈을 보지 못하고 시선을 비스듬히 내리깐 채 입을 열었다.

그 바람에 그는 일레나가 어떤 표정을 짓고 있는지 미처 확인하지 못했다.

"나만 보고, 나와만 대화하고, 내게만 웃어줬으면 좋겠다고…… 생각했습니다."

"그리고요? 또 있어요?"

"……방해되는 사람은 전부 치워 버리고 싶다는 생각도, 했습니다."

카이휜이 순순히 실토했다.

일레나가 성문 입구에서 모르코 후작을 향해 웃어주었을 때, 카이휜은 순간 안면도 없는 사람을 향해 미약한 살심을 품었다. 그러곤 그 사실에 화들짝 놀라 당장 자리를 피해 버렸다.

카이휜은 저에게 그런 파괴적인 성향이 존재한다는 것도, 자신이 이만큼 욕심이 많은 사람이라는 것도 몰랐다.

한때는 아내가 무사하기만 하면 좋겠다고 생각했다. 그녀가 그저 제 곁에 있어준다면 더 바랄 것이 없다고 여겼다.

그랬던 주제에, 이제는 아내의 애정과 관심이 온전히 저에게만 향하기를 바라고 그녀를 소유하고 싶다고 생각하다니. 자신이 이런 탐욕스러운 인간이라는 것을 들키고 싶지 않았다.

그래서 일레나를 피했다. 지금에 와선 결국 이렇게 실토하게 되어버렸지만.

"……아하."

"……."

"그런데 왜 갑자기 그런 생각이…… 아, 내가 후작과 대화하는 걸 본 거군요. 그때 당신을 봤다고 생각했던 게 착각이 아니었구나."

카이휜의 몸이 움찔했다.

아내의 뒤를 밟았다. 결코 떳떳한 일은 아니었다.

카이휜은 언제부턴가 그에게 전지전능한 권능을 행사할 수 있게 된

아내 앞에서 선고를 기다리는 죄인의 기분으로 침묵을 지켰다.

그때 일레나가 입을 열었다.

"내가 당신을 피했던 이유보다는 훨씬 건전하네요."

"……네?"

"이성이 돌아오고 나니까 생각났어요."

일레나의 목소리는 어느새 차분해져 있었다. 그리고 그 목소리에서 카이휜이 각오했던 실망 따위의 감정은 전혀 찾아볼 수 없었다.

카이휜이 시선을 옮겨 일레나와 눈을 맞췄다.

"당신이 나를 피한 것보다, 내가 당신을 피해 다닌 게 먼저였다는 걸."

"……일레나."

다소 혼란스럽고, 의아한 기색으로 카이휜이 일레나를 쳐다보았다. 일레나의 흰 뺨은 평상시보다 눈에 띄게 상기되어 있었다. 그러나 누가 봐도 분노로 인한 것은 아니었다.

그보다는…….

"이유를 들었으니까 나도 이유를 말해줄게요. 지난 며칠 동안 내가 당신을 피해 다녔던 까닭은, 부끄러워서였어요."

"부끄럽다니……."

"꿈을 꿨거든요. 당신이 등장하는 야한 꿈."

"예?"

"당신이 젖은 셔츠를 입고 나와서 나를 유혹하지 뭐예요."

카이휜의 파란색 눈동자가 지진이 인 것처럼 흔들렸다. 일레나는 동요하는 남편의 눈을 보며 픽 웃었다.

"꿈에서 우리가 얼마나 뜨거운 시간을 보냈는지……."

"……."

"그래서 도망다녔던 거예요. 당신 얼굴을 보기가 정말 어려웠거든요."

카이휜은 뭐라고 대답하면 좋을지 모르겠다는 표정으로 빳빳하게 굳어 있었다. 일레나는 눈을 잠시 내리깔았다가 다시 시선을 올렸다.

피식, 피식.

조금 전부터 자꾸만 실없게 웃음이 나왔다. 표정 관리가 되지 않았다.

"그런데 당신은…… 음, 오해했나 봐요. 그리고 그것 때문에…… 나와 후작이 함께 있는 모습만 보고도 질투하게 된 거고요."

"……."

"그렇죠?"

질투.

생소한 단어였으나, 카이휜은 곧 고개를 끄덕였다. 한때 앤다이든에게서 느꼈던, 그 이유 모를 거슬림과 유치한 적개심의 이름이 무엇이었는지 카이휜은 이제야 정확히 알 수 있었다.

그건 질투였다.

"맞습니다. 질투…… 했습니다."

"헤헤."

일레나가 눈꼬리를 접어 웃었다. 순간 그녀의 미소에 카이휜이 시선을 빼앗겼다

"로잘린이…… 그러니까, 내 친구가 해준 말이 있거든요."

"……."

"질투한다는 건, 곧 사랑한다는 거라고."

"그런데, 서로 사랑하게 되었다는 건 어떻게 알 수 있어?"

일레나가 물었다. 로잘린에게 처음 연애 상담을 했던 그날이었다.
턱을 괸 로잘린이 수월하게 대답했다.

"사랑하면 질투하게 될 거야."

"질투?"

"그 사람이 내 사람이기만을 바라게 될 테니까."

"……."

"나한테만 다정하길, 나한테만 웃어주길. 내가 원래 이런 사람이었나 싶을 정도로 유치한 독점욕이 생길걸."

일레나는 그때 그 말을 듣고 알아들었다는 듯 고개를 끄덕이긴 했지만, 한편으론 가볍게 흘려 넘겼다.

질투와 독점욕이라니.

이때까지 남편이 보여주었던 모습과는 도무지 연관 지을 수 없는 단어였기 때문이다.

'그랬는데.'

일레나는 놀란 듯 조금 커다랗게 변한 남편의 눈을 들여다보았다.

알 것 같았다. 굳이 로잘린의 말이 아니더라도, 이제 확실하게 알 수 있었다.

사람은 간혹 하나를 깨닫고 나면 열을 알게 되기도 한다. 장막을 걷어낸 것처럼, 전에는 흐리고 어렴풋했던 것들이 선명하게 보이는 것이다.

'사랑하는 마음이 10이면, 날 향한 남편의 감정은 5 정도 되지 않을까

생각했던 적 있었지.'

절반 정도 되는 길을 온 것이 아닐까 추측했다.

하지만 그녀가 틀렸다.

남편의 목소리, 눈빛, 몸짓, 말투. 지금 이 상황. 그 모든 것이 남편의 감정이 틀림없이 10이라고 말해주고 있었으니까.

일레나와 가만히 눈을 맞추고 있던 카이훤이 곧 입을 열었다.

"질투가 사랑……."

"한 가지 더 말해줄까요? 나도, 질투했어요."

깨달은 것이 하나 더 있었다. 남편의 마음만 알게 된 것이 아니라, 일레나는 자신의 마음도 깨닫게 되었다.

도대체 언제부터였는지 짐작도 되지 않는 그 순간부터.

그녀는 이미 남편을 사랑하고 있었던 거다.

"당신이 말한 독점욕…… 따지고 보면 나도 할 말 많거든요."

"……."

"하나씩 설명할 수도 없어요. 되짚어보니까, 당신을 독점하고 싶다고 느꼈던 순간이 너무 많아서."

일레나가 카이훤에게 반걸음 더 다가갔다. 카이훤은 그녀를 피하지 않았다. 두 사람의 시선이 오갔다.

"그럼 우리, 서로 사랑하는 거네요."

"……."

"책에서 보면…… 사랑을 깨달은 연인은 보통 그 마음을 확인하려고 키스를 나누던데."

"……."

"어떻게 생각해요?"

카이휜이 손을 뻗었다. 조심스러운 손길이 일레나의 턱을 쥐었다. 손끝에서 숨기지 못한 떨림이 살짝 전해졌다.

"……대단히 좋은 방법이라고 생각합니다."

일레나의 얼굴 위로 그림자가 졌다.

'키스를 하자고 했는데, 뽀뽀로 끝나면 어떡하지.'

입을 맞추기 전 일레나의 머릿속에 잠시 스친 생각이었다. 그러나 결과적으로, 그 생각은 몹시 쓸데없는 걱정이 되었다.

"아, 잠깐…… 흐."

일레나의 몸이 뒤로 밀렸다. 카이휜의 팔이 가느다란 허리를 단단히 구속했다. 그는 한 팔로 일레나의 허리를 감고, 다른 한 손으로 그녀의 머리 뒤를 받쳤다.

처음에는 분명 깃털이 내려앉듯 조심스럽게 시작된 키스였다.

'그런데 도대체 언제 이렇게 됐을까.'

맞닿은 입술을 비비다 남편이 그녀의 아랫입술을 살짝 깨물었을 때?

아릿한 감각에 놀라 약간 벌어진 일레나의 입술 틈으로 남편이 혀를 밀어 넣었을 때?

더 깊은 곳까지 들어오고 싶은 것처럼, 남편이 고개를 틀어 입을 맞춰 왔을 때?

'모르겠다.'

한 가지 확실한 것은, 일레나가 상상하고 기대했던 것보다 훨씬 진하고 깊은 입맞춤이 진행되고 있다는 거였다.

'아.'

꼭 감은 눈꺼풀이 떨렸다. 바르르, 속눈썹에 떨림이 전해졌다.

입술이 진득하게 겹쳐지고, 열기가 입안을 샅샅이 탐할 때마다 생소한 감각이 일레나의 전신을 지배했다.

오싹하기도 하고, 간지럽기도 하고.

어디에서부터 시작됐는지 모르겠는 기이한 열감이 온몸으로 퍼졌다.

입안을 헤집던 열기가 윗니 뒤쪽 입천장을 건드렸을 때는, 찰나 소름이 돋으며 오금에 힘이 풀렸다. 일레나는 하마터면 제대로 서 있지 못하고 바닥에 주저앉을 뻔했다.

남편의 팔이 그녀의 허리를 빈틈없이 옭아매지만 않았다면, 아마 그렇게 되었을 것이다.

'흣…….'

어깨를 움찔하며 일레나가 그녀를 잠식하는 감각에 집중했다.

도무지 한마디로는 설명하기 힘든 기묘한 감각이 파도처럼 잔잔히, 때로 거칠게 밀려와 머리를 헤집어놓았다. 머릿속이 새하얗게 변하고 멍해져 아무 생각도 할 수 없었다.

일레나는 남편의 넓은 등 위로 올린 손에 힘을 주었다. 손톱이 옷 위를 약하게 긁었다.

그때, 남편이 입술을 떼고 잠시 물러났다.

"……?"

일레나는 가쁘게 호흡하며 의아한 눈으로 남편을 쳐다보았다.

"왜……?"

왜 벌써 그만둬.

완성되지 못한 일레나의 질문에 카이휜이 대답했다.

"조금 전에, 잠깐이라고……."

일레나가 눈을 깜박였다. 이내 황당해졌다.

'아니, 잠깐이라고 말한 게 언젠데.'

그 말에 이제야 반응한다고?

"……."

일레나는 남편의 얼굴을 가만 뜯어보았다.

그녀만큼은 아니지만 가쁜 숨과 열 오른 눈동자.

아무래도 생소하면서도 강렬한 감각에 머릿속이 멍해졌던 건 그녀 혼자가 아닌 모양이었다.

일레나는 저도 모르게 작게 웃음을 터뜨렸다. 카이휜의 시선이 호선을 그리는 그녀의 입술에 고정되었다.

"그래요, 내가 잠깐이라고 말하긴 했죠. 숨 쉴 시간 좀 달라고 하려던 거였는데……."

"……."

"이젠 아니에요. 코로 숨 쉬면 된다는 걸 깨달았으니까."

"아."

카이휜이 아주 약하게 한숨 같은 탄성을 내뱉었다. 마치 안도하는 것 같았다. 입맞춤을 멈추지 않아도 돼서.

"그럼, 다시……."

"잠깐만요."

고개를 숙이는 카이휜을 일레나가 막았다. 문득 그녀의 머릿속에 어떤 생각이 떠올랐다.

"……우리, 자세를 좀 바꿔볼래요?"

카이휜이 침대에 걸터앉고, 일레나가 그의 다리 위에 올라앉았다. 그러자 서 있을 때와는 반대로 이번에는 일레나의 눈높이가 카이휜보다

높이 올라갔다.

일레나는 만족스러운 표정으로 카이휜을 내려다보았다.

"좀 전에는 내가 당신을 올려다보면서 했으니까, 이번에는 당신이 나를 올려다보면서 해요."

"……뭐든 좋습니다, 나는."

카이휜이 열기 가득한 눈동자로 일레나를 쳐다보았다. 기분 탓일까. 그의 새까만 동공을 둘러싼 파란색 색채가 평소보다 짙어진 듯했다.

그는 갈급해 보였으나 일레나가 허락하기 전까지는 결코 먼저 그녀에게 손을 대지 않았다.

일레나의 가슴 한쪽이 살짝 일렁였다.

'내 눈이 어떻게 됐나.'

일레나는 심장이 두근거렸다. 욕망으로 잔뜩 물든 눈을 하고서 얌전히 그녀의 허락을 기다리고 있는 남편이 어딘지 무척 매력적으로 보였다.

동시에, 가학심이 자극되었다.

짓궂은 미소를 삼킨 일레나가 카이휜의 양 뺨을 손바닥으로 감싸곤 그의 입술에 '쪽' 하고 입을 맞췄다. 아주 짧게 온기를 나눠주고 물러나는 입술에 단단한 몸이 아쉬운 듯 움찔했다

카이휜이 일레나의 허리를 휘감으려 팔을 들었을 때, 일레나가 그의 어깨를 내리누르며 말했다.

"아냐, 가만히 있어요."

"……."

"내가 움직여도 된다고 할 때까지."

"……알겠습니다."

앞으로 이어질 고문(?)을 예감하기라도 했을까. 카이휜의 목울대가 울렁였다.

일레나는 눈에 보인 김에 남편의 남성적인 목울대를 살살 쓸며 만져 본 뒤, 손을 올려 그의 옆머리를 감쌌다.

쪽, 쪽.

일레나가 카이휜의 얼굴에 가볍게 입을 맞췄다.

이마, 코, 뺨.

정작 입술은 피하면서 얼굴 곳곳에 뽀뽀 세례가 이어졌다. 새털 같은 입맞춤에 카이휜의 손이 몇 번씩 움찔거렸다.

"……부인."

"응, 왜요?"

일레나가 천연덕스럽게 대답하며 남편의 머리카락을 쓸어 넘겼다. 결 좋은 흑발이 손가락 사이로 사르르 감겼다.

"……."

카이휜이 차마 말을 꺼내지 못하고 입을 다물었을 때, 일레나가 그의 입술을 살짝 피해 바로 옆에 키스했다.

결국 카이휜에게서 억눌린 신음이 새어 나왔다.

"일레나……."

'나 변탠가 봐.'

일레나가 슬쩍 뺨을 붉혔다. 애원하듯 갈라지는 저 목소리가 왜 이렇게 듣기 좋을까.

그렇지만 일레나는 이쯤에서 장난을 멈추기로 했다. 왜냐면 그녀도 슬슬 참기 힘들어지고 있었으니까. 갈증이 목을 태울 것 같았다.

일레나가 남편의 어깨에 팔을 걸쳐 그의 목뒤를 감싸곤 고개를 내렸다. 입술과 입술이 부드럽게 맞물렸다. 카이휜의 입술이 기다렸다는 듯 자연스럽게 벌어졌다. 일레나가 그 사이로 혀를 살살 밀어 넣었다.

"응……."

혀가 얽히고, 입술이 입술을 삼켰다.

일레나는 중간중간 입술 새로 살짝 틈이 생겨날 때마다 달뜬 신음을 흘려보냈다. 등허리가 찌릿하고, 발가락 사이가 간지러웠다.

"하아……."

일레나가 몽롱해진 눈으로 입술을 떼어냈다. 그러곤 가쁜 숨을 고르는 그때, 어쩐지 조금 전보다 더 갈라진 것 같은 남편의 목소리가 들렸다.

"……이제."

"응?"

"움직여도 됩니까?"

일레나는 눈을 깜박였다. 저게 무슨 소린가 생각하다, 문득 그녀가 했던 말이 떠올랐다.

"가만히 있어요. 내가 움직여도 된다고 할 때까지."

"……아."

움직여도 된다는 말을 아직 입에 담지 않았다.

일레나는 핏줄이 도드라질 만큼 힘이 들어간 남편의 손등을 내려다보았다. 어쩐지, 입 맞추는 내내 저 손이 얌전하다 했다.

괜히 약간 미안해져 작게 헛기침한 일레나가 입을 열었다.

"돼요."

"키스하고 싶습니다."

"……응, 그것도 돼요."

허락이 떨어지기 무섭게 카이휜의 단단한 팔이 일레나의 몸을 휘감았다. 커다란 손이 그녀의 머리 뒤를 안정적으로 감싸 지탱했다.

빙글, 일레나의 시야가 순식간에 변했다. 등 뒤에 푹신한 침대 매트리스가 닿고, 그녀보다 아래에 있던 남편이 위에서 그녀를 내려다봤다.

"……!"

한 손으로 침대를 짚어 그의 무게를 지탱하고, 다른 손으론 여전히 일레나의 뒷머리를 붙잡은 채 카이휜이 그녀의 입술에 그의 입술을 눌렀다.

"앗, 읍……."

입술 사이의 좁은 틈을 벌리고 침입한 혀가 여린 내부를 유영했다. 우악스럽거나 거칠지는 않았지만 집요했다. 안쪽을 탐험하듯 구석구석 훑던 혀가 유난히 여린 곳을 한 번씩 쓸고 지나가면, 일레나의 허리가 저절로 움찔 떨렸다.

일레나는 남편의 목에 두른 팔에 힘을 준 채 눈을 질끈 감았다.

그렇게 머리가 아득해지고, 왠지 모를 긴장감에 솜털이 곤두서는 입맞춤을 얼마나 주고받았을까.

"……하아, 하."

남편의 입술이 물러났을 때, 일레나는 마치 달리기를 끝낸 선수처럼 헐떡였다.

'이제 그만하는 건가…….'

아쉬움 반, 만족감 반. 미묘한 기분으로 일레나가 눈을 떴다. 그러곤 바로 생각을 수정했다.

'아니, 아닌가 봐.'

남편의 눈을 짙은 색으로 물들인 욕망은 놀랍게도 그대로였다. 세 번째 키스를 나누기 전과 비교해서 전혀, 조금도 옅어진 기미가 없었다.

다만 입맞춤을 멈춘 건, 일레나가 힘들어하는 듯 보이니 그녀에게 잠시 쉴 시간을 주기 위해서인 것 같았다.

"……."

일레나는 조금 당황했지만, 그러면서도 어쩔 수 없는 기대감으로 가슴이 떨렸다.

'그래도 좀 쉬긴 쉬어야지.'

누운 채로 호흡을 고르며 일레나가 생각했다.

체력을 꽤 썼는지 사실 힘이 들긴 했다. 그 증거로 몸에 힘이 들어가지 않았다. 특히 다리는 완전히 풀렸다. 지쳐서인지, 다른 이유 때문인지 모호하긴 했지만 어쨌든 휴식 시간이 필요하다는 말이었다.

일레나에게 체력을 보충할 시간을 준 카이휜이 말없이 그녀를 내려다보았다. 그의 묵묵한 시선을 받아내며 일레나가 손을 뻗어 카이휜의 입술을 매만졌다.

"……내일이면, 당신 입술 부어오르겠네요."

"……."

"물론 나도 마찬가지고요."

"……그런가요."

카이휜이 그의 입술을 지분거리는 손을 잡아 그대로 입을 맞췄다.

"아, 잠깐……."

손가락에만 입 맞추는 줄 알았더니, 그의 입술은 손목과 손바닥을 거쳐 손등에도 낙인을 남겼다.

일레나의 목소리에 카이휜이 움직임을 멈췄다. 달아오른 얼굴로 그를 보던 일레나가 입을 열었다.

"가만, 그러고 보니까 당신…… 왜 그렇게 능숙해요?"

"네?"

"키스를 왜 그렇게 잘하냐고요."

따지듯 흘러나온 일레나의 질문에 카이휜이 눈을 깜박였다.

"……잘한 겁니까?"

그 되물음에 일레나는 말문이 막혔다.

'잘한…… 거 아닌가?'

사실 일레나도 확신할 수는 없었다. 비교할 대상이 없었으니까. 남자와 입맞춤을 해 보는 것이 처음인데, 잘한 건지 아닌지 어떻게 구분한단 말인가.

'잘한 걸 거야.'

일레나는 그렇게 생각하기로 했다. 왜냐면…….

"잘한 거 맞아요."

"……."

"기분 좋았으니까."

갑자기 등장한 감상평에 당황한 듯 카이휜의 눈이 흔들렸다. 일레나는 그의 귓가가 조금 붉어진 것 같다고 생각했다.

"어쨌든, 빨리 말해봐요. 왜 잘하냐고요."

"그건……."

"설마 전에 나 말고 다른 사람이랑 해 본 거 아니죠?"

자기가 꺼낸 가정에 상처받은 일레나가 눈을 부릅떴다. 카이휜이 황급히 고개를 저었다.

"아닙니다. 절대, 추호도 그런 적 없습니다."

"그래요? 그럼요?"

"그, 다만 키스하는 방법 같은 건……."

카이휜이 조금 머뭇거리다가 말을 이었다.

"과거 몬스터 토벌 중에 야영할 때면, 기사들이 불침번을 서면서 음담패설을 주고받고는 했습니다."

"……음담패설이요?"

"귀담아들으려고 한 적은 맹세코 없지만……."

"아하."

의도한 건 아닌데 머리가 기억했고, 그때 그렇게 습득한 걸 지금 써먹었다는 이야기렸다.

일레나는 말똥말똥한 눈으로 카이휜을 쳐다보았다. 당황하거나 난처해하는 남편을 보면 이상하게 꼭 골려주고 싶은 충동이 머리를 들곤 했다.

바로 지금처럼.

"그래서, 그때 배운 건 키스하는 법이 다예요?"

"예?"

"기사들의 음담패설에 입맞춤 강의밖에 없었냐고요. 아닐 것 같은데. 뭔가 이것저것 많았을 것 같은데."

"그, 건……."

"이제 나한테 차근차근 실습하는 건가?"

"일레나."

"농담이에요."

일레나가 두 팔을 벌려 어찌할 줄 몰라 하는 남편을 와락 끌어안았다. 커다란 몸이 갑작스러운 포옹에 굳었다.

일레나는 긴장한 남편의 등을 쓸어내렸다. 긴장 풀라는 의미로 쓸어내린 건데, 어쩐지 만질수록 더 긴장하는 느낌이라 손을 멈춘 일레나가 입을 열었다.

"기분 좋다."

"……."

"행복해."

"……."

"당신은 어때요?"

"……같은 심정입니다."

포옹을 푼 일레나가 카이휜과 시선을 맞췄다.

일레나의 눈이 반달로 접혔다.

당장에라도 흘러넘칠 것처럼 가슴을 채운 감정이 저절로 입술을 비집고 나왔다.

"사랑해요, 카이휜."

카이휜의 눈꺼풀이 살짝 떨렸다.

"……나도 사랑합니다, 일레나."

일레나가 눈을 감았다. 부부가 다시 입술을 겹쳤다.

공작 부부는 한 침대 위에 나란히 누웠다. 카이휜의 침실이었다.

일레나는 옆으로 누워 남편과 마주 보며 눈을 깜박였다.

'꿈인가.'

물론 조금 전까지 열렬하게 입맞춤을 나눈 입술이 아릿하고 얼얼한 걸 보면 절대 꿈은 아닐 테지만, 왠지 현실감이 들지 않았다. 일레나가 아무 말 없이 카이휜을 빤히 보자 그의 입이 열렸다.

"……무슨 생각 합니까?"

"현실과 꿈은 역시 다르다는 생각?"

"예?"

"아무것도 아니에요."

일레나는 방금 막 이것이 꿈이 아닌 현실이라는 증거를 한 가지 더 찾아냈다.

꿈에서 나눈 입맞춤과 오늘 나눈 입맞춤은 달라도 너무 달랐다. 자신의 무의식이 발휘한 상상력은 실제에 비하면 턱없이 보잘것없고 빈약했다.

'이게 진짜 키스구나.'

그것도, 아마…… 어른의 키스.

저도 모르게 남편의 입술을 흘끔거린 일레나가 이불 속에서 발가락을 꼼지락거렸다.

뒤늦게 부끄러운 감정이 밀려들었다.

그러나 그것도 잠시. 가슴을 꽉 채운 행복감이 남은 자리는 없다는 양 부끄러움을 몰아냈다.

부부는 손을 잡고 있었다. 손등을 보인 채 손가락 끝만 살짝 얽어서.

일레나는 그 손을 잠시 내려다보다가 입을 열었다.

"그러는 당신은요? 당신은 무슨 생각 해요?"

"다행이라는 생각을 하고 있습니다."

"다행이요?"

"부인이 내 아내라서 다행이라는 생각."

"……."

"내가, 참…… 행복한 사람이라는 생각."

일레나의 눈이 흔들렸다.

행복한 사람.

'저 말이 대체 뭐라고.'

이상한 일이었다. 일레나는 괜히 가슴이 일렁이고 코가 시큰해져 몰래 입술 안쪽을 깨물었다.

감정을 가라앉히는 데 시간이 조금 걸렸다. 침묵이 흘러갔다.

곧이어 일레나가 그 침묵을 깼다.

"……있잖아요."

"네."

"질문할 게 있는데, 솔직하게 대답해 줘야 해요."

"……네."

"정말 솔직하게."

카이휜이 옆으로 돌아누운 채로 고개를 끄덕였다. 일레나의 말문이 열렸다.

"당신…… 아직도 아이는 원하지 않아요?"

옆방에서 정신없이 입맞춤을 나눌 때, 일레나는 내심 생각했다. 이대로 남편을 넘어뜨려도 되지 않을까. 지금이라면 위에 올라타서 옷을 하나씩 벗겨도 남편이 거부하지 않을 것 같았다.

그러나 일레나는 결국 그 생각을 실천에 옮기지 못했다. 욕심이 생겼기 때문이었다.

서로 사랑하게 되었다. 영혼이 통했다. 이대로 잠자리를 가지면, 틀림없이 용사가 될 아이를 품게 될 것이다.

하지만…….

'……기뻐했으면 좋겠어.'

아이가 생긴 걸 알았을 때, 남편이 좋아해 줬으면 좋겠다.

그녀를 위해 억지로 좋아하는 시늉을 하는 것이 아니라 진심으로 기뻐하고, 기꺼워하고……. 아이의 존재를 반겨주면 좋겠다.

전에는 없었던 그 커다란 욕심 때문에, 일레나는 남편을 덮치는 것을 우선 보류했다.

'참 웃기지.'

사람이란 이렇게도 간사했다. 언제는 수단과 방법을 가리지 않고 그저 아이만 가질 수 있다면 그만이라고 생각했는데, 막상 기회를 얻게 되니 이젠 감정적인 부분까지 욕심내는 것이 우스웠다.

'어쩔 수 없잖아.'

원래 사랑에 빠지면 욕심쟁이가 되는 법이라고 했다.

일레나가 그런저런 생각을 해 보는 사이, 묵묵히 정적을 흘려보내던 카이휜이 대답했다.

"……잘 모르겠습니다."

답이 나오기까지 시간이 꽤 걸렸다. 일레나의 요청대로 최대한 솔직하게 대답하기 위해 노력한 결과일 것이다.

일레나가 시선을 들었다. 그녀와 카이휜의 눈이 마주쳤다. 일레나의 눈매가 호선을 그렸다.

"훨씬 발전했네요."

"예?"

"전에는 단호하게 원하지 않는다고 했었잖아요."

"……그랬죠."

고작 몇 달 사이에 일어난 변화였다. 그렇다면, 시간이 조금만 더 흐르면 그다음 단계로 갈 수도 있지 않을까?

"기다릴게요."

"……."

"당신이 나와의 아이를 원하게 될 때까지."

"부인의 아이라면……."

"당신 아이이기도 해요."

일레나가 남편의 눈동자를 들여다보았다.

"내 아이가 아니라, 나와 당신의 아이예요. 잊지 마요."

"……."

"우리 사이에서 태어난 아이는 행복할 거예요. 당신에게 그 확신이 생길 때까지 기다릴게요."

일레나가 카이휜의 손에 제 손가락을 더욱 단단히 얽었다.

"너무 오래 기다리게 하진 않을 거죠?"

아내의 눈동자를 마치 세상에서 가장 귀한 보석이라도 대하듯 쳐다보던 카이휜이 대답했다.

"……네, 반드시."

"그래서 말이야, 내가 어제……."

"주방에서 일하는 델리와 만주가……."

"설마 그때 거기서 걔가 그렇게 미끄러질 줄…… 앗, 마님!"

빨랫감을 안은 채 조잘조잘 떠들며 복도를 걷던 하녀들이 일레나를 발견했다. 일레나는 복도 창가에 서서 창밖을 내다보고 있었다.

"좋은 아침이에요, 마님."

"좋은 아침이에요."

"간밤에 평안하셨나요?"

"응, 대단히."

일레나가 부드럽게 미소 지었다. 그 미소에 세 하녀의 가슴이 순간 두근거렸다.

"세탁하러 가니?"

하녀들의 품에 있는 빨랫감에 시선을 준 일레나가 물었다. 하녀들이 저마다 열심히 고개를 끄덕였다.

"그래, 수고해 주렴."

"네!"

"감사합니다!"

이내 하녀들이 일레나와 멀어졌다. 말소리가 들리지 않을 정도로 거리자 벌어지자 그녀들이 속닥거렸다.

"뭐야? 방금 나만 두근거렸어? 나만 심장 떨렸어?"

"아니, 나도……."

"마님, 오늘따라 왠지 더 아름다우신 것 같지 않아?"

"그러니까. 물론 원래도 아름다우시지만……."

하녀들이 지나온 길을 힐끔거렸다.

"공작님은 좋으시겠다……."

"우리가 부러워해서 뭐 하니? 빨리 일이나 해치우러 가자."

"그래, 그래."

세탁물을 흘리지 않도록 꽉 끌어안은 하녀들이 앞다투어 복도에서 벗어났다.

'세상이 아름답다.'

일레나는 창밖을 바라보며 생각했다.

쏟아지는 햇살과 푸른 초목. 어제도 그제도 본 풍경 같긴 하지만, 오늘따라 절경이었다.

'나는 이렇게나 아름다운 세상에서 살고 있었구나.'

그윽한 눈길로 바깥을 내다보던 일레나가 눈을 살짝 내리깔았다. 전날 밤, 침실에서 남편과 나누었던 대화가 생각났다.

'딱 1년…… 아니, 올해까지만 기다려야지.'

일레나는 그녀에게 주어진 시간을 헤아렸다.

마수가 이 세계에 침공하기까지 십구 년. 이듬해에 용사를 낳는다고 가정하면, 마수 침공이 일어난 시점에 아이는 막 성인이 될 터였다.

'성년식을 치른 나이면, 성검을 써서 마왕을 죽이기에 전혀 문제없지.'

일레나는 기대감에 반짝이는 눈으로 턱을 괴었다.

"어서 내년이 오면 좋겠다."

어서. 하루라도 빨리.

일레나는 벌써 애가 타기 시작했다. 왠지 올해가 대단히 느리게 흘러갈 것만 같았다.

'마법으로 시간을 빨리 흐르게 할 순 없나……. 흑탑주를 쥐어짜도

안 되겠지…….'

창가에 붙어 실없는 생각을 하던 일레나가 문득 눈을 깜박였다.

'그나저나, 몸이 피곤하지가 않네.'

그녀는 지난밤 꽤 늦은 시각이 되어서야 잠들었다. 남편과 나눈 입맞춤이 자꾸만 떠오르고 가슴이 떨려 잠을 청하기가 어려웠기 때문이다.

'그런데 아침에 굉장히 가뿐하게 눈이 떠졌어…….'

분명히 평소보다 수면 시간이 적었는데, 일레나는 오히려 다른 때보다 팔다리가 가볍고 몸에 기운이 넘쳤다. 눈과 머리도 맑았다.

'기분 탓인가? 아니, 기분 탓이라기엔 뭔가…….'

일레나가 고개를 갸웃하던 때였다.

"마님."

메리가 다가와 그녀를 불렀다.

"응?"

"후우, 이걸 뭐라고 말씀드려야 할지……."

말끝을 흐리는 메리의 표정이 좋지 않았다. 창가에서 한 발 물러난 일레나가 미간을 좁혔다.

"왜 그래? 무슨 일인데?"

"또 왔어요."

"또 왔다고?"

"그 후작 말이에요."

메리가 속삭였다. 그녀는 마치 뽑고 뽑아도 계속 자라나는 잡초를 본 것처럼 질색하는 표정을 지었다.

"지금 성 입구에 있대요."

"……아하."

"돌을 던져 내쫓을까요? 마침 후원에 적당한 크기의 돌멩이가 있어 눈여겨봐 놨는데……."

"난 또 뭐라고. 굳이 내쫓을 필요 있어?"

"네?"

메리가 이상한 말을 들었다는 듯 일레나를 쳐다보았다. 일레나가 여유로운 목소리로 말했다.

"응접실로 모셔줘."

"……설마 이렇게 들여보내 주실 줄은 몰랐습니다."

모르코 후작이 응접실에 앉아 어색한 표정으로 눈을 굴렸다. 찾아오긴 했지만, 일레나가 정말 만나줄 거라고 기대하진 않았던 것 같았다.

일레나가 차분한 태도로 찻잔을 내려놓았다.

"기껏 찾아오신 분을 밖에 세워놓는다니, 그건 예의가 아니죠."

'어젠 세워두지 않았나?'

"차 한잔 대접하지 않고 돌려보내는 것도 예법에 맞지 않고요."

'어젠 돌려보낸 것 같은데?'

모르코 후작의 눈이 풍랑을 만난 배처럼 흔들렸다. 그는 자기 몫의 찻잔을 만지작거리며 조심스럽게 일레나의 눈치를 살폈다.

'잘은 몰라도, 간밤에 엄청나게 좋은 일이 있었나 보다.'

정답이었다. 일레나는 따뜻한 눈으로 모르코 후작을 쳐다보았다.

'기특하기도 하지.'

현재 일레나의 눈에 모르코 후작은 사랑의 전령과 다름없게 보였다.

'덕분에 남편이 질투하는 것도 보고, 또…….'

"키스하고 싶습니다."

일레나의 말투와 표정이 전날과는 비교할 수 없게 상냥해졌다.

"그래서, 오늘은 어쩐 일로 공작성에 방문하셨나요? 제게 용건이 있으신 게 맞나요?"

다정해진 일레나의 태도에 적응하지 못하던 모르코 후작이 황급히 대답했다.

"아, 예. 다름이 아니라…… 혹시, 친척이나 가족 중에 제게 소개해 주실 만한 미남은 없습니까?"

"네?"

"처음 공작 부인을 뵈었을 때, 무척 아름다우신 분이라고 생각했습니다."

뒤늦게 말에 오해의 소지가 있다는 걸 느꼈는지 후작이 숨도 쉬지 않고 바로 덧붙였다.

"그러니까 제 말은 결코 다른 뜻이 아니라, 공작 부인께서 이토록 아름다우시니 필시 부인의 친척이나 가족 중 출중한 미남이 있지 않을까 해서……."

일레나는 가족이라는 말에 자기도 모르게 에드워드를 떠올렸다. 아무것도 안 했는데 왠지 갑자기 모르코 후작에게 미안해졌다.

일레나가 안타까운 얼굴로 고개를 저으며 답했다.

"없어요."

"어, 없다고요?"

"네. 미남 없어요."

"정말입니까? 그, 샅샅이 찾아보면 한 명쯤은……."

"없다니까요."

단호한 목소리에 모르코 후작의 어깨가 축 늘어졌다.

"그렇군요……."

처량한 기세로 어깨를 늘어뜨리던 후작이 일레나를 흘끔거리며 중얼거렸다.

"부럽습니다."

"부럽다고요?"

"왕국에서 제일가는 미남을 남편으로 두셨으니까요."

"크흠."

일레나가 찻잔을 들어 우아하게 차를 한 모금 마셨다.

"그림을 좋아하신다더니, 후작님의 안목은 과연 인정해 드려야겠네요."

"어떻게 그만한 미남을 지금까지 감쪽같이 숨기셨습니까?"

달그락.

일레나가 내려놓은 찻잔 바닥이 잔 받침과 부딪히며 미약한 소음을 만들었다.

"숨긴 적 없어요."

"……."

"사람들이 몰랐던 거지."

모르코 후작이 침묵했다. 이내 그가 뒷덜미를 긁적였다. 말실수했다고 생각했는지 그의 얼굴에 멋쩍은 기색이 떠올랐다.

"……실례했습니다."

“아니에요.”

“전 이제 왕국 각지를 방랑하는 걸 그만두고 후작령으로 돌아가 보려 합니다.”

모르코 후작이 갑자기 묻지도 않은 말을 꺼냈다. 일레나가 의아하게 그를 쳐다보자, 후작이 말을 이었다.

“그러니 만약 제게 소개해 주실 만한 미남이 나타나면, 후작령으로 연락을 좀…….”

“허허.”

일레나는 가벼운 웃음을 흘렸다. 정말이지 한결같고 끈질겼다.

“왜 그렇게까지 미남에 집착하세요?”

이쯤 되니 질문하지 않고 넘어갈 수가 없다. 모르코 후작은 머뭇거리다가 대답했다.

“여동생이 저 때문에 고생을 많이 했습니다.”

“…….”

“보답이 될지는 모르겠지만…… 행복하게 해주고 싶습니다. 그것뿐입니다.”

가족이 행복하기를 바라는 건 보편적인 욕심일 것이다. 그러나 일레나는 후작이 간과한 한 가지 사실을 지적했다.

“여동생분이 미남과 결혼하면 행복할까요?”

“당연한 것 아닙니까? 공작 부인께서는 추남과 결혼한 여자가 행복할 거라 생각하십니까?”

“그건 좀 힘들겠죠.”

“그럼…….”

“하지만 모든 사람에게 결혼이 반드시 행복을 가져다주는 건 아니거든요."

모르코 후작이 멈칫했다. 일레나는 벤을 통해 들었던 정보를 떠올렸다.

"후작님, 여동생분과 만나지 않은 지 벌써 오 년이나 되었다고 들었어요."

어쩌다 오 년이라는 긴 공백이 생겼는지 일레나는 대략적으로나마 짐작해 볼 수 있었다.

후작의 성격을 보아, 처음에는 자기 성미대로 대책 없이 무작정 영지를 떠나 방랑을 시작했을 것이다. 그러다 시간이 흘러 점점 자기 대신 영지를 꾸리느라 고생했을 여동생에게 미안한 마음이 들었을 테고……. 그 미안한 마음은 후작을 더욱 영지로 돌아가지 못하게 만들었을 것이다.

'적어도 빈손으로 돌아갈 수는 없다고 생각했겠지.'

그래서 생겨난 게 저 지나칠 정도의 미남 집착증이 아닐까 싶었다.

"오 년은 아주 긴 시간이에요. 후작님이 알던 사실이 더는 사실이 아닐 수도 있다는 거죠."

"……."

"돌아가면 여동생분과 깊게 대화해 보세요."

"……."

"의외로 미남과의 결혼보다 여동생분을 더 행복하게 해줄 방법을 발견할지 모르니까."

모르코 후작령은 후작의 여동생이 다스리기 시작한 후 지난 오 년간 눈부시게 발전했다.

'재능과 적성이 없다면 힘든 일이지.'

어쩌면 그녀에게는 누군가의 부인이 되는 것보다 더 좋은 길이 있을지도 몰랐다.

"뭐, 미남과 결혼한 사람이 하는 말이니 설득력 없게 들린다 해도 이해하지만……."

"아닙니다. 조언 감사합니다."

모르코 후작이 자리에서 몸을 일으켰다. 그러곤 가슴께에 손을 얹고 일레나에게 정중히 묵례했다.

"새겨듣겠습니다."

"……."

"지난 며칠, 실례가 많았습니다."

"뭘요."

"혹시 추후 모르코 후작가의 힘이 필요하게 되면 언제든 연락 주십시오. 며칠간 끼친 폐는 꼭 갚겠습니다."

굳이 거절할 필욘 없는 이야기였다.

일레나가 빙그레 웃으며 대답했다.

"그래요."

모르코 후작과 헤어진 후 일레나는 연무장으로 향했다.

남편의 오늘 일정은 아침에 들어뒀다.

'오전에 3, 4기사단 지도 훈련이 있다고 했지.'

연무장이 가까워지자 병장기가 부딪히는 소리가 들렸다.

"합!"

"이얏!"

잠시 후 일레나는 기사 둘이 치열하게 검을 맞부딪히는 모습을 볼 수 있었다.

"그만."

대련하는 두 기사 사이로 카이휜이 자연스럽게 끼어들었다. 그는 투박한 목검으로 기사들의 검을 막아내 멈추게 한 다음, 한 사람씩 차분하게 지적했다.

"키산, 검을 쓸 때 왼발에 힘이 너무 들어간다. 균형이 안 맞아. 디안, 너는 상대의 검을 흘려보낼 때 손목이……."

일레나는 몽롱한 얼굴로 카이휜을 쳐다보았다.

'멋있다.'

오늘 아침부터 남편의 모든 모습이 멋있어 보이기 시작한 일레나의 뺨이 발그레 달아올랐다.

"지도 감사합니다!"

"감사합니다!"

마지막 차례였던 모양인지, 두 기사의 대련이 끝나자 더는 검을 맞대는 사람이 없었다. 일레나는 주변을 살피다 냉큼 카이휜에게 다가갔다.

"카이휜."

"일레나."

"기사들 지도하느라 고생했어요."

"아닙니다."

"흠……."

카이휜 앞에 선 일레나가 남편을 유심히 살폈다. 곧 그녀가 목소리를 작게 줄이며 손짓했다.

"당신, 내 쪽으로 고개 조금만 숙여봐요."

"네?"

"빨리."

뭔가 조용히 전할 말이 있는 걸까. 카이휜이 의아해하면서도 순순히 고개를 숙였다.

그 순간, 일레나가 카이휜의 입술에 자기 입술을 재빠르게 눌렀다가 떼어냈다.

"……!"

"헤헤."

"부인."

"……왜요?"

남편의 목소리가 진지해서 일레나는 괜히 찔끔하며 그를 올려다보았다. 바깥이라서 이 정도로 참은 건데, 역시 장소가 좀 아니었나.

"혹시 화난 거 아니……."

"빨리 안으로 들어갑시다."

"네?"

"참기 어려우니까."

"……."

일레나가 눈을 깜박였다. 이내 그녀의 목소리가 수줍게, 그러나 부푼 기대감을 숨기지 못한 채 흘러나왔다.

"……좋아요."

늦게 배운 도둑이 날 새는 줄 모른다는 말이 있다. 요 며칠, 일레나는 그 말이 바로 본인을 위해 만들어진 표현이 아닐까 생각했다.

'키스…… 정말…… 너무 좋다.'

이게 이 정도로 좋은 거였다니.

일레나는 욕조 안에서 참방참방 작게 물장구를 쳤다.

이제야 그간 읽은 로맨스 소설이 얼추 이해되었다. 왜 여자 주인공은 남자 주인공과 입술만 비비면 그렇게 황홀해하고, 다리에 힘이 풀리고, 심지어는 실신(!)까지 했던 건지.

'아니지, 실신은 키스가 아니라 다른 걸 하고 나서 그랬던 거지만…….'

한때 잡다하게 섭렵했던 로맨스 소설의 내용을 떠올리던 일레나가 멈칫했다.

'그런데…… 실신할 정도로 좋은가?'

입맞춤 다음, 그것이?

"……설마, 소설이니까 그렇겠지? 현실에선 좋음보다 아픔이 더 크다고 했는데……."

"마님, 혹시 필요하신 것이 있으신가요?"

나지막이 흘러나온 일레나의 중얼거림에 욕실에서 그녀의 시중을 들던 하녀들이 반응했다.

"아, 아니. 아무것도 아니야."

"그나저나 마님, 머릿결이 너무 고우세요."

일레나의 은발에 향유를 발라 손질하던 하녀가 말했다.

"원래도 고우셨지만, 요즘은 특히 비단결 같아요."

"맞아요. 그리고 살결도 정말 부드러워지셨고요."

"어쩜 이렇게 날이 갈수록 더 아름다워지세요?"

"……그래?"

그저 직업 정신에 의거한 아첨이라고 생각할 수도 있겠으나, 왠지 하녀들의 목소리에서 유독 진심이 느껴졌다.

'그러고 보니 아비도, 메리도 비슷한 말을 했지.'

일레나는 요새 부쩍 예뻐졌다는 말을 자주 듣고 있었다.

'뭐지? 화장품을 바꾼 적도 없고…… 달라진 거라고는 그냥 남편과 입맞춤한 것뿐인데.'

설마하니 남편과의 입맞춤이 이유일 리는 없을 테고.

'사랑에 빠지면 예뻐진다더니, 내가 요새 행복해 보여서 나타나는 착시 효과인가?'

나름 그럴듯했다. 어쨌든 예뻐졌다는 말을 들으니 기분이 나쁘지는 않았다.

일레나는 은근슬쩍 자기 살을 매만져 보았다. 칭찬을 들은 직후라 그런지 괜히 평소보다 더 보들보들한 것 같았다.

목욕을 마친 후 일레나는 공작성 복도를 걸었다.

따뜻한 물에 오래 있었더니 얼음과 레몬을 띄운 시원한 음료가 당겼다. 식당에 가서 주방장에게 직접 부탁할 생각이었다. 일레나는 가뿐한 발걸음을 옮겼다.

그때였다.

[……저기요.]

우뚝.

일레나의 걸음이 멈췄다.

'잘못 들었나?'

그렇게 생각하기 무섭게 그녀의 머릿속에서 한 번 더 목소리가 울렸다.

[저기요, 제 목소리 들리시죠? 저기요?]

주변을 둘러보았지만 딱히 눈에 띄는 사람은 없었다. 일레나가 저도 모르게 중얼거렸다.

"……누구?"

그러자 그녀의 중얼거림을 들은 것처럼 목소리가 대답했다.

[부탁이에요, 제가 있는 곳으로 와주세요. 그리고 저를 좀 꺼내주세요.]

일레나가 눈살을 찌푸렸다.

'귀신……?'

[귀신 아니에요. 제발요.]

머릿속 목소리는 바로바로 대답해 왔다. 일레나는 제 말소리를 듣는 것뿐 아니라 생각까지 읽는 정체 모를 목소리의 존재에 황당해졌다.

"……."

그런데 참 이상하지.

어쩐지 이 목소리가 두렵기는커녕, 이상하게도 마음 한편에서 목소리의 요구를 들어주어야겠다는 생각이 들기 시작했다.

마치 홀린 것처럼.

"너 어디 있는데?"

[이쪽이에요. 모퉁이에서 왼쪽으로 꺾어서, 더 안쪽…….]

일레나는 목소리가 지시하는 대로 충실히 걸음을 옮겼다.

'여긴…… 공작성 안쪽 보관실이잖아.'

두 명의 병사가 번갈아 경비를 서는 문이 나타났다.

[그래요, 바로 여기예요! 저 이 안에 있어요. 어서, 어서 꺼내줘요. 답답해 죽을 것만 같아요.]

머릿속의 목소리가 신이 나 일레나를 재촉했다. 목소리가 커지니 머릿속이 징징 울리는 느낌이 들었다.

'조용히 좀 해. 확 그냥 돌아가 버린다.'

[…….]

"문을 열어라."

일레나는 머릿속의 목소리를 진정시킨 후 보관실 안으로 들어섰다.

'여기서 보관하는 물건은 몇 개 없는 걸로 아는데. 내가 알기로는…….'

[저 여기 있어요. 오른쪽이요. 바로 여기요.]

곧 일레나의 시야에 보관실 안에 있는 어떤 물건이 들어왔다. 그녀가 눈을 커다랗게 떴다.

"이건……."

[저를 잡아줘요. 빨리. 당장.]

알 수 없는 무형의 힘이 이끌리듯 일레나의 손이 그 물건으로 향했다.

이내, 그녀의 의식이 끊겼다.

일레나가 눈을 뜨자, 고요하던 주변이 순식간에 시끄러워졌다.

"마님!"

"마님께서 깨어나셨다!"

"의사! 빨리 의사를 불러와!"

혼잡한 침실의 풍경을 보며 일레나는 눈을 깜박였다. 어쩐지 상당히 익숙한 상황이었다.

"나 설마 또, 기절……."

침대 옆을 지키던 남편에게 말을 걸던 일레나가 멈칫했다. 마치 다른 사람처럼 들릴 정도로 목소리가 푹 잠겨 나왔다.

"아, 아. 큼큼."

목을 가다듬어 봐도 가라앉은 목소리는 바로 돌아오지 않았다.

'왜 이렇게 심하게 잠겼지?'

전에 기절했을 때는 이 정돈 아니었던 것 같은데.

몸을 일으켜 앉은 일레나에게 아비가 다가왔다.

"마님, 물 드세요."

그녀는 걱정스러운 얼굴로 그릇에 담긴 물을 스푼으로 떠서 일레나에게 먹여주었다.

"……?"

일레나는 그 물을 얌전히 받아먹으면서도 내심 의아함을 감추지 못했다.

'뭐지?'

물을 떠먹여 준다니. 보통 거동이 힘든 중증 환자에게나 이렇게 하지 않나?

일레나가 뭔가 이상함을 느꼈을 때, 침실 문이 벌컥 열리며 벤과 다그터가 뛰어 들어왔다.

"마님, 깨어나셨군요! 맙소사……!"

"진찰하겠습니다. 다들 잠시 물러나 주세요."

다그터가 침대로 다가와 일레나의 맥을 짚었다. 그 외에도 이것저것 검사하는가 싶더니, 이내 길게 한숨을 내뱉은 다그터가 말했다.

"맥박, 호흡, 체온, 혈색 전부 멀쩡하십니다."

"확실한가?"

"솔직하게 말씀드리자면, 일주일간 기절했다가 깨어나셨다고는 도무지 믿을 수 없을 만큼 건강하신 상태입니다."

"일주일?"

벤과 다그터가 나누는 대화를 가만 듣던 일레나가 화들짝 놀랐다.

"내가 일주일 만에 깨어났다고? 기절했다가?"

"네, 맞아요."

메리가 대답했다. 그녀는 눈물을 글썽이고 있었다.

"얼마나 놀랐는데요. 갑자기 쓰러지셨다며 방으로 안겨 오시더니, 그 후로 일주일이나 눈을 뜨지 않으시고……."

메리의 눈시울이 점점 붉어졌다.

"아무리 의사를 불러다 여러 번 진찰해도 매번 원인을 알 수 없다는 말만 듣고……."

메리가 금방이라도 울음을 터뜨릴 것 같아 일레나는 그녀를 껴안고 등을 토닥여 주었다. 그러면서도 여전히 정신은 혼란스러웠다.

'하루, 이틀 기절했다가 깨어났다고 해도 놀랄 판에 일주일이라니…….'

어안이 벙벙하고 도대체 이게 무슨 일인가 싶었다. 일레나는 메리의 등을 토닥거리다가 문득 입을 열었다.

"……나 혹시 냄새 안 나?"

"훌쩍…… 네?"

"그동안 못 씻었을 텐데……. 몸에서 냄새나는 거 아니지?"

"그게 무슨 말씀이세요?"

"안 나면 됐어."

우습게 들릴지 몰라도 일레나에겐 중요한 문제였다. 다른 사람이면 몰라도 남편에게 그런…… 안 씻어서 나는 악취를 맡게 하고 싶진 않았다.

일레나는 제 살에 코를 박고 슬쩍 냄새를 맡았다. 의식이 없는 동안 하녀들이 꼼꼼히 몸을 닦아준 것인지 별다른 냄새는 나지 않았다.

'휴.'

이윽고 감정을 좀 추스른 메리가 일레나의 품에서 벗어났다. 일레나가 남편을 보며 물었다.

"……많이 걱정했어요?"

"믿었습니다. 무사히 깨어날 거라고."

그러나 그렇게 말하는 카이휜의 눈은 평소보다 충혈되어 있었다. 마치 잠을 거의 자지 않은 사람처럼. 멈칫한 일레나가 이어 미간을 좁혔다.

"당신, 나 기절해 있는 동안 얼마나 잤어요?"

"필요한 만큼 잤습니다."

"몇 시간?"

"……."

카이휜은 대답하지 않았다. 일레나가 남편 너머로 벤을 흘끗 쳐다보자, 벤이 어깨를 으쓱하더니 손가락을 세 개 펴 보였다.

"……매일?"

벤이 고개를 저었다.

"……일주일 합쳐서?"

끄덕끄덕.

"당신!"

일레나가 기가 막혀 카이휜을 덥석 붙잡았다.

"무사히 깨어날 거라고 믿었다면서요. 그래놓고 잠을 안 자?"

"안 잔 건 아닌……."

"일주일 동안 세 시간 잔 걸 두고 누가 잤다고 해요?"

일레나가 벤에게 눈짓했다. 눈치 빠른 노년 집사 벤이 자리에 있는 다른 사람을 이끌고 침실을 나갔다.

침실이 비자마자 일레나가 카이휜에게 명령했다.

"당신, 여기 누워요. 내 옆에."

"그럴 필요 없습니다. 당장 자야 할 정도로 피곤하지 않……."

"아, 누우라니까."

일레나가 카이휜의 팔을 잡아끌었다. 커다란 몸이 생각처럼 쉽게 움직이지 않자, 그녀가 눈썹을 치켜올렸다.

"안 누우면 앞으로 입맞춤 없어요."

"……!"

"그리고 나도 이제부터 일주일간 당신처럼 잠도 안 자고, 밥도…… 가만, 당신 밥은 먹었어요?"

"눕겠습니다."

새로운 추궁이 시작되기 전에 카이휜이 냉큼 침대로 올라왔다. 침대는 넓어서 카이휜이 일레나 옆에 누워도 자리가 남았다. 애초에 밤마다 두 사람이 함께 쓰던 침대였다.

"눈 감아요."

"……."

"자요. 식사는 일단 당신 잠부터 재운 뒤에 챙겨야겠어. 보나 마나 밥도 제대로 안 먹었겠지."

"……."

"왜 그래요? 미련하게. 그리고…… 사람 속상하게."

"미안합니다."

"사과하지 말아요."

카이휜은 일레나가 시킨 대로 얌전히 눈을 감았다. 일레나는 남편의 긴 속눈썹을 구경했다.

그렇게 얼마나 지났을까. 곧 남편에게서 고른 숨소리가 들렸다.

'깊이 자네.'

일레나는 머리를 괴고 옆으로 누워 잠든 남편을 쳐다보았다.

'얼마나 피곤했으면.'

가슴이 잔잔하게 일렁였다.

'얼마나 초조하고…… 얼마나, 애가 탔을까.'

그녀가 깨어나지 않는 동안, 남편이 어떤 지옥에서 지냈을지 어렵지 않게 상상할 수 있었다. 처지를 바꿔서 가정해 보기만 하면 됐으니까.

"……."

일레나가 잠든 카이휜의 손을 깍지 껴 잡았다. 맞잡은 손에서 느껴지는 온기가 심장까지 전해지는 것 같았다.

자는 남편을 지켜보다 덩달아 깜빡 잠들었다. 일레나가 잠에서 깼을 때는 남편이 먼저 일어나 그녀를 쳐다보고 있었다.

"……일어났으면 기다리지 말고 깨우지 그랬어요."

"조금 전에 막 깼습니다."

"믿음은 안 가지만, 일단 알겠어요."

일레나가 부스스한 눈을 깜박이며 시선을 내렸다. 두 사람은 아직 손을 잡고 있었다. 일레나는 어색하게 손가락을 꼼지락거렸지만 굳이 손을 풀지는 않았다.

"참."

그러다 문득 그녀가 남편의 손을 놓고 벌떡 일어났다.

"나 처음 기절한 채로 발견됐던 곳이 어디예요? 성 안쪽 보관실, 맞죠?"

"……맞습니다. 문을 지키던 병사가 쓰러진 부인을 발견했습니다."

카이휜이 그녀를 따라 왠지 아쉬운 기색으로 몸을 일으키는 사이 일레나가 침대 머리로 손을 뻗어 설렁줄을 당겼다.

"마님, 필요하신 거라도……."

"보관실에 성검이 있는지 확인하고, 있으면 당장 여기로 가져다줘."

불려 온 하녀가 심부름을 받고 침실에서 나가자 카이휜이 물었다.

"성검은 왜 찾습니까?"

"그게 실은, 내가 기절하기 전에 말이에요."

일레나가 본인이 겪은 일은 카이휜에게 상세히 설명했다.

"……그래서 보관실에 들어가 성검의 손잡이를 쥐었는데, 그러자마자 의식이 끊긴 거예요."

"그럼 설마 성검이……."

그때, 침실을 나갔던 하녀가 돌아왔다.

"저, 마님. 말씀하신 것을 가지고 왔습니다."

하녀는 성검을 양손으로 공손히 받쳐 들고 다가왔다. 일레나가 긴장한 기색으로 성검에 손을 뻗는 순간, 카이휜의 손이 그녀를 앞질러 먼저 성검의 손잡이를 쥐었다.

"카이휜."

일레나가 놀라 그를 쳐다보았다.

카이휜이 눈짓으로 하녀를 내보냈다.

"성검을 잡았다가 부인이 다시 의식을 잃으면 어떡합니까."

"하지만 이러다 당신이 잘못되면…… 괜찮아요?"

조심스러운 눈으로 일레나가 카이휜과 성검을 번갈아 살폈다.

"괜찮습니다."

"머릿속에서 어떤 목소리가 들리진 않고요?"

"그런 건 아직……."

[들릴 턱이 없지.]

"뭐?"

"네?"

일레나와 카이휜의 시선이 허공에서 부딪혔다. 일레나가 당황한 얼굴로 성검을 내려다보았다.

"방금 내 머릿속에 목소리가……."

[이 목소리는 너한테만 들려.]

"……나한테만?"

[그래. 다른 사람은 못 들어.]

일레나의 표정이 멍해졌다.

카이휜이 그녀에게 말을 걸었다.

"일레나? 지금도 목소리가 들리는 겁니까?"

"아, 네. 들려요. 근데 나한테만 들리는 목소리래요. 이게 귀신의 목소린지 성검의 목소린지는 모르겠지만……."

[귀신이라니, 섭섭하네. 내가 이미 그런 잡귀 같은 건 아니라고 말했던 것 같은데.]

성별과 나이를 가늠할 수 없는 묘한 목소리가 연달아 머릿속을 웅웅 울렸다.

"……이 성검, 에고 소드(Ego Sword)였나 봐요."

에고 소드. 쉽게 말해, 자아를 가진 검.

여태 말로만 들었지, 에고 소드를 직접 보고 만진 건 처음이었다.

얼떨떨해져 성검을 쳐다보던 일레나가 이내 눈살을 살짝 찌푸렸다. 위화감이 느껴졌다.

'왜 반말이지?'

기절하기 전에 들었던 목소리는 분명 이것보다 훨씬 공손하고 예의 발랐던 것 같은데.

그때 머릿속 목소리가 일레나의 의문에 답해주었다.

[그때는 부탁하는 입장이었으니까 상황에 맞게 말했던 거고. 지금은 아니잖아.]

'……아, 그래?'

검 주제에 마치 사람 같은 처세술이었다.

'에고 소드는 다 이런가?'

[아닐걸.]

'무슨 생각을 못 하겠네.'

머릿속이 읽히는 건 생각보다 유쾌한 기분은 아니었다. 다만, 정신 나간 사람처럼 혼자 중얼거리지 않아도 검과 대화할 수 있다는 장점은 있었다. 검과 대화한다는 것부터 딱히 정상적으로 느껴지진 않았지만.

'왜 나만 네 목소리를 들을 수 있는 거야?'

[간단해. 네게 '힘'이 있으니까.]

힘……?

[내 목소리를 듣고, 날 봉인에서 꺼내줄 수 있는 힘.]

'봉인?'

[내가 너한테 꺼내달라고 부탁했었잖아. 그 말, 봉인에서 꺼내달란 거였어. 봉인을 풀고 내 힘을 깨워달라고. 실제로 넌 잘해줬고.]

"뭐라고?"

일레나가 깜짝 놀란 나머지 목소리를 냈다. 카이휜이 의아하게 그녀를 응시했다.

"혹시 목소리와 어떤 대화를 나눴습니까?"

"아, 그게……."

일레나는 곤혹스럽게 입을 다물었다. 머릿속이 복잡했다. 좀 더 자세한 설명이 필요했다.

'그게 무슨 소리야. 내가 네 힘을 깨웠다고?'

[너 일주일간 기절했지?]

'그런데?'

[내 봉인을 푸느라 네가 힘을 지나치게 써서 그랬던 거야.]

"……!"

[뭐, 기절해 있는 동안 기운이 다시 채워져서 지금은 몸이 가뿐할 테지만. 그렇지?]

일레나는 눈을 깜박였다. 생각지도 못했던 이야기였다.

'내가 성검의 힘을 깨웠다고?'

믿기 어려웠다. 오히려 성검에 들린 귀신에 씌어 기절했다고 하는 게 더 수긍하기 쉬울 것 같았다.

'성검의 힘을 깨우는 건 미래에 용사가 해야 할 일인데, 왜 내가…… 아.'

일레나는 벼락처럼 깨달았다. 용사는 남편과 그녀의 아이였다.

남편과…… '그녀'의 아이.

'맙소사.'

전율과 비슷한 감각이 온몸을 에워쌌다. 일레나의 눈꺼풀이 떨렸다.

'노파가 나를 택한 게, 우연이 아니었구나.'

한때는 이해하지 못했던 적도 있었다.

왜 하필 나였을까. 왜 많고 많은 사람 중 노파는 굳이 날 골라 미래를 보여주었던 걸까.

답을 내리기 어려웠는데, 이제야 알았다.

'남편의 자식이기만 해서는 안 됐던 거야. 내가…… 있어야만 했던 거야.'

용사는 그녀와 남편, 모두에게서 특별한 힘을 이어받아 태어나게 되는 존재였던 것이다. 결국 처음부터 카이휜에겐 반드시 일레나가 필요했다는 뜻이었다.

그 이야긴, 다시 말하면…….

"당신, 혹시 운명이라는 말 어떻게 생각해요?"

"네?"

"나는 지금 막 그 단어가 너무, 너무 좋아졌어요."

일레나가 눈을 사르르 접어 웃었다. 심장이 두근거렸다. 입가에는 웃음이 맺히고, 기분은 한없이 들떴다.

처음부터 내 거였다, 이 사람은. 우연이 아니라, 운명이었다.

'키스하고 싶다.'

일레나가 남편의 입술을 집요하게 쳐다봤다. 손가락이 움찔거렸다. 맹세컨대 성검의 목소리만 아니었어도, 일레나는 남편의 목깃을 쥐고 힘껏 잡아당겼을 거다.

[이럴 때는 눈을 감아야 하나? 근데 난 눈이 없는데 어쩌지.]

"……."

[아, 신경 쓰지 말고 해. 알겠지만 난 무생물이잖아. 그리고 어차피 여기서 본 거 어디 가서 떠벌리지도 못해.]

"……하아."

일레나가 한숨을 쉬었다. 성검이 참으로 시기적절하게 끼어들어 산통을 다 깨준 덕에 이성이 돌아왔다.

욕망을 잃은 일레나가 차분해져서 입을 열었다.

"어떻게 된 건지 설명해 줄게요. 자세한 원리나 배경은 나도 잘 모르지만…… 일단, 내가 성검의 힘을 깨운 것 같아요."

"성검의 힘, 말입니까?"

"네. 그리고 그 부작용으로 일주일간 기절했던 것 같고요."

일레나는 성검을 유심히 쳐다보았다. 머리가 식고 이성이 돌아오자 의문이 생겼다.

"그런데…… 육안으로 봤을 때는 성검에 딱히 달라진 점이 없네요. 당신은 뭔가 느껴지나요?"

"딱히 느껴지는 건……."

[내가 어디가 달라졌는지 궁금해?]

자신을 언급하니 가만있을 수 없다는 듯 성검이 반응했다.

[알고 싶으면, 날 휘둘러 봐.]

'지금? 여기서?'

[궁금하면 해 봐.]

일레나가 망설이다 말을 꺼냈다.

"카이휜, 성검을 허공에 대고 한 번만 휘둘러 줄 수 있어요?"

"알겠습니다."

카이휜이 가볍게 고개를 끄덕이곤 바로 일레나 반대편 허공에 대고 검을 휘둘렀다.

그리고…… 아무런 일도 일어나지 않았다.

'뭐야?'

[……어라? 이게 아닌데.]

'아니긴 뭐가 아니야. 사람 놀려?'

[아니, 진짜 아냐. 이럴 리가 없다고. 이상하다. 아닌데? 이거 아닌데?]

당황했는지 성검이 같은 말을 반복해서 늘어놨다. 성검의 목소리가 일레나의 머릿속에서 정신 사납게 웅웅 울렸다.

'조용히 좀…….'

[이 인간 말고, 다른 인간 데려다가 한 번만 더 시켜봐.]

'뭐?'

[응? 한 번만 해봐. 아앙, 한 번만.]

피하고 싶어도 피할 수 없는, 뇌에 곧장 울려 퍼지는 성검의 앙탈에 일레나의 안색이 희게 질렸다.

'무슨…… 미쳤어?'

[내가 봉인이 풀리면 어디가 어떻게 변하는지 보여주고 싶어서 그래. 넌 안 궁금해? 궁금하잖아. 딱 한 명만.]

궁금한 건 사실이었다. 일레나가 이내 한숨을 삼켰다.

'정말 한 명만이다.'

"마님! 몸은 괜찮으십니까?"

"깨어나셨다는 말은 전해 들었는데……."

"소식을 듣고 바로 찾아뵈려 했는데, 벤이 지금은 들어가지 말라고 막는 바람에…….”

[와! 세 명이나 있네!]

명랑한 목소리가 일레나의 머릿속에서 울렸다.

일레나는 잠시 말을 잃고 세 기사를 쳐다보았다. 부른 건 토마스 한 명인데, 세 사람이 왔다.

“왜 세 사람이 다 같이…… 아니지, 이게 중요한 게 아니니까. 나는 멀쩡하니 걱정하지 말고, 그보다 아무나 여기 이 검을 쥐고 휘둘러 보겠어?”

“예?”

“검을요?”

“여기서 말입니까?”

“허공에 대고 한 번만 휘두르면 돼.”

세 기사가 시선을 교환했다. 이내 일레나에게 호출당한 당사자인 토마스가 앞으로 나섰다.

“제가 하겠습니다.”

곧 그가 카이휜에게서 조심스럽게 성검을 건네받아 허공을 향해 휘둘렀다.

“큭!”

챙강!

“토마스 경?”

일레나가 휘둥그레 토끼 눈을 떴다. 성검을 허공에 내려그은 즉시, 토마스가 별안간 오른팔을 부여잡고 무릎을 꿇은 것이다. 그의 손에서 떨어진 성검이 바닥을 굴렀다.

“토마스!”

"야!"

갑작스러운 상황에 당황하는 일레나의 머릿속에 성검의 목소리가 울렸다.

[봤어? 잘 봤지? 힘이 개방된 난 이제 아무나 휘두를 수 없어. 개나 소나 쓸 수 있는 검이 아니라고.]

일레나는 기가 막혀 바닥에 떨어진 성검에 시선을 주었다. 성검의 인성, 아니, 검성에 말이 제대로 나오지 않았다.

'제정신이야? 그런 거면 말로 설명해도 됐잖아!'

[왜? 말로 듣는 것보단 당연히 두 눈으로 직접 봐야 생동감이…… 악!]

일레나가 성검의 손잡이 부분을 콱 밟았다.

[더러워! 지금 발로 밟은 거야? 악! 나를 밟다니! 이 나를! 나 테르모어를!]

검이라서 아픔은 못 느껴도 사람 발이 더럽다는 인식은 있는 모양인지 성검이 질색하며 빽빽 난리를 쳤다.

'시끄러워.'

그러거나 말거나 뒤꿈치에 힘을 실어 성검을 작신작신 밟아준 일레나가 걱정스러운 얼굴로 토마스를 살폈다.

"경, 괜찮나?"

"……괘, 괜찮습니다. 잠깐 놀란 것뿐이니 신경 쓰지 않으셔도 됩니다."

"놀라서 다리가 풀렸다고?"

"엄살입니다."

토마스의 이마에는 식은땀이 송골송골 맺혀 있었다. 누가 봐도 엄살이 아니었다.

[와, 참을성 좋은데?]

'입 다물어.'

[나는 입이 없는데…….]

'내일 해 뜰 때까지 내 발에 밟히고 싶어?'

성검이 조용해졌다. 일레나는 작게 한숨을 내뱉었다.

"미안하게 됐어, 경. 이 검이…… 에고 소드인데, 이런 힘이 있는 줄은 몰랐네."

"아닙니다, 괜찮습니다! 마음 쓰지 마십시오!"

"다그터한테 가봐."

의사에게 진찰받으란 소리에 토마스가 고개를 내저었다.

"정말 괜찮……."

"명령이야."

"……."

"다그터 불러서 검사할 테니 꼭 가."

"……알겠습니다."

이내 일레나가 세 기사를 내보냈다. 그녀가 탐탁지 않은 눈빛으로 바닥의 성검을 내려다보았다.

[걱정이 과하네. 딱히 네 기사를 다치게 한 건 아냐. 그냥 좀 아팠을 거야. 아니, 조금은 아니고…… 좀 많이?]

일레나는 대꾸하지 않았다. 말을 더 섞었다간 저 검이 성검이라는 것도 잊고 창밖으로 내던져 버리고 싶어질 것 같았다.

"카이휜."

"네, 일레나."

"성검 말이에요. 아무래도…… 당신 외에는 다룰 수 있는 사람이 없는 것 같아요."

카이휜이 고개를 끄덕였다. 그도 토마스가 팔을 부여잡고 고통에 겨워하는 것을 봤다.

"당분간 성검을 당신이 좀 맡아줄 수 있을까요?"

"그렇게 하겠습니다."

[난 보관실에 계속 있어도 상관없는데. 넓고, 깨끗하고, 그런대로 아늑했어.]

"그리고 내가 성검의 힘을 깨웠다는 건 비밀에 부치는 게 좋겠어요. 기사들에게도 기밀 유지를 부탁하고요."

"동의합니다. 승냥이 떼가 생겨서 좋을 게 없으니까."

[저기…… 내 목소리는 이제 없는 취급 하기로 한 거야?]

일레나는 태연한 얼굴로 머릿속 목소리를 무시했다.

'그나저나 침공 시기를 생각하면 성검의 힘이 의외로 일찍 깨어난 느낌이긴 하지만……. 뭐, 상관없겠지.'

[침공? 침공이라니. 혹시 무슨 일 생겨?]

"그럼 우리, 슬슬 식사하러 식당에 내려가는 건 어때요? 성검에 맞는 검집은 식사 후에 찾아봐요."

"좋습니다."

부부가 다정하게 손을 잡고 침실을 나섰다.

침실 바닥에 혼자 덩그러니 남은 성검이 쓸쓸하게 읊조렸다.

[……힝.]

적막한 침실 안.

한 여자가 시체처럼 파리한 안색으로 눈을 감고 침대에 누워 있었다. 미동도 하지 않는 여자의 머리 주변으로 윤기를 잃고 푸석해진 옅은 금발이 흐트러졌다.

묵묵히 여자를 진찰하는 의사에게 막 침실 안으로 들어선 남자가 말을 걸었다.

"차도는 좀 있나?"

"도련님."

의사가 여자의 맥박을 확인하던 손을 떼고 안경을 추슬렀다.

"맥박은 희미합니다만…… 호흡이 안정적이고, 혈색이 조금씩 좋아지고 있습니다."

"이게 좋아진 거라고? 여전히 시체 같은데."

"처음엔 지금보다 더 창백했습니다."

남자가 여자의 입술에 시선을 주었다. 핏기가 거의 돌지 않아 파랗게 질린 입술. 처음 이곳에 왔을 때는 저 입술이 보라색에 가까웠다.

'그땐 정말 죽은 사람인 줄 알았지.'

남자는 여자를 가만 보다가 몸을 돌렸다.

"깨어날 조짐이 보이면 바로 알려라."

"네, 알겠습니다."

남자가 침실을 나와 복도를 걸었다. 그러다 맞은편에서 걸어오던 키 큰 사내와 마주쳤다.

"오벨 도련님."

키 큰 사내, 미켈이 허리를 꾸벅 숙여 남자에게 인사한 후 입을 열었다.

"레베카 아가씨는 좀 어떠십니까?"

수도 의상실에서 일레나를 납치하려 했던 레베카의 시도가 실패로 돌아간 후, 레베카의 수하인 미켈은 그녀를 안고 곧장 도주를 감행했다.

"미켈! 당장 여기서 벗어나……아악!"

"아, 아가씨!"

의상실을 벗어나려 할 때 시드리온이 날린 마법이 두 사람을 강타했다. 둘은 자리에 내장 조각이 섞인 토혈을 남길 만큼 큰 부상을 입었다.

그러나 미켈은 그 상태로도 레베카를 안고 밤새 달려 포위망이 형성되기 전에 수도를 벗어날 수 있었다.

그는 인간이 아니었으니까.

정확히는 레베카가 준 피를 몇 차례에 걸쳐 마신 후, 사람이라고 부를 수 없는 몸이 되었다. 괴물 같은 회복력을 지닌 그는 현재 부상을 말끔하게 회복한 상태였다.

다만 레베카는 달랐다.

그녀는 평범한 인간이었고, 치명적인 상처를 입고 의식을 잃은 뒤 오랜 시간 깨어나지 못하고 있었다.

"의사 말로는 차도가 좀 있다는군."

"……다행입니다."

"자네."

"예?"

"인기척 좀 내고 돌아다녀. 훈련받아 기척을 감추는 게 몸에 밴 건 알겠지만, 가끔 사람이 아닌 것 같아서 섬뜩하네."

"……주의하겠습니다."

남자, 오벨이 미켈을 지나쳐 걸었다.

마르크 백작가의 장자, 오벨 마르크의 입가에 비뚜름한 미소가 떠올랐다.

'저놈은 나중에 따로 처리해야겠어. 충성을 다하는 건 알겠지만, 영 거슬려. 어차피 레베카 곁에는 나만 있으면 되니까…….'

이내 그의 얼굴에 점차 희열이 번졌다.

'그나저나 그 레베카가 내 손에 들어오다니.'

오벨의 눈이 반짝였다.

'이건 틀림없이 하늘이 내 마음을 알아준 것이다.'

권력 있는 백작가의 장자로 태어난 오벨은 어려서부터 손에 넣지 못했던 것이 없었다.

그러나 단 하나, 한 여자만큼은 그의 마음대로 할 수 없었다.

"연모합니다, 레베카 양. 부디 저와 교제해 주십시오."

"싫어요."

"예?"

"싫다고요. 우리 두 번 보는 일은 없었으면 하네요."

처음엔 감히 자신을 거절한 도도한 여자를 향한 호기심이었다. 그러다 그 호기심이 미련이 되고, 종내에는 집착이 되었다.

'레베카를 잊기 위해 다른 여자와 약혼도 해 봤지만…….'

소용없었다. 약혼자와 뭘 하든 그의 머릿속에서 레베카에 대한 생각이 떠나질 않았다.

결국 그는 일방적으로 약혼을 파기했다. 당시 그의 결심을 부추겼던 것은 레베카의 동생인 잉칸 마르종의 사고 소식이었다.

'여자는 힘들 때 손을 내밀면 쉽게 넘어오지. 소식을 들은 이후로 내내 기회를 엿보곤 있었지만…….'

오벨은 약 한 달여 전, 미켈이 처음 이곳을 찾았을 때를 떠올렸다.

'설마 이렇게 간단히 레베카가 알아서 내게로 굴러들어 올 줄은.'

미켈은 어스름한 새벽에 레베카를 안고 조용히 찾아와 백작성의 문을 두드렸다.

오벨은 처음에 미켈이 시체를 데리고 그의 영지를 찾은 줄만 알았다. 그래서 당장 내쫓아 버리려다, 레베카의 숨이 붙어 있다는 것을 알고는 태도를 바꿔 두 사람에게 방을 내주고 의사를 불렀다.

당연한 말이지만 사용인의 입은 철저히 단속했다. 현재 수도에 레베카의 수배령이 파다하게 내려졌다는 것은 그도 알고 있었다.

'잘된 일이지.'

오벨 마르크의 걸음에 여유가 묻어났다.

'오갈 데 없는 수배자 신세가 되었으니, 이젠 나를 절대 거부하지 못할 거야.'

남은 것은 레베카가 의식을 되찾는 일뿐이었다. 과연 그것이 언제가 될지는 모르겠지만.

오벨은 개인 서재에 도착해 그곳에서 시간을 보냈다. 그러길 얼마나 되었을까.

"도, 도련님!"

레베카를 돌보던 의사가 갑자기 헐레벌떡 오벨을 찾았다. 잠시 후, 오벨이 환한 미소를 지으며 서재에서 몸을 일으켰다.

기절했다가 깨어난 후 일레나는 또다시 한동안 공작성에서 유리 몸 취급을 받았지만, 오래가지 않았다. 일레나가 이전만큼, 아니, 이전보다 더 건강한 모습을 보여주었기 때문이었다.

'요새 피곤하거나 지친다는 느낌이 뭔지 모르겠네.'

매일매일 보약이라도 달여 먹은 것처럼 몸에 기운이 넘쳤다. 일레나의 몸을 진찰한 다그터는 왜 이토록 몸 상태가 좋은지 원인을 밝혀내지 못해 의아해했지만, 어쨌든 몸이 가뿐하고 활력이 돈다는 것은 좋은 일이었다.

일레나는 테라스 난간에 팔을 걸친 채 밖을 내다보았다.

"흐흥."

절로 콧노래가 흘러나왔다. 그녀는 최근 며칠, 그야말로 만족스러운 나날을 보내고 있었다.

'좋다.'

오늘 아침, 집무실로 출근하려는 남편을 붙잡고 진하게 입맞춤을 나눴다. 벌써 몇 번이나 키스를 나눴지만, 할 때마다 처음 하는 것처럼 새롭고 가슴이 떨렸다. 온몸이 짜릿하고 머리에 열기가 올랐으며, 발가락이 조여드는 것은 말할 것도 없었다.

"이따가 집무실에 찾아갈까……."

떠올렸더니 보고 싶어졌다. 남편도, 남편의 입술도.

"크흠."

아직 얼얼한 감각이 살짝 남아 있는 입술을 매만지다 일레나가 작게 헛기침했다.

'좀 지나친가.'

이어서 도리질을 쳤다.

'지나치긴 뭐가 지나쳐? 부부 사이인데. 이 정도면 오히려 얌전하지.'

일레나가 그렇게 스스로를 납득시킬 때였다.

"마님."

"벤?"

벤이 핏기라곤 찾아볼 수 없는 얼굴로 일레나를 찾았다. 그의 창백한 얼굴에서 일레나가 어딘지 모를 기시감을 느꼈을 때, 벤이 입을 열었다.

"초대장이 도착했습니다."

"초대장?"

일레나는 벤에게서 새하얀 카드를 받아 들었다. 그러나 그러고 나서도 그녀의 눈은 노집사의 파리한 낯에서 쉽게 떨어지지 못했다. 결국 일레나가 조심스럽게 물었다.

"벤, 자네 지금 혈색이 너무 나빠서 그러는데 혹시 최근 아침에 일어나기 힘겹거나, 입맛이 없고, 눈이 침침하지는……."

"노환으로 인한 병색 아닙니다."

벤이 고개를 저었다.

"이래 봬도 나이에 비해 정정한 편이니 그 점은 걱정하지 않으셔도 됩니다."

"그래?"

그런데 안색이 왜 저 지경이야.

벤이 말을 이었다.

“초대장에 찍힌 인장을 확인해 보시겠습니까?”

일레나는 그 말을 들은 후에야 손에 들린 카드를 자세히 살폈다. 곧 그녀의 입술을 비집고 황당한 외마디가 흘러나왔다.

“……뭐야?”

카드 겉면에 찍힌 인장은, 잘못 본 것이 아니라면 틀림없이 왕세자의 것이었다. 일레나는 그제야 벤의 핏기 없는 안색에서 왜 기시감이 느껴졌던 것인지 이해했다.

파삭.

평화롭기만 했던 일상에 실금이 생겨나는 소리가 마치 환청처럼 귓가를 울렸다.

Chapter 10
무능과 악의

왕세자 궁 집무실.

그곳에서 업무를 처리하던…… 아니, 좀 더 정확히 말하면 그저 앉아서 하염없이 시간을 보내기만 하던 왕세자가 별안간 어깨를 들썩였다.

비릿한 미소를 머금은 그가 눈을 빛냈다.

'역시 난 천재야.'

얼마 전. 모르가나 백작령에서 성검을 빼앗긴 이후, 바르테즈 왕세자는 밤에 제대로 잠들 수조차 없었다. 잠들면 백작령에서 있었던 일이 꿈에 나왔기 때문이다.

"계속할까요?"

빽빽한 산 한가운데에서 비현실적으로 타오르던 불길. 승리감에 찬 목소리.

감히 그를 똑바로 응시하던, 건방진 분홍색 눈동자.

어느 것 하나 빛바래거나 잊히는 것이 없었다. 꿈속에서 다시 마주칠 때면, 그날의 치욕과 굴욕이 오히려 실제보다 더욱 생생하게 되살아나 왕세자의 자존심을 짓밟았다.

"아악! 죽여 버리겠다! 절대 가만 안 둬!"

왕세자는 분노 조절 장애에 걸린 사람처럼 한동안 자다가도 벌떡 깨 발작하고 소리를 질렀다. 덕분에 며칠간 수면이 부족해 시뻘겋게 핏발 선 눈으로 왕성을 돌아다니기도 했다.

'뭐, 이젠 옛말이지.'

왕세자는 여유롭게 손등으로 턱을 받쳤다.

'그 연놈에게 수모를 되돌려 줄 아주 괜찮은 방법이 떠올랐으니까.'

웃음이 그치질 않는다.

왕세자는 도무지 감탄하지 않을 수가 없었다. 이토록 흠잡을 데 없이 완벽한 계획을 생각해 낸 스스로에게.

"큭, 크큭…… 큭큭큭!"

"……."

조금 떨어진 자리에서 누구 대신 바쁘게 서류를 검토하고 처리하던 보좌관이 어깨를 떨며 웃는 왕세자에게 남몰래 싸늘한 시선을 보냈다.

'저 삼무가 또 왜 저러나.'

삼무(三無).

그건 바르테즈 왕세자의 보좌관이 속으로 왕세자를 지칭할 때 쓰는 별명이었다.

능력이 없다 하여, 무능.

지식이 없다 하며, 무지.

그 둘을 얻으려는 시도조차 하지 않을 만큼 생각이라는 것 자체가 없다 하여, 무뇌.

그리하여 삼무였다.

보좌관은 개인적으로 그가 창조한 별명에 매우 만족했다. 바르테즈 왕세자라는 인물을 이보다 더 완벽히 표현할 수 있는 단어는 없다고 느꼈다.

'어디 가서 말할 수 없다는 점이 흠이지만.'

왕세자가 별명의 존재를 알게 되는 순간, 보좌관의 목은 한 떨기 꽃처럼 똑 떨어지고 말 테니까.

"전하."

서류 정리를 마친 보좌관이 이내 몸을 일으켰다.

"전하의 직인이 필요한 몇 가지 서류만 남기고 전부 처리했습니다. 이 서류들은 간단히 읽어보시고 하단에 도장을 찍거나 서명만 해주시면 됩니다."

"그래, 수고했네. 거기 두고 가."

"예, 그럼 전 이만."

왕세자가 상관으로서 지닌 유일한 장점은 바로 아랫사람을 제때 퇴근시켜 준다는 거였다.

무능한 상사를 둬 업무를 전부 떠안으면서도 정시 퇴근을 사수할 만큼 유능한 일꾼, 보좌관 페트릭이 가벼운 발걸음으로 집무실을 나서려다 멈칫했다.

조금 전 목격했던 왕세자의 음침한 웃음이 마음에 걸렸다.

'……뭐, 괜찮겠지?'

제아무리 무능하고 무지한 데다 생각조차 없어 삼무라는 별명을 얻었다지만, 사람이다. 사람인 이상 자기가 감당할 수 있는 범위 내에서 사고를 치는 것은 당연할 터.

'무슨 미친 짓을 해도 나중에 수습하면 그만이야. 권력이 이래서 편하다니까.'

"내일 뵙겠습니다, 전하."

속내를 감춘 채 공손한 미소를 지어 보인 페트릭이 물러갔다.

왕세자는 보좌관이 사라진 집무실 안으로 시종을 불렀다.

"부르셨습니까, 전하."

"지금 당장 아버지께 내가 방문한다고 전해라."

"알겠습니다."

명령을 받은 시종이 나가고, 잠시 후 왕세자가 집무실을 벗어났다.

'내 계획을 실행하기 위해선…….'

바르테즈 왕세자는 아버지인 현 국왕에게 한 가지 청을 할 생각이었다.

청이 반려되면 어쩌나, 그런 걱정은 되지 않았다. 국왕은 사랑하는 왕비가 쇠약한 몸으로 겨우 낳은 자식인 왕세자를 매우 아꼈고, 그의 부탁이라면 그게 어떤 것이든 들어주지 않은 적이 없었다.

'기대되는군.'

왕세자가 기세등등하게 화려한 복도를 가로질렀다.

'메이하드 공작 부인, 공작. 감히 하늘 높은 줄 모르던 그 건방진 연놈이 내 발아래 엎드려 엉엉 울 그날이.'

키킥, 크크크.

"크하하!"

왕세자가 참지 못하고 터뜨린 웃음이 드넓은 왕세자 궁 복도 구석구석을 울렸다.

"다 됐습니다."

치장을 마친 일레나가 거울 속 자신과 눈을 맞췄다. 이내 그녀의 이맛살이 떨떠름하게 찌푸려졌다.

'파티라니…….'

왕세자는 왕궁에서 열리는 파티에 공작 부부를 초대했다. 다만 왕세자가 주축이 된 파티는 아니었다.

파티의 주인공은 왕녀였다. 최근 긴 유학을 마치고 막 조국으로 돌아왔다는, 제1 후궁 소생의 왕녀. 그녀의 귀환을 축하하는 것이 바로 이번 왕궁 파티의 공식적인 목적이었다.

일레나는 처음엔 초대장을 무시하려 했다. 공작성에 도착한 것이 달랑 초대장 하나뿐이었다면, 분명 그렇게 했을 거다.

그러나 왕세자는 초대장에 왕실 측 사람을 한 명 붙여 보냈다.

"참석하시겠다는 확답을 듣기 전까지는 돌아오지 말라 하셨습니다."

반드시 초대에 응하라는 무언의 압박. 일레나는 그 압박을 마주하는 순간 불길한 예감을 느꼈다.

'왕세자의 성격이라면, 이 초대를 거절하더라도 틀림없이 계속해서 다른 초대장을 보내겠지.'

왕실 측 사람을 딸려 보낸 것에서 그 집요함의 시작을 봤다.

'왕족의 초대라면 어쨌든 한 번 정도는 응해야 하고, 어차피 왕궁에 갈 거라면 왕녀 전하의 눈에 들 수 있는 이번 파티가 나을 것 같아 참석한다곤 했지만.'

일레나가 뒤늦게 한숨을 내쉬었다.

'잘한 선택인지 모르겠네.'

그때 똑똑, 하는 노크 소리가 들렸다.

"들어와요."

그러자 문이 열리고 연회복 차림에 흰 가면을 쓴 남편이 안으로 들어섰다.

"그럼 저흰 이만 물러나겠습니다. 필요하실 때 다시 불러주세요."

아비가 눈치 빠르게 다른 하녀들을 데리고 퇴장했다. 요새 공작성 사용인들은 공작 부부가 둘만의 시간을 자주 보낸다는 것을 잘 알고 있었다.

"카이휜."

일레나가 다가오는 카이휜을 복잡한 눈으로 바라보았다.

평소였다면 얼굴이 아니라 팽팽하게 당겨진 연회복 단추에서 눈을 뗄 수 없었을 거다. 하지만 현재 일레나는 잘 차려입은 카이휜의 모습이 시야에 들어오지 않을 만큼 마음이 번잡한 상태였다.

"괜찮을까요?"

카이휜이 일레나가 앉은 의자 앞에 한쪽 무릎을 꿇었다. 그가 다정하게 아내를 올려다보았다.

"아무 일 없을 겁니다. 그저 파티에 참석하는 것뿐인데요."

"그렇지만……."

일레나는 망설이다가 입을 다물었다.

'이제라도 가지 말자고 할까.'

남편은 그저 파티니 괜찮을 거라고 했지만, 일레나는 바로 그 '파티'라는 점이 마음에 걸렸다.

'파티엔 사람이 많잖아.'

남편이 나타나면 틀림없이 수많은 이목이 쏠릴 것이다. 호의적인 시선일 거라곤…… 솔직히 기대하기 어렵겠지.

일레나의 고뇌를 읽어냈는지 카이휜이 조용히 그녀의 손을 잡았다. 그러곤 그 손을 잡아끌어 손등에 입을 맞췄다.

"난 괜찮습니다."

"……."

"부인이 곁에 있지 않습니까. 어떤 일이 벌어져도 아무렇지 않을 겁니다."

"카이휜……."

그의 온기가 피부 위에 뜨겁게 머물렀다. 일레나가 눈을 깜박거렸다.

남편의 입술이 닿았다 떨어진 제 손등을 유심히 쳐다보던 그녀가 이어서 입을 열었다.

"나, 방금 화장을 다시 해야겠다는 생각이 들었어요."

"네?"

"입술 화장이 마음에 안 들어요. 지우고 다시 바르고 싶은데……."

일레나의 눈빛이 은근하게 변했다.

"당신이 지우는 것 좀 도와줄래요?"

일레나의 말이 무슨 의미인지 알아들은 카이휜이 멈칫했다. 그의 귓가가 미미하게 붉어졌다.

"하지만…… 지금 출발하지 않으면 연회에 늦을 텐데요."

"어머."

일레나가 일부러 과장되게 탄성을 뱉으며 입을 가렸다.

"입술 화장을 지우는 데 그렇게 오래 걸린단 말이에요?"

"……."

"출발이 늦어질 정도로? 하녀들이 쉽게 하기에, 난 또 금방 되는 건 줄 알았는데……."

"일레나."

"장난이에요."

당황한 카이휜의 눈이 흔들리자 일레나가 웃음을 터뜨렸다.

남편을 실컷 놀려먹던 그녀가 이내 말없이 차분하게 남편의 얼굴로 손을 가져갔다. 부드러운 피부 대신, 딱딱하고 차가운 가면의 감촉이 손끝에 닿았다.

"……벗을까요?"

"아뇨."

일레나가 도리질 쳤다. 어색하긴 한데, 어쩐지…… 그래서 더 새로운 느낌이었다.

"쓰고 있어요. 이대로."

"……."

"그리고, 연회에는…… 아주 조금만 늦는 걸로 해요."

'조금만' 늦을 수 있다면.

일레나는 뒷말을 뱉지 않고 고개를 숙였다. 곧 뜨거운 숨결이 그녀가 입에 가둔 말까지 모조리 앗아갔다.

[너흰 정말 시도 때도 없구나?]

흔들리는 마차 안.

일레나는 머릿속에서 울리는 성검의 목소리에 대강 대꾸했다.

'응, 없어.'

일레나와 카이휜은 이동 마법진을 통해 공작성에서 왕성 입구로 바로 이동했다.

여전히 붉은 보석 가루와 씨름하느라 바쁜 시드리온 대신 흑탑에서는 실력이 검증된 수석 마법사를 여럿 보내주었다. 그들의 노고 덕에 공작 부부는 쉽고 빠르게 왕성까지 올 수 있었고, 현재 왕성 외문에서 파티가 열리는 본성까지 이동하느라 손님용 마차에 탄 참이었다.

[왜 없어? 왜 안 가려? 짐승이야? 전생에 뭐 키스 못 해서 죽은 귀신이 붙었나…….]

'붙었나 보지.'

[이 짐승! 귀신 들린 짐승!]

'그래, 그래.'

벌써 보름 가까이 듣는 성검의 목소리는 이제 와 딱히 새롭지도, 거슬리지도 않았다. 일레나는 머릿속 목소리에게 무심하게 응답하며 남편의 허리춤을 힐끗 쳐다보았다.

성검을 맡아달라는 그녀의 부탁대로, 카이훤은 최근 검집을 씌운 성검을 몸에 지니고 다녔다.

오직 남편만 다룰 수 있는 검.

참고로 말하자면 일레나는 굳이 성검을 휘두르려 시도해 보지도 않았다. 그녀는 검사가 아니었다. 단검도 아닌 무거운 장검을 쓸 수 있을 만큼 몸을 단련해 본 적도 없었다.

성검이 거부반응을 보이지 않는다고 해도, 보나 마나 몇 번 휘두르다 힘이 다해 그만두겠지. 무슨 의미가 있을까 싶었다.

일레나는 성검을 묵묵히 응시하다가 머릿속으로 말을 걸었다.

'성검.'

[내 이름은 테르모어야. 뭐…… 굳이 원한다면 테리라고 불러도 좋아.]

일레나가 눈살을 찌푸렸다. 별로 궁금하지 않았던 애칭을 알게 되었다.

'아무튼, 넌 왜 아는 게 없어? 성검씩이나 되면서.'

[아는 게 없다니!]

정확히는 아는 게 없는 건 아니었다. 알긴 아는데, 다소 어중간하게 알 뿐.

'그렇잖아. 나한테 힘이 있다는 건 알면서, 그 힘을 뭐라고 불러야 하는지는 모르고…….'

[아, 그야 이름 같은 건 인간들이 멋대로 붙이는 건데 내가 어떻게 알아? 대충 성검 해방 능력이라고 해.]

'왜 내 남편만이 아무 저항 없이 너를 다룰 수 있는지도 모르고…….'

[그, 그건…….]

성검의 목소리가 주춤했다.

[이 씨, 그건 진짜 이상하네. 단순히 남보다 신체 능력이 뛰어나다거나 힘이 세다거나 해서 나를 막 휘두를 수 있는 건 아닌데…….]

'봐, 아는 거 없지.'

[그 인간의 후손인가? 아니야. 그럴 리 없어. 핏줄이라기엔 생긴 게 너무 다르다고.]

'그 인간?'

그때 마차가 멈췄다.

"내리시지요."

하인이 마차의 문을 열었다.

카이휜이 먼저 내리고, 일레나가 그의 에스코트를 받아 땅에 발을 디뎠다. 마차에서 내려서자 파티장의 화려한 불빛이 새어 나오는 본성이 눈앞에 보였다.

본성 내부로 이동하며 파티장에 입장하기 직전, 일레나가 문득 입을 열었다.

"방금 막 떠오른 건데요."

"네."

"당신, 파트너 데리고 파티에 참석하는 거 처음이죠?"

카이휜이 의아한 눈으로 일레나를 내려다보았다. 왜 그런 걸 묻는지 알 수 없다는 듯.

그러거나 말거나 일레나가 답을 재촉했다.

"처음 맞죠?"

"맞습니다."

"좋아요."

일레나가 만족스럽게 웃었다. 분홍색 눈이 어떤 단단한 각오로 반짝였다.

"들어갈까요?"

일레나의 우려는 반만 들어맞았다.

그녀의 예상대로, 파티장에 들어서자 수많은 시선이 남편에게 쏠렸다.

"저 사람이 바로 그 소문 속의……."

"어쩜, 이런 데서 가면을……."

그다지 호의적인 시선이 아닌 것도 맞았다.

그런데…….

"옆에 있는 사람은, 설마 공작 부인인가요?"

"시종이 분명 조금 전 공작 부부라고 소개했지요?"

"맙소사!"

"왕국에 저렇게 아름다운 여인이 있었다고요?"

"왕국의 꽃이라고 불리는 제시카 에이버린 양보다 아름다운 것 같은데……."

"저 눈 같은 은발 좀 봐. 평소에 어떻게 관리하는 걸까요?"

"세상에, 피부가 어쩌면……."

남편을 향한 것보다 훨씬 많은 시선이 일레나에게 꽂혔다. 이목의 한가운데 서게 된 것은 남편이 아닌 일레나였다.

일레나는 연회장 한쪽에 서서 살짝 당황한 채 눈을 깜박였다.

'내 미모가 이 정도였나?'

예쁘다, 아름답다는 말은 살면서 숱하게 들었다. 스스로의 외모가 평균 이상이라는 것은 자각하고 있었다.

하지만 이런 반응은…….

'내가 파티에 처음 참석하는 것도 아닌데.'

자주는 아니어도, 일레나는 몇 달에 한 번씩은 이런 자리에 모습을 드러내곤 했다. 그때도 소소하게 주변의 이목을 잡아끌긴 했으나 결코 이 정도까진 아니었다.

[쯧쯧, 하여간 인간들이 외모를 찬양하는 기준은 알 수가 없다니까.]

비아냥거리는 성검의 목소리를 무시하며 일레나가 카이휜의 기색을 살폈다.

어쨌거나 남편이 입방아의 중심이 되지 않아 일레나는 다소 마음이 편해진 상태였다.

그러나 그런 그녀와 달리 정작 남편은 기분이 그리 좋아 보이지 않았다.

'하긴, 나보다 덜하다 뿐이지 남편도 주목을 받고 있으니까…….'

일레나가 걱정스럽게 말했다.

"많이 불편해요?"

"……네, 생각보다."

"역시 파티장은……."

"부인을 보는 눈이 너무 많아서 마음에 안 듭니다."

"응?"

"부인을 쳐다보는 눈도, 부인의 미모에 대해 떠드는 입도 지나치게 많군요."

"……."

“그다지 유쾌한 느낌은 아닙니다.”

깜박깜박. 일레나의 눈꺼풀이 조용히 움직였다.

‘설마 지금 질투하나?’

그런 생각이 드는 것과 동시에 일레나의 입술 끝이 씰룩거렸다.

아, 잠깐. 웃으면 안 된다. 남편은 지금 정말로 기분이 좋지 않아 보였다.

‘웃으면 안 돼.’

가까스로 웃음을 눌러 참은 일레나가 입을 열었다.

“그렇군요. 그럼 우리, 시선이 없는 곳으로 장소를 좀 옮기…….”

“일레나!”

그때, 쩌렁쩌렁한 목소리가 들렸다.

일레나는 상대를 쳐다보지 않고도 목소리의 주인이 누구인지 바로 알아맞힐 수 있었다.

남이 아닌, 가족의 목소리였으니까.

“에드워드.”

“네가 이런 데를 다…… 아, 공작님. 오랜만입니다. 잘 지내셨습니까?”

“오랜만입니다, 에드워드 경. 잘 지냈습니다.”

에드워드와 카이퀸이 서로 악수를 나눴다. 일전에 공작성에서 대면했을 때를 떠올리면 퍽 살가워진 모습이었다.

“얼씨구.”

일레나가 그 모습이 황당하다는 듯 픽 웃고는 말을 붙였다.

“언니와 아버지는?”

“없어. 나 혼자 대표로 온 거야.”

“아버지는 그렇다 치고……. 언니는 이런 자리에 잘 안 빠지지 않아?”

릴리아나는 파티를 즐기지는 않았지만 파티를 통해 얻을 수 있는 인맥은 중히 여겼다. 그래서 작은 연회든, 큰 연회든 대부분 놓치지 않고 부지런히 참석했다.

"심지어 왕궁에서 열리는 파티인데……."

"걔 지금 수도에 없어."

"응?"

"흑탑에 갔다."

"뭐?"

일레나가 자기도 모르게 목소리를 높였다가, 장소를 의식하고 다시 낮췄다.

"그게 무슨 소리야? 언니가 왜…… 흑탑에 갔는데?"

일레나의 머릿속에 저절로 시드리온을 쳐다보던 릴리아나의 모습이 떠올랐다. 에드워드가 어깨를 으쓱했다.

"보석 분석 결과가 어지간히 안 나오니 답답했나 보지."

곧 그의 입술 새로 한숨이 흘러나왔다.

"누구한테 말은 안 하는데…… 아마 그날 의상실에서 있었던 일이 아직 꿈에 나오는 모양이야."

"……아."

"넌 괜찮아 보여서 마음이 놓이네. 괜찮은 거 맞지?"

"응, 괜찮아. 걱정하지 마."

일레나는 약간 음울하게 속눈썹을 내리깔았다. 언니가 후유증에 시달리고 있었구나. 그건 예상하지 못했다.

'조만간 언니를 따로 만나볼까.'

그때였다.

"미남, 미녀분이 한자리에 모여 계시니 눈이 참 즐겁네요."

귀를 사로잡는 청아한 목소리가 그들 사이로 끼어들었다.

"왕녀 전하."

케딜라 드 리브란테. 이 연회의 주인공.

에드워드가 가장 먼저 반응하여 바로 예를 차렸다.

"고귀하신 왕녀 전하를 뵙습니다."

"왕녀 전하를 뵙습니다."

그의 뒤를 이어 일레나와 카이휜도 나란히 예법을 갖춰 왕녀에게 인사를 올렸다. 일레나는 숙였던 고개를 들어 올린 뒤 다소 놀란 눈으로 왕녀를 쳐다보았다.

'먼저 말을 붙이러 올 줄은…….'

왕녀가 사람들에게 둘러싸인 모습은 파티장에 들어오면서 얼핏 봤다. 조용한 곳으로 자리를 옮기기 전 인사를 건네러 가려고는 했지만, 설마 상대 쪽에서 먼저 접근할 줄은 몰랐다.

"내 축하연을 빛내러 이렇게 귀한 분들이 와주시니 마음이 참 풍족합니다."

"과찬이십니다. 왕국에 돌아오신 것, 진심으로 축하드립니다."

"고마워요."

왕녀의 눈길이 에드워드와 카이휜을 거쳐, 일레나에게 머물렀다.

붉은색 눈동자.

'왕세자와는 하나도 안 닮았네.'

일레나는 무심코 그런 생각을 했다.

분위기도 분위기지만, 두 사람은 외모부터 크게 차이가 났다. 평범한 갈색 머리와 눈동자를 지닌 바르테즈 왕세자와 달리, 케딜라 왕녀는 누구나 한 번쯤 돌아볼 수밖에 없을 만큼 강렬한 적발과 적안을 소유하고 있었다.

'왕세자와 사이가 별로 안 좋겠어.'

일레나는 명쾌하게 확신했다.

뻔하디뻔했다. 왕세자의 그 하등한 열등감이 제 누이라고 해서 비켜갔을 리 없다.

'자기와 달리 가만히 있어도 눈에 띄는 사람이니, 어지간히 질투가 났겠지.'

그래서일까. 왕세자는 현재 파티장에 없었다.

사정이 있어 다소 늦는 거라고 볼 수도 있겠지만, 일부러 파티에 참석하지 않은 거라는 가능성도 배제할 수 없었다.

'아니, 가만. 그럴 거면 공작성에 초대장은 왜 보낸 거야?'

꿍꿍이를 알 수 없는 왕세자의 행동에 일레나의 속이 복잡해졌을 때, 왕녀가 입을 열었다.

"준비한 것은 적지만 모쪼록 연회를 즐겨주시길 바라요."

사람의 주의를 잡아끄는 목소리. 일레나가 문득 정신을 차리고 대답했다.

"감사합니다, 전하. 전하께서도 부디 만족스러운 시간이 되시길."

왕녀가 빙긋 웃고는 물러갔다.

'인사만 하고 가네.'

짧고 깔끔한 만남이었다. 일레나의 곁에서 에드워드가 가슴을 쓸어내렸다.

"방금 나 어디 이상하지 않았지? 어색했던 점은?"

"글쎄, 그런 걸 알 만큼 오빠가 뭔가 했던가?"

"음…… 그건 그렇지."

처음 인사를 올린 것을 제외하면 에드워드는 왕녀와 한 마디도 나누지 않았다. 그는 긴장을 털어내듯 목덜미를 쓸었다.

"왕녀 전하는 어려워."

"어떤 점이?"

"그냥, 분위기?"

곰곰이 생각해 보던 에드워드가 손가락을 튕겼다.

"그래, 마치 가족이 아닌 릴리아나를 밖에서 마주친 기분이야."

"뭔지 알겠네."

일레나가 웃었다.

마주하는 순간 무시할 수 없게 되는, 은근하지만 확실한 존재감. 묘하게 주변을 아우르는 차분하고 고요한 카리스마.

케딜라 왕녀에겐 그런 것들이 있었다.

'아깝다.'

일레나는 아마 이 왕국 귀족의 절반 이상이 한 번쯤 했을 생각을 했다.

'왕녀가 후계 자리에 올랐어야 했는데.'

그녀가 후궁의 소생만 아니었다면 왕세자가 지금처럼 설치는 꼴을 보지 않아도 되었을 거다.

'반정을 일으킬 사람으로는 보이지 않으니…….'

하긴, 그러니 왕이 안심하고 외국에 나간 왕녀를 본국으로 불러들인 거겠지.

일레나는 잠시 생각하다 아쉬움을 뒤로하고 몸을 돌렸다. 파티의 주인공과 인사도 나눴겠다, 더 이상 시끄럽고 소란스러운 자리에 있을 이유는 없었다.

"어디 가?"

"조용한 곳에."

일레나가 카이휜의 팔을 잡으며 에드워드를 돌아보았다.

"말 안 해도 알겠지만, 따라오지 마."

일레나는 남편을 이끌고 테라스로 향했다.

문을 닫으니 파티장 내부의 소음이 아주 희미하게 전해졌다. 알아들을 수 없을 만큼 작아진 소리는 은은한 배경음처럼 들리기도 했다.

테라스의 운치를 즐기며 일레나가 난간에 다가갔다.

"좋다."

"……."

"오늘따라 날도 선선하고, 바람도 이만하면 딱 적당하고……. 분위기 참 좋네요. 그렇죠?"

일레나가 고개를 돌렸다. 남편이 그녀를 묵묵히 바라보고 있었다.

"왜 말없이 그렇게 봐요?"

"항상 좋아서요."

"응?"

"부인과 있으면…… 그냥 늘 좋은 것 같습니다. 장소가 어디든, 날이 어떻든."

팔랑팔랑 긴 속눈썹을 움직이며 눈을 깜박거리던 일레나가 이내 손을 뻗었다.

"이리 와요."

카이휜이 순순히 다가왔다. 일레나의 손에 남편의 소매가 닿았다. 그녀가 그 소매를 붙잡고 남편을 바짝 끌어당겼다.

두 사람 사이의 간격이 틈 없이 가까워졌다.

이런 식으로 서로 몸을 붙인 적이 한두 번도 아니건만, 마치 처음인 것처럼 카이휜의 단단한 어깨와 등이 움찔 굳었다.

일레나가 고개를 한참 뒤로 젖혀 카이휜과 눈을 맞췄다.

"당신."

"……네."

"왜 갈수록 나를 유혹하는 솜씨가 늘지?"

"네?"

카이휜의 목소리에 당황이 묻어났다.

"유혹한…… 겁니까?"

"이거 봐."

일레나가 소매를 놓고 카이휜의 어깨를 찬찬히 쓸었다.

"자기가 유혹해 놓고도 모른다니."

입술 사이로 부푼 설렘을 담은 웃음이 흘러나왔다.

"위험해서 어쩌지……."

[세상에, 염병.]

성검의 목소리를 익숙하게 무시하며 일레나가 카이휜의 목뒤로 팔을 둘렀다.

그러나 막 서로의 호흡이 뒤엉키기 직전, 무시할 수 없는 소리가 들렸다.

똑똑.

"안에 계십니까?"

"……."

"다시 묻겠습니다. 안에 계십니까?"

"없는 척할까요?"

일레나가 작게 속삭였다.

하지만 그녀의 발상이 부질없음을 알려주듯 문 너머에서 다시 목소리가 들렸다.

"문을 열겠습니다."

이어서 허락도 받지 않고 벌컥, 테라스의 문이 열렸다.

"……."

일레나가 한숨을 쉬며 카이휜의 목에 둘렀던 팔을 내렸다.

"무슨 일인가?"

문을 열고 들어온 것은 왕실 시종이었다. 일레나의 목소리가 저절로 곱지 않게 나갔다. 시종이 허리를 숙였다.

"무례를 사과드립니다. 왕세자 전하께서 메이하드 공작 각하를 급히 찾으십니다."

"왕세자…… 전하, 께서?"

시종을 의식해 가까스로 '전하'와 '께서'라는 존칭을 사용한 일레나가 눈살을 찌푸렸다.

"무슨 용건으로?"

"그에 대해서는 제게 전달된 내용이 없습니다."

"함께 가도 되겠지?"

일레나가 곧장 한 걸음 앞으로 내디뎠다.

하나 시종이 고개를 저었다.

"전하께서 메이하드 공작 각하와 독대하시겠다는 뜻을 밝히셨습니다."

"뭐?"

"다녀오겠습니다."

"카이휜."

일레나의 고개가 휙 움직였다. 카이휜이 부드럽게 미소 지었다.

"나를 믿지 않습니까?"

"……당신은 믿지만, 왕세자 그 자식을 못 믿겠다고요."

일레나가 시종의 귀에는 들리지 않을 만큼 목소리를 작게 줄여 속삭였다. 카이휜이 안심하라는 듯 재차 말했다.

"부인께서 걱정할 만한 일은 없을 겁니다."

"……."

"여기서 기다리고 계시면, 금방 돌아오겠습니다."

"왕세자가 일찍 놓아주지 않으면요?"

"그래도 오겠습니다."

촛불처럼 흔들리던 일레나의 눈동자가 맹세하듯 단호하게 떨어진 남편의 말에 그나마 좀 잠잠해졌다.

"……상대가 모욕적인 말을 하면 절대 가만히 들어주지 말아요."

"알겠습니다."

"아무리 왕세자라도 인국의 공자한테 마말할 권리는 없어요. 일죠? 화내요. 절대, 절대로 참으면 안 돼요."

"네."

몇 번이나 거듭 당부한 후, 일레나가 마지못해 마지막 한마디를 뱉어냈다.

"……다녀와요."

"잠깐만요."

그때 시종이 카이휜의 허리춤에 눈길을 주었다.

"죄송하지만, 왕세자 전하와 독대할 때 검은 소지하실 수 없습니다."

시종의 시선이 성검에 닿았다. 연회장 내에서는 꼭 무장을 해제할 의무가 없었지만, 왕세자와 독대하는 자리라면 이야기가 달랐다.

"저에게 맡겨주시면, 독대가 끝날 때까지 왕성에서 보관……."

"내가 들고 있지."

일레나가 냉큼 남편의 허리춤에서 성검을 풀어 품에 안았다.

"이제 됐지?"

"……예. 가시죠."

시종이 카이휜과 함께 테라스에서 벗어났다.

일레나는 문이 닫히자마자 가까운 의자에 털썩 걸터앉았다. 한숨을 쉬지 않으려 해도 그럴 수가 없었다.

"후우."

[왜? 왕세자가 그렇게 답 없는 인간이야?]

"너 몰라?"

왕세자에 대해 전혀 모르는 듯한 성검의 태도에 일레나가 문득 의아해져 질문했다.

"널 탐냈던 인간이잖아. 백작령에서."

[내 의식이 돌아온 건 최근 일이야. 그전까진 쭉 잠들어 있었고.]

"……그래?"

[네 힘이 내게 영향을 끼친 거겠지. 봉인을 풀어줄 존재가 가까이 있으면 의식이 깨어나거든.]

"흐음……."

저 '힘'에 대한 언급은 언제 들어도 새로웠다. 평생 전혀 상상해 보지 못했던 것이니까.

"어쨌든 그러면 꽤 오래 잠들어 있다가 깨어난 셈이구나. 그래서 말이 많나?"

[내가? 말이 많다고? 인생에서 처음 듣는 말인데?]

"인생이 아니라 검생이겠지."

[어쨌거나. 지금 그게 중요해?]

성검과 시시콜콜한 대화를 나누며 얼마나 그렇게 시간을 죽였을까.

슬슬 초조함이 일어 일레나가 손끝으로 테이블을 두드리기 시작했을 때, 마침내 테라스의 문이 열렸다.

"카이……!"

일레나가 화색이 되어 몸을 일으켰다가, 그대로 멈칫했다. 곧 그녀의 얼굴에 진한 실망감이 어렸다.

남편이 아니다.

굳게 닫혀 있던 문을 열고 모습을 드러낸 건, 낯선 사내였다.

"……사람 있으니 나가요."

일레나는 힘없이 말하며 다시 의자에 걸터앉았다.

"그리고 다음부터는 테라스 안에 사람이 있는지, 없는지 정돈 확인하고 문을 여는 편이 좋겠네요."

너무 실망해서 짜증이 났다. 일레나가 불쾌한 감정을 숨기지 않고 휘적휘적 손짓했다. 빨리 꺼지라는 뜻이었다.

그런데 이쯤 하면 당장 사과하고 사라졌어야 할 상대가 아무런 반응을 보이지 않았다.

아니, 오히려 한 걸음 더 안으로 들어오더니 그의 뒤로 열려 있던 테라스 문을 닫았다.

"……?"

일레나가 의아한 얼굴로 사내를 쳐다볼 때, 그의 입이 열렸다.

"누굴 기다리던 거야?"

일레나의 눈썹이 휙 솟구쳤다. 잘못 들었나?

"혹시 남편? 남편을 기다리는 중이야? 얌전한 아내네."

잘못 들은 게 아니었다. 사내는 마치 친구나 아랫사람에게 하듯 편히 말을 놓고 있었다.

일레나는 기가 막혀 입술을 벌렸다.

"뭐야, 너."

[뭐야, 저놈.]

"나 알아?"

사납게 쏘아붙이며 일레나가 사내를 찬찬히 뜯어보았다. 혹 아는 사람일까 싶어 자세히 살펴봤는데, 딱히 바로 머릿속에 떠오르는 것은 없었다.

그때 사내가 땅에 붙이고 있던 구둣발을 떼어냈다.

"와, 이거 섭섭한데……. 설마 몰라보는 거야?"

뚜벅.

사내가 가까워졌다.

"어떻게 그럴 수 있지? 편지에 답장이 없었을 때부터 혹시 날 기억하지 못할지도 모른다고 생각하긴 했지만…… 그래도 너무하잖아."

무슨 소린지 모르겠다. 일레나가 이맛살을 찌푸렸다. 중요한 건, 사내가 그녀가 원치 않을 만큼 가까워지고 있다는 거였다.

"더 다가오기만 해."

일레나가 의자에서 일어서서 성검을 움켜쥐었다. 그녀의 품에 무기가 있다는 것을 이제야 알아챘는지 사내가 우뚝 걸음을 멈췄다.

"……검?"

"……."

"일레나 너, 검을 다뤘어?"

"허락 없이 내게 접근하는 남자 하나 써는 법 정도는 배웠지."

"……."

"뭘 어떻게 배웠는지 궁금해? 궁금하면 거기서 더 와봐."

일레나의 가녀린 체구와 성검을 번갈아 쳐다보던 사내가 이내 그 자리에서 양손을 들어 올렸다.

"뭐, 좋아. 누가 다루든 날붙이는 위험한 거니까……."

"누구야, 너? 가까이 오지 말고 거기서 대답해."

사내가 일레나를 빤히 보았다. 그의 눈이 마치 초승달처럼 휘었다.

순간, 일레나는 저 느끼한 눈웃음을 어디서 본 것 같다고 생각했다.

"정말 기억 안 나?"

"……."

"첫 남자. 옛 연인. 이래도?"

[옛 연인?!]

일레나보다 성검이 먼저 화들짝 놀라 반응했다.

일레나는 멍하니 남자를 보며 눈을 깜박이다, 이어서 표정을 와락 구겼다.

"핸즈?"

"내 이름은 헌즈야."

"그래, 그거."

허. 일레나가 잇새로 헛웃음을 내뱉었다. 성검이 시끄럽게 호들갑을 떨었다.

[뭐야? 전 남친? 지금 전 남친 만난 거야? 사랑과 전쟁이야?]

'조용히 해, 성검.'

[내 이름은 성검이 아니……]

'쉿, 테리.'

단박에 성검이 조용해졌다. 애칭이 불려서 만족스럽기라도 했던 걸까.

어쨌든 머릿속이 조용해진 김에 일레나가 사내, 헌즈를 쳐다보았다.

"네가 왜 여기에 있어?"

"왜냐니, 왕녀 전하의 귀국 축하연에 귀족인 내가 빠지는 게 더 이상하잖아?"

"그거 말고. 이 테라스에는 왜 기어들어 온 거냐고."

"……."

"부른 적도 없는데."

헌즈가 어깨를 으쓱했다.

"우리 사이에 꼭 온다 간다 말을 해야 얼굴을 볼 수 있나?"

"아니. 그냥 얼굴을 보이지 말아야지."

일레나의 미간이 못마땅하게 좁혀 들었다.

헌즈 펄슨. 펄슨 백작가의 넷째.

그리고…… 과거 고작 일주일 사귀었다가 헤어진 일레나의 첫 연애 상대.

'내가 미쳤지.'

일레나는 엄습하는 자기혐오에 혀를 약하게 깨물었다.

'아무리 연애라는 게 뭔지 궁금했다지만, 하필 저런 놈을…….'

성년식을 치르기도 전. 어렸던 일레나는 이성 교제라는 것이 뭘까 아주 잠깐 궁금했던 적이 있었다.

남자 친구라는 존재가 있다는 건 어떤 기분일까. 좋을까? 뭔가 특별할까?

그래서 호기심을 이기지 못하고 그날 참석했던 파티에서 가장 먼저 그녀에게 춤을 청한 두 살 위 영식에게 교제를 신청했다.

"아…… 조, 좋아."

영식은 갑작스러운 전개에 당황한 듯했으나, 일레나의 예쁜 얼굴을 보곤 수줍게 그 요청을 받아들였다.

'그냥 그때 차였어야 했어.'

조금만 덜 예쁘게 차려입고 갈 것을.

정확히 일주일 뒤, 이성 교제에서 아무런 매력도 느끼지 못한 일레나는 첫 남자 친구에게 냉정히 이별을 고했다.

"우리 그만 만나자."

"응…… 그래."

의외로 당시 남자 친구였던 헌즈도 별달리 아쉬워하는 기색 없이 쉽게 동의했다. 그렇게 짧고 무미건조했던 일레나의 첫 이성 교제는 별 탈 없이 마무리되는 듯 보였다.

그 후, 헌즈가 사교계에서 번번이 유부녀만 골라 만나며 스캔들을 일으키기 전까지는.

"들었어? 헌즈 펄슨, 유부녀 킬러래!"

"기혼자가 아니면 아무리 예뻐도 마음이 동하질 않는다며?"

"전 여자 친구 덕분에 자기 성향을 깨달았대."

"듣기로는 여자 친구가 상당히 미인이었다는데, 기혼이 아니어서 전혀 설레지 않았다고……."

덕분에 일레나는 헌즈를 둘러싼 추잡한 소문에 머리채를 잡혀 한동안 같이 소환되었었다.

지금이야 사교계에서 거의 잊히다시피 한 소문이지만, 당연하게도 일레나 입장에선 결코 유쾌한 기억이 아니었다.

"당장 나가…… 아니다, 그냥 내가 나가야지."

남편을 기다려야 하지만, 차라리 잘됐다.

일레나는 이렇게 된 거 그냥 남편과 왕세자가 독대하는 장소 근처에서 대기하기로 했다.

일레나가 척척 걸어 헌즈를 지나쳤다.

아니, 지나치려 했다. 상대에게 손목이 잡히지만 않았더라면.

"놔, 핸즈."

"헌즈라니까."

"안 놔?"

"어디 가? 매정하게 이러지 말고 얘기 좀 하자."

일레나는 깊이 고민했다. 가랑이와 정강이. 어딜 걷어차는 게 좋을까.

답은 금방 나왔다. 가랑이를 노리는 것은 그녀도 희생을 감수해야 하는 행위였다.

자신의 발과 구두를 소중히 여기기로 한 일레나가 이내 헌즈의 정강이를 세게 걷어찼다.

뻑!

“억!”

“헌즈 펄슨. 경고하는데, 나한테 말 놓지 마. 난 이제 일레나 소르테가 아니라 메이하드 공작 부인이니까.”

“……하, 하하.”

허리 숙여 낑낑거리던 헌즈가 찡그린 얼굴로 몸을 세웠다.

“과연 매력적이야……. 역시, 여자는 결혼하면 그때부터 몰라보게 매력적으로 변한다니까.”

‘미친놈.’

[으…….]

일레나가 생리적인 혐오감에 인상을 찌푸렸다. 기분 탓인지 그녀의 품에 있는 성검도 살짝 떤 것 같았다.

‘왜 생전 연락도 없던 놈이 갑자기 테라스까지 찾아와 이 난리인가 했더니…….’

역시 그녀가 결혼했다는 소식을 듣고 이러는 거였다.

일레나는 두드러기가 올라올 것 같았다. 참, 변함없이 더러운 취향이었다. 그리고 헌즈는 변치 않는 취향을 유지했을 뿐만 아니라 대단히 끈질겼다. 아직도 그녀의 손목을 놓지 않았으니까.

[내가 해치워 줄까?]

‘네가 어떻게?’

[저놈한테 날 한번 휘두르라고 해봐. 지옥을 보여줄 테니.]

피식, 일레나가 옅게 웃음을 흘렸다.

'됐어. 내가 처리하면 돼.'

군이 성검을 쓰거나 육탄전을 벌이지 않아도 된다. 일레나는 공격 마법이 새겨진 반지를 착용하고 있었다. 여차하면 말 한마디로 헌즈를 저 멀리 날려 보낼 수도 있었다. 다만 큰 소란을 일으키지 않는 선에서 끝내기 위해 여태 마법을 사용하지 않았을 뿐.

'역시 가랑이를 차야 하나.'

[아, 필살기가 있었구나? 조용히 할게.]

내키지 않지만, 아무래도 발을 희생하는 것이 최선인 것 같았다. 일레나가 마음의 준비를 마쳤을 때 헌즈의 입이 열렸다.

"당장 소문낼 수도 있어."

"뭐?"

"남편이 부재한 사이, 옛 연인을 잊지 못해 몰래 그를 테라스로 불러들여 밀회를 나눈 공작 부인……."

"무슨 개소리를—"

"사실 여부와 관계없이, 참 자극적인 소문이잖아?"

헌즈가 목소리를 낮춰 속삭였다.

"다들 좋아해 줄 거야. 안 그래?"

"……."

"말 한마디로 너와 네 남편의 평판을 바닥까지 끌어내려 줄 수도 있어. 날 밀어내기 전에 잘 생각해…… 아."

헌즈가 소리 죽여 웃음을 흘렸다.

"남편의 평판은 이미 바닥이라 더 끌어내릴 곳이 없던가?"

툭. 일레나의 머릿속에서 실 하나가 끊겼다.

소란이고 나발이고.

'그냥 죽이자.'

키잉—

그녀의 의지에 반응한 반지의 마나석이 빛을 발했다.

그때였다.

퍼억!

살벌한 소리가 테라스에 울렸다.

"……!"

소리의 정체를 굳이 확인해 볼 필요도 없었다. 헌즈가 일레나의 손목을 놓치고 저 멀리 빠르게 날아가 처박혔으니까.

"부인, 괜찮습니까?"

"카이휜."

일레나가 서둘러 고개를 돌렸다. 대체 언제 왔는지, 카이휜이 커다란 존재감을 드러내며 그녀 옆에 서 있었다.

"언제 여기……."

일레나의 시야 한편으로 반쯤 열린 테라스의 문이 들어왔다. 헌즈와 실랑이하는 데 집중하느라 문이 열리는 것도 미처 몰랐나 보다.

일레나는 봄볕에 눈이 녹아내리듯 사르르 풀어진 표정을 지었다가, 이내 테라스 구석에 구겨진 헌즈에게 눈길을 주었다. 헌즈는 기절한 듯 축 늘어져 움직이지 않았다. 아니…….

'죽은 거 아냐?'

기절한 게 맞겠지?

여전히 아내에게서 시선을 떼지 못하는 카이휜에게 일레나가 물었다.

"얼마나 세게 쳤어요?"

"네?"

"……죽었을까요?"

일레나는 남편이 헌즈를 치는 순간 테라스에 울려 퍼졌던 소리를 떠올렸다. 조금 과장해서 말하면, 사람을 치는 것이 아니라 뭔가가 터지는 듯한 소리였다.

헌즈의 남은 명줄이 터지는 소리였으면 어떡하지. 진지하게 뒤처리를 고민하며 일레나가 턱을 매만졌다.

그 태연자약하고도 엉뚱한 모습에 카이휜이 그제야 안도의 숨을 내뱉었다. 일레나가 무사해 보여서 안심이 된 듯, 그가 막 이곳에 나타났을 때보다 한결 누그러진 기운으로 말했다.

"아직 살아 있을 겁니다."

"정말요?"

"……아마도요."

덧붙이는 말은 약간 자신 없게 흘러나왔다.

상대가 죽지 않도록 힘 조절을 하긴 했다. 그건 카이휜의 몸에 밴 습관 같은 거였으니까.

맨손으로 몬스터를 찢어버리는 근력이다. 사람을 상대할 때는 의식적으로나 무의식적으로나 늘 조심했다.

다만 조금 전 헌즈를 후려칠 때는 머리보다 몸이 먼저 움직였다.

일레나는 헌즈의 생존을 확신하지 못하는 남편을 가만 쳐다보다가 테라스 구석으로 살금살금 다가갔다. 이어서 쓰러져 미동조차 하지 않는 헌즈의 코밑에 손가락을 가져다 대본 그녀가 안도의 한숨을 내쉬었다.

"숨 쉬네요."

"……그렇군요."

"다행이다. 그럼 이제 이 자식을 어쩐다……."

일레나가 테라스 문을 힐끔거렸다. 열린 문틈으로 파티장의 불빛과 음악이 흘러나왔다.

'댄스 타임인가 보네.'

다행히도 파티장 안의 사람들은 각자의 파트너에게 집중하느라 테라스에서 벌어진 일에는 관심을 기울이지 않는 것 같았다.

이때다 싶어 일레나가 손짓했다.

"카이휜, 이리 와요."

순순히 다가온 남편에게 그녀가 소리 낮춰 속삭였다.

"이 인간, 들어서 난간 아래로 떨어뜨려 줄래요?"

"다들 그 이야기 들었어요?"

"헌즈 펄슨 영식 이야기 말인가요?"

"어머, 당연히 들었죠."

헌즈 펄슨은 왕녀의 귀국 축하연에서 결혼한 옛 연인에게 추근거리다가 실수로 발을 헛디뎌 테라스 아래로 추락한 희대의 머저리가 되었다. 소문은 자극적인 가십을 무엇보다 반기는 귀족 사교계로 빠르게 퍼져나갔다.

"다른 곳도 아닌 왕녀 전하께서 계신 파티에서 그런 추태를 부리다니. 쯧쯧, 생각이 있는 건지 없는 건지……."

왕실에 잘 보이고 싶은 사람도.

"헌즈 펄슨? 허, 내가 걔 언젠가 그럴 줄 알았어. 그 자식은 예전부터 답이 없었거든. 들어볼래? 헌즈가 과거에 어땠냐면……."

평소 헌즈에게 악감을 품었던 사람도.

"펄슨 백작에게 지금처럼 계속 외교를 맡겨두는 것이 옳은 처사인지 모르겠군요. 아들 하나 제대로 간수 못 하는 사람이 타국과 교섭은 제대로 할지……."

그리고 펄슨 백작의 자리를 탐내던 이들까지 기다렸다는 듯 달려들어 헌즈의 행위를 손가락질하고 질타했다.

나이가 오십 줄에 들어섰는데도 여전히 정정한 펄슨 백작이 집무실에서 책상을 뒤집었다.

"이 미친 새끼! 네가 지금 제정신이냐?"

"아버지, 부디 고정하시고 제 말 좀 들어보세요."

그의 앞에 납작 엎드려서 싹싹 빌던 헌즈가 백작의 다리에 매달렸다.

"일레나 그 간사한 계집이 작정하고 헛소문을 퍼뜨린 거예요. 제 얼굴 좀 보세요."

백작에게 몇 대 얻어터진 헌즈의 얼굴은 엉망이었다. 그러나 백작저에 막 도착했을 때도 멀쩡한 상태는 아니었다.

"아버지께 맞기 전부터 이미 터져 있었다고요. 누가 이랬겠어요? 소문처럼 테라스에서 추락하면서 부딪힌 거, 절대 아니에요. 메이하드 공작 짓이라고요."

헌즈가 절박하게 주장을 이어갔다. 억울함에 그의 목소리가 점점 커졌다.

"애초 저를 테라스로 먼저 불러들여 유혹한 것도 일레나 그 계집이라고요! 그러다 남편이 나타나니까, 전부 제게 뒤집어씌우고……."

"이미 다 조사했다."

"예?"

"조사 끝났다고, 개새끼야."

화를 눌러 참는 펄슨 백작의 눈이 형형하게 빛났다.

"네가 파티장에서 잠시 자리를 비운 사이 메이하드 공작 부부가 입장했고, 넌 뒤늦게 돌아와 그 소식을 들었다지?"

"아니, 그게……."

"그땐 이미 두 사람이 테라스로 자리를 옮긴 후였고 말이다. 거기에 메이하드 공작은 마침 왕세자에게 불려간 상태였지."

"아버지, 제 말을……."

"네가 시종에게 뒷돈을 주며 공작 부인이 홀로 있는 테라스의 위치를 알아내는 걸 봤다는 사람이 여럿이다."

"……."

"이 쓰레기 같은 새끼야!"

"악!"

구둣발에 차인 헌즈가 나뒹굴었다. 하필이면 조금 전에 이미 맞은 데였다.

"네가 추잡하게 결혼한 여자만 골라 만나고 다닐 때도 별말 안 했다."

펄슨 백작이 길리적서리는 반지를 뺐다. 그가 바닥에 떨어진 대리석 명패를 주워 들었다.

"알아서 문제가 되지 않을 법한 사람만 추려 만나는 데다, 뒤처리도 그만하면 그런대로 잘한다고 생각했거든."

"아, 아버지."

"그런데…… 다른 파티도 아니고 왕궁에서 열린 파티에서 이따위 사고를 쳐?"

헌즈의 위로 그림자가 졌다. 공포에 질린 헌즈가 엉덩이를 뒤로 빼며 물러났다.

"아버지, 잘못……."

"하필 메이하드 공작 부인을 건드린 것도 그래. 다들 괴물, 괴물 해대니까 간혹 공작이 무능한 머저리인 줄 아는 놈들이 있는데……."

펄슨 백작이 웃음을 흘렸다. 헛웃음이었다.

그는 젊었을 적 무관이었고, 지금은 외교관이자 사업가였다. 사교계에서 들리는 가십에밖에 관심을 기울이지 않는 남들보다는 메이하드 공작에 대해 잘 알았다.

평소에는 단단히 다물려 고집스러운 인상을 주는 펄슨 백작의 입매가 사납게 비틀렸다.

"안 되겠다. 오늘 널 패 죽이고, 네 시신을 공작령에 보내야지. 그것만이 나와 내 가문이 사는 길이다. 이리 와."

"아, 아버지! 잘못했어요! 살려주세요! 제발…… 악!"

펄슨 백작저의 집무실 문틈으로 한동안 매타작 소리가 끊임없이 새어 나왔다.

일레나는 속이 매우 시원해졌다.

그녀가 선수 쳐 소문을 퍼뜨려 보내 버린 헌즈가…….

'가면 축제에서 만났던 그 놈팡이 자식이었다니.'

알고 보니 과거 가면 축제에서 그녀와 남편을 곤란하게 했던 남자와 동일인이라는 것을 알게 된 것이다.

일레나는 기억을 더듬어 축제에서 만났던 가면 쓴 남자와 헌즈를 서로 비교해 보았다. 목소리, 체격, 기분 나쁜 눈웃음까지 모든 것이 맞아떨어졌다.

당시 축제에서 불륜 관계로 보이던 기혼 여성과 함께 있었다는 것도 남자와 헌즈가 동일인이라는 가설에 힘을 실어주었다. 이쯤이면 확신해도 문제없을 수준이었다.

더해서 헌즈는 테라스에서 '편지'라는 말을 꺼냈다. 그 말은.

'그 발신인 모를 수상한 편지도 결국 그 자식이 보냈었다는 거잖아.'

헌즈는 가면 축제 때 일레나에게 '연락하겠다'라는 말을 남기고 사라졌다. 그 후 그녀 앞에 도착했던, 발신인을 적지 않은 편지가 바로 그 '연락'인 모양이었다.

"후, 상쾌해."

축제 때 만났던 남자가 누군지는 몰라도, 다시 보게 되면 절대 가만두지 않겠다고 생각했었다. 그 다짐을 정말로 실천에 옮기게 되다니. 앓던 이를 뽑은 것처럼 마음이 개운할 수밖에 없었다.

일레나는 펄슨 백작이 보낸 자필 사과 편지를 떠올렸다.

헌즈 일로 펄슨 백작가와 척을 지는 일은 없을 것이다. 그는 냉정한 인사였고, 공작가의 척지는 대신 철딱서니 없는 넷째 아들을 철저히 훈육하는 길을 택했다.

헌즈가 얼마나 짐승처럼 두드려 맞았는지 소상히 기술된 편지의 내용을 상기하던 일레나가 빙그레 웃었다.

"이만하면 헌즈는 확실히 처리된 것 같고, 남은 건……."

일레나가 고요한 침실에서 눈을 빛냈다.

그때, 마침 기다렸다는 듯 노크 소리 후 침실 문이 열렸다.

"일레……."

침실로 들어선 카이휜이 채 그녀의 이름을 부르기도 전, 일레나가 그의 손목을 붙잡고 침대로 끌고 갔다.

털썩!

무시해도 될 만큼 약한 힘이었지만 저항 없이 이끌린 카이휜이 침대 위로 쓰러졌다.

일레나가 곧장 그 위로 올라타 남편의 단단한 허리를 허벅지로 꽉 조였다.

움직이지 못하게 하려는 의도였는데, 효과는 상당히 좋았다. 일레나에게도 느껴질 만큼 남편의 몸이 나무토막처럼 뻣뻣하게 굳었으니까.

일레나는 옴짝달싹하지 못하는 커다란 몸을 제 아래에 깔고 남편을 내려다보았다. 새파란 눈동자가 당혹감에 젖어 드는 것이 보였다.

"부인."

"당신."

"……."

"오늘은 도망 못 가요."

일레나가 비장한 눈을 한 채 상체를 약간 앞으로 숙였다. 손으론 남편의 가슴을 짚었다. 양손으로 덮어도 한참 공간이 남는 넓은 남편의 가슴.

가느다란 손가락을 곧게 뻗은 일레나의 흰 손에 힘이 실렸다. 일레나의 어깨너머로 은가루를 뿌린 것 같은 머리카락이 사르륵 소리를 내며 흘러내렸다.

순간 남편의 몸이 움찔하는 것 같아, 일레나는 그의 허리를 옭아맨 허벅지에 더욱 힘을 주었다. 가만히 있으란 의미로.

카이휜의 잇새로 들릴 듯 말 듯 미약한 신음이 새어 나왔을 때 일레나가 말했다.

"말해줘요."

"……."

"대체 그날, 왕성에서 왕세자와 무슨 대화를 했는지!"

부부가 왕성 파티에 다녀온 지도 벌써 며칠이 지났다. 그런데 일레나는 아직도 카이휜이 그날 왕세자에게 불려 가 그와 어떤 대화를 나눴는지 듣지 못했다.

질문은 당연히 지겹도록 했다. 대체 왕세자가 당신을 불러 무슨 말을 한 거냐고.

그러나 카이휜은 그때마다 지금은 곤란하다는 듯, 나중에 말해주겠다는 식으로 답을 피했다.

그러길 며칠.

일레나는 더 이상 참을 수가 없었다. 그녀가 판단하기에 이만하면 기다릴 만큼 기다렸다.

인내심이 바닥난 일레나가—어쩐지 남편이 관련되면 인내심이 유달리 빨리 닳는 기분이다—물러설 수 없다는 표정으로 남편과 시선을 맞췄다.

"얘기해 주지 않으면, 밤새 이러고 있을 거예요."

"밤새……."

카이휜이 어딘지 힘겨워 보이는 음색으로 일레나가 뱉은 말을 따라 중얼거렸다. 마치 고문당하는 사람이 낼 법한 목소리라, 일레나가 내심 의아해하는 순간 카이휜의 입이 열렸다.

"좋습니다. 말하겠습니다."

"정말요?"

"네, 그러니 이만 내려오는 건……."

'내가 그렇게 무겁나?'

일레나는 약간 머쓱해져 남편의 몸 위에서 비켰다. 협박을 시도하긴 했지만 이 방법이 이렇게 잘 먹힐 줄은 예상하지 못했다. 왠지 조금 아쉬운 느낌에 일레나가 미적미적 침대로 물러났다.

카이휜이 길게 한숨을 쉬었다.

"답답했어요?"

"네?"

"내가 많이 무거웠냐고요."

이런 질문은 낯부끄러워서 하지 않으려 했는데, 남편이 한숨 쉬는 걸 보니 저절로 입이 움직였다. 일레나는 질문해 놓고 멋쩍어져서 입을 다물었다. 귀가 조금 뜨거워진 것 같았다.

당황한 얼굴로 남편이 몸을 일으켰다.

"아닙니다."

"아니에요?"

"왜 그런 생각을 한 겁니까?"

"그야, 당신이……."

말을 고르다가 일레나가 그냥 솔직하게 내뱉었다.

"힘들어 보여서."

"……."

"내가 빨리 당신 위에서 비키길 바라는 것처럼 보이기도 했고…….

뭐, 그래서."

카이휜이 입술을 달싹였다. 그러나 기다려도 아무런 말도 흘러나오지 않는 것을 보며 일레나가 작게 중얼거렸다.

"무거우면 솔직하게 무겁다고 해도 돼요. 사람 체중이 사실 그렇게 가벼운 것도 아니고. 딱히 이런 걸로 상처 안 받으니까……."

실은 상처 받았다.

일레나의 얼굴이 붉게 달아오르던 찰나, 카이휜의 목소리가 그녀의 말을 잘랐다.

"참기 힘들어서 그랬습니다."

"응?"

"부인이……."

카이휜이 말을 한 차례 끊었다. 그가 손바닥으로 얼굴을 가볍게 쓸더니 말을 이었다.

"부인이 밀착하니까, 참기가 어려워서…… 힘들어 보였던 건 그 때문입니다."

착각일까. 남편의 목덜미가 붉게 물든 것 같았다.

"뭐가요?"

"……."

"뭐가 참기 어려운데요?"

홀린 듯 질문하던 일레나가 문득 떠올렸다.

그러고 보니 지난번 남편의 허벅지에 앉아 키스할 때도. 조금 전 남편의 허리에 걸터앉았을 때도.

뭔가…… 둔탁한 느낌이 그녀를 건드리긴 했었다.

둔탁하고 단단한…….

"아."

일레나가 멍청하게 신음을 흘렸다.

그녀는 과거 공작성 서고에서 남녀의 깊은 밤을 다룬 서적을 열심히 탐독했었다. 그 서적에는, 남성이 흥분했을 때 신체에 어떤 변화가 나타나는지 상세히 기술되어 있었다.

"아, 그게…… 아."

허둥지둥하던 일레나가 입술을 딱 붙였다.

침실이 적막에 휩싸였다. 무척 어색한 침묵이었다.

일레나의 눈이 저도 모르게 슬쩍 움직였다.

"……지금 어디를 보는."

"미, 미안해요."

화들짝 놀란 일레나가 헛기침하며 고개를 돌렸다. 아무것도 없는 침대 시트에 물끄러미 시선을 고정한 그녀가 이내 입을 열었다.

"그런데 왜 참아요? 우리…… 부부인데?"

안 참아도 되는 거 아닌가?

그러자 카이휜이 그 물음에 쉽게 답을 주었다.

"……내가 단순히 욕정만으로 부인을 안는 건, 부인이 바라는 바가 아니지 않습니까."

저게 무슨 말이야. 왜 안 바란다는 건데.

일레나는 멍하니 눈을 깜박이며 생각하다 깨달았다.

아, 맞다. 그렇지. 순간 자기 입으로 했던 말도 잊어버리고 아둔한 질문을 했다.

"아, 그래요. 내가…… 기다리겠다고 했죠."

"……."

"당신이 아이를 원하게 될 때까지."

그랬다. 그래, 분명 그녀 입으로 그런 말을 했었다.

그래서 참는 거구나. 일레나가 바란 대로, 아이를 반길 준비가 된 후에 첫 잠자리를 가지려고.

'괜히 그런 말을 했나…….'

뒤늦게 본인의 발언을 재고해 보던 일레나가 퍼뜩 정신을 차리고 고개를 흔들었다.

그 마음은 지금도 변함없었다. 혼자 원해서 갖는 아이는 싫다. 기뻐하고 행복해하는 남편의 얼굴이 보고 싶었다.

결국 행복해하는 카이휜의 얼굴을 보고 싶다는 욕심이 원색적인 욕구를 이겼다. 일레나가 재빠르게 누워 이불로 몸을 감쌌다. 그러곤 그녀가 만들어 버린 어색한 상황에서 탈출하기 위해 입을 놀렸다.

"늦었으니 이만 잘까요?"

"……."

"물론, 그, 얌전히 잠만 자자는 뜻이에요."

뒷말은 괜히 덧붙였나. 일레나가 이불 밖으로 고개만 빼꼼 내놓고는 객쩍게 눈을 굴렸다.

'맞다, 남편은 괜찮나?'

언뜻 그런 생각이 들었다.

그녀가 읽은 서적은 말했다. 남자의 신체에 '그런' 변화가 생기면, 그 변화가 가라앉을 때까지 남자는 꽤 인고의 시간을…….

"부탁이 있습니다만, 일레나. 시선을 거둬주면 좋겠습니다."

"헉."

일레나가 후다닥 이불을 머리 위까지 뒤집어썼다.

이상하다. 대체 언제 또 시선이 그리로 갔지?

민망해서 이불을 쉬이 내릴 수가 없었다.

일레나가 한참 동안 이불 안에 숨어 가만히 있자, 이내 남편이 침대 위에서 움직이는 것이 느껴졌다. 불을 끄려는 것 같았다.

잠시 후, 남편이 옆자리에 누운 듯 침대가 약하게 출렁였다.

"……잘 자요."

여전히 머리끝까지 이불을 뒤집어쓴 채 일레나가 아주 작게 중얼거리듯 말했다. 너무 작은 목소리라 제대로 전달됐을까 싶었지만, 남편이라면 분명 놓치지 않고 들었을 거다.

일레나는 그렇게 생각하며 눈을 감았다가, 이내 이불을 확 걷으며 몸을 일으켰다.

"참! 왕세자!"

뭔가 잊은 것이 있다 싶더라니. 지금 태평하게 잠이나 청할 때가 아니었다. 계속 부끄러워할 때도 아니었고.

일레나가 불 꺼진 침실에서 조금 전처럼 비장한 눈빛으로 남편을 돌아보았다.

"당신, 분명히 나한테 말해준다고 했죠? 왕세자와 무슨 대화를 나눴는지."

어두워서 남편의 얼굴이 잘 보이지 않았다. 일레나가 상대와 바짝 간격을 좁혔다.

사물을 볼 때 어둠에 전혀 구애받지 않는 카이휜이 순간 움찔해서 뒤로 물러나려다 멈췄다.

"지금 얘기해 줘요."

아슬아슬하게 서로 몸이 닿지 않았다. 카이휜이 일레나의 눈을 보며 입을 열었다.

"알겠습니다. 실은……."

왕세자가 공작 부부에게 보복하기 위해 세운 계획은 아래와 같았다.

우선, 카이휜을 북쪽 국경으로 보낸다.

'그곳에선 지금 전쟁이 진행 중이니까.'

이민족과의 전쟁.

끝날 듯, 끝나지 않고 벌써 3년째 이어지고 있는 분쟁이었다.

더군다나 최근에 안 좋은 소식이 들렸다. 이민족에서 새 장수를 내세웠는데, 그의 실력이 범상치 않더라는 것이다.

결국 왕국에선 북쪽 국경에 보낼 지원군에 대해 논의했고, 국왕의 의견에 따라 지원군을 통솔할 책임자로 메이하드 공작이 지목되었다.

"이민족 제일의 장수를 상대하는 일이다. 이쪽에서도 그에 걸맞은 뛰어난 무장을 보내는 것이 옳다."

그런대로 명분은 있었다. 실상은 국왕이 사랑해 마지않는 아들인 왕세자의 입김이 강하게 작용한 결정이었지만.

'그리고 이민족과 싸우느라 공작이 장기간 자리를 비운 틈에…….'

왕세자의 눈이 비릿하게 빛났다.

'공작 부인을 유혹하는 거지.'

누가?

'바로 내가.'

자신 있었다. 왜 아니겠는가?

왕세자는 자신이 지닌 이성적 매력을 대단히 높게 평가했다.

준수한 외모. 적당한 키에 딱 보기 좋을 만큼 다져진 몸매.

'여자들은 나 같은 남자를 좋아하지.'

너무 큰 키에 과한 근육은 오히려 여자들이 꺼린다. 여성이 선호하는 것은 저처럼 적당한 키에 적당히 탄탄한 몸매다, 라고 왕세자는 생각했다.

그리고 마지막으로 가장 중요한 것.

무려 이 나라의 왕세자라는 고귀한 지위.

'지금까지 나를 거부한 여자는 없었다.'

왕세자는 먼 과거에서부터 바로 최근까지 그를 거쳐 간 여자들을 떠올렸다.

한미한 집안의 딸부터 그럭저럭 명망 있는 가문의 여식까지. 그가 손을 내밀면, 상대는 언제나 군말 없이 쉽게 응해왔다.

이번에도 마찬가지일 것이다. 아니, 어쩌면 더 쉬울지도 모르겠단 예감이 들었다.

'괴물과 결혼할 만큼 보는 눈이 낮은 여자니, 나 정도 되는 남자가 구애한다면 감격해서 바로 넘어오겠지.'

얼마나 남자가 궁했으면. 얼마나 결혼할 상대가 없었으면.

다른 사람도 아니고, 괴물이라고 손가락질당하는 사내를 남편으로 맞이했겠는가?

'그래도 그만하면 생긴 건 나름 반반한 편이었는데……. 하긴, 어떤 남자가 그렇게 고분고분하지 못한 여자를 좋아할까.'

모르가나 백작령에서 있었던 일을 떠올린 왕세자가 코웃음 쳤다.

참고로 왕세자는 순종적이고 얌전한 여자를 좋아했다. 메이하드 공작 부인은 그런 점에서 그가 선호하는 여성상과는 매우 거리가 멀었다. 어쩌면 정반대 편에 있다고 봐도 좋을 것이다.

그럼에도 왕세자가 공작 부인을 유혹하려는 이유는 단 하나였다. 그녀에게 자신이 당한 것 이상의 수모를 돌려주기 위해서.

'내게 넘어오면, 적당히 가지고 놀다가 잔인하게 차버려야지.'

아주 재미있을 것이다. 배신감과 절망에 빠져 허우적거리는 상대를 지켜보는 것은.

메이하드 공작도 마찬가지였다.

전장에서 목숨 걸고 싸우다 돌아왔는데, 아내가 그사이에 바람나 있다면?

"가엽기도 하지."

부부의 비참한 파국을 상상한 왕세자가 고개를 아래로 처박고 킬킬거렸다.

그러나 그것도 잠시. 무얼 떠올렸는지, 그의 얼굴에서 웃음이 사라졌다.

'메이하드 공작…….'

이내 고개를 든 그가 못마땅한 얼굴로 발걸이를 움켜쥐었다.

'최근 들어 대단히 건방져졌단 말이야.'

며칠 전, 왕세자는 왕궁에서 열린 파티에 공작 부부를 초대했다. 파티 초대는 사실 명분일 뿐이고, 실제 목적은 공작을 왕성으로 불러 독대하려는 것이었다.

이민족을 정벌하러 북쪽 국경으로 떠나라는 명령을, 상대의 얼굴을 보며 직접 내리고 싶었다. 갑작스러운 출정 명령에 당황하고 곤혹스러워하는 반응을 보고 싶기도 했다.

그러나 상대는 당황하기는커녕, 왕세자의 명령에 눈 한 번 깜빡하지 않았다.

오히려.

"마지막입니다."

"뭐?"

"왕실의 요구에 응하는 것은, 이번이 마지막입니다."

……따위의 경고를 남기고 사라졌다.

왕세자는 처음 겪는 카이휜의 반항에 놀라 그가 자신의 허락도 받지 않고 자리에서 퇴장했다는 걸 나중에 깨달았다.

"이 시건방진 새끼."

쾅.

왕세자가 의자 팔걸이를 세게 내려쳤다. 주먹이 찌르르 아파왔지만, 짜증과 분노 탓에 일시적으로 통증을 무시할 수 있었다.

주먹을 그러쥔 채 왕세자가 씨근덕거렸다.

'원래는 어떤 명을 내려도 고분고분하던 놈이…….'

왕세자는 본래 흑탑의 마스터인 시드리온에게 강한 열등감을 지니고 있었다.

찬란한 금발에 금안.

그가 갈망하는 것을 감히 상대가 가졌다는 이유였다.

그러나 시드리온의 성질은 그야말로 개차반 같았고, 왕족이고 뭐고 가리지 않는 그의 앞에서 왕세자는 쉽사리 비틀린 열등감을 표출하지 못했다.

그때 눈에 들어온 것이 바로 카이휜이었다.

카이휜 메이하드 공작.

뛰어난 무위를 지녔지만, 숭배보다는 경멸 어린 손가락질을 받는 자.

악마에게 저주받았다는 소문이 도는 공작은, 그의 유일한 친우로 알려진 시드리온과 달리 왕세자의 폭언이나 월권에 딱히 저항하지 않았다. 왕권을 두려워하거나 왕세자를 공경하는 기색은 찾아볼 수 없었지만, 어쨌든 왕세자가 흡족해할 만큼 고분고분했다.

그랬는데.

'마지막이 뭐 어쩌고 어째?'

감히 자신에게 그런 경고를 남기고 물러가다니.

"제까짓 게! 왕명을 두고 어딜 감히!"

왕세자는 이를 갈며 분통을 터뜨렸으나, 사실 알고 있었다.

메이하드 공작은 그가 멋대로 휘두르고 찍어 누를 수 있는 존재가 아니었다. 그저 지금까지 상대가 얌전히 당해주었던 것일 뿐.

작정하고 저항하기 시작하면 사실상 국왕조차 함부로 할 수 없는 일국의 공작을 감히 왕세자 따위가 어떻게 할 방법은 없었다.

알아서 그런가. 갑자기 더 화가 났다.

"제길!"

와장창!

왕세자가 팔을 휘두르자, 집무실 책상 위에 있던 것들이 바닥으로 요란하게 떨어졌다.

그리고 그 모습을 페트릭이 묵묵히 바라보았다.

'저놈의 삼무…….'

하는 짓을 보니 보좌관인 그가 한자리에 있다는 사실을 까맣게 잊어버린 것이 분명했다. 하루 이틀 일이 아니라 새삼스럽지도 않았다.

'뭐, 그래도 이번 일은 삼무치고는 잘했으니.'

시선을 거둔 페트릭이 다시금 팔랑, 빠르게 서류를 넘겼다.

그는 왕세자가 저지른 일에 대해 들었다. 메이하드 공작을 북쪽 국경으로 보낸다고 했지.

'차라리 잘됐지.'

왕세자야 보나 마나 개인적 악감정에 사로잡혀 저지른 일일 테지만. 페트릭은 전쟁이 끝나길 바라는 한 사람의 왕국민으로서 왕세자의 돌발 행동을 반겼다.

'수도는 괜찮다지만 북방은 이미 장기화된 전쟁에 영향을 받고 있어. 메이하드 공작이 이참에 전쟁을 끝내준다면, 이보다 좋을 것이 없지.'

악마에게 저주받았다느니 어쩌니 하는 소문과 별개로, 페트릭은 그의 무위를 인정했다.

세간은 종종 백의 기사라고 불리는 와이트 백작을 카이휜의 위에 두었지만, 페트릭의 생각은 달랐다. 무위만 놓고 봤을 때, 왕국에서 메이하드 공작을 따라갈 자는 없다. 유능한 보좌관이자 한때 무관의 길을 꿈꾸기도 했던 페트릭의 판단이었다.

'그래, 그라면 비록 시간은 좀 걸릴지라도 무리 없이 이민족을 정벌할 수 있을 거다.'

그러면 이놈의 지긋지긋한 변방 전쟁도 드디어 끝이다.

"……."

그런데 왜일까.

서류 위에서 유려하게 움직이던 깃펜 끝이 우뚝 멈췄다. 페트릭은 물끄러미 자신이 읽던 서류를 내려다보았다.

'……이상하다.'

서류의 내용이 골치 아프기 때문일까. 아니면 새로 바꾼 깃펜이 아직 손에 영 익지 않아서일까.

찝찝한 기분.

알 수 없는 불안감이 스멀스멀 그의 가슴을 채웠다.

'이럴 이유가 없는데, 왜 이러지.'

의아한 듯 눈살을 찌푸리던 페트릭의 시선이 이내 탁상에 올려둔 시계에 닿았다.

조금 후면 퇴근 시간이었다. 정시 퇴근을 놓치지 않으려면, 지금 그가 손에 쥔 일을 서둘러 마무리해야 했다.

그래, 녹봉 받고 일하는 일꾼에게 퇴근보다 중요한 일이 어디에 있을까. 다른 감상에 빠질 여유는 없었다.

깃펜을 쥔 페트릭의 손이 언제 멈췄었냐는 듯 바쁘게 움직였다.

깨작깨자.

일레나는 저녁 식사를 마친 후 정원으로 나왔다. 벌써 며칠째 축 가라앉은 그녀의 어깨에는 기운이 없었다.

카이휜은 안절부절못하다가 아내를 뒤쫓아 나섰다.

"부인."

일레나가 정원에서 뒤를 돌아보았다.

"……혼자 산책하겠다고 했잖아요."

"하지만."

주저하던 카이휜의 입이 열렸다.

"걱정이 돼서."

"내가요? 내가 왜 걱정돼요. 걱정해도 당신 걱정을 해야지."

이내 일레나가 한숨을 푹 쉬었다. 그녀가 투정 섞인 외마디를 뱉어냈다.

"짜증 나."

그 말에 카이휜의 몸이 움찔 굳었다. 벼락 맞은 것처럼 뻣뻣해진 남편을 물끄러미 보다가 일레나가 그를 향해 걸음을 옮겼다.

대리석처럼 단단한 가슴.

일레나는 그 가슴에 이마를 기댔다. 심장 박동 소리가 전해지자 마음이 아주 약간 안정되는 것 같았다.

'왕세자 실종되면 좋겠다.'

일레나는 터무니없는 생각을 하다가 곧 속으로 고개를 저었다.

국왕이 결정한 일이었다. 왕실 회의를 거쳤고, 왕의 직인이 찍혔다. 이제 와 왕세자가 어떻게 된다 한들 남편의 출정이 번복되는 일은 없을 거란 뜻이다.

규칙적이지만 평소보다 조금 빠른 심장 소리를 들으며 일레나는 눈을 감았다.

"얼마나 걸릴까요."

"……겨울이 끝나기 전에."

"……."

"꼭 돌아오겠습니다."

겨울이라.

일레나는 손등을 스치는 정원의 바람을 느꼈다. 더위가 한풀 꺾였다. 얼마 안 가 바람에 찬 기운이 섞이기 시작할 것이다.

겨울. 너무 멀었다.

'가지 말라고 고집부릴 수도 없고.'

고작 몇 개월 떨어져 있기 싫어서 왕명을 거스르라고 하는 건, 그녀가 생각하기에도 너무 철없는 투정이었다.

'더구나 북쪽 상황이 워낙 안 좋으니.'

이민족이 내세웠다는 새 장수는 생각보다 더 비범한 인물인 것 같았다. 북쪽 국경에서 날아드는 전보가 날이 갈수록 절망적인 내용을 담고 있었다. 때문에 왕실에서도 계획을 바꿔 일반 병사 대신 기사 위주의 정예로 지원군을 꾸리려 한다고 들었다.

'그래, 내 남편이 아니면 누가 이 일을 맡겠어.'

머리로는 진작 납득했다. 가슴이 계속 따라주지 않아서 문제지.

일레나는 남편의 가슴팍에 대고 뺨을 문질렀다.

커다란 몸이 긴장하는 것이 느껴졌다. 탄탄한 근육이 한결 팽팽해졌다.

일레나는 상황에 맞지 않게 남편의 몸을 더듬고 싶은 충동을 참으며 말했다.

"위험하진 않겠죠?"

"날 믿어도 좋습니다. 절대 다칠 일 없을 겁니다."

머리 위로 떨어지는 단단한 목소리를 들으며 일레나는 생각했다.

'왕세자를 저주해야겠다.'

박학다식한 로잘린이 마침 이 분야에도 일가견이 있었다. 일레나는 과거 로잘린을 처음 만났을 때, 그녀가 연회장 휴게실에서 웬 헝겊 인형을 못으로 찌르고 있던 것을 기억했다.

'효과가 아주 좋다고 그랬지.'

그 인형을 좀 얻어올까.

일레나의 눈이 반짝였다. 왕세자가 보았다면 소름이 끼쳐 팔을 문질렀을 눈빛이었다.

제 아내의 머릿속에 든 생각을 아는지 모르는지, 일레나를 묵묵히 바라보던 카이휜이 이내 그녀의 귓가로 고개를 숙였다.

"카이휜?"

조금 주저한 끝에, 곧 작은 목소리가 흘러나왔다.

일레나는 눈을 깜박거렸다.

잠시 후 그녀가 번쩍 고개를 치켜들었다.

"방금……."

"……."

"정말? 그 말 진짜예요?"

"……."

"돌아오면…… 정말로?"

"……네."

긍정하는 카이휜의 귓가가 평소보다 조금 붉었다.

그런 남편을 멍하니 쳐다보던 일레나의 얼굴도 금방 빨갛게 달아올랐다.

"당신, 이거 말 바꾸면 안 돼요. 절대 안 돼요."

"네."

"약속한 거예요. 약속은 무조건 지켜야 하는 거 알죠?"

"네."

"막상 다녀왔는데 생각이 바뀌었다거나…… 그렇게 말하기만 해. 나 절대 가만히 안 있어."

"그럴 일 없습니다."

"좋아요. 그럼 지금 계약서 쓸까요?"

막힘없이 대답하던 카이휜의 말문이 처음으로 막혔다.

"……계약서까지 써야 합니까?"

"흠."

동요하는 파란색 눈을 바라보던 일레나가 씩 웃었다.

"아뇨. 계약서는 그냥 해 본 말이에요. 안 써도 돼요."

그녀가 양팔을 펼쳐 남편의 몸을 와락 껴안았다.

"구두계약으로 하지, 뭐."

넓고 단단한 몸은 언제 안겨도 안정감이 있었다. 설렘은 덤이고.

"기대된다."

"……."

"빨리 그날이 왔으면 좋겠어요. 얼른."

본심을 숨기지 않고 솔직하게 내놓는 말에 카이휜의 귓가가 조금 더 붉어졌다.

그때 일레나가 무슨 생각을 했는지 팔을 풀고 고개를 들었다.

"선금 받을래요."

"선금, 이요?"

"계약서는 안 썼지만 그래도 계약이니까, 선금 정도는 받아야죠."

그러더니 눈을 감고 입술을 살짝 내밀었다. 뭘 바라는지 결코 모를 수 없는 모습이었다.

"평소보다 진하게 부탁해요. 선금이니까."

"……알겠습니다."

카이휜이 목울대가 울렁였다. 그가 일레나의 턱을 살며시 쥐고 고개를 숙였다.

눈치 빠른 사용인과 관리인들이 알아서 자리를 비켜준 정원.

두 사람뿐인 공간에서 부부는 꽤 오래 시간을 보냈다.

출정식 날짜가 정해졌다. 삼 주 뒤였다.

생각보다 일정이 늦춰진 것은 정예 지원군을 꾸리는 것이 생각보다 까다로운 일이었기 때문이다.

'지원군을 통솔할 책임자는 속전속결로 정하더니.'

일레나는 헛웃음을 흘렸지만, 어쨌든 남편과 함께 있을 수 있는 시간이 삼 주나 늘어난 것은 좋은 일이었다.

'절대 안 떨어져야지.'

그 다짐대로, 부부가 거의 한 몸이나 다름없게 붙어 지내길 근 삼 주.

[너희 진짜 한 몸이냐? 전에는 실수로 잠시 둘로 갈라졌던 거야? 저기, 부탁인데 작작 하면 안 될까?]

세보질 않아 몇 번째인지 알 수 없는 성검의 불평불만을 평소처럼 무시했을 무렵.

시드리온이 공작성에 방문했다.

"흑탑주."

일레나는 조금 놀라 상대를 쳐다보았다.

"……그대로네?"

"제가 어떤 의미로 받아들이면 되는 말입니까?"

시드리온의 얼굴은 멀쩡했다. 약간 피로해 보이긴 했으나 그 외엔 딱히 평소와 다른 점을 찾아볼 수 없었다.

'피골이 상접했을 줄 알았는데.'

내심 반쪽이 된 시드리온을 상상했다. 연락을 넣을 때마다 보석 가루 분석으로 골머리를 앓고 있다는 답이 돌아왔었기 때문이다.

그런데 상상과 달리 멀끔한 상대의 외양에, 일레나는 의외라는 감상마저 들었다.

"아니, 별 의미는 없고. 고생이 많았다고 들었거든."

"딱히 고생까진 아니었습니다. 이 정도 연구는 전에도 종종 했으니까요. 워낙 낯선 일이라 바빴던 건 사실이지만."

"그래? 뭐, 고생한 게 아니라면 다행인데……."

일레나가 말끝을 흐렸다.

조금 전부터, 이유를 알 수 없는 허전함이 느껴졌다. 대체 어디에서 오는 허전함일까.

고민하던 그녀가 이내 답을 찾았다.

"언니는?"

"예?"

"내 언니는 같이 안 왔나? 얼마 전 흑탑에 방문했다고 들었는데."

아니지. 일레나는 말을 뱉고 나서 뒤늦게 깨달았다.

'얼마 전'이 아니었다. 에드워드에게 저 말을 들은 지도 벌써 한 달 가까이 지났으니까. 한 달이면 언니가 진작 집에 돌아가고도 남았을 시간이었다.

'언제 시간이…… 아니, 그보다 난 왜 당연히 흑탑주와 언니가 같이

올 거라고 생각했을까.'

저도 모르게 두 사람을 묶어서 생각했다. 마치 한 쌍처럼.

일레나가 다시 입을 열어 말을 정정하려는 순간이었다.

"릴리아나 양이라면, 여기 오기 전에 백작저로 모셔다 드렸습니다."

"……."

일레나의 입술이 조용히 다물렸다.

길지 않은 대답. 그러나 저 간결한 문장에 그냥 넘어갈 수 없는 내용이 세 가지나 있었다.

하나.

'이름으로 부르네.'

분명 릴리아나 양이라고 했다. 좀 더 격식을 차려 소르테 영애라고 부를 수도 있었을 텐데.

둘.

'여기 오기 전에 데려다줬다는 건, 못해도 한 달은 같이 있었다는 거잖아.'

한 달? 잠깐 들른 것이 아니라, 언니가 한 달이나 흑탑에 머물렀다고?

마지막 셋.

'데려다줬다는 건…… 흑탑주가 직접 데려다줬다는 건가?'

일레나의 눈초리가 가늘어졌다. 머릿속이 팽팽 돌았다. 일레나가 입을 열었다.

"흑탑주, 자네 혹시……."

"……?"

"아니, 아무것도 아니야."

일레나는 혀를 약하게 깨물었다. 하마터면 상대에게 내 언니를 어떻게 생각하냐고 질문할 뻔했다.

'시기상조야.'

아직은 일렀다. 모든 것이 그녀의 추측일 뿐이었으니까. 상황이 꽤 의심스럽긴 하지만, 어쨌든 확실시된 것은 없었다.

'속단하면 안 돼.'

그렇게 생각하면서도 일레나의 머리는 멋대로 상상을 이어 나갔다.

만약, 정말 만에 하나. 언니와 시드리온이 이어진다면 어떻게 되는 걸까. 언니의 남편이니…… 흑탑주가 가족이 되는 것일까?

"왜 그런 표정으로 보십니까?"

"내 표정? 내 표정이 어떤데?"

"글쎄요. 설명하려니 어렵지만……."

고심하는 기미를 보이던 시드리온이 곧이어 마땅한 표현을 찾았는지 말을 이었다.

"초면인 몬스터에게 갑자기 친구 신청을 받은 사람의 표정 같다고 해야 할까요."

"……."

"굉장한 거부감이 느껴졌습니다."

"아니, 뭐……."

크흠. 일레나가 헛기침했다. 그 정도로 질색하는 기색을 보였다니 민망했다.

'몬스터라니. 그 정도는 아니지 않나.'

그래, 냉정히 따져보면 흑탑주가 언니의 남편…… 이 되는 게 아주 나쁜 것은 아니었다. 오히려 조건만 보면 꽤 좋은 선택지라고 할 수 있었다.

지위? 왕실도 함부로 못 하는 독립 단체 흑탑의 주인. 합격.

외모? 객관적으로 저만하면 확실히 어디 가서 보기 힘든 미남이 맞다. 합격.

성격…… 은 다소 문제가 있긴 하지만.

'날 대할 때 정중한 걸 보면, 언니한테도 알아서 잘하겠지.'

제아무리 성질이 개차반이어도 사랑하는 사람 앞에서는 온순하게 굴 것이다. 그러니까 합격.

'또 내 남편의 친우고…… 그런 점에서 보면 뭐…….'

상념에 빠져 있던 일레나가 퍼뜩 정신을 차렸다. 앞에서도 말했지만, 아직 정해진 건 아무것도 없었다.

'자꾸 혼자 앞서가네. 이 생각은 그만하자.'

고개를 흔들어 잡생각을 떨쳐낸 일레나가 화제를 바꿨다.

"그나저나 공작성에는 어쩐 일로 왔어? 보석 분석 결과가 나온 건가?"

"그건 아닙니다만."

그렇게 대답하며 시드리온이 품속에서 팔찌 한 쌍을 꺼내 테이블 위에 올려놓았다.

"드릴 것이 있어서 왔습니다."

"이게 뭔데?"

"카이휜이 곧 북쪽 국경으로 출정을 나간다고 들었습니다."

팔찌에 박힌 원석이 반짝 빛을 발했다.

"원거리에서도 연락할 수 있는 팔찌입니다."

그 말에 일레나의 관심이 바로 팔찌로 집중되었다.

"실시간으로?"

"네. 그냥 대화하듯 말씀하시면 됩니다."

"어떻게 쓰는 건데?"

"여기 마나석에 손을 대시면……."

시드리온이 알려준 사용 방법은 간단했다. 일레나는 뭉클한 얼굴로 팔찌를 집어 들었다.

원거리 통신이 가능한 아티팩트로는 대표적으로 통신구가 있다. 그러나 통신구는 크기가 워낙 크고 무거워서 휴대하기가 쉽지 않았다. 거기다 기본적으로 유리구슬 형태라 쉽게 깨지거나 망가지는 데다 마나 소모가 빨라 수명도 짧았다.

하지만 이런 팔찌라면. 이거라면, 남편과 떨어져 있어도 언제 어느 때나 쉽게 소통이 가능할 것이다.

"실컷 사용하셔도 카이휜이 돌아올 때까지는 작동할 겁니다."

"흑탑주……."

이렇게 딱 적절하고 맘에 쏙 드는 선물을 주다니. 감격에 젖은 일레나의 목소리에 어떤 결심이 어렸다.

"받아들일게."

"예?"

"허락할게…… 두 사람. 그래, 이참에 새 가족이 생기는 것도 좋겠지."

"그게 무슨 소립니까?"

일레나는 대답하는 대신 소중히 팔찌를 챙겼다.

최대한 티 내지 않으려 했지만, 출정이 가까워져 최근 마음이 많이 불안했다. 팔찌 덕분에 조금이나마 안도감이 생겨났다.

"고맙네, 흑탑주."

진심이 느껴지는 인사에 시드리온이 조금 머뭇거리다 대답했다.

"별말씀을."

출정 날이 훌쩍 다가왔다.

출정식은 수도에서 열렸다. 공작 부부는 시드리온의 도움을 받아 수도에 도착했다.

"다음으로, 승전을 기원하는 국왕 전하의 연설이 있겠습니다."

일레나는 지원군을 배웅하러 나온 사람들 사이에 섞여 카이휜을 응시했다.

갑옷을 입고 말에 올라탄 남편.

그 뒤로 도열한 백 명가량의 무장 기사들.

"……."

꾹. 주먹 쥔 손에 힘을 주었다.

전날 잠들지 못해 결국 밤을 꼬박 새웠다. 하지만 지루한 출정식이 계속되는 내내 졸음은 전혀 느껴지지 않았다.

"이상으로 출정식을 마치겠습니다!"

"잘 다녀와!"

"꼭 무사히 돌아와야 해요!"

"사랑해! 알렉스!"

"돌아오면 결혼하자! 내 아이의 아빠가 돼라!"

요란한 배웅 속에서 지원군이 말 머리를 돌리기 전, 카이휜과 일레나의 눈이 마주쳤다.

가면 너머 남편의 눈매가 부드럽게 휘었다. 걱정하지 말라고, 무사히 돌아오겠다고 말해주는 것 같았다.

일레나는 지원군이 출발하고 나서도 한참 자리에서 떠나지 못하다가 겨우 몸을 돌렸다.

"……돌아가지."

시드리온에게 한 말이었다.

그는 카이휜이 부재하는 동안 흑탑의 일을 잠시 내려놓고 일레나의 호위를 맡아주기로 했다.

"일레나?"

그때 웬 목소리가 일레나의 주의를 잡아끌었다. 익숙한 음색에 그녀의 고개가 돌아갔다.

"앤디?"

"너 여기서 뭐…… 아, 지원군 책임자가 메이하드 공작이지."

앤다이든이 괜한 질문을 했다는 양 뒷덜미를 쓸었다.

일레나가 물었다.

"넌 왜 여기 있는데?"

"배웅 나왔지. 너처럼."

"누굴?"

"내 친구."

조금 전까지 출정식이 거행되었던 자리로 앤다이든이 흘긋 눈길을 주었다.

"꼭 공을 세워야 하는 친구인데…… 잘됐으면 좋겠네."

"너 친구 있었어?"

"뭐?"

"나 말고 친구 있었냐고."

"그럼 없겠냐?"

앤다이든의 되물음에 일레나는 어깨만 으쓱했다.

없는 줄 알았다. 왜냐면 왕국을 떠나기 전까지 앤다이든이 그녀 외에 다른 또래와 어울리는 걸 본 적이 없었으니까.

"아, 왕국을 떠났던 5년 사이에 사귄 친구인가 보네. 맞지?"

"……아주 귀신이 따로 없네. 맞아."

"나중에 소개해 줘. 어떤 사람인지 궁금하니까, 네 친구."

"그야 어려운 일은 아니지만."

앤다이든이 콧잔등을 찡긋했다.

"걔가 무사히 돌아오면, 그때 소개해 줄게."

"당연히 무사히 돌아올 거야."

일레나는 단호한 목소리와 눈빛으로 이어 말했다.

"누가 지원군을 이끄는지 잊었어?"

앤다이든에게 하는 말이면서, 동시에 그녀 스스로에게 해주는 말이기도 했다.

"모두 손끝 하나 다치지 않고 돌아올 거야."

"……."

"그러니 넌 나중에 네 친구를 어떻게 소개해 줄지 미리 생각이나 해놔."

"……그래, 알겠다."

앤다이든이 픽 웃고는 앞머리를 흐트러뜨렸다. 흐트러진 머리가 그의 자유분방한 분위기와 퍽 어울렸다.

"바로 돌아가냐?"

"왜? 차라도 한잔하자고?"

"그건 아니고…… 연회는?"

"연회? 무슨 연회?"

"왕성에서 오늘 출정을 기념해서 연회를 연다던데."

일레나의 미간이 파삭 구겨졌다.

"뭐라고?"

"나도 황당하긴 해."

일레나는 기가 막혀 헛웃음을 흘렸다.

지원군이 승전해서 무사히 돌아온 후라면 모를까. 사람을 막 전쟁터로 보내놓고 무슨 놈의 연회?

'누가 생각한 건지는 몰라도…….'

재수 없게 손수건이라도 밟아 미끄러져 넘어졌으면. 넘어진 김에 머리도 확 깨졌으면.

"안 가. 너도 가지 마."

"염려 마. 연회에 참석할 생각이었으면 이런 옷차림으론 안 왔겠지."

그 말대로 앤다이든은 간편한 활동복 차림이었다.

일레나는 그녀의 소꿉친구를 빤히 보다가 돌아섰다.

"나중에 봐."

"그래, 연락해."

이어 시드리온이 이동 마법을 발동했다. 새하얀 빛이 두 사람을 삼켰다.

"뭐?"

시녀들에게 둘러싸여 분주히 치장을 받던 바르테즈 왕세자가 눈을 부릅떴다.

“누가 어쨌다고?”

“메이하드 공작 부인께서 출정식이 끝난 직후 영지로 돌아가셨습니다.”

“누구 마음대로 돌아가!”

왕세자가 소리 지르며 벌떡 몸을 일으켰다. 갑자기 일어난 탓에 그와 부딪힌 시녀가 작게 비틀거리며 신음했지만, 왕세자는 그쪽으론 눈길도 주지 않았다.

그의 눈에서 불길이 타올랐다.

‘내가 누구 때문에 이 지겨운 치장을 하고 있는데!’

오늘 연회의 개최자는 왕세자였다. 처음부터 오직 일레나 메이하드 한 사람 때문에 아버지를 조르고 졸라 연회를 준비했다.

‘연회장에서 접근해 유혹하려고 했는데…….

그런데 정작 그 일레나가 연회에 참석하지 않고 영지로 돌아갔다니?

“당장 사람을 보내! 마차를 따라잡으라고 해라!”

왕세자가 고래고래 소리 지르자 시종이 곤란한 기색을 보였다.

“송구합니다만, 전하. 공작 부인께서는 마차를 이용하지 않으셨습니다. 마법사의 도움을 받은 것으로…….”

“마법사? 그럼 벌써 영지에 도착했을 거란 말이냐?”

그렇다 해도 포기할 수 없었다.

그가 명령의 내용을 바꿔 외쳤다.

“당장 전서구를 띄워! 돌아갔으면 다시 불러들이면 그만이지. 아니지, 내가 직접…….”

몸소 전서구가 있는 곳으로 향하려 왕세자가 급히 발을 내디뎠다.

그러나.

미끌, 꽈당!

"꺄악!"

"왕세자 전하!"

"전하께서 넘어지셨다!"

"전하께서 손수건을 밟고 미끄러져 뒤통수가 깨지셨다!"

"빨리 어의를!"

넘어지면서 운 나쁘게도 바닥에 세게 부딪혔는지, 왕세자의 뒤통수에서 피가 콸콸 솟았다.

한동안 왕성이 떠들썩했다.

"레베카."

이름을 부르는 목소리에 레베카의 고개가 돌아갔다. 방에 들어온 오벨 마르크가 자상하게 웃으며 그녀에게 다가왔다.

"입맛은 좀 있습니까?"

레베카가 시선을 내려 제 앞에 놓인 쟁반과 그릇을 응시했다.

미음이 담긴 그릇.

내용물은 반쯤 비어 있었다.

"……그럭저럭요."

"다행입니다."

드르륵. 오벨이 침대 근처로 의자를 끌고 와 앉았다.

"많이 회복했군요. 처음 깨어났을 땐 거동하는 것도 힘들어했는데……."

"……."

레베카는 말없이 오벨을 쳐다보았다. 그녀의 눈이 가라앉았다.

"화, 환자가 깨어났다!"

"도련님! 당장 오벨 도련님께 연락해!"

처음 의식을 차렸을 때, 레베카는 자신의 처지를 바로 이해할 수 없었다. 아니, 어쩌면 이해하고 싶지 않았던 것 같기도 했다.

그러나 의식을 되찾고 몸을 어느 정도 회복하기까지 벌써 두 달. 이젠 정말 모를 수가 없었다.

'도망자 신세라니.'

의식을 잃은 그녀를 안고 수도를 벗어나 여기까지 도망쳐 온 수하, 미켈에게 들었다. 지금 수도가 어떤 꼴인지. 그녀에게 어떤 수배령이 내려졌는지.

'수배령을 피해 도망쳐 온 곳이 이 영지라…….'

오벨 마르크.

과거, 여러 번 거절당하면서도 끈질기게 그녀에게 구애했던 사내.

다른 여자와 약혼한다는 소식을 듣고 이제야 좀 떨어져 나가나 싶었는데, 이렇게 다시 얽히다니.

냉소하던 레베카가 이내 표정을 숨겼다.

아니, 차라리 잘됐다. 이놈이라면. 이 멍청하고, 충동적이고, 단순한 자식이라면.

"공자님."

미음 그릇이 올라간 쟁반을 한쪽으로 치우고 레베카가 오벨과 눈을 맞췄다.

"아니, 오벨."

다정한 목소리에 오벨이 깜짝 놀라 레베카를 응시했다.

"지금…… 날 이름으로 부른 겁니까?"

처음이었다. 레베카가 그의 이름을 불러준 것은.

레베카의 눈매가 곱게 휘었다.

"부탁이 있어요."

다소 처연한 느낌을 주는, 그러면서도 매혹적인 눈웃음에 오벨이 정신을 차리지 못하고 있을 때 레베카가 속삭였다.

"절 수도로 데려다주세요."

오벨은 뒤늦게 퍼뜩 정신을 차렸다. 레베카의 말이 한 박자 늦게 머리에 들어왔다.

"수도요? 방금, 수도로 데려다 달라고 했습니까?"

"수도에 있는 저희 가문 저택에서 확인해야 할 것이 있어서요."

"안 됩니다."

오벨이 재고해 볼 것도 없다는 듯 단호하게 고개를 흔들었다.

"지금 수도가 어떤 상황인지는 알고 하는 말입니까?"

그는 레베카의 신병에 걸린 현상금을 떠올렸다.

어마어마한 액수. 오벨마저 마음이 살짝 흔들렸을 정도였다.

'사내의 심장을 흔드는 건 돈이 아니라 사랑이지.'

오벨은 그런 생각에 현상금을 포기하고 레베카를 숨겨줬다. 그러나 수도에는, 특히 마르좀 가문 저택 주변에는 그와 달리 돈에 눈이 먼 온갖 인간들이 득시글거릴 터였다.

'그게 아니어도 소르테 백작이나 메이하드 공작이 깔아둔 자들이 있을 테고.'

어쨌든 감시의 눈이 만만치 않은 곳이 바로 수도였다. 오벨이 레베카의 손을 단단히 잡았다.

"이런 말 하기 그렇지만…… 레베카, 당신 가문은……."

주저하던 오벨이 말을 이었다.

"망했습니다. 그것도 쫄딱."

사실이었다. 마르종 자작은 행방이 묘연하고, 가문의 사업체는 줄줄이 도산하거나 다른 사람의 손에 넘어갔다.

'그러니 넌 지금 갈 곳이 없단 말이야. 내 곁이 아니고선.'

오벨이 억지로 안타까워하는 표정을 꾸며냈다.

"수도는 위험합니다. 레베카, 당신을 노리는 흉악한 놈들로 가득하지요. 나와 함께 쭉 여기 있으면 안전……."

"물건 하나만 가지고 나오면 돼요, 오벨."

오벨의 말을 자르며 레베카가 그에게 몸을 숙였다. 서로의 간격이 줄어들며 얼굴이 가까워졌다.

오벨이 순간 멈칫하곤 마른침을 삼키는 찰나, 레베카의 입술이 달싹였다.

"수도에 수배령이 내려진 건 나도 알고 있어요. 하지만 변장하고 신분을 위장하면, 잠시 저택에 들어갔다 나오는 것 정도는 할 수 있지 않을까요?"

"하지만……."

"오벨."

상냥한 목소리가 오벨의 귓가를 감쌌다.

“난 이미 당신께 꽤 많은 빚을 졌죠. 날 이곳에 숨겨주고, 이렇게 몸을 회복할 수 있도록 도와주었으니까요.”

귓가에 번지는 숨결이 유혹적이었다.

“그러니 이번 한 번만 더 도와준다면…… 나는 이 모든 빚을 평생 잊지 않을 거예요.”

“……평생?”

“네, 평생. 당신께 은혜를 갚는 몸으로 살아가겠죠.”

“…….”

“오벨, 당신이 시키는 거라면…… 뭐든 하면서.”

평생. 뭐든.

꿀꺽.

오벨의 목울대가 크게 울렁였다. 그의 머리가 이익과 손해를 열심히 저울질했다.

갈등의 시간은 길지 않았다.

“정말 저택에서 물건 하나만 가지고 나오면 되는 겁니까?”

“그럼요. 오래 걸리지 않을 거예요.”

“물건을 챙기는 거라면, 직접 갈 필요는…….”

“내 손으로 챙겨야 해요.”

“…….”

“반드시.”

레베카가 오벨의 손등을 문지르듯 쓰다듬었다. 은근한 손길에 그의 눈에 서린 욕망이 한결 짙어졌다.

“좋습니다. 단, 그날 안에 와야 할 겁니다.”

“충분해요. 언제 출발할 수 있을까요?”

"위조 신분증이 마련되는 즉시, 마차를 대기시키겠습니다."

"고마워요."

레베카가 진심으로 기쁘다는 듯 웃으며 오벨의 등을 끌어안았다. 그러나 그녀의 눈은 어느 때보다 싸늘하게 가라앉아 있었다.

남편이 출정을 떠난 지도 어느덧 한 달.

일레나는 생각보다 평탄하게 지내고 있었다.

'남편이 없는 틈을 타 왕세자가 뭔가 수작을 부릴지도 모른다고 생각했지만.'

그래서 나름대로 준비해 둔 것이 있었다.

일레나의 시선이 책상 위에 놓인 종이 뭉치에 닿았다. 그간 왕세자가 저질러 온 자잘한 범죄를 한꺼번에 고발하는 서류.

'참 부지런히도 일을 치고 다녔던데.'

왕세자는 살인이나 겁간 같은 중범죄는 저지르지 않았다. 그러나 가벼운 폭행이나 추행 및 희롱 따위는 밥 먹듯이 범하고 다녔다.

'국왕이 눈이 멀었지. 이런 금수도 아들이라고…….'

한두 개면 모를까, 왕세자가 저지른 경범죄 목록은 길어도 너무 길었다. 이것들을 한꺼번에 고발한다면, 제아무리 아들을 아끼는 국왕이라도 왕세자에게 근신형 정도는 내릴 수밖에 없을 것이다.

'혹시 귀찮게 굴면 비장의 수로 쓰려고 했는데, 뭐. 당분간은 봉인해 놔야겠네.'

일레나는 서류를 서랍에 갈무리했다.

출정식이 있던 날, 왕세자는 왕궁에서 미끄러져 넘어져 뒤통수가 깨졌다. 제법 크게 깨졌는지 한 달이 지난 지금도 왕세자궁에서 요양 중이라고 들었다.

"저주가 통했나."

일레나가 흐뭇하게 중얼거렸다.

그때였다. 그녀의 팔찌에 박힌 마나석이 반짝거렸다.

"……!"

일레나는 서둘러 팔찌로 손을 가져갔다. 마나석에 체온을 전달하자, 곧이어 기다려 마지않던 목소리가 들렸다.

—부인.

"카이휜!"

서재에 기쁜 목소리가 울렸다.

—뭘 하고 있었습니까?

"그냥…… 서재에서 이것저것 할 일 하고 있었어요."

—그렇군요. 별일은 없습니까?

"없어요. 잘 지내고 있는걸요."

일레나는 잠시 고민하다가 입을 열었다.

"그런데 요즘 부쩍 당신이 꿈에 나와요."

어젯밤에도 남편 꿈을 꿨다. 달콤한 꿈이었다.

꿈에서 깬 것이 너무 아쉬워 억지로 다시 잠을 청해봤지만, 같은 꿈을 이어서 꿀 수는 없었다.

"당신은? 당신도 요새 꿈에 내가 나와요?"

—…….

"……안 나오나?"

—처음부터.

“응?”

—부인과 떨어진 첫날부터 꿈에 부인이 나왔습니다.

일레나는 반짝이는 마나석을 보며 눈을 깜박였다.

“……그렇구나.”

입매가 마음껏 허물어졌다.

“그래서 뭘 했는데요?”

—네?

“내가 당신 꿈에 나와서 당신과 뭘 했는지 궁금해요.”

참고로 일레나는 전날 꿈속에서 남편과 진하게 키스했다. 배경은 꽃이 잔뜩 핀 들판이었다.

흐드러지게 피어난 꽃. 적당한 햇살. 등에 꽃물이 드는 것도 모르고 들판에 누워 남편과 입 맞추는 꿈을 꿨다.

‘아, 이거 좋다. 내년 봄에 하자고 해야지.’

일레나가 내심 꿈을 현실로 옮길 계획을 세울 때, 팔찌에서 목소리가 흘러나왔다.

—……대단한 건 없었습니다. 그냥…….

“그냥, 입맞춤?”

—…….

“혹시 그 이상? 잠깐, 그건 대단한 게 맞는데?”

—일레나.

부정하는 대신, 곤혹스럽게 그녀의 이름을 부르는 목소리는 마치 그녀가 정답을 말했다고 시인하는 것처럼 들렸다.

일레나가 웃음을 터뜨렸다. 가슴이 간질간질했다.

"보고 싶다."

속삭이듯 뱉어낸 목소리. 하지만 분명 똑똑히 전해졌을 것이다.

아니나 다를까, 팔찌에서 금방 답이 돌아왔다.

—나도 보고 싶습니다.

"얼마나?"

일레나가 그렇게 물으며 팔찌를 끼지 않은 반대편 손으로 턱을 괴었다.

시드리온이 정말이지 괜찮은 선물을 해줬다. 팔찌의 성능이 얼마나 좋은지, 이렇게 남편과 대화할 때면 모습은 보이지 않아도 꼭 상대가 곁에 있는 것 같았다.

"내가 얼마나 보고 싶은데요?"

—그건…….

그때, 팔찌를 통해 남편의 것이 아닌 다른 사람의 목소리가 작게 들려왔다. 귀를 기울이자 그 목소리가 남편을 부르고 있다는 걸 알 수 있었다.

"누가 당신을 찾는 것 같은데요?"

—금방 다시 연락하겠습니다.

"그래요. 난 신경 쓰지 말고 볼일 끝나면 천천히 연락 줘요."

—사랑합니다, 일레나.

순간 일레나의 말문이 막혔다.

"……나도 사랑해요."

자그마하게 회답한 것을 마지막으로 팔찌의 마나석에서 빛이 꺼졌다.

일레나는 아쉬운 눈으로 한참 팔찌를 쳐다보다가, 이내 미뤄둔 일감으로 손을 뻗었다.

'편지에 답장이나 해야지.'

어제오늘, 고작 이틀 사이에 마치 짜 맞춘 것처럼 몇 통의 편지가 공작성에 도착했다. 대부분 형식적인 내용을 담은 안부 편지였다.

집에서 보낸 것, 앤다이든이 보낸 것, 로잘린이 보낸 것…….

'그리고 윌이 보낸 편지도 있지.'

음유시인 윌.

일레나는 오랜만에 그 이름을 떠올렸다. 예지몽을 꿀 수 있는, 일레나 외에 미래를 아는 또 한 사람.

펜팔 친구가 되자는 일레나의 제안대로 윌은 이따금 잊을 만하면 그녀에게 편지를 보냈다. 내용은 별것 없었다. 다른 편지들처럼 간단히 자기 근황을 소개한 후 일레나의 안부를 물어왔다.

일레나는 차례대로 편지에 답신을 쓴 뒤, 마지막으로 아직 열어보지 않은 한 장의 편지로 시선을 주었다.

[발신인: 미엘르 린든.]

"흠……."

사촌 미엘르가 보낸 편지.

'얘가 웬일로 편지를 보냈을까.'

안부 편지처럼 시시콜콜한 것을 쓸 성격이 아닌데.

심상치 않은 느낌이 들어 손대는 것을 미루다 보니 어느덧 마지막 편지가 되고 말았다.

고심하던 일레나가 결국 편지의 밀봉을 뜯었다.

이내 일레나의 입술이 벌어지며 황당한 음성이 새어 나왔다.

"……엥?"

달도 뜨지 않은 새카만 밤.

사용인이 전부 달아나 버린 저택은 유령의 집이라도 되는 것처럼 음산하고 고요했다.

오벨이 긴장한 얼굴로 재빨리 말했다.

"약속한 대로, 정말 물건만 가지고 바로 나오는 겁니다."

오벨의 손은 미세하게 떨리고 있었다.

그럴 만도 했다. 이 저택에 들어오기 전, 오벨과 레베카는 하마터면 정체를 들킬 뻔했다.

오벨은 조금 전의 일을 회상했다.

"누구십니까?"

수도의 마르종 가문 저택.

저택의 입구를 지키던 자들이 입구로 접근하는 오벨 일행을 막아섰다.

"비켜라! 마르종 자작과 연락이 되지 않아, 내 그에게 받아야 할 것을 직접 회수하러 온 것이니."

오벨은 당당히 외쳤다. 그는 마르종 가문 저택에 들어가기 위한 방편으로, 채권자 행세를 하기로 했다.

실제로 마르종 가문에 돈을 투자한 사람은 많았다. 그러나 가문이 폭삭 주저앉고, 자작과 그 딸이 실종된 지금.

'빚쟁이가 뭐 하나 건지려고 직접 저택까지 찾아오는 것도 이상한 일은 아니지.'

"흠……."

오벨의 생각대로, 저택의 문지기는 딱히 오벨을 수상하게 여기는 기색은 아니었다.

다만.

"그런데 이쪽 여성분께선 누구십니까?"

오벨의 옆, 레베카에게 시선을 주었다. 레베카는 염료로 머리칼을 염색하고 마법으로 생김새를 미세하게 바꾼 상태였다.

"내가 데리고 다니는 몸종이다."

"그렇습니까?"

이내 문지기들이 서로 속닥거렸다.

"우리가 잡아야 하는 여자랑 체구가 비슷한데?"

"근데 생긴 게 다르잖아."

"머리 색도 다르고."

"그럼 다른 사람이네."
"아니, 잠깐……."

한 문지기의 눈이 날카롭게 빛났다. 어딘가 깐깐하게 생긴 사내였다.

"죄송하지만, 젊은 여성이 저택에 들어가려 하면 무조건 신병을 확보하라는 지시가 있었습니다."
"뭐?"
"조사 후 저희가 찾는 사람이 아니라는 결론이 나면 바로 풀어드릴 겁니다. 같이 가주시죠."

오벨의 인상이 와락 구겨졌다.

"지금 나를 범죄자로 몰아가겠다는 거냐? 감히?"
"몸종만 내주시고 귀하께선 동행하지 않으셔도 됩니다. 그런데……."

문지기의 눈초리가 가늘어졌다.

"제가 범죄자를 찾는다고 말했던가요?"
"……!"

주춤했으나, 오벨은 물러서지 않고 바로 외쳤다.

"너희가 누굴 찾으려는 것인지 이미 알고 있다! 수도에 수배령이 파다하지 않느냐. 내 몸종은 결단코 너희가 찾는 사람이 아니다."
"예, 그건 저희가 직접 확인하겠습니다. 그러니 내주시죠."

오벨이 주먹을 쥐었다.
'빌어먹을.'
머리를 염색한 염료는 몰라도, 레베카의 얼굴을 바꾼 마법의 효과는 일시적이었다. 앞으로 한 시간만 지나면 마법이 풀려 그녀의 본래 얼굴이 드러날 것이다.
'그건 안 돼. 어떻게든 이놈들을…….'
오벨이 재차 나서서 호통치려는 순간이었다.
레베카가 입을 열었다.

"미켈."
"예, 아가씨."
"처리해."

그다음 일은 순식간에 벌어졌다.
고작 오벨이 눈을 한 번 깜박일 만한 시간이 걸렸다.
문을 지키던 문지기 셋의 목이 바닥에 떨어지고, 피 분수가 쏟아지며 그들의 몸이 뒤로 넘어가기까지.

"들어가자."

찰박.

레베카가 아무렇지 않게 피 웅덩이를 밟으며 저택 안으로 발을 들였다. 미켈이 묵묵히 그 뒤를 따랐다.

"……가, 같이 가요!"

멍하니 있다가 가장 뒤늦게 그들을 뒤따른 것은 오벨이었다.

'위험한 새끼.'

미켈을 곁눈질하며 오벨이 침을 꿀꺽 삼켰다. 평소 기척을 감추고 돌아다니는 걸 봤을 때부터 남다르게 훈련받는 자라는 느낌이 들긴 했지만, 설마 저런 살인 병기였을 줄은.

'역시 위험해. 영지로 돌아가면, 저놈은 무조건 레베카 곁에서 제거해야겠어.'

사랑인지 욕망인지에 눈이 먼 오벨은 미켈에게 자연스럽게 살해 명령을 내렸던 것이 레베카라는 사실을 떠올리지 못하고 있었다.

"……어디까지 가야 합니까?"

"다 왔어요."

어둡고 고요하며 을씨년스러운 복도를 걷길 한참.

끝나지 않을 것 같던 복도가 드디어 끝났다.

복도 끝에서 왼쪽 방, 문에 걸린 자물쇠를 미켈이 부수고 일행이 방 안으로 들어섰다.

'힘으로 자물쇠를 부수다니…… 저거 진짜 사람 맞아?'

오벨이 또 한 번 탐탁지 않은 눈으로 미켈을 흘기는 사이 레베카가 벽에 걸린 그림을 조작했다. 그러자 방 한구석에 새로운 입구가 나타났다.

"비밀 공간 같은 겁니까?"

오벨이 작게 감탄했다.

레베카는 대답하는 대신 먼저 걸음을 옮겼다.

"같이 갑시다."

긴 계단. 그리고 또 자물쇠.

마침내, 웬 지하 창고 같은 공간이 오벨의 눈앞에 나타났다.

"……이곳에 챙겨야 할 물건이 있다고요?"

오벨의 눈에는 그저 텅 비고 스산하기만 한 공간이었다. 내부에 있던 램프로 어둠을 밝혔지만, 딱히 눈에 띄는 것은 없었다.

"오벨."

레베카가 돌아서서 오벨을 바라보았다.

"당신의 욕망은 뭔가요?"

"네?"

"지금 당신이 가장 간절히 바라는 게 뭐냐고요."

마법의 효과가 벌써 사라졌는지 레베카는 원래 얼굴로 돌아와 있었다. 오벨은 그의 취향을 정확히 관통하는 미려한 얼굴을 보며 마른침을 삼켰다.

"글쎄요……. 아무래도, 한시 빨리 영지로 돌아가 레베카 당신과 오붓하게 시간을 보내는 것?"

"번지르르한 말로 포장하면 사랑이고, 쉽게 말하면 성욕이군요."

"예?"

"정말이지 원초적이고 보잘것없는 욕망이에요."

나비의 날갯짓처럼 부드러운 목소리. 그러나 담긴 내용은 유혹적인 목소리와 전혀 어울리지 않았다.

"레베카?"

"그러니 아무리 발버둥 쳐도 내 욕망엔 발끝도 미치지 못하겠지."

"레베카, 지금 무슨……."

"미켈."

레베카가 미켈에게 눈짓했다. 순간 등골이 쭈뼛 서는 불길함에 오벨이 입을 벌렸다.

"잠깐……!"

뚜둑.

오벨의 목이 기괴한 방향으로 꺾였다. 찰나에 벌어진 일이었다.

비명 한 번 밸지 못하고 오벨의 몸이 실 끊긴 꼭두각시 인형처럼 풀썩 쓰러졌다.

"……."

레베카는 바닥을 가린 양탄자를 치웠다. 그러곤 소환진 가운데로 오벨의 몸을 질질 끌어다 놓았다.

레베카가 품에서 날붙이를 꺼냈다. 그녀의 머릿속에 양피지에서 읽었던 내용이 떠올랐다.

[<더 강력한 괴생물을 소환하는 법>

위험하지만 그만큼 강한 괴생물을 소환하길 원한다면, 아래와 같은 방법대로 하라.

제물을 준비할 것.

죽은 제물을 소환진 위에 올려놓고 멱을 갈라라.

그 피에 소환자의 피를 섞어라.

단, 제물의 살아생전 욕망이 소환자의 욕망보다 약해야 한다.

**경고. 아주 위험한 방법이니, 추천하지 않는다.]*

마지막 경고 문구를 머릿속에서 지워 버린 레베카가 날붙이를 아래로 내리찍었다.

레베카의 욕망은 단순했다.

단순했으나 매우 간절하고, 깊었다.

'죽여 버리고 싶다.'

메이하드 공작, 공작 부인.

레베카가 계획하던 모든 것을 망치고, 그녀를 죽일 뻔했던 그들을.

죽이고 싶다.

복수하고 싶다.

죽이고 싶다.

죽이고 싶다.

무슨 짓을 해서라도, 죽여 버리고 싶다!

망설임 없이 오벨의 멱을 끊은 레베카가 자신의 손목을 그었다. 오벨의 시체에서 흘러나온 엄청난 양의 피에 레베카의 피가 섞였다.

소환진이 마치 살아 있는 것처럼 피를 흡수했다.

이윽고, 소환진에서 검은 연기가 흘러나왔다.

"연…… 기?"

지금껏 괴생물을 소환한 적은 수도 없이 많았지만, 이런 연기를 본 것은 처음이었다. 레베카가 멍청하게 중얼거리는 순간.

퍽!

램프가 터지면서 불이 꺼졌다.

쾅!

이어서, 탁자가 무너지는 소리가 들렸다.

우지끈!

두꺼운 철문이 구겨져 떨어져 나가는 소리가 어둠 속에서 생생히 귀를 사로잡았다.

레베카가 본능적으로 소환진에서 떨어져 뒤로 주춤주춤 물러났다.

그때, 컴컴한 어둠 속에서 형형히 빛나는 새빨간 눈동자가 보였다.

"헉!"

찰나 목이 죄어오는 느낌에 레베카가 자리에 주저앉았다.

"아가씨– 큭!"

레베카에게 접근하려던 미켈이 휘청하며 무릎을 꿇었다.

"쿨럭!"

피를 토한 미켈이 그대로 혼절했다.

"……뭐야."

낮게 울리는 목소리가 스산한 지하실에 내리깔렸다.

"인간이잖아."

화르륵. 허공에 불씨가 피어올랐다.

어둠이 내몰렸다.

레베카는 그제야 고개를 들어 정면에 나타난 존재를 확인할 수 있었다.

비인간적인 장신. 다부진 몸에 피처럼 붉은 눈. 발목에 닿을 만큼 긴 잿빛 머리카락.

그리고…….

'날개.'

반라의 사내 등 뒤로 마치 박쥐의 것과 같은 날개 한 쌍이 돋아나 있었다.

사내를 올려다보는 레베카의 턱이 덜덜 떨렸다. 그녀의 의지로 어떻게 할 수 있는 떨림이 아니었다.

"응? ……이것 봐라."

기절한 미켈을 발견한 사내의 얼굴에 한 줄기 흥미가 스쳤다.

"저건 반쯤 사람이 아니군. 우리 애들의 피를 마셨나?"

레베카가 혀를 세게 짓씹었다. 입안에 비릿한 피 맛이 돌며 굳은 혀가 풀렸다.

"당, 신은…… 누구십니까?"

"나?"

지금까지 불러냈던 괴생물과는 달랐다. 단순히 생김새만이 아니라, 모든 것이.

압박감이 전신을 짓눌렀다. 레베카로서는 고개를 젖혀 사내를 올려다보는 것이 최선이었다. 다리에 힘이 전혀 들어가지 않아 주저앉은 몸을 일으킬 수 없었다.

'숨 쉬기 힘들어.'

물속에 처박힌 것처럼 갑갑한 감각에 레베카가 겨우 호흡을 이어갈 때, 사내의 입이 열렸다.

"마왕."

"마왕……?"

생소한 단어.

레베카가 자기도 모르게 사내의 말을 따라 읊조렸다.

"혹은 마수의 왕."

사내가 한 걸음 내디뎠다.

"그게 너희가 나를 부르던 이름이지."

바닥에 새겨진 소환진의 복잡한 문양이 사내의 발에 짓밟혔다.

"재미있구나. 내가 누군지도 모르면서 나를 소환하다니."

사내가 이를 내보이며 웃었다. 짐승같이 날카로운 송곳니가 드러났다.

레베카는 순간 얼어붙어 아무런 말도 할 수 없었다.

사내가 느긋한 시선으로 주변을 둘러보더니 눈을 감았다. 그러곤 마치 음미하듯 공기를 들이마셨다. 이내, 다시 눈을 뜬 사내에게서 형형한 안광이 흘러나왔다.

"인간계……. 천 년을 다 채워야만 나올 수 있을 줄 알았더니."

'천 년?'

사내는 레베카로선 알아들을 수 없는 혼잣말을 했다. 그러나 지금 레베카에게 중요한 건, 사내의 말을 해석하는 것이 아니었다.

상황 파악이 끝났다.

"고귀하고…… 위대하신 지배자여."

레베카가 무릎을 꿇고 사내의 앞에 머리를 조아렸다.

쉬운 일이었다. 그저 전신을 짓누르는 압박감이 시키는 대로 하면 되었으니까.

"이 세계의 미천한 존재가, 지배자께 감히 부탁드릴 것이 있습니다."

"안 됩니다!"

그때 미켈이 끼어들었다. 그는 조금 전 충격으로 기절했다가 가까스로 정신을 차린 참이었다.

"쿨럭!"

그가 다시 피를 토했다.

단순히 압박감 정도만 느끼고 있는 레베카와 달리, 현재 미켈의 몸은 엉망이었다. 그의 몸 절반을 채운 마수의 피 때문이었다. 사내가 등장한 이후, 미켈의 몸속에 있는 마수의 피가 갑자기 날뛰었다.

문제는 나머지 절반을 이룬 것이 여전히 인간의 피라는 사실이었다. 두 피가 서로 충돌하자, 미켈은 마치 속이 갈라지는 것 같은 격통을 느꼈다. 다리에 힘이 들어가지 않았다.

그는 무릎을 사용해 간신히 레베카에게 기어오며 말했다.

"아가씨, 저자는…… 위험합니다."

"미켈."

"느낌이 좋지 않습니다. 저자를 이용할 생각을 하시면 안 됩니다. 지금 당장, 소환을 취소하고 돌려보내야 합니다."

묵묵히 상황을 관전하던 사내가 미켈의 말 중 '소환 취소'라는 내용에 반응했다.

그가 조용히 손을 뻗었다. 사내의 손끝에서 마치 짐승의 발톱 같은 날카로운 손톱이 돋아났다.

사내가 레베카와 미켈의 목을 향해 손을 휘두르려던 순간.

"아가씨, 부디 제 말을—"

푸욱!

그보다 먼저 소름 끼치는 소리가 울렸다. 미켈이 눈을 부릅떴다.

"왜……?"

"미안."

레베카가 건조하게 사과하며 미켈의 목에서 날붙이를 뽑았다. 몇 번이나 피를 토했을 만큼 쇠약해져 있던 미켈이 스르르 쓰러졌다.

레베카가 다시 사내의 발 앞에 엎드렸다.

"제 수하의 무례를 대신 사죄드립니다."

사내가 흥미로운 것을 보는 듯한 시선으로 레베카를 내려다보았다. 그러나 손톱을 갈무리하지는 않았다. 그 첨예한 손톱을 보지 못한 레베카가 엎드린 채 말을 이었다.

"다시 청하겠습니다."

레베카의 눈이 집착과 광기로 번들거렸다.

"부디…… 제가 말하는 두 사람을 죽여주십시오."

미켈은 레베카에게 위험하다고 경고했다. 사내를 이용해서는 안 된다고 말했다.

사실 레베카도 알고 있었다.

왜 모르겠는가? 사내의 새빨간 눈과 마주쳤을 때부터 그녀의 감이 쉴 새 없이 경고를 보내고 있는데.

도망치라고. 저 존재와 엮여서는 안 된다고.

'하지만…… 도망치면? 그렇게 이 기회를 놓치면, 난?'

레베카가 주먹을 한껏 그러쥐었다.

'어차피 내게 남은 건 아무것도 없어.'

레베카는 모든 걸 잃었다. 가문은 폭사 주저앉았고, 그녀에겐 수배령이 떨어졌다.

평생 도망자 신세로 사는 것에 어떤 의의가 있단 말인가?

두려울 것은 없었다. 이제 와 레베카에게 남은 것은, 그저 악과 집념뿐이었다.

레베카는 대답 없는 사내에게 계속해서 청했다.

"부탁드립니다. 제 힘으로는 어찌할 수 없는 이들입니다."

그녀의 머릿속에 카이휜과 일레나의 모습이 차례로 떠올랐다.

"한 사람은 무위가 대단히 고강하고, 다른 자는……."

일레나.

그녀를 떠올린 레베카의 미간이 구겨졌다.

"마수의 힘이 통하지 않았습니다."

"뭐?"

그때, 사내의 목소리가 갑자기 가까워졌다. 우악스러운 손길이 레베카의 턱을 붙잡아 올렸다.

"다시 말해봐라. 방금 뭐라고 했지?"

"……지금껏 소환진을 통해 마수의 시체를 불러낸 후 그들의 피를 이용했습니다."

레베카는 사내가 정체를 밝힌 덕에 그녀가 지금까지 이용했던 괴생물이 '마수'라는 것을 알 수 있었다.

"다른 모든 자에겐 마수의 힘이 통했습니다. 하지만 제가 말한…… 그 여자에게만은 효과가 없었습니다."

레베카는 일레나를 납치하려고 했던 날을 회상했다.

오로지 일레나, 그녀만이 보석에 담긴 마수의 힘에 세뇌되지 않고 멀쩡했다.

"……마법이나 검 따위에 통달한 자더냐?"

"아닙니다. 그냥 평범한 여자입니다."

사내의 얼굴이 굳었다. 잠시 생각하는 것 같던 그가 몸을 일으켜 천장을 향해 손을 휘저었다.

간단한 손짓이었으나, 위력은 파괴적이었다.

콰앙!

굉음과 함께 천장이 흔적도 없이 날아가 버린 것이다.

보고도 믿을 수 없는 광경에 레베카가 입을 벌렸을 때, 사내가 날개를 활짝 펼치며 말했다.

"안내해라. 네가 말한 그 여자가 있는 곳으로."

그 말에 레베카의 얼굴에 환한 미소가 만개했다.

3권에서 계속…